川谱

SHIDAI WENYI CHUBANSHE
时代文艺出版社

张伟 著

图书在版编目（CIP）数据

师谱 / 张伟著. -- 长春 : 时代文艺出版社,
2024.6
ISBN 978-7-5387-7189-3

Ⅰ. ①师… Ⅱ. ①张… Ⅲ. ①散文集－中国－当代
Ⅳ. ①I267

中国国家版本馆CIP数据核字(2024)第060435号

师谱
SHI PU

张伟　著

出 品 人：吴　刚
责任编辑：陈　阳
助理编辑：王　琦
装帧设计：陈　阳
排版制作：隋淑凤

出版发行：时代文艺出版社
地　　址：长春市福祉大路5788号　龙腾国际大厦A座15层　（130118）
电　　话：0431-81629751（总编办）　0431-81629758（发行部）
官方微博：weibo.com/tlapress
开　　本：710mm×1000mm　1/16
字　　数：311千字
印　　张：24
印　　刷：长春市华远印务有限公司
版　　次：2024年6月第1版
印　　次：2024年6月第1次印刷
定　　价：49.80元

图书如有印装错误　请寄回印厂调换

目录

自序　师爱的光谱 / 001

第一章　咏叹调

　　一、思痛录 / 002

　　二、有趣的训练 / 014

　　三、宽宥与严格 / 024

　　四、"再考"与"锥子" / 036

　　五、最初的敂倾 / 045

　　六、旁听的钤印 / 055

第二章　多重奏

　　一、"羊肝"校长 / 068

　　二、课堂之外 / 078

　　三、"批示"与"信" / 088

　　四、草原洗礼 / 107

　　五、逍遥游 / 119

第三章　交响乐

一、批评家的师情 / 142

二、幸遇良师益友 / 163

三、无涯的教育人生 / 180

四、幕后"师"王 / 200

五、生命与教育结缘 / 225

第四章　小夜曲

一、寸草春晖 / 252

二、读无字"乌鸦"之书 / 263

三、无声的"课堂" / 271

四、久别重逢 / 284

五、诗意的童趣 / 302

六、淬砺路上一瞥 / 319

附　　录　《师韵》座谈会及相关材料 / 342

座谈会结束致谢词 / 373

后记 / 375

自序

师爱的光谱

2019 年出版的《师韵》，其结尾的"协奏曲"，便预报了《师谱》也必将很快问世。

如今，《师谱》必然地成了师爱演奏的主体，而最后的"小夜曲"，在回声中又体味到《师韵》的余音，可以说，两书是绵延不绝的"师生合唱曲"，互为续集。所以，永永无穷的师谱逻辑，便先是老师的学生，才能又成为学生的老师。

本书以学生身份感恩老师的教诲，又以师者的身份，经过体验、反思、过滤和选择重组师魂。这里没有精彩的故事，只有个人受教育淬砺的过程，没有令人称羡的宏阔说论和附会潮流的时髦创见，只有至今还赞不容口的证词，期待通过追寻个人受教育的光谱，延续创造爱的乐章。

书中有小学、中学和大学教过我的老师，还有自己执教中幸遇的良师益友，包括从事基础教育到高等教育乃至专业教育的不同学科、不同时期的老师，包括幼儿园的幼教。书中涉及教师授业的所有环节，从备课写讲义到上课、学术讲座，从批改作业写评语到考核成绩和指导论文，从选编教材到为专业教学著书立说，特别是从天经地义的课堂讲授到开辟出电化教学的认知模式，环环都有各自的独奏曲，曲曲妙趣横生。

书中强调改革开放年代几位大学教授的精诚贯日，既看到肩负批评家使命的博导的解惑英姿，又看到复兴比较文学的"守护者"生命的燃烧；既听到攻下学科空白的党史学家在全国各地演讲的最强音，也听到拍出千百部电教片总导演"创史"的报告。他们对专业的乐山乐水，各自都为学科立命谱写出了独占鳌头的交响乐。

教师授课不仅有谱有韵，学校管理者也有智慧敢破"规"立"矩"。书中写了"我行我素"的中小学校长的"奇闻怪事"，写了"特立独行"的政工人员，有校外实践再教育的镜头，有复课后老教育家赤胆忠心为提高教育质量奋斗不止的特写。还从国际化视野感受毕业论文过关和毕业典礼仪式的肃穆、学校图书馆的氛围和校园个性化风貌，这些都是学校教育管理者不可忽视的协奏音级。

为此，前半部分多是微观书写一堂课或一件趣事，后半部分多宏观叙述学者专家教学科研和管理的某一侧面，强调每个人独有的偏好和癖性、灵魂的独立和自由，并因此成就斐然而成为业界翘楚。他们都以善良的心和精明的头脑不可思议地组合光谱，虽各有自己的理念和趣味，但都以对教育的无限忠诚，集"大学问""大德""大爱"于一身，用生命去影响生命。把学生视为主体，自己既是吸引学生的磁石，也是永远被学生磁场吸引的铁沙，永不退休地谱写教育乐章，世界上还有什么能与这恒久普及在人间的育人演奏相媲美呢！

书里还从自身体验，强调教师的付出必然会得到充分的报偿，收获满满幸福。其实，文中到处都有师生情谊的流风余韵。教师自古以来被称为"新生文明之母"，如苏格拉底两千多年前就认定的，"一个人有能力胜任教学的工作，那可是人生大美事"。所以，面对当今"学而优不为师"的风言风语，《师谱》发出了挑战的豪言：富贾说教师很清贫，教师说我有无价桃李五洲，你敢比谁的财富多而不朽！仕者说教师太辛苦，教师说浑身充满幸福暖流，你敢比谁的心灵更享受！

《师谱》的主角是我的良师益友，它回答了《师韵》中的我"是从哪里来的"。地上的树必有地下的根，相信这根还能生出枝繁叶茂的树，青出于蓝而胜于蓝，源源不断涌现出民族需要的好教师。

在第 38 个教师节之际，恭请良师挚友收下这迟到的感恩，并祝福教师的爱绵绵不息！

2022 年 6 月 3 日

第一章　咏叹调

一、思痛录

1

北大荒一个贫穷小村，人们还凭太阳和三星移动推测时间，可谓落后得很原始；随着土地改革工作队入村，破天荒地创立了小学混合班（现在称复式班），小村一下跃到文明起点，在新中国成立的曙光中迈出文化"脱盲"的第一步，但学生和老师都来自旧社会，清除不文明陋习尤其不容易。

班上有包括来自邻村的二十来个学生，最大的十七八岁，最小的十来岁，我是其中最小的之一。班上仅有一位老师教课，是从邻村请来的，据说他在外地念过两年私塾。老师个子不高，相貌堂堂，威风凛凛，像个大家子弟。传说他屈身叛逆，主动向"土改"工作队报告家产，并将工作队带到家中逐一清点，因他这一开明之举，百姓称他为"识时务的俊杰"。

一天下午，老师第一次上图画课，不分年级都画相同内容。老师把报纸上很小的画放大画到黑板上，让我们"模仿"画到纸上。画上的美国兵，脚踏在水井台上，用双手摇辘轳把，从井里往上拃水。这是我们农村孩子很熟悉的汲水动作。大兵的头、手和脚都出奇的大且怪，脖子、胳膊和腿又长又细，很像五根麻绳顶端拴着三扁四不圆的异物。大兵的头像长方形木板，手像五齿耙子，脚上的大皮鞋像立着的刨土镐。这幅画老师没写标题，只是强调画上的人是美国兵。我们当时知道美国侵略朝鲜，还威胁我国东北地区安全，但平生还没见过地图，也不知道朝鲜在哪儿，只听说离"北大荒"不远，老百姓很担心。

在纸上画时，我寻思人怎么长得这么怪，完全忘了老师说的"模仿"，凭儿童的天真，自作聪明，也根本不懂什么人体比例，凭借对"真人"的大概印象，把画面上大兵的头、手和脚由大缩小，但还保留画上人物的相貌，把脖子、胳膊和腿画粗画短，自忖这样画才像是真人形体，很得意地交卷了。我的小同桌看我的画很羡慕，后悔自己画得"没人样"，想重画来不及了。当然后面还有议论声，"美国兵身子骨长得这么单薄，还敢到别人家来'侵略'"，还有人应"就是嘛，长个螳螂腿怎么能跑远"。听到同学们的议论，我心里喜滋滋的，很得意自己遥遥领先，走到他们前面了，哪知自己是井底之蛙的自鸣得意。

2

第二天放学前，老师发图画作业。

他先把得百分的作业正面展示给我们看，夸奖"模仿"得非常好，还能用铅笔涂上明暗。然后老师给同学展示我的画。我坐在第一排，非常清楚地看到画面右上角红笔画着的"大鸭蛋"，惊愕自己得了零分，头像挨了锤子，茫然不解。老师早收敛了刚才的笑容，一脸严肃，有点儿气恼地低声说，语速还很慢：

"这画不是'模仿'，是异想天开地胡画！"老师把"胡"字说得很重，拉得又长。话音一落，有些同学发出嘿嘿的嘲笑声，我低下头，脸涨得发烧，羞愧得无地自容。

老师说完，伴着嘲笑声把图画递给我。我怒火中烧，瞬间两手撕了图画攥成了纸团，动作迅雷不及掩耳，弄得小小教室里鸦雀无声，所有同学都像屏住了呼吸，我的小同桌愣愣地看着我不知所措。此时老师满脸怒气，两眼直视我的"野蛮"，厉声吆喝我到讲台旁。

我放下纸团，低头仄仄地蹭到讲台右侧，面朝黑板。老师已非常麻利地从讲桌里拿出戒尺。那戒尺是竹制的，一尺多长，又薄又光滑，我多次见过它在男生手上发出啪啪响声，戒尺的一起一落让人看得直眨眼。老师命令我"伸出左手"便开打了，边打边唠唠不休地嘟囔些什么，我只听清他不断重复的一句是："我照报纸上画的有什么不对。"而我心里嘀咕是："我照'真人'画的怎么能说是'胡画'。"很显然，老师居高临下用报纸为自己"辩护"，我却胆寒地以真人为自己辩"真"去"伪"，只是在老师的威风面前，还不敢把心里想的、手上画的说出来。老师既不问我为什么这样画，也不说明报纸上为什么那样画。我也根本想不到自己这样画会得零分，更想不到老师认为是"胡画"，要真有那么多心眼儿，就绝不会异想天开地求"真"啦。数不清老师抽打了多少板才停下的，我手心麻酥酥的，上面有多条红檩子。我没哭，也没躲，一直伸着左手，因为担心他打两只手，记得班上有个男生挨手板，不时地把手缩回来，老师便责令他"伸出另一只"。

我不是不觉痛，只是为"求真"愤怒抗争，不得不忍着；而且心想老师和报纸都在说谎还不改正，常言说胳膊粗力气大，美国兵要像画上麻秆似的胳膊、腿，风一吹就刮跑了，怎么敢扛枪上别国来干坏事？我们中国还用派遣志愿军抗美援朝吗？

放学时，我慢腾腾地收拾书包，唯恐落下点儿什么。从我后边往外走的两个小男生在嘁嘁议论，一个说"女生挨手板还真是头一个"，另一个说"打了十几板也没哭，挺能抗的"。说这话的两个男生都因没有完成作业挨过手板的。他们的议论是同情还是幸灾乐祸，我都满不在乎，因为我收拾书包时就打定主意再也不来这地方了。

　　我提着家里手工缝做的布口袋——那时还没见过背着的书包，看一眼自己的座位，心里在说"再见"。我像只受伤的小麻雀，逃出教室，脚步沉重走在回家路上，手中的纸团攥得更紧，牙咬得咯咯直响，委屈伴着凌辱，泪珠串串，其实心早就哭了。

3

　　第二天，我果真没去上学，也没跟姥姥说不上学的原因，她以为是放秋假，正好帮家里干点儿活。因为去年秋天，大龄学生全请假秋收，学校就放假了。我跟表姐一块儿到地里收玉米棒，每从秸秆上掰下个玉米穗，我都好像自己失去了依靠，因为处在犹豫与抉择之间，一种矛盾心理使自己徘徊在真实和"虚假"中。我不想妥协，又不知自己错在哪儿。活干得很慢，表姐不时喊我"快点儿"，听到她的催促声，我很想像蚕钻入"茧"中似的，躲避外面的风险和伤害。我知道挨手板是咎由自取，因为自己暴怒扫了老师的威严，可老师怎么也不该说我是"胡画"。当时我只觉得老师这么说让我太失面子，多少年后我才觉得这是不道德的语言，教育家认为这是伤害学生的"暴力"语言。暴力语言也是一种武器，足够摧毁一个孩子的精神世界。

　　两天后，打手板的老师来家里通知放秋假七天，这时姥姥才明白我前两日是逃学。但她没有追问我原因，我推想老师也不好意思说自己的威风，大概姥姥也知道点儿什么传闻，村里只有十几户人家，谁家有点儿大事小情，几乎都不过夜地被说长道短。前些天村里有个男生，因为书包里的小麻雀飞出来，搅扰课堂秩序被老师抽板子把手心打肿了，从此他再也没来上学，姥姥说那男孩的奶奶心疼极了。

秋假结束，姥姥提醒我装好书包，其实这些天我根本没翻过书。我处在反叛中不想妥协也不想学习，处在"自由"中更不想再受那种"约束"，因为还没有想明白为什么。

从我家到学校也就是路过几座房子，学校上课的摇铃声我在家都能听到，常随铃声往学校跑都不会迟到。今天姥姥面孔很严肃，目光冷峻，嘴角闭得很紧，拉着我的手，直视我的眼睛说："念书，不能三天打鱼两天晒网，那是没有出息的孩子干的。咱好不容易盼来个学校，过这村就没这个店啦。"至于打手板的事，她只字没提，但她肯定像村里那位奶奶一样知道了很心疼。姥姥一直拉着我的手往学校走。就像拉着根风筝线，既想放得又高又远，又怕远走高飞回不来似的。

我在家里常惹祸，每次姥姥总是拉着我的手，讲为什么那样不对。记得我出于好奇，鸡蛋孵到 21 天时，趁老母鸡外出，我把窝里的蛋放到耳边听，找准雏鸡在蛋壳里啄的位置，用锥子帮雏鸡破壳，一窝 20 多个蛋，我都敲开了。姥姥回来看所有雏鸡都带着半个蛋壳躺在炕上，有的已经无力挣脱。她只是表情严肃地跟我说雏鸡失去了自己锻炼的机会，这样的雏鸡不硬实，还可能活不成。最后雏鸡有一半没活，她批评我是"帮倒忙"，仅此而已，之后我再也没干这蠢事。

我知道逃学伤了姥姥的心，所以我乖乖地跟着她走到教室门口，她看我进去才离开了。多少年后回忆这次逃学的幼稚无知我感到后怕，若不是姥姥的开明和坚持，若依我任性逃下去，真可能从那时起我就永远离开了校园，像村里有的小伙伴那样，中辍了学习机会，成了只认几个斗大字的文盲。如今有的人放弃对孩子的教育机会，不是因为没有学校，更不是因为有挨手板的烦恼，而是孩子因某种挫折失去学习兴趣后，家长的放任和短见。

4

我虽然回到教室书桌前，可心却难回来了。

老师没有追究我为什么逃学，可我觉得熟悉的课桌很陌生。每天硬着头皮上学，课堂上心不在焉，当一天和尚撞一天钟。上课很少看黑板，只出耳朵听老师说什么，然后小心翼翼地按老师的要求写作业，学习热情荡然无存，如冷水浇头怀抱冰。隔三岔五，总有男生因为淘气或没完成作业被老师叫到前面抽几板。看他们挨打时的窘样，我自然又能想起自己挨打时的狼狈不堪，身上觉得冷飕飕的。

看来挨打时主要是手痛，羞愧得脸红；之后主要是心痛，眼神也有点儿呆，心事重重，很像棵被狂风刮得直不起腰的小树。很多年后才认识到这种精神疲惫，就是行为暴力和语言暴力的双重压力造成的伤害。

就在这时，姥姥的小女儿从外省回来探亲，她结婚十年膝下无子，想过继我为养女，说尽了好话和承诺，我都无动于衷。我是姥姥的"跟腚虫"，除上学外，几乎是跬步不离，若跟老姨走，岂不与姥姥有骨肉分离之痛。

但她们母女最后一招我"中计了"。老姨反复说她村里的小学好，大庙改成的校舍，院里有正房和东西厢房，分年级分班上课，有多个班和多位老师，每位老师专教一门课，这对我产生了诱惑力。另外姥姥说村里的混合班，只有一个老师教，很难保证质量，再说大龄学生已有退学的，年龄小的有两个被家长送到城里亲戚家上学了。这不景气的状况也促使我有离开的念头。但能让我最后横下心来决定跟老姨走，是有不能同她们说的原因的，就是挨手板之后心理上的"逃学"和"厌学"状态，与行动上又不能不天天上学的矛盾纠结，所以我答应跟老姨去看看，条件是不改口叫爹妈，我莫名其妙地哭着离开了姥姥。

到了老姨的村子，我没直接去她家，先去看学校。哇！家乡外面还有这么大的学校，好开眼界，我心里乐开了花，破涕为笑，立刻给姥姥写信报告。我心想只要今后对来自老师的批评不再暴怒，就不会挨手板了。那时我还以为学生挨手板是天经地义的校规，因为我在姥姥家上学的第一天，姥姥就嘱咐我，不好好学习老师会打手板的。上学那几年，不仅常看别的同学挨打，自己也没逃过这一劫。

转到新学校里，老师们对我像父母对孩子似的，把我当成"远方的客人"。班上虽有淘气的同学，但从没有谁挨过手板，我还悄悄到老师讲台桌里查看，发现根本没有戒尺，更觉来这天外天的幸运还别有一番风景。

我全心地投入学习中，弥补家乡混合班教学的不足，考试回回满分，很快成了班上的尖子生，高小毕业考入镇上中学，当时小升初录取率不足百分之十，我春风得意地写信向姥姥报告喜讯。

上了初中，走出闭塞的山村来到大世界，我才渐渐明白当年小学老师让我们"模仿"的是"漫画"。我特意向语文老师请教"漫画"的特点。老师说用夸张手法，描绘生活中落后、消极或反动的事物，与新生、向上或先进事物之间的矛盾，尽情地揭露落后、消极或反动事物可笑、可鄙、可恶的一面，达到幽默讽刺的效果。我终于明白了当年老师让我们"模仿"的那幅"画"是"漫画"，是用夸张手法嘲讽、抨击外强中干的美国侵略朝鲜、威胁中国安全的行为必败。这时美国在朝鲜战场已被打得落花流水，被迫坐下来谈判，更觉"漫画"讽刺的真实性。

现在城里幼儿园的孩子，虽说不出漫画特点，却懂得夸张的讽刺效果。可当年贫困落后地区，从文盲中爬出来的儿童，孤陋寡闻，学前没见过小人书，生活的环境也没有任何新闻传媒，上学只有课本，愚昧酿成的无知，不懂还傻较真。难怪有作家写，"贫穷落后也是对人的智力残酷的惩罚和专政"。从此，我不再耿耿于怀地认为老师的批评不对。虽然"胡画"的说法容易引起对方反感，如果老师当时说明我那样画为什么不对，报纸上为什么那样画，像我姥姥那样讲道理，我是不会暴怒的。我当教师之后明确地认识到要尊重学生，说话要有分寸，使用文明的语言，我也责备自己当年粗野抗争，激怒老师，以"错"攻"错"。虽然打手板的惩戒方式不是我的老师发明的，但无论如何，这样的教育属于凌辱性的惩罚，是"奴化"教育。

5

徐特立说："教师应严格，不是严厉，严厉是封建的，如体罚等，那是使教师变成统治者，而学生变成了被统治者。"他还说："惩戒的方式以不用为是，如果学生真正了解自己的错误，那就是自己在精神上受到了惩罚。"我明确地认识到在精神上受惩罚之痛，经历了漫长的过程，从手痛到心痛，从抗争的心痛到自责的心痛，但那戒尺凌辱的心痛，难消失，并成为我执教的警钟。

我国教育部门 2021 年公布的《中小学教育惩戒规则（试行）》也有明确的针对性，禁止超过正常限度的罚站、反复抄写、强制做不适的动作或者姿势，以及刻意孤立等间接伤害身体的、心理的变相体罚等八类不当行为。对违规情节严重，多次教育惩戒仍不改正的高中阶段学生可给予开除学籍的纪律处分，这说明我们的惩戒是有限的严格而不是严厉。

可21世纪的今天，面对娇生惯养的孩子们不好管理的实际现状，竟有人搬出马卡连柯①的"没有惩罚的教育是不完整的教育"，并借机把"惩罚"夸大成教育的"两条腿之一"；还搬出韩国和英国用戒尺体罚学生的戒规，言外之意呼吁我们恢复古代的戒尺惩罚。

戒尺惩罚本是古代封建教育的流毒，帝王统治臣民的封建专制主义的变种，竟然荒谬地传到后世家庭教育中，形成了民间流传的"棍头出孝子""不打不成人"的家规，还有人用"打是亲，骂是爱"为自己"奴教"的余孽稀释辩护。

"奴教"的戒尺，新中国成立后在中小学很快就消失了。我那次挨打发生在非常原始的村落，转学到开化地区的学校，戒尺已无影无踪了。

值得关注的是，改头换面的戒尺还在某些阴暗角落兴风作浪，甚至变成拳打脚踢或者扇耳光，比消失的戒尺还威风严酷。我念中学的外孙，因为不喜欢听一位老师讲课逃出教室，去校园角落里观看李莲英墓碑，被保安抓送到校长室，校长带他到班主任那儿，班主任边批评边抬脚踢，校长便得胜归朝了。看来那位校长很认同教师对学生凌辱性的脚踢式惩罚。我熟悉的一位哲学教师，他得意地告诉我家里备了鞭子，说两个大孩子学习都好，就是"小老三"不听话，便常拿出鞭子吓唬几下。这种事情发生在大城市文化之家和文明校园中，可见"奴教"的"幽灵"还没完全灭亡，谬种没有断子绝孙，所以目前还有人居心叵测搬出国外教育的"戒尺"，想借尸还魂，真是令人踟蹰不安。

---

① 马卡连柯（1888—1939）：苏联教育家、作家。强调纪律教育，著有《教育诗》《父母必读》等。

古罗马教育家昆体良在一千多年前就提出自己独到的见解，他反对体罚凌辱学生。他认为体罚不仅不能调动学生的积极性，反而会伤害学生的心灵，所以他提出要有高素质的师资，而且应给违规教师制订严格的惩戒守则。

现在的中小学中打骂学生的现象虽然是极少数，但这种行为对于少年儿童的身心健康的危害却是不能低估的。我当年如不是意外转学，以抽手板后的沮丧情绪混到小学毕业的话，我是绝对考不上中学的。我非常感谢转学后的学校，那里没有戒尺，也没有凌辱的语言，她以母亲般的爱抚慰了我的心痛，并给了我无限的鼓励，在我心里留下许多美丽的故事。小学毕业64年后，我专程回去拜谒母校，虽然她已成废墟，但我仍寻到当年校门的位置和我念书的教室残垣断壁的屋角，眼含热泪，深深地鞠躬致谢！

6

武打的"奴教"谬种，在大孩子特别是高中生和大学生中，原本在形式上就没有市场。但值得注意的是，"奴教"的意识，不时地隐藏在"文斗"中。虽然没有武打肉体的"痛"，可有比肉体之痛更不易辨认的精神之"伤害"，如那种师生不平等的师道尊严，它高高在上地压抑学生的独立思考能力及对疑问的追求，培养绵羊似的"学奴"。这种"学奴"教育，不准学生犯错，一犯错就会被诛心检讨；学习的目的是制造分数，把学生当成学习机器。教育沦为分数的奴仆、文凭的奴仆、就业的奴仆；还有把学生视为一张白纸，教师把自己视为构思最新最美图画的画家。如此种种，这些实用主义教育，不是要学生追求真理、崇尚自然，反而要压抑学生的天性。

没有肉体惩罚的"惩罚"，甚至比肉体惩罚的危害更大，会在不知不觉中腐蚀学生的主动精神和创造性思维，渐渐磨去个性，使青少年丧失活跃的思考能力，人类还能有什么发明创造可言。

辜鸿铭说："中国人的精神，是西方发达国家所有优点的聚合体。"而钱学森却对"我们为什么培养不出科学家"的现状发出疑问，这令人深思的肯定和令人忧虑的现实之间的根本矛盾，就是教育的指导理念中有值得清理的"奴教"和"学奴"意识，使中国人"聚合"的优点没有充分暴发。

接受，是少儿的主要认知方式。反思，是青年的认识特征，包括教师在内。而人生也因为有反思充满生机和活力，才有创造和超越。童年被老师打手板的精神之痛，在我当了教师后，成了我与学生之间关系的警示牌，虽不可能用有形戒尺伤害学生肉体，但必须警惕无形的木板对学生的个性和精神心理的伤害。

刚走上教书岗位，一个学生作文中的字写得"草"，就在评语后写上了"字迹潦草，看了有点儿头晕，请下次写清楚点儿"。学生的下一篇作文照旧"草"写，并在上次评语下面写上抗争性留言："老师写评语的字像外文，我看了也有点儿头晕。"我的字的确也"草"，但给学生批作业我已很收敛了。可见我"草"得如春蚓秋蛇般难认。学生的"留言"引起我的反思，显然我用了双重标准，对己宽，对人严。

非常值得庆幸的是，这个学生有勇气和智慧坚持自己的写法，而且是以"文攻"的手段"自卫"，戏剧性地以子之矛攻子之盾，反弹回来拒绝"批评"。他理智文明的抗争与我的简单粗俗的做法构成对比，其实我若是稍懂点儿书法，应该会赞美他，也说不定学生正等着老师的鼓励，可由于我对书法的无知反而误解了学生，学生硬是扛着"责备"坚持练下去。后来我知道他来自书法世家，正练篆体，促使我也去识别真体、草体、隶体和篆体之区别，方才笑自己的"草"是无规无矩,学生的"草"是真正矫若游龙的篆体,并向学生表示歉意。乌申斯基①说得好:"只有当自我教育时才能教育别人。"一次羞赧的失误,学生成了助推我反思的警钟。学生的警示对我虽没有肉体之痛,但于我有抽打灵魂之痛,这痛远远超过小学老师打我手板之后的心灵痉挛,反倒使人道德纯粹,精神升华。

---

① 乌申斯基(1824—1870):俄国教育家,主张建立独创的俄罗斯教育学。著有《人是教育的对象》《儿童世界》等。

二、有趣的训练

1

一位身材精瘦、小个子的中年人，穿着灰制服大步走上讲台。他没怀抱教案和教科书，一手攥着粉笔，一手提着教鞭，都轻轻放在黑板下凹槽里；眼神充满着自信，面带微笑，目光扫视一下全班同学，像久违的老朋友般亲切温和，他就是新学年的算术老师张宣，据说是从城里请来的。

我唯恐老师看到自己脸上的焦虑，矜持地低下头，这是我转到新学校上的第一堂算术课。我心事重重，就像山里人第一次进城生怕走错路；在这陌生教室里，既新奇又胆怯。在原来学校我不喜欢上算术课，觉得就 10 个阿拉伯数字和加减乘除、括号颠来倒去，究竟有什么用呢？做算术题我常皱着眉头，对稍复杂点的数字不时出错，尤其怕算术考试。二年级时，老师领我们十来个学生去中心校会考算术，在六所小学中我们校排最后。老师批评我们上课精力不集中，课后作业不认真，那么简单的考题，竟没有一个人得百分的。

今天，老师在黑板上按顺序写出从 0 到 9 的阿拉伯数字，我的眼睛跟着老师的手移动，他书写时一点儿没有发出粉笔摩擦黑板的声音，后来知道他用的粉笔是用水喷过的。我心想，我们已开始上四年级了，怎么还能学习认阿拉伯数字？老师写这有何用意？写完，他用教鞭指着数字让我们齐声读，从 0 到 9，又从 9 到 0，我们像唱歌一样拉长调读着，朗读声使课堂充满了活力，就像听到了军号都来集合似的，精神抖擞。

之后，老师既不说黑板上的数，也不让我们打开算术课本，说了离题很远又很近的话。说远，那些大道理是我从没听过的；说近，这大道理就是我们学算术必知的启蒙教育，老师说："我们现在学的算术，就是'术'与'数'的关系。"他边说边把"术"与"数"两个字分别写在黑板上阿拉伯数字的两边。字写得大，笔画很重。

然后老师用教鞭指着"术"说："它就是同'数'打交道的运算法，如加减乘除等，其实方法是无穷的，我们现在学的方法是最简单的基础的，就像婴儿学迈步一样，这个基础就是万丈高楼的地基。"

老师又用教鞭指黑板上另一边的"数"字，说："我们已认识了正整数和 0，用它们组成的数字千变万化又无限。"他还说你们还在不认识这数字时，包括那些现在不识数字的人，每天都离不开这个"数"。说着，他的教鞭又划着黑板上的"数"字，最后他总结似的说："数与人的生活同在，数与我们学习同在。"

老师最后这句话，像夜空中滑过的流星，在我似懂非懂的心里留下了光亮。他接着问我们在生活中常用"数"数什么。同学们开始说 9 只鸡、8 只鸭、6 只羊。家禽家畜都数到了。老师又问吃饭时数什么，数过村里有多少户多少人吗？知道我国有多少人口、国土多大面积，世界有几大洲几大洋？我们把记忆中的数，七嘴八舌地数着，想数啥就数啥，已经听不清谁数什么，老师在过道走着，倾听着，非常惬意地微笑着。整个课堂像一锅沸腾的水，无数的气泡蒸发在教室里，空气的温度在上升。我从未经历过这样的课堂场面，老师问的不仅能如数家珍般答上来，而且还可以自由自在、无拘无束地和大家一起说，在这样的氛围里，我刚才的焦虑和恐惧自然消失了。

同学们数数，数出一个又一个小高潮，老师终于用手示意"停"，开始小结："请同学们记住，'数'无时无处不在。将来你们上中学要学代数、几何、三角函数，上大学还专门设有数学系。虽然数学很容易被人误会成一门没有人情味的冷冰冰的学科，实际上它是一门动人心弦、充满激情的学问。"他还说我们现在学的算术，是数学大厦地基中的万万分之一，正如在乐器上练音节，离演奏曲子还远着呢，但我们必须从这里开始才能走进科学的圣殿，数学是我们思维的工具，应享受数学造福人类的无穷乐趣。

课堂从沸腾到平静，听完老师的这番话，同学们肃然起敬，个个全神贯注。我不知别的同学如何理解老师的话，反正我非常想听，虽然很懵懂，像掉进深渊，可又想努力挣扎上岸，渴望记住并理解其中的奥妙。

2

哈·曼说，那些不设法勾起学生求知欲望的教学，是一种消磨智慧的苦役，正如同用锤打着一块冰冷的生铁。现在回忆恰恰相反，我们的算术老师是手捧火炬，一进课堂就点燃了每个同学的心灵之火，他在不断地提出疑问中煽风点火，把我们从狭窄陆地带到高山之巅远望沧海，诱发我们学习的兴趣，我几乎是从云雾中跌下来，还渴望回到云雾中看个究竟。

老师接着指黑板上的阿拉伯数字开始提问：你能用什么算法使计算结果有"0"？条件是要算式内的数字不得重复出现。

课堂静得能听到呼吸声，所有同学都陷入思考中，几秒钟后有个男生举手，说"9+1""8+2"，还没等他再说出下面的话，很多同学一起顺着说出"7+3"等等，到"5"这儿稍停一下，有人说用连加或连减。也许老师想从最容易的开始，使所有人再度兴奋起来，从自由自在进入有规有矩的计算中。接着，老师在黑板上用顿号断出了"123""45""67""89"四组数字，让我们组成两道题。条件是两道题的结果相加后的数字中有两个"0"。

这个问题让大家有点儿卡壳。教室中咆哮的大海霎时又风平浪静，没有一点儿其他声音，人人都在本子上写着什么，在沉默中寻找"金子"。又是屋角的那个男生举手，老师按他说的在黑板上写出"123-45"和"89-67"，还没等列式相减得出结果，下面就喊"相加正好100"。老师笑着为那个同学竖起大拇指，大家乐得为他鼓掌。

这样的算术游戏让人人心中燃着火苗，就像小孩子玩捉迷藏，兴奋得不停奔跑。在今天的气氛中跟着"脱缰野马"一起咆哮狂奔，虽跌跌撞撞，但我真的第一次享受自主的快乐，成了课堂上的主角，受到老师的关注。几十年后，我在《魔鬼辞典》里看到对"教育"的解释："我们太经常地给出答案让孩子们记住，而不是提出问题让他们自己去解决。"这令我想起张宣老师的第一堂算术课，在新中国初期的环境下，我们能享受到当主人的课堂，真是太幸运了，可惜的是后来几乎再没遇上这样的算术老师。

还回来说算术老师没结束的第一堂课。

在全班同学都精力集中，脑洞大开的情况下，老师机不可失地说："算术不难，就是一层窗户纸，用兴趣，就能捅破这层纸。"

老师这句名言，我几乎刻在心上，念在脑中，什么时候想起来仍觉老师那音容笑貌都历历在目。老师用智慧的方法，点燃我们学习的火苗，我就是从这堂课开始，对算术学习从被动转向主动。从此我盼着快点儿上算术课，就如盼着下课玩似的快活；渐渐有了写算术作业的瘾，写作业像在打谷场与小朋友玩捉迷藏般兴奋，希望老师多留点儿，再难点儿，自然还盼算术小考和大考，那不仅能检验自己演算速度、审题能力的准确性，也能收获满分的自足。看来之前自己"讨厌"算术的根本原因，与其说自己不够努力，不如说是老师教算术时灌输式的方法没能启发学生兴趣。

岁月的印痕，果真含在"加减乘除的无限里"。从这堂有趣的算术训练开始，我学习数学生锈的轮轴加油了，并产生了加速度。尤其上中学学代数、几何、三角函数，我同样也很入迷。记得学解代数方程式，就像淘宝似的兴奋。上了几何课后，我睡梦中都在解题，躺在被窝里还在肚皮上画点、线、平面、立体图形，竟记不清老师的课程进度，开始自修并把课本上的习题全都提前解完。至于高中学三角函数对直角三角形的锐角的"弦""切"和"割"更是滚瓜烂熟。我觉得教数学课的老师都有张宣老师的影子。由于兴趣的自主能力，我似乎对老师讲课的方式不那么在意了。直到高二结束，学校开始按高考分文理科重新组班，我毫不犹豫地报了理工班。我报理工班也有"学好数理化，走遍全天下"的实用理想诱惑，但主要出于自己对数学的兴趣。即便上高三时阴差阳错，考大学误考到中文系，可数学的缜密思维还随时洗涤我的粗糙和迟钝。

3

当年的算术作业，除了有教科书上现成的练习题，张宣老师还常带我们自编自解算术题。他说这能促使我们认知社会生活，提高独立思考能力。

记得学了龟兔赛跑题型，老师留的作业是可以不做教科书上的练习题，但可参考对照这些练习题，自编自解龟兔赛跑题。同时老师强调跑得快的容易骄傲，爬得慢的也容易气馁，人生也如龟兔赛跑一般。其实老师是在警示我们自信而不自满，谦逊而不自卑。

我编的题是龟兔同时出发，百米跑道上龟每分钟爬 5 米，兔每分钟跑百米，当龟爬到终点时，兔往返共跑多少米？与龟在路上迎头相遇几次？龟爬到终点时用时多少？龟爬到终点怎么能与兔正好相遇呢？兔往返时与龟第一次相遇时距起点多少米？我在题中提出 5 问，自己能答上 4 个，最后一问自己答不上来。

很显然，老师批改这种作业费心耗时，首先要看编的题是否合情合理，再看运算结果是否正确。远不是判统一作业，看运算结果判对错那么简单。发作业时被表扬题编得合情合理和运算正确的，也包括我在内，老师说我在一个题里能提出 5 个问题，竟没有批评我答不上的那一个。

有一些同学的题编得很离谱，有说兔子每分钟能跑千米万米，有说乌龟慢得像蜗牛，离实际太远了。为此，老师当场给我们留一道似算非算的生活题：

奶奶今年 68 岁，孙子 18 岁，问儿子大约什么时候出生。如果你说不清楚请问家人，可以有小的误差和特殊情况，但大多数是不能违反自然规律的。下一堂课老师真检查了几个同学，他们都如实说明奶奶、父亲的年龄，而且推算自己到 18 岁时奶奶和父亲的年龄。最后老师检查他留的题，同学们几乎共同总结出，68 岁奶奶的儿子现在最大 48，最小 38，所以孙子在这区间出生是合乎情理的。

老师引导我们用科学的方法，根据客观情况思考和判断，不是简单地按照课本循规蹈矩地做题，这样的教育包含着自然科学和社会科学知识，不是漫无边际地前行。

一次，老师发小考卷子，他说了一句很有哲理的话——"哲理"这两个字可不是我当时能认识到的，是在后来学习中慢慢体会出来的：

"运算结果，在一堆数字里，只要有一个数字不对，全题皆错。这与写文章不一样，一篇文章错一个字或某个字少写一点，不能否定全文，但运算一道题错一个数或一个符号，其结果全题皆错，所以运算的'准'，丝毫不差地'准'，是对错的'生与死之差'。"

"生死之差"虽不是指人，是指题的"对错"，但这话直击我的弱点。在张老师教算术之前，我演算中并没觉得不会。可运算结果不知不觉便错了，多少次拍大腿说"错得冤"。本来算术考试是最容易得满分的，可就是少成若性，习惯之为常。

算术老师不仅用兴趣之钥匙帮我打开了算术"冷冰冰"之锁，点燃了我的学习热情；还教会我"开锁"过程必伴着聚精会神、专心致志，不要自以为得计地要小聪明，常有出错的结果。老师强调要把纸上写的、眼睛看到的和脑子里判断的完全一致，不管多么自信也要检查再检查，确认再确认。我才觉得检查不是麻烦，而是必需的过程，没有了"麻烦"的心理障碍，检查时精力集中，效率更高，而且有种查出错的快乐期待。

看来老师从心理上做到爱学生并不难，难的是时时处处平等地对待学生学习中遇到的困境，努力地帮助他们改变。所以算术老师真正赢得了学生的尊敬，是因为他随时随地打开了我们身上的习惯"锁链"。说不清从哪堂算术课开始，老师一走进教室，我们就开始开心地鼓掌。

4

张宣老师的趣味算术课，使我在数学学习中获益匪浅，终生难忘。在中学的数理化学习中，我总是念念不忘算术老师的那些教导，确实使我学习兴趣浓厚，学习成绩优秀，也许是因为初中三年理科学习从没有犯过小错，才酿成了一次想不到的失误。

初中毕业考数学，有一道加减乘除的四则运算题，题中有大、中、小括号，有整数和分数，有正数和负数的混合运算，层层脱算一点儿不难，最终运算结果是 -2。而我书写中丢了负号。

当年校方规定卷上错一点也不能得百分，不得百分总成绩就是"良"，又规定期末考试占学期总成绩的 60%，平时考核成绩占 40%。校方还规定毕业生的语文、数学成绩不是优秀不能保送高中，当然三年学习成绩中也不得有低于良的。

我的班主任早就预测班上毕业生里有符合保送高中条件的同学，所以数学一考完便了解分数情况。教我的数学老师正为我的总评分发愁，说是万万没想到"常胜将军"失足在最简单的试题上。

最后在我的数学老师的提议下，数学教研室竟为我的总评分专门开了会，教过我几何、代数的老师都特别惋惜，找出过去的成绩册证明我从没出过错，是考不败的"不倒翁"，最后我破例被评为"优"。

我的班主任事后告诉我上面发生的一切，拍着我的肩膀很感慨地说，"一个全优的学生若不能保送高中，我这班主任失职呀。"老师的自责比直接批评我更触痛我的灵魂，直到他说上面的情况时，我才知道自己卷上的错误。像往常一样，我从没觉得数学学习和计算能出错，可听老师说完，我的泪水流个不停。

令我又回忆起小学算术老师"生死之差"的"对错"教诲，惭愧的泪水不只流在眼外，更流进心里，那种痛是无法言说的。在最简单的题型上，不是因为计算烦琐出错，显然是因为"简单"而轻视，明明不是计算过程出错，而是书写马虎又没有检查出来。负号，不知为什么像当年老师抽手板的戒尺一样，每看到它，我的心都有被刺一下的痛感。

这次的教训"账"，日后我多次向学生曝光，那个因自己马虎被丢掉的负号，像把闪光的利剑常告诫我"较真"，告诉我的学生对容易的题要特别注意，避免出低级错误。即便我最后阴差阳错考到文科，仍牢记算术老师的"生死之差"的教诲。在俗称"万金油"的文科专业里，其思想表达的精确也是有小数点前后之差的，圆周率的小数点后面有无数位，位数越多越精准，万不能把思考及语言表达的精确度停在小数点前的整数那儿就满足止步。

我相信柏拉图[①]在《理想国》里所说的："学习算术是为了灵魂本身去学的，而且又因为这是使灵魂从暂存过渡到真理和永存的捷径。"因为它迫使灵魂探索抽象的"数"，对灵魂而言，算术是变化世界里进入"是"的世界的捷径，难怪莫斯科大学历史语言系的学生要必修数学课。

长大后回忆起来，算术老师的趣味训练是开始把我引入抽象思维的起点，虽然当时还不能自觉地认识到。成长实践进入理性逻辑思维中才开始觉得那么可贵。

64年后，我回到念小学的母校拜谒，在校门废墟残壁前遇到几位晒太阳的老人，对话中得知有一位是我的师弟。说起教算术的张宣老师，他两眼放光格外来神，就像说刚才发生的趣事似的："算术老师后

---

① 柏拉图（前427—前347）：古希腊伟大的哲学家，是客观唯心主义的创始人。他认为应该建立完整的教育体系，著《理想国》《对话录》等。

来被一所大学调去了，人家是从国外留学回来的。这样的老师以后再也没遇到过。"我们的感慨中怀着深深的敬意。

张宣老师用自己的知识和方法将我们的心灵从梦寐中唤醒，这位精神助产士，努力地用活泼有趣的方式使我们对知识产生好奇，而不是直接传播知识，遇到这样的教育工作者，真是人生的大美事，也是学生的大幸运。

三、宽宥与严格

老师的影响是永久的，教师决不能停止自我感化。

——亚当斯 [1]

1

上高小 [2] 开学的第一堂课，新班主任赵老师讲开国大典的阅兵游行。新老师面对新学生，双方本来都格外兴奋；又加上课文内容的强烈吸引，特别是赵老师那激昂的爱国情怀，感染得我们热血沸腾，真是室外春意盎然，桃柳争艳，我们这群少年坐在屋里欢天喜地，神采飞扬。

我国开国大典的盛况，当年还不可能有影像及时传到农村，只听到工作队宣传"我们建国了"。两年后小学语文课本上就有了开国大典

---

① 亚当斯（1819-1892）：英国天文学家、数学家。著有《亚当斯科学论文集》。
② 高小：高级小学的简称。我国旧制小学中，一到四年级为初级小学，五六年级为高级小学。

检阅游行队伍的课文。闭塞农村的小学生，还是首次从文字中见到这震撼人心的号外新闻。少年虽说不清国家对自己的意义，但受到课文内容和老师情绪的感染，内心深处升腾着自豪和骄傲，从小家小村油灯下，开始放眼外部世界中的国家大事，那是一种多么快乐的精神解放和根深叶茂的成长瞬间。

老师讲完课还特别告诉我们，开国大典的实况有纪录电影，早晚会传过来的。我们今天的课文内容，全都会变成真实场面和鲜活的人物形象。至于电影啥样，对于刚解放的农村小学生还是个神话传说。

课后作业是写读后感。我仍处在老师授课的激动中，可谓春风得意马蹄疾，一心看尽长安花。写读后感时，我说了满肚子的话，写到结尾，几乎是放声歌唱，竟唱出了这段文字：

"我梦想，有一天能看到人民军队，雄赳赳气昂昂，异脚同步走过天安门广场；我梦想，自己也在游行队伍中，载歌载舞，异口同声、高呼口号走过天安门广场；我还梦想，能坐在广场方队中不断拍手，与大家异掌同音，热烈欢迎被检阅的队伍通过天安门广场。我的梦定能在老师说的电影中实现。"

写上面这段文字时，我几乎陶醉在盛典场面里，少年那种澎湃激情和浪漫的幻想流于笔端，顺畅地写出那段文字。回头检查，在感到满足和惬意中，也朦朦胧胧觉得"异脚同步"和"异掌同音"这样的词在书上没见过。细琢磨词意，认为它与课文中的"异口同声"是相同的排列方式；同时我反躬自问，就像你不认识很多人一样，你没有见过的词也有很多。没见过不等于不存在，于是我像给自己吃了宽心丸似的，悠然自得毫不怀疑这两个词的存在。

2

两天后，语文作业发回来了，先映入我眼帘的是红笔写的一片文字，头一次见老师对作业这样详批。我先溜自己写的文字，看到在"异脚同步"和"异掌同音"下画红线了，线下有个问号，红线画得轻轻的细细的，线下的问号小得比课本上的标点符号还小。往常别的老师在批作业中对错字或病句，多是用红笔重重地画叉画圈或是画波浪线，那笔画很威风，如人生气的面孔，表明对错误的"愤懑"和批评的合理性，引起改正的注意力。

今天老师在作业中画的红线和问号，像是悄悄地走路，生怕惊动旁边人，像是不想画又必须画似的。我在懵懂中盯着正面那大片红字批语，前几行肯定我写得情真意切有实感，接着一句是："请不要生造词，没有'异脚同步'和'异掌同音'这样的词。"老师否定我造词后，又写一串很有分量的文字，"请记住，生造词不利于祖国语言的纯洁健康发展。"

别看我是小学生，对这句话我和我的同学都很熟悉。因为去年冬天，学校利用晚自习时间教我们学习拼音字母，是老式的ㄅ（b）、ㄆ（p）、ㄇ（m）、ㄈ（f），然后去老百姓家当扫文盲的小先生，参与新中国初期全国性的扫盲运动。当时《人民日报》还发了"为祖国语言纯洁和健康而斗争"的社论。教拼音的老师手拿报纸在黑板上写下这个社论标题，动员我们积极参加扫盲活动。老师先用拼音校正我们平卷舌不分和发音不准，如把"人"念成"yin"，把"热"念成"ye"，把"肉"念成"you"等。我刚上小学一年级时，老师还教我们把"我"念成"n"，我很快矫正过来了，扫盲，不仅教认字，还要教正确发音，正人先正己，老师先正我们的"盲音"。

说实话，一个小学生怎么能有造词的狂妄胆量！

我仔细回味"异脚同步"和"异掌同音"的由来，是老师在黑板上解释"异口同声"的瞬间，我就产生了联想，在脑海中闪过"异掌""异脚""异眼"和"异耳"等词，所以写作业时兴奋得头脑发热，以推类的臆测，鬼使神差地写出这两个词，没有理性指导，更没有仔仔细细琢磨。

批语最后还有一句话很温馨，像是母亲的巴掌打在孩子身上、可疼在母亲心里："你造的词，看得出是根据'异口同声'类推出来的，词的结构相同，也有一定道理，但词典上没有，以后慎用。"

很明显，老师严格批评后，从寻找造词缘由中，以款语温言有意地劝慰，给了我拥身的空间、转身的台阶及改进的机会，这何止是老师的善良和智慧，更是一种人格魅力。老师评语中两次用了"请"字，语言中没有一点儿居高临下的"尊道"，完全是与学生平等对话和讨论，很像朋友和伙伴。

老师的评语，既刚又柔，责怪我造词时不吹毛求疵，安慰时也不阿谀取悦。简言之，对缺点束紧，但不束死，严而合乎理性，宽不放任而得宜，真是恩威并施，一片冰心在玉壶。难怪有人说，严格，是科学的冰；宽容，是爱护科学的火，为了更科学，必须鼓励融冰之火不断燃烧。老师的智慧批评更激发了我思考判断的意志，每一次回味我都在感动中讪笑自己，感念恩师。

3

赵老师做我们班主任前，就传他是本校的"语文大王"，学生喜欢听他讲课，对作业中字词句的批改一丝不苟，连标点符号都不放过，而且批语很有趣，私下调皮淘气的学生说他是"标点"老师，显然这是很苛刻的夸赞，也是一种严格的自我警告。据说他教过的班在地区小学会考中总是夺冠，真是严师出高徒。名不虚传，赵老师的人格魅力也表现在举止言谈中，他中等身材，浓眉大眼，目光炯炯，蔼然可亲，走路腰板挺拔，迈步坚定，很显文人雅士的风度。他第一次给我们上语文课手握教棍，站在三尺讲台上，虽三言两语，句句精妙，从内到外散发出一种过人的光华，总是面带微笑、平视眼前的学生，好像园丁欣喜地看着含苞待放的蓓蕾，又像守护摇篮的母亲，唯恐狂风摧残和惊扰。

真像传闻中的那样，首次作业评语，我就感受到赵老师教风的独特魅力。他剥去我简单随意的习性外衣时，万千小心地保护学生善良的品质和质朴的灵魂。

当时我周围的同学都在看发回的作业，有人为老师的点赞惊喜，也有人为作业上大小的缺憾而唏嘘，还有人使劲地拍大腿自愧。可见老师尽责尽职的惯性，达到了圆周率的高位数上，对每个同学的作业都如此耗神费心。老师的爱，使每个学生的智能在充分个性化中自由发展。现在有些重视教改的中小学，也开始考核老师对学生作业的批阅情况。要知道批改作业是老师与每个学生单独对话的良机，对学生极有针对性地鼓励和批评，它默默地检验着教师的耐心程度和智慧。只在作业中肯定或否定，不追问为什么，那是失职，也难培养学生的思维。要知道，作业是师生之间沟通的"信件"，甚至能建立起师生之谊。

虽然我敬畏老师的良苦用心，但出于少年的不定性，还心存侥幸。当年还没见过字典和辞书，十二三岁少年相当于阳春二三月，生命活力极其旺盛，有种逆反心理，别人越说不，就越想探个究竟。可惜乡村户户家徒四壁，文盲像生活在没有窗户的房间，我直到小学毕业才知道城里有书店，至于图书馆，还存在于遥远的无名高地上，不知何年才能光顾。《新华字典》1953年首版，可我是在上初中后才看到的。

我何止在书上见到过"异"字，像见到老朋友似的眼前一亮充满期待，希求看到自己造的词的影子。当我拿到《新华字典》，第一个查的字就是"异"，只查到"求同存异""奇才异能"等，词中强调"异"，与异口同声中强调"同"是背向，连异口同声这个成语都没查到。再后来，在大小成语词典、《辞海》《辞源》里追踪，希求山穷水尽时柳暗花明，但最终还是踏破铁鞋无觅处。

每回忆起来都觉自己从前固执己见，无谓耗时的幼稚可笑；那也许是少年成长的必由之路，像所有的河流一样，没有笔直地流淌。即便这样，我还是查出有"异"字的成语一大串，分析它们结构，认为自己虽无意主观造词，如赵老师所说是自然模仿类推出来的流于笔端，也确实有点儿"合理性"。同时我还悟出汉语中成语一般都有出处、形成和流传的独特背景，很多出自名人名篇或典故中。

当我考上大学，向一直没有中断联系的赵老师报告喜讯时，我还特意提了造词的趣事，但没好意思具体写出那两个词：

> 尊敬的老师，我走遍"地球"也没有找到当年我造的那两个词，看来您早已博览全书了。记得后来我在作文中，根据"国家""厂家""大家""东家""管家"等词，自造过"校家"，还根据"师长""师娘""师姐""师哥""师父"等词自造过"师妈"，我是根据其他词语推出来的，或许这词不属于成词，您没有提出疑义。我至今都感谢您宽宥之至，使我在遣词造句中不忘使"语言纯洁健康"；还养成了依赖辞书的习惯，这习惯使我每查一个字词，都对这个字词的上下左右邻居多看一眼，常常查一得二获三，甚至更多，弥补了我从小阅读量小、词汇贫乏的缺

憾。另外，我特别关注同义词、近义词的差别，力求说明它们的相"异"，所以"异"是汉字中给我启示最多的"字友"。每看到"异"字，我总会想起老师的谆谆教导。

赵老师给我回信时，非常乐观地开玩笑道：

别灰心！现在有的词，都是前人造出来的。今天的人总会成为后人的前人，说不定哪个大家就在名篇中写出了异脚同步和异掌同音。

时过中学六年悠长岁月，赵老师还记得我当年造的那两个词，我在心理上就像阿Q一样自足，就算作这两个词是最初但不一定是最后的流传吧，因为我尊敬的老师在信里用上一次啦。

责任是教师的底线，爱是底线中的魂。老师有爱，就会关注学生纯洁的灵性，并把学生当种子去培植，而不是去改变，其实这就是把学生当主体。所以老师之宽宥，如苏霍姆林斯基[①]所言"宽容能引起的道德震动比惩罚更强烈"。"蒙眼"的故事，写一位老师让全班同学蒙上眼睛面向墙壁。老师从一个学生口袋里找到了丢失的手表，还给失主，然后继续上课。偷表的学生，从这天开始发愤学习，直至成为有用的人才。当年老师给了偷表的学生改进的机会和转身的余地，也使同学间保持着良好关系，互相尊重。二十多年后这个学生在宴会上认出这位老师，眼泪夺眶而出，紧紧拥抱老师，一句话也说不出来。此时老师却不知手表是从他口袋搜出的，因为老师当时也是蒙着眼搜每人的口袋。无疑，这位老师的宽恕护佑了学生的尊严，引起学生灵魂的震动和自赎，应了诗人蒲柏[②]名言，"犯错的是人，宽恕的是神"。

这"神"是教师理解学生的桥梁，并以爱奠基；这"神"是芬芳

[①] 苏霍姆林斯基（1918—1970）：苏联著名的教育实践家和教育理论家。著有《要相信孩子》《关于爱的思考》等。

[②] 蒲柏（1688—1744）：全名亚历山大·蒲柏，被誉为18世纪英国最伟大的诗人。

的花朵，结出了师生友谊的果实；这"神"是一种力量，支撑犯错的学生熬过数九寒冬，走入人生阳光灿烂的三月；这"神"造出一种美景，出现了暴风雨过后的彩虹。这"神"就是老师智慧地宽宥托出学生健全有魅力的人生。我的语文老师在评语中的咬文嚼字绝不是卖弄学问，他如"蒙眼"故事中的老师一样，永远使我在自尊中自赎。

赵老师在这封信的结尾，还有两句叮嘱令我终生难忘：

"记住用功学习时不要惯性弓腰驼背趴桌子，老师的手掌再也够不到你了。也不要放过说话演讲的机会。"

信中这两句话，外人听起来可能有些突兀，但对我是刻肌刻骨的苦口良言，如母亲对远走他乡的孩子耳提面命的叮咛，听多少遍都觉得无比亲切和温暖。

当年我在课堂看书写字时，总是习惯性塌腰躬背趴在课桌上，只觉得这样很舒服，老师走在过道上，有好几次用手掌轻轻地拍着我的背说"挺起腰板，习惯了会驼背的"。挺起腰时才觉得那样坐是有点儿怠惰。班上有好几个同学都像我一样被老师拍过背。为此老师还站在讲台上，自己认真地给全班同学示范站姿和走姿，说不要缩头缩脑，要挺胸抬头，坐下看书写字也要挺直腰板，还说这种精气神是种文明教养。至今我八十多岁，老朋友总夸我腰板儿绷直，我心里喜滋滋地想："功到自然成，有何难哉！"有时我路见驼背青年，也真想用手掌警告一下。

我原是个很木讷的少年，在同伴中多是出耳朵和眼睛，很少说话。赵老师发现我这个习惯便找机会引导我开口。当年学校组织演讲比赛，他鼓励我报名参加，说口才是练出来的，说话是思考的结果，还给我拿一本演讲的书看，果真我参加比赛还获奖了。从此我感到演讲很有趣，平时也有意地参与同学间的争论，不再沉默寡言了。记得高中一年级时，学校欢送实习结束的师院毕业生，校方让我代表同学致欢送词，当天早上临时跟我说，两节课后借全校同学上间操集合的机会举行欢送会，我当时觉得时间仓促，有点儿胆怯，但想起赵老师"不要放过演讲机会"的话语便答应了。我坐在课堂上根本没听课，写出了草稿，又反复修改，间操时大胆登台致感谢词。说实话，练习演讲对我后来当教师站讲台很有帮助，教师实际上是讲话"专业户"，口才应是教师必备的基本功和修养。感谢赵老师有预见性地训练！

4

赵老师还有一句黑色幽默的评语，令我含泪地笑，并在追根溯源的痛中弥补荒芜的生命。

我国 1953 年学制改革，大中小学从这年开始秋季入学，不再有冬季升学考试。我们六年级要提前半年毕业升入初中，学校对首届高小毕业生非常重视，拼命地抢课备考，天天晚放学，老师学生都很紧张，校方为了让大家放松一下，便组织了一次"仲夏游"。

我们自带干粮饼子，在老师的带领下，到附近有山有水的风景区疯玩了半天，午餐后返回了学校。

赵老师给我们留的语文作业是写游玩日记，他明确了写日记的格式。

我在那天的日记中，写天蓝云白和金色太阳，写了草绿花黄和流水潺潺；还写了鸟鸣蝶飞蜂舞蛙跳和我们快乐的歌声、拍手声和笑声，特别是我们齐声呐喊引起大山的回音似的"对话"，人人都变成了自然的精灵。

我的日记的最后一句是："大自然之美使我们的精神饱餐一吨，赶走了疲劳。"

老师写在我的日记后的评语虽赞不绝口，但他在最后那句的"吨"字底下画个小小的叉，笔画仍很轻很细，而且在本子上边有眉批，字写得很小，也许是空白处窄小，也许他不想写在评语中，有意减小字号给学生减压吧：

"野游的快乐，使你成了精神的巨人，一'顿'就吃了一'吨'的干粮饼子。"

老师在"顿"和"吨"字底下都加了着重号。看来目的是不仅让我知其错，还得知其对。利用含蓄有趣的结论，以笑的反讽使我耳面发烧，所以终生记住这两个字之别，虽同有量词属性，字形右侧相同，但其内容含量是"个"与"千"之差，这真让人洗心涤虑中榨出皮袍下的"小"来。

即便当时认真检查能改过来，那也是值得深思的，这种张冠李戴的错误，说明书写的基本功不扎实。我在家乡小学复试班连笔顺都没学过，是家里找外村人给补的，那时才知写字先左后右、先上后下的顺序。那时老师判作业就是打对号或画叉再加个分数，从没见有评语，更不用说有眉批了。转到新学校，自知跟上不容易，所以开足马力用功，但薄弱的基础不是三五日能补上的，所以劣势不时露马脚，远不止这次老师给指出来的错别字和上面的自造词之笑话。

回想起童年生存环境对教育的缺失，几乎是以大半生焚膏油以继晷，恒兀兀以穷年地弥补，也可以说这样努力也很难使一"吨"变"千吨"，"千吨"饭也补不上那一"顿"的营养缺失。赵老师黑色幽默的警钟一直长鸣在心中。没有老师当年富有智慧的严格要求，哪有成长中的不断弥补。

上大学后，我读拉伯雷①的《巨人传》，书名"巨人"两个字非常

---

① 拉伯雷（1494—1553）：文艺复兴时期法国人文主义作家之一，同时也是杰出的教育思想家。著有《巨人传》《格言集》等。

耀眼地把我拉回到少年时代老师对作业的批语中。书中主人公卡冈都亚一出生就用12000多尺布做一件衣服，就喝17000多头母牛的奶。在欧洲文艺复兴时期，作家用"巨人"的精神力量反对中世纪教会几百年统治的"巨神"。这时我方知自己当年一"顿"食一"吨"才只是"巨人"一餐的零头都不到，还真得向卡冈都亚学习，去寻找知识的"神瓶"，畅饮千万吨知识的宝藏。但也得一顿又一顿、一口又一口地吃，绝不会一口就吃出个知识胖子。

赵老师那句幽默的笑话，使我这个从穷乡僻壤杂草丛中长出的小苗，永远不忘成长中要自我剪修，自我补充。

赵老师不只教我们笑自己的"荒芜"，还教我们有独立思考和判断的勇气。

在小学生心里，学习用的课本是很神圣的，不可能有错误。上六年级时，记不清是在一篇什么课文里，描写一个姑娘勇敢而美丽时，有这样一句话："姑娘的眼睛在夜间亮得如汽车前灯一样"。

赵老师念完课文意外地问我们："你们见过像汽车前灯这么亮这么大的人眼吗?"

我们互相看着，不置可否，因为这些农村孩子谁也没见过汽车啥样，去过小县城见到的是牛车或马车。多数人摇头，更说不出汽车前灯夜间亮时什么样啦。老师边问边用两手大拇指和食指拢成圆形说："这么大的眼睛，在黑夜里一闪一闪发出电光，刺眼不? 你们能感到这双眼睛的'美丽'吗?"我们发出讪笑声，许多同学摇头，也有人说姑娘不仅不美，还挺可怕的。

赵老师收敛了笑容，很严肃地说："虽然打比方时可以夸张，但不能这样离谱。这样夸张会适得其反，在夜间见到这样一双眼睛肯定把人吓跑了。"然后老师又说："不要人云亦云，切记要动脑判断。"这种课堂插曲，不只是单纯地评论一个不合适的比喻，还引起对课文语言学习中有思考和判断，不要迷信书本上写的，言之有理才能令人信服。不做接受知识的奴隶，要做接受知识的精灵。教师要尽到教学生观察、思考、判断的责任。

写到这里，我自然地哼唱《老师你好吗》歌中的几句：

"有时候写点啥，我总忘不了语法……沿着您的教鞭我走上了书架……您给我的评语我都读了……看着您的黑板，我走向了博大。"

四、"再考"与"锥子"

1

隋文修老师，个儿特高，腰板儿又绷直，穿的制服虽笔挺，却像加大号似的。长方瓜子脸总是挂着微笑，灰白头发，宽额下的眼镜显得学究气十足，慈祥得像个老爷爷，年高又豁达，亲和又严格。他满口江浙音，洪亮又很有磁性。据说是支边调到东北的优秀教师。

初中几个班的美术和音乐课，由隋教师一人教，我们初二下半年美术课结束，初三上学期他又教我们音乐课。上音乐课他常抱着自己用墨写的歌片悬在黑板上，先用手风琴或小提琴演奏歌片上的曲子，我们听两遍后他就用教鞭指着黑板上歌谱教我们跟着学唱，没有几遍就开始唱歌词。如果老师来上课什么都不带，那就是讲乐理了，这周讲完下周准有小考。

这学期最后一堂音乐课，教师悬在黑板上的歌片是《祖国宝岛台湾》。至今我还能哼"在祖国东南海面，漂着一片金色叶子，那就是宝岛台湾"，当我们沉浸在歌声中，想象着台湾回归祖国母亲怀抱的欢乐时，隋老师看一眼手表说："音乐科没有期末考试，每个人的成绩，按平时提问唱歌、试谱和乐理小考的分数，优多就评优，良多就评良，优良相等以唱歌为主评优。"紧接着他补充道，"如果有同学不满意自己的总评成绩，可以随时找我'再考'。"老师避开了"补"字。古而有之，成绩不及格，要补考的，但没有不满足于及格想提高成绩"再考"的规定，隋老师竟独创了这一招。我们念了八九年书也没听说过这个做法。

老师接着说"再考"内容时，举起手中绿皮的音乐课本：

"就考这本书上所有歌谱和歌，包括我们课堂上学过的。平时补充的课本外的歌曲不在考试范围内，比如我们今天学的《祖国宝岛台湾》。"

老师说的"再考"内容可谓是海量的。最后他说"再考"的时间和方法：

"请同学们注意，从现在到你们毕业，还有半年多时间，想'再考'的同学可随时找我。"

听老师这席话，我已被一本书的内容吓倒了，皱着眉头打个唉声，觉得这是万里长征，即便给再多时间，想提高成绩也很难。紧接着老师说"再考"的方式，他又一次向我们展示绿皮音乐课本："我用锥子，扎一下这课本，扎到哪页，你就唱哪页上的歌，再扎一次，扎到哪页，你就唱哪页上的歌谱。"

老师话音一落，底下哗然一片，大家的眼神中混杂着疑问与惊奇，无望也同时袭来，面对这奇怪的"再考"方法，大家哑火了，我更是惴惴寡言，处在懵懂中愈觉这"再考"就是师生同时"拒"考。

2

到初中毕业，学完十二门学科。对于我要所有学科全优，老早耿耿于心的是体育和音乐，必得更上一竿，其他各科平时成绩从没有过良，有的学科早有结果，还没结业的也信心满满稳拿优。

体育百米成绩是及格，总评成绩不可能优，少年的自尊和虚荣，再加上我争强好胜，不改写这成绩是不甘心的。于是我跟班上几个百米不及格的同学约定每天早起去操场练跑，练了一个多月，最后一堂体育课，我跟老师说想提高百米成绩，与因不及格补考的同学一起考，老师点头同意。老师拿着秒表，几个人通过终点，老师说跑在最前面的优，其他全及格，我确实领先别人四五米冲到终点的，平日练习也这样。我混在补考同学中这一考，按隋老师的说法，也该叫"再考"吧，其实这是隋老师半年前说"再考"给我的启示。

音乐课如果没有"再考"，以唱歌为主总评，我总评成绩肯定是良。虽然考乐理都是优，一想到主科全优，副科成绩上不去觉得不值又脸红。

可老师给的"再考"机会，时间很充足，看起来无限宽容，但音乐课本上近20首歌，课上老师只教五六首，其中包括至今流传的经典歌曲《让我们荡起双桨》《康定情歌》，还有十多首歌都要自己试谱才能会唱词，自学内容超过老师教学内容的两倍多。这大量的歌曲要自学，谁敢去冒这个险！若考乐理知识，就是这一本全是死记硬背也能拿下来。可惜我偏偏是个理论脱离实践的"乐盲"。多少年后自己反刍才明白，当时考乐理我得的优，只是自己头脑中记忆的符号，根本没有咀嚼消化融为精神，其实那也只是形式上的优。

隋老师在课上，那巧手拉琴奏出动人的旋律和灵喉送韵的悦耳歌声，真如高山流水，把我们带入快乐的世界。我跟着唱时也很忘形，从没想到自己唱得哪儿不对，可一到老师提问，我便扫兴地低下头，原来只能在合唱时滥竽充数，可提问时总得"独"唱。一听到老师叫我名字，霎时我如老鼠遇到猫，缩手缩脚站起来，从不敢放开嗓子唱，老师最后给个"良"，我想是不忍心严格，因为我是美术课上的好学生，他曾多次表扬我的画。

"再考"的内容和方法，虽然令人生畏，但我还是不甘心放弃争全优的机会，甚至有势不可挡的劲头。

还有在心理上，我想改变自己唱歌的难堪窘相。看到同学高兴时放声歌唱，我很羡慕，可自己就是张不开嘴加入。连农村老奶奶哄孙子都能含情脉脉低吟催眠曲，我小时外婆常拍着我的头轻声哼唱，而且姥姥每次唱的歌词都不一样，总能即兴自己编词。想到连文盲对音乐都不是乐盲，婴儿听催眠曲甜甜地睡了，我们唱《国歌》时精神抖擞，听春节秧歌队鼓声想舞蹈，闻送葬的悲哀的唢呐声想哭。常言道："音乐是心灵的语言，何须懂。"我越想越觉得自己得改变唱歌缩头缩脑的毛病，不该这样自怨自艾地自我惩罚，所以下决心逆流而上，迎接挑战，不达目的不罢休。

3

我开始匿迹隐形地逆水行舟了。

绿皮音乐课本成了"随身带"，就像现在人们带手机似的。除了上课，我随时翻看，有时默念，旁边没人就哼唱。正赶上放寒假，在家里很自由，除了写作业就是试谱。对老师教过的歌也复习，从中体会节拍韵律与歌词位置关系，学过的歌成了天然的"老师"。没学过的歌，从试谱开始，由生到熟，把无数次反复都当作是开始。有时把谱写在手心手背上，随时看，小声哼，甚至还默写歌谱，对照课本检查，慢慢可脱本自吟，问脑比问课本更方便，只要旁边没有人就哼出声，谱哼熟了才开始对照歌词，这一关过得尤其困难。

以前课堂上是老师教，我是牙牙学语地跟着重复，高低中音根本不分。这回自己练时方知跑调发出的音难听极了。一个寒假大部分时间我都是自修音乐，啃出大半本课本，先背谱，后背词，不知不觉也有种自得其乐感。

开学后每周六晚自习八点结束，我必赶回农村家，因为姥姥习惯在村口等我。这个时间路上几乎见不到行人。15里路，在这空旷大自然中，我无忧无虑地放声歌唱。第二天晚自习前赶回学校，披着夕阳的余晖向东，路上虽偶遇车马行人，大自然母亲仍静悄悄地听我歌唱，好像路旁的庄稼都为我鼓掌。

平日在学校多是瞄一眼音乐课本，记准谱和词相对应的拍节，没人时就哼出声。就这样一首歌一首歌地学，从生到熟，半年多时间，我没有一天离开音乐课本，就像吃饭离不开碗筷，功夫之花终于结出果实。我自己也说不清从什么时候开始，对节奏感强的歌也能唱得手舞足蹈，陶醉在歌声中很忘形，脑海中也会出现歌中的情景，险峻高山、清澈小溪、美丽田园和波涛汹涌的大海，几十年后我方知这情景叫作唱歌时出现的"联觉"。

我找空儿还请唱歌好的朋友给挑毛病，她们也只好帮我检查课上学过的歌。音乐科代表是"小先生"，她能给我找毛病，她自己会试谱。但她很奇怪我怎么啃起音乐课本啦。至于音乐老师结课时说的那番话，谁也没当真。再说现在都为毕业去哪儿忧心忡忡，我这个乐"盲"不仅对升高中一心一意，还为争全优鬼迷心窍。

4

上午考完最后一科，毕业考全部结束了。

下午我拿着音乐课本急不可耐地去音体美教研组，这"组"也只有隋老师和体育老师两位。我向老师说明来意，一开始我看隋老师表情有点儿诧异，但他对自己半年前承诺再考的事情非常清楚，他很从容地拉开抽屉，翻弄几下，便拿出了一把锥子。

锥子柄是木制的，锥针已无亮光，虽没上锈却很灰暗，同我家纳鞋底的锥子一模一样。我怎么也没想到自己儿时穿针引线的锥子，今天竟登大雅之堂，这也许是我至今难忘的原因之一吧。

马戏团小丑走钢丝提心吊胆，怕掉下来，两手攥着长杆保持平衡；我今天是在锥子尖上唱歌过关，但愿锥子尖能给我带来好运。我看着这熟悉的物件，七八岁时就拿着它锥眼儿纳鞋底；今天它却对我发号施令决定我的课业能否得优。老师手中的锥子铁面无私，我心想你再威风我也不会败下阵来，因为你日日扎我唱不好的痛处，今天我一定让你成为无地自容的怪物败下阵来。

我把叠有很多皱的音乐课本递给老师，这不到百页的课本还没有鞋底厚，不用劲儿就能扎透。老师把书平放在桌上，拿起锥子轻轻地直扎下去，停下后左手托着锥把连着锥针扎透的书页，右手打开书本，露出了锥尖碰上那页的歌名：《战士骑马回家乡》。

瞬间，我练歌积下的辛苦和再考的恐惧全部灰飞烟灭，我像刚冲出笼子的鸟般轻松自由，几乎笑出声来，充满着侥幸的自信。我看到歌名，就像拥抱眉开眼笑的朋友，因为老师扎到的这首歌是我最爱唱的。我不只是每拿到音乐课本先唱它，走在路上也总是最先哼唱它；

就是几十年后每每带着乡愁回故里的路上还哼着它。

"山林中铃儿响叮当，战士骑马回家乡。"这歌的联觉，使我看到故乡那一望无际的田野银装素裹，我们拉着雪橇在路上你追我赶，歌词中的乡愁四溢，令人动容。我在老师面前放声高歌，就像在回家的路上一样忘情快活。老师拿着我的课本对照打着拍子，唱完第一段，第二段刚开头他就说"停"！

然后他又合上课本放在桌上，这次他手中的锥子扎得比较用劲儿，我想若扎到桌面，我该免试了，结果他还没打开课本，我就说出，老师的锥子扎到了《世界青年进行曲》。因为我听到锥尖碰到桌子的闷声了，果然，老师惊喜地"啊"了声，把书递给我。这回我没敢说能背着唱，老师打开了自己桌上的音乐课本。这首进行曲雄浑昂扬，铿锵悦耳，歌中的青年队伍像大海般波涛汹涌澎湃，充满一往无前、征服世界的豪情。我每唱它时总觉热血沸腾，此时刻也不像在接受考试，而是面对世界抒情。我边唱谱，老师边用手打着拍子，可谓是大师"指挥"我独唱。我放开喉咙唱，老师尽心指挥，师生协调默契，甚至身体也随节拍摆动，这哪里是考试，而是老师在验收学员的汇报演出。

试谱结束，老师放下手中课本，笑着问："怎么练的？真有进步！"

看得出老师被我认真的劲儿感动了。但我心里明白这还包含小小的侥幸，如果扎到书中别的歌和谱，我不一定能唱得这么从容和自信。只当作这是铁面无私的锥子的公平，对用功学生的奖赏吧。

老师翻出班上的成绩册，在我的名字后总评成绩格内把"良"改成了"优"，而且像慈爱的爷爷似的自言自语道："这必须给优了。"

我心花怒放地看着老师改成绩，然后拿起绿皮课本向老师道谢，转身走时，老师怡然自得地说："你是头一个敢来挑战'锥子出题'再考的学生。"

我停住脚步转过身，心想，像我这么争强好胜的人多得是，可怎么也没料到自己是第一个挑战者，所以我惊奇地问："真的?!"老师点头笑出声，我胆子大起来又追问："那以前肯定有吧?"

隋老师先是摇头，然后感慨道："教了一辈子音乐，每到期末都说过再考和'锥子出题'，至今只遇到你这个应战的。"

我受到夸奖似的，胆子更大，便好奇地问："老师怎么想到这样出题的绝招?"

显然我这一问是对"锥子出题"有不满情绪，可老师没有在意，毫不犹豫地回答道："我在艺校念书时，音乐是主科，我的老师总要单兵教练每个学生，都是用这种方法测验我们。"我"啊"了一声，眼神惊恐，竟说出："这办法你们肯定不喜欢吧? 我今天挨考那也算正常，虽然我不是艺校学生。"

老师笑得前合后仰，对我的话不加评论。他收敛了笑容，沉思片刻，却说了很有重量的话，令我久久回味这位老者的坦诚、谦逊、自律和严格，他说："看来我今后得改变教学方法啦! 以前习惯老师领唱，这方法对不认字的小孩子可以，对中学生，应事先预告下次学课本上哪首歌，让学生自主练习，老师上课检查示范，纠正不标准部分就行了。"

像我这样的"乐盲"都能自修一本书上这么多首歌，其他同学还有什么办不到的? 特别是那些有乐感的同学，不是自修能力更强吗? 更应给她们自主活动的舞台。看来老师从我唱歌前后的变化中得到了某种启示，古人提倡的因材施教和教学相长，又将在老师的感悟中开花结果了。

5

我再次感谢老师给了我再考的机会，上学以来只知不及格的必补考，从没有老师规定要高分的可以再考，这破天荒的做法，提高成绩已是小事了，磨炼乐盲过程也磨炼着生命的温度，倒是值得记忆的大事了。我告诉老师，以前自己唱歌都是鹦鹉学舌，这次自修，终于能试唱简谱了。老师恳切地回味："以前你唱歌胆怯，放不开嗓子，是因为害怕。心中无底就害怕，练习得少，不熟，就心中无底。熟能生巧，巧生胆又生兴趣。今天很放松，试谱的节奏把握有进步。"

我知道老师说的"进步"是跟他提问我时的印象比，离真正要求还差很远。老师的肯定和温暖教诲是对我真正的关爱，因为他鼓励自主和独立思考，给了学生无限自立的空间。

多少年后，我经历了在考场中抽签或抓阄儿式的口试答题，自然想起"锥子出题"法，可谓有异曲同工之妙。感谢当年自己的逞强掺杂着虚荣，促我敢闯再考难关，不仅得到了音乐扫盲的机会，更是一次"被迫"的基本功训练，最重要的是我从此开始积累心灵最原始的语言，体会音乐是减压剂，在充满着惊奇恍惚的状态中常有了音乐的寄托，享受音乐语言给心灵带来的幸福。

再考之后，我再也没见到隋老师，据说他不久就退休回老家了。我至今仍感念他的"锥子"教育精神。那不是补考的再考，给了学生无限自主提高的空间。"锥子"体现了宽容中严格的公平智慧。"再考"与"锥子"本是风马牛不相及的事和物，在隋老音乐考试中却留下了回味无穷的育人故事。

五、最初的敁倾

有一种吸引，从来不曾使其降温过，这也决定了最后的选择。

1

中文系 1959 级大三下学期，终于开设苏联文学了，由诗人臧克家之子臧乐安老师主讲。这位于苏联攻读苏联文学的博士，即便在国内老牌大学里，也是首屈一指的专家。更何况上个年级传说臧老师教风独特，我们对他的课，格外充满好奇，幻想走入诗化的课堂。

系里明确不开西方文学课，在这种情况下，还能为学生开设苏联文学，使我们破天荒地跨入苏俄文学领域开始精神旅行，这是难得的幸运。

寒假虽过，东北的春天还很遥远，仍寒气袭人。校园在雪光映照下，银装素裹，分外妖娆，披着缥缈的白纱矗立在呼啸的北风中；但教室里却暖意融融，我们青春的生命根本不会有寒冷的冬，加之今日我们升温的热情，翘首期待臧老师带我们步入文学殿堂。

随着铃声响起，教室里安静多了，臧老师大步踏上讲台，那英武肃然的体型与绯红的脸颊，溢着谦卑的儒雅气，像静水流深，课堂瞬间鸦雀无声。老师站定，平视我们便说：

"今天在座的各位同学，对苏联文学情有独钟，你们的少年期赶上了'一边倒'向苏联'老大哥'学习，自然出现了单一接受苏联文学的'热潮'。现在中苏关系处在冰冻期，可对苏联社会主义时期的文学，我们仍照常研习。"保尔·柯察金的人生格言"人生最宝贵的东西——"，老师一字一板的背诵产生的亲和力，竟使我们同声接着、集体说出"是生命"，师生如此合拍，自然发出笑声。老师接着又说：

"青年近卫军中的奥列格也是我们心目中的——"他稍停一下，眼神却像乐师的指挥棒示意，我们心领神会同声说出"英雄"。

然后老师历数我们能背诵高尔基的《海燕》和《鹰之歌》，连《卓娅和舒拉》也是少年时期的热门读物，最后老师出乎所料地似问非问：

"今天你们最想听苏联文学中的什么？"老师话音一落，我们从平静到议论，教室里出现层层浪花。多少年来，我们习惯老师按自己备好的讲义理所当然地讲授，我们全都恭敬地听和记。今日的"师问"，竟是老师问学生"最想听什么"，这对我们是开天辟地头一次。就算老师胸有成竹，怎能这么大胆由着学生提问题？！这种师生位置的颠倒，我们就像簇拥在老祖母膝前，要求她讲我们最想听的故事，而不是她一定让我们听她想讲什么故事。显然，我们今天成了课堂受重视的主角。

老师想知道我们的渴求，其实又是另一种从实际出发和引起学生兴趣的调查。下面乱哄哄地细数苏联作家的名字，在这和谐而热烈的氛围里，我们的精神全都进入了跑道起点，以最佳状态等待裁判发令。就在这时，老师提示性地追问："想最先知道哪位苏联作家？"在七嘴八舌的杂音中很多人说高尔基，老师立刻接上："想知道高尔基的请举手！"同学们几乎都举手了，面对此情此景，老师赞叹：

"同学们火眼金睛，没开课就知道苏联文学中谁是最伟大的作家和谁最早出现在苏联文坛。"被夸奖的我们会心地笑着，别提多得意了。其实因为我们文选写作课学过高尔基的几个短篇，只是从喜欢和感觉出发，绝不是在比较中理性地认定高尔基在苏联文学中的重要位置。

这不到三分钟的开场白，老师智慧地调动起我们的学习兴趣。"好知者不如乐知者。""乐知"是唯一的兴趣老师，因为"乐知"能在兴奋的高温中，加倍发酵知识教育的效果，引起深入思考；趁热打铁是成功的秘诀，兴趣就是打铁的高温炉。

这道理是我当教师才慢慢领悟到的。教师不仅要精通业务、备好课，还必须了解教育对象这个主体，才能用兴趣之火点燃学生的心灵，以燃烧的热度淬火学生思考。

这节课老师果真讲高尔基的创作。他既无讲义，手里也无卡片，还边讲边问，眼睛总是观察着我们的反应。他以高尔基的《童年》《在人间》和《我的大学》自传三部曲的内容，代替讲述高尔基生平和创作的生活源泉，引起我们对作家命运的同情和创作的敬仰。接着老师讲高尔基早期短篇《伊则吉尔老婆子》，这篇小说写的是丹柯掏出自己的心脏当火把，高举着火把带领大家冲出无路森林后倒地。老师重点讲述丹柯这位集体主义英雄的不屈，同时强调"鹰"和"海燕"两个浪漫主义形象，使我们产生心灵共鸣。

这节课，老师把重点放在高尔基的戏剧创作上，其中我印象最深的是他分析剧本《小市民》，对小市民的自私、守旧、愚昧和庸俗进行辛辣嘲讽抨击。其实《童年》中阿廖沙的外祖父就是个典型的小市民，伊则吉尔老婆子也属小市民一类。老师最后总结英雄丹柯、鹰和海燕不仅要战胜"仇敌"，还要冲破身边的重重阻力，那就是小市民的市侩习气与小农的因循守旧；同时革命者也必须在风暴中主动经受洗礼，才能将无产阶级革命进行到底。

下节课臧老师重点讲高尔基的代表作《母亲》。这本书对于我们像磁石吸引铁屑一样，巴威儿与母亲妮洛夫娜青松般屹立于我们心中。

课后作业是分析高尔基笔下的英雄形象或小市民形象，任选其一。我选作小市民的形象分析，至今也没有忘记它的深刻哲理。几十年后我说自己是"草根"知识分子，就是受臧老师对"小市民"深刻哲理分析的启示，并努力在大风大浪中陶冶自己。

学过高尔基这节课后，完成对苏联文学奠基者的讲授，老师回到苏联文学史的线上，讲不同时期的作家作品。

我们总是盼着臧老师上课，感受课中的哲思，补充新鲜"血液"并打开自己狭窄的视野，不只是灵魂的升华，也是艺术的陶冶。

因为我们都熟诵臧克家《有的人》这首诗，加之对臧乐安老师的仰慕，班上有人很幽默地模仿出打油诗句：有的课听了，也白听；有的课听了还想听。白听的，自己说好听，想听的，总是说不行。在顺口溜中传递着我们对臧老师的敬慕。

我喜欢苏联文学，是从这门课开始的，后来自己讲授这门课的底气，更是来自老师那敬嶔历落教风的感染。臧老师那平等对待学生、尊重教育对象的理念，一直是我心中的座右铭。

2

大四上学期，终于盼来俄罗斯文学讲座课，虽是必修，却只在单周上一次，显然课时太少。刁绍华老师主讲，他原是俄专教师，用俄语授课。我们能听刁老师授课，不仅在当时很幸运，几十年后的今天在中文系能有这样的俄国文学教师也是稀世之珍。

刁老师矮个子，气充志定，眼神非常锐利，精明的学究范，脚步轻盈，同说话的语速一样快。我们早就听说他课上得非常精彩。

第一讲是普希金专题。老师板书普希金名字后，高妙地解读"到处传颂的普希金，是一位比'金子'还'稀有'的诗人"。这种汉译后借意借字借音解释诗人名字及影响的双关语，强烈地吸引了我们的注意力。

接着老师说普希金是"俄罗斯诗歌的太阳"，是"俄罗斯文学的奠基者"。他的诗体小说《欧根·奥涅金》典型化程度，是俄罗斯前所未有的"百科全书"。但如果我们的讲座课只有一次，那今天应讲列夫·托尔斯泰，因为他的《安娜·卡列尼娜》问世时，如陀思妥耶夫斯基所说，"这部小说像大海的一滴水折射出俄国人天赋的阳光"，"西方人是写不出来这样的小说的"。

为了让我们在比较中更进一步认识俄罗斯文学，老师特别强调，托尔斯泰的作品当之无愧地与古希腊罗马神话和莎士比亚戏剧，构成世界文学三座高峰。老师的话音一落，就是一阵掌声，这不约而同的掌声，是冲破封锁的爆发和心灵的共鸣。

老师用宽广的专业视野和厚重的理性认识，打开我们封闭的天窗，让我们看到外部世界精彩纷呈的全貌，所以掌声不只是对老师的介绍感到欣喜满足，更表明我们内心的追求和渴望。登上东山，方觉鲁国太小，登上泰山，方觉天下也不算大，人能以开阔的胸襟放眼世界时，必有小巫见大巫的快感。

这就是在我们没有俄国文学史基本常识的情况下，专题讲普希金的精彩的开场白，因为开山鼻祖普希金，是使俄国文学走向世界高峰的前奏。

刁老师在黑板上普希金名字下书写《欧根·奥涅金》，并在下面括号里书写了俄文。虽然那个年代北方大中学校都开俄文课，但是我们看这样的中文板书其实是陌生的首次。接着老师请读过《欧根·奥涅金》和普希金其他诗作的同学举手，寥寥无几，当然我不在其中。我自知对今天讲座有一点儿好奇心，也是因喜欢苏联文学有爱屋及乌之情，远不如周围一些同学兴奋。

不可否认，刁老师今天的开场白，好像高明老练的导游，不经意间把我这个"盲人"带入了神秘领地，心明眼亮地走入陶渊明的"桃花源"或者是传说中的伊甸园，点燃了神秘梦想。我虽力不从心，却步步紧跟，觉得有根无形的线拉着我，我自己担心拉不紧，那大概就是教师讲课的魅力之绳吧。

为补救大多数同学没有读过原著的遗憾，刁老师不得不赘述诗体小说的内容。他语言简洁，语速极快，生怕占去分析作品的时间。看来如果老师课堂语言不干净利落，说话拖泥带水有语病和口头禅的，无意中会浪费课堂时间。后来我当教师遇到同类情况，不仅常用刁老师高速补叙的办法，而且不允许自己语言表达有误。

刁老师叙述内容后提出问题："你们喜欢奥涅金吗?"面对奥涅金这么丰富复杂的人物，多数同学无语摇头，想说的话也不知如何表达。

老师也没有泛泛定性奥涅金的形象，他从剖析奥涅金复杂矛盾的性格开始：奥涅金在花花世界的享受中，充满了对自由的向往和净化自身污垢的渴望，他内心深处既含有冷酷精神的沸腾的热血，又有刚劲之前的衰颓。但经过痛苦的煎熬，他冒天下之大不韪，试着在自己的庄园里实行家事改革，以轻微租金达到减轻农民负担的目的，却被乡间地主憎恨为"怪人"。他的高贵之处在于良心和责任，悲悯和愧疚。奥涅金概括社会生活幅度之广，在俄国文学史上是空前的，俄国文学史后来源源不断出现"多余人"形象，也是受他的影响，所以奥涅金被文学史家称为"多余人"的"鼻祖"。对于他"背叛"的贵族阶级，奥涅金被称为"多余人"，但对于被剥削渴望减轻负担的农民，他不仅不是"多余人"，而是太"稀少"了。说着老师同时在黑板上写了

"多"和"少"两个字强调这样"多余"的可贵。

分析奥涅金形象之后，老师以"文如其人"指出诗人普希金之魂已附体在奥涅金身上，就不必赘述诗人的生平了。接着他进一步强调普希金歌颂十二月党人的诗篇。

1812年12月14日，俄国500多名贵族军官和2000多士兵，高呼"自由高于专政""真理高于祖国"的口号发动武装起义，反对沙皇专制。这些贵族革命者全部被沙皇判刑、流放、鞭打或绞死。历史残酷地证明，沙皇锐利的刀枪终抵不过深邃的思想，平等、自由、民主如空气阳光，成为正常人的向往。十二月党人是人类"大号儿童"，他们从原始的单纯走向超越的单纯，所以虽失败，虽成为一出悲剧，却也永恒。

1937年，为纪念普希金逝世100周年，将莫斯科市中心的苦行广场改名为普希金广场并塑造普希金纪念碑。莫斯科大学汉语班的学生跟我说他们心目中有三个偶像：彼得大帝、列宁和普希金。中国访问学者陈训明先生用心灵和脚步追踪普希金伟大的诗魂，多次赴俄考察，撰写出中国第一本研究普希金的专著《普希金抒情诗中的女性》，俄罗斯政府为他颁发了研究普希金奖章。

听完普希金讲座后，只要遇到所答非所问的情景，同学们总要幽默地说普希金的诗句："你不懂，我不怪你，因为你没有经过文明的行礼。"最重要的是，出现了读普希金作品热，图书馆有关普希金的书借光了，同学间只好相互排号限定阅读时间。

奥涅金这个混杂着多种色彩的人物，构成他灵魂世界的多面性，对他的高低优劣之分很难把握准确度，但却令人着迷地想一探究竟。为此在同学的呼声中，刁老师开了"奥涅金形象讨论会"。刁老师做总结发言才使同学们争论的热情慢慢降温。但对俄国文学讲座的需求不断升温，我们向系里请求增加讲座次数，在讲果戈理、屠格涅夫、托尔斯泰等作家之外，又增加对别林斯基、车尔尼雪夫斯基、杜勃罗留波夫和契诃夫的讲座。

普希金专题讲座，虽是我对诗人和作品认识的开始，预热也很慢，但升温恒久不停，而且引发了我对俄国文学的浓厚兴趣。不论工作把我推向哪个轨道，一有机会我就偏回心之所向，直到恢复高考，我终于有机会开始讲授外国文学课。

二十世纪八十年代后期我去莫斯科大学执教，最先去普希金广场瞻仰诗人遗像，去彼得堡追忆普希金的生活，在那里购到了普希金画像和石塑像，至今仍悬在墙上、立在书柜中。最后在对奥涅金形象启示和追踪中，我完成了专著《"多余人"论纲》。这选题虽说起源于中苏两国大学生对我的追问，但最后有底气立项和破题，追根溯源，还是刁老师的讲座，早如春风吹蒲公英的飞花，落在干涸土里，期待春雨到来时萌生。直到在我的学生们自喻为"多余人"的逼攻下，我才被催得赶路前行。当年的大学生是用生活做正文来解释奥涅金，我们当年不管讨论的兴趣多浓厚，也仅仅是把生活当注解，空谈而不自知，我在自省中奋笔疾书。

在纯文学影响力日渐式微的今天，对大学生阅读经典兴趣的引导和培养，有赖于教师努力成为学生的桥梁和知音，像刁老师那样精彩的讲授成了深层的吸引，在物欲横流的当下，老师鼓励学生探索经典名著，不能不说这是一种人文精神补氧。

3

刁老师不仅授课精益求精，期末考试方式也别出机杼，打破常规，改为抽签口试。

刁老师主持的抽签口试，我们手中只有季莫菲耶夫的《俄罗斯苏维埃文学史》和布洛茨基的《俄国文学史》的译本能参考。我复习得格外认真，不像往常笔试可以复习后押题，对重要问题格外较真儿。抽签口试得普遍认真复习。这对融会贯通的思考极有好处，与其说我很希望这样考，不如确切地说我很喜欢考试前的独自复习过程，老师不留复习题，自问自答，有课堂笔记，有参考书，还有阅读原著的摘录，像仓库一样提供材料。当然翻译的文学史也只能提纲挈领地提示观点，不出大的纰缪。

就这样，我忐忑不安地走进了考场，我从一堆折叠的题签中抽取一个，打开一看，心想老天保佑，很平静地把题签递给刁老师，他与助考过目后，发给我一张纸到屋角桌前准备，前面的同学开始口试，我心想你最好回答得长又慢。

我的题签是"试述安娜悲剧的原因"。题出自使托尔斯泰成为"艺术之神"的《安娜·卡列尼娜》。安娜的命运是小说的精髓和书的文魂，当然是复习的重中之重，可以说，回答安娜悲剧的社会原因和家庭原因没有一点儿难度，但要跳出老师讲座观点的常轨，提出安娜悲剧也有"个人"因素，是我复习时就在考虑的。作为考试时的回答，我还是觉得有点儿冒险，但不说不快，还是请尊师验收吧。所以回答安娜悲剧的社会家庭原因后，我又说安娜自杀有勇敢抗争一面，又有软弱的自虐。

安娜那种高贵无为的矛盾，很值得同情，但引不起读者对她的敬佩，当然更不能效仿。俄罗斯的民族性格与俄罗斯文学天然接近，俄罗斯民族性格最具矛盾性：既有最强烈的反叛精神，又有最愿体味多愁善感的痛苦，当某些人混淆了文学和生活的关系时，便以安娜的悲剧结局，强化了这种矛盾性格，所以安娜的自杀还包含有复杂的个人因素。

刁老师肯定了我的回答后说我"有点儿女权主义的影子"，同时认为安娜悲剧的个人因素很值得深究，因为悲剧不一定都以死亡结局，虽然死亡使人在悲哀中不易忘掉。

老师的肯定使我很受鼓舞，更重要的是从听第一堂讲座起，我对俄国文学的敬倾之情与日俱增，不断升温。

十多年后，我站上讲台讲安娜悲剧时又做了更深的发挥，认为用自杀进行抗争，是陷入了高尚的目的和无为手段的矛盾，用自杀抗议丑恶，是人生矛盾的错误解决方式。虽然我在当年的口试中没有上升到这个哲学高度、还处在模糊的感觉中，可多少年后的这种认识，却是来自老师当年对我的肯定，使我有深入思考的韧性。

恢复高考后，我再次从容地走进课堂，备课中我又回母校请教刁老师，从刁老师口中得知，臧老师早就被调到中国社科院了。刁老师白发苍苍，已是业界名人，他给了我很多"师说"，让我先游世界文学的江海，"浓缩一桶水"，再取一杯中，几滴浓缩铀上课堂，底气才十足而从容自如。这大概就是老师当年给我们上课精彩的秘诀。实践证明，老师当年在心灵播下的种子发芽生根，才使后来专业选择无法回避，破釜沉舟迎接挑战，多么感念老师当年授课的灿烂。

六、旁听的钤印

有一种召唤，你无法不去追赶，瞬间在心底留下钤印的灿烂。

1

我走出餐厅，对面橱窗海报上的大字映入眼帘，今晚六点在校大礼堂有时事报告，见报告题目现实又前卫，自知今晚没有必须完成的作业，便信步朝礼堂走去。

初秋傍晚，微风馥郁，路边极低的青草绿得刺眼，芬芳的树叶闪闪发光，树木还没有脱去夏装，枝头有鸟儿歌唱，举头迎着和煦的夕阳，悠闲惬意，随三五成群的人流，流向礼堂方向。

礼堂大门敞开着，里面只能容纳一千多人。天黑得很慢，礼堂的灯还没开，门外熙熙攘攘站着些人，里面大概没有空位了。我走到门口朝里看，果然黑压压一片，座无虚席，心想有这么多赶早集的，索性还是进去在后边转了几个来回，查找空位好见缝插针，果真有所发现，赶紧躬身挤了进去。片刻后再回头看，大门里两侧站满了人，迎面大门口也站着一层又一层的人，像我这样后来的想挤进屋都不容易了。往前看礼堂两侧的安全门也都打开了，门内照样堆着人，有靠墙站着的，有坐在过道的。我不是头一次来听这类报告，也遇到过听众爆满的场面，但从没有像今天这样人山人海。

学校举行时事报告会，从来都是自觉参加，没有统一排队入场之规，今天来的听众之多，大概是校方没有估计到的，也许是今天的报告题目吸人眼球，又或许是报告人的魅力召唤，报告人的名字以前在海报上见过，但没听过他的演讲，看气氛我今天来对了。

台上的灯亮了，主持人准时在麦克风话筒前宣布：

"请大家肃静！欢迎李祖培老师做报告！"

伴着掌声，一位戴眼镜的中年男子走上讲台，他右臂半抬摆手点头示意，掌声更热烈了。我敏感地觉得台下的听众，对报告人像久违重逢的老朋友般热诚，李老师也微笑向大家致意。就在这时我听到后排两个男生悄声议论，一个得意地说："今天肯定又很享受，他做报告每次我都听。"

另一个详细补充："他是我们系里的'师神'，他上课的教室，就像今天大礼堂一样开着门，屋里没空位，门外走廊旁听的自带椅子，还有靠墙席地而坐的。"我仔细侧耳听着他们的议论，竟没听清报告人的开头语，反正重点在后面。

李老师今天报告的题目是《国际共产主义运动的转折》，这题目是时事中的重大时事。李老师以追求真理的情怀，旗帜鲜明的坚定信仰，论证中苏两国在意识形态上的分歧，使听众感受到国际共产主义运动出现曲折的必然性。他在罗列事实中，不断引导听众接受这场斗争的残酷性，确信共产主义运动胜利的曙光属于我们，听众几次自信地鼓掌。大礼堂气氛严肃又和谐，还不时地发出笑声，特别是听到那种逆着潮流的怪人怪调时，竟有嘲笑的特殊反应。

今天我来听报告，与其说是好奇报告的内容，不如说报告人那非同寻常的理论分析、逻辑思维及演讲才华，意外地吸引了我。虽说听过别人作的时事报告都很精彩；可今天会场的壮观、气氛的温馨和听众对报告人的崇敬之情，是我从没经历过的。

这种意外使我自己的思维好像被什么东西钳住，报告结束大家长时间地鼓掌，李老师不得不又一次出来谢幕。我呆呆地坐着不动，非常渴望再听下去，心绪被什么魔力吸引到远方。礼堂听众边退场边议论，从表情上看个个满足，有人说"没听够"，有人说"真过瘾"，听众快退光时，我才从陶醉中醒来，慢慢地往外移，对这不期而遇的报告风采，产生了强烈的再听愿望：

"去听李老师如何上课!"散场后，我便访听到李老师所在的系和授课时间表。

2

李老师在本校哲学系教国际共产主义运动课。中文系与哲学系在同一幢楼里，只是各走各的门，楼中间隔着。我很容易查清李老师的授课时间和教室。我们开学已上大学五年级，课不多，很巧有一次李老师有课，我正好没课。就是有课我也能溜出去听上一两次，我甚至想，即便李老师是外校的，只要在市内我都能找上门去听一两次，何况咫尺相隔，机会就在眼前。

头一次我去旁听，提前溜进教室，坐在头排靠墙低着头，生怕有人盘问，不允许我入室旁听。说实话我不是对这门课感兴趣，是想再次感受老师做报告时的魅力和授课中的神韵，这就有如看了卓别林的表演还想看他在别的戏中的风采。

我确信，偶像崇拜永远不会消亡。无论时代进步到何种程度，即使不再有祭坛和雕像，也会有新形式代替，崇拜丝毫不会减少。我从上小学开始就崇拜上课好的老师，在不同学习阶段总能遇到感动我的授课老师。到了大学，从理性上虽挑剔很多，但在这知识圣殿里真是人才济济，可首次关注外系老师，真得感谢这次报告会提供的契机。

我目的明确，近距离观察老师的授课风采和课堂效果，然后追本溯源"师神"高尚的"师魂"并探究铸魂的秘密。

那年代人们喜欢灰色，李老师身着灰色便服，优雅端庄，十足国民范儿。雍容倜傥，温煦醇厚，又阳刚气十足。他的面孔就是他师魂的模样，眉眼洋溢着平和，眼神仿佛会说话，没有咄咄逼人的感觉和居高临下的优越，沉着稳定，冷静睿智，给人强烈的感染力。老师在黑板上书写标题后，便胸有成竹地开讲了。有时身靠黑板平视同学，更多是走下讲台，在过道上边走边说边做手势，返回时仍退步面朝学生。

老师讲课中的视线始终与学生的视线相拥，哪怕学生低头做笔记，老师也看着他们。这时我总是扭过头从一个角落看教室的全景，那种师生间从眼对眼、脑对脑到心对心的接通，使师生之间的交流变得如此平等亲切和圣洁。

讲台上没有大本讲义，只有几张卡片，可老师一次也没拿到手里照"片"宣科过，连溜一眼的动作都没有。他真如我们古人所说的为师有四个条件：尊严令人敬畏、守信义、解说不悖其理和能洞之细微并阐发宏论，可以为师。

且不说老师这堂课讲的具体内容，其授课的风格真如山涧一眼清泉潺潺地流淌，听者都如饥似渴像群鸟在泉边畅饮，甚至使我推想到两千多年前孔子带徒弟游学的场面。

下课时我匆匆退出，见教室前后门外都有提着凳子离开的旁听生，有的夹着坐垫和折叠凳，推想这些旁听的多是哲学系低年级的学生。我见门口有个女生还靠墙坐着没站起来，便以同情语调冲她说"旁听很辛苦呀"，她说"自讨的，得赶紧走，下午还有课呢"，我又搭讪地问她是"哪个系的"，她苦笑着说"师院政治系的"，这时我很吃惊地看到两手拉她站起来的男生，不用问这对情侣是从外校来的。

这些旁听生都是为专业慕名而来，他们怎么也想不到还有个为当教师而来的。其实毕业分到哪去当"螺丝钉"自己说了不算，但即使不当教师，我心目中一生都崇敬最出色的老师，虽然我不是最出色的学生。

旁听两次，我的胆子越来越大，干脆就坐到讲台桌前，在老师眼皮底下，观察他上课的细节。

至于老师讲课的内容，我听得时断时续，国际共产主义运动中的事，我们在党史课中也涉及点儿，如对"立三左倾路线"批判，李立三最得意之子——李仁纪老师就教我们写作课，他竟能同我们敞开胸怀风趣地谈论其父的历史过错，这位矮矮瘦瘦的老师非常谦卑、和善、较真，朴素得像大街上的清垃圾工。

趁课间小憩，李老师在教室后与同学聊天，我看了讲台上老师的几张卡片，有几张上写的是名人名言，都有引号。想起老师刚才在课上说过这几句话，可他不是拿卡片，是背诵的。还有一张卡片上写的全是问题，后面都是问号。这使我记起老师在课上常有的"设问"，然后停顿便自答，不是答一两句，而是既有事实又有理论分析和结果。

当堂下课时，我向老师请教："您的卡片上有那么多问号，怎么不让同学来回答呢。"他笑了笑说："问号能引起学生思考就足够了，因为大班授课百多人，学生站起来不能立刻回答就浪费了时间，这是不得已的启智方法。如果像国外编班在二十人上下，有问题可自由举手，学生的主动性可得到更好发挥。"

下次课我坐在最后面，为的是能借机听班上同学的议论。果然同学们指着走廊那些来听课的，滔滔不绝地赞美李老师多么"神"，甚至戏谑地说，"一样的话，在我们嘴里说出没滋没味的"，"李老师一说就香飘四溢，愿闻愿听，有滋有味"。我听了这席话，更真实地感受到学生对老师崇拜程度之深。他们还说答疑课，事先让每个同学在小纸条上提问题，批评不会提问题就是不会学习，只记书本内容那是办货的小贩或知识的乞丐。有同学的提问脱离了课程内容，他认为提得有价值也会答疑。

据说本市有名的北方大厦，有次关于哲学问题辩论会，参会者在发言观点上的交锋很尖锐，各持己见争论不休，甚至在座位上站起来乱哄哄地吵。就在这时，李老师走上主席台即兴演说，侃侃而谈，引经据典，有理有据，从容不迫地舌战群儒之后，再没有人站起来表达异议，而且以热烈掌声向他致谢。这是从别的大学老师那传过来的佳话，说李老师在紧急情况下舌战群儒十分厉害。

还有位同学补充"李老师刀子嘴，豆腐心"。别看他上课从不点名，他竟能知道谁没来上课，班上有个同学盲肠炎动手术不太顺利住院了，李老师知道后还去医院看望。说起李老师，同学们赞不绝口，从课上到课下，那自豪的眼神看得出他们为遇上好老师而感到幸运，李老师的人格魅力和渊博学识令人感动。要知道使学生尊敬老师很容易，但使学生从灵魂受感动可不是件容易的事情。他们知道我是旁听生，更是神采飞扬地夸赞起自己的老师，这让我从内心深处感到教师的职业真是所有行业中最崇高的一种职业，当然教学在所有的艺术中是最困难的，在所有的科学中是最深奥的，它平凡得深不可测。

我没有与他们说明听课的目的，他们觉得我同样是来学习国际共运课的。唐僧取经九九八十一难，而我这个不懂专业的"小僧"，只能挑担跟着唐僧向西天，虽不容易但为了满足心愿也不曾间断。

3

有一天下课，我嗫嚅地站在李老师面前，低声说出自己的心愿，他谦和地笑着回："我早就注意到你这个旁听生与走廊上的不一样，没想到你还要刨根问底。有时间到我办公室说，就今天晚上吧。"我乐不可支地答应照办。

我备好了本和笔，像朝圣一样去李老师办公室，拉开架势想记下来老师说的话。可他什么也没说，到立柜的书橱前打开双门，抱出两个深蓝色布面的盒子，放在我眼前的桌上，拉开盒盖，盒内横竖不等有七八个格子，格中装满了卡片，就是我在老师讲台上翻看的那样的卡片，在盒中有平放的，有立着的。我小心翼翼从角上拿出几张，还把自己手中的笔插入作记号怕放错原位。卡片上密密麻麻写满了抄录的字，还有引号，下面标有书名、页码、作者、出版社和出版时间，卡片右上角有自编的号码，老师说这编号，用时查找方便。我放回原处后，又从另一格抽出一沓卡片，像拿新书似的一手捏着，另一只手用大拇指哗哗地翻阅，每片都写满了字，不必细看，就知道盒里的卡片是老师从矿藏中淘出的金沙，是从无数本书中摘下的精髓，这是专业知识宝库中的字典。

我刚把一叠卡片放回原处，老师从另一个盒子里拿出厚厚一摞卡片给我看，说这是最近几节课用过的，还没有放回原处。我翻看了几张，依稀想起老师课堂上说过的话，可老师从没拿卡片念过。

我像个乌鸦在找水喝，见到眼前瓶子里有水但喝不到；老师也不把水倒出来，他不想用灌输的方法，只是诱导和启发，因为记忆性学习无助于智能发挥。对我这旁听生老师一点也不敷衍应付，也像在课堂上那样诲人不倦的耐心,此情此景,永远镌刻在我心中,那精美的卡片盒至今还历历在目。之后我去书店都会有意地寻觅,但再也没见到过,卡片倒是随处可以买到。但那卡片盒黄绺子里的闪光和卡片上深蓝的字迹混合着,在我记忆中是永不陈旧的钤印,连同我听到的最初的时事报告的风采一起,随时警示我:当老师备课和讲课就要这样,老师讲课的功夫在课堂之外,"舌耕"人没有精彩的读书思考就没有高质量的授课。

我看卡片时,老师又到立柜前,指着一排排立着的笔记本的脊部说:"这是读书笔记",他还解说似的表示,如果说卡片是抄录的,是从树上摘下最大的"果实",那这些笔记本,就是备课参考书的"枝干",能查到"果实"的来龙去脉,旁边还有红笔"留言"。

我从边上抽出一本,封皮上写着书名、作者等内容,括号里标着阅读此书的时间。笔记本内下角标着自编页码。我把笔记本放回原处,看到这一排排薄厚不同的笔记本,自然想到积土成山,积水成渊,积跬步才有今日课上的千里。与其说老师是"教书"先生,不如说老师如何"读书"和"用书",书架上立着的笔记本也如书一样排立着,本子的脊部也有号码。

最后老师从书柜下面的格子里捧出个硬壳的大夹子,打开里面是厚厚的讲义。

讲义写在十六开的纸上,我从小学开始,就看到进课堂的老师,怀里都抱着这相似的"宝物",有的老师放在包里,但开讲前必先在讲台上摊开。可我旁听李老师的课,却从没见他抱着夹子,于是我立刻反诘:

"老师,您课上从没拿过这讲义。"

他打趣地回我:"也许你是唯一这么较真的学生。"听了这话,我把听老师时事报告后积下的所有疑问一涌而出,终于找到了决堤的出口：

"老师的讲义不是为了上课而写的吗？写了不用为什么要写……"我翻看这大本手写的讲义，有章有节，有大小标题，眉目清楚，还有红笔的标记，圈圈点点的。

老师让我坐下，他若有所思地打开了话匣子，但还是先反问我：

"你同好朋友探讨个很严肃的问题，事先沉思到引经据典写在本子上，你能拿本子念给他听吗？"我摇头。老师又说："你见过一个人向上级请求或报告事情时也拿本子振振有词地念吗？"我还是摇头，怕说话打断老师的提问。

老师联系实际地说，"你来旁听我的课有很多想法，可能就写在你手中的本子上，你今天上午跟我说时怎么不照本宣科。"我笑着先摇头后点头。

我原来也知念讲义不合情理，可老师这平常的几问，完全用反思式的对话讨论，带给我思考的机会，并把我之问推向目的地，得出最后不带讲义的结论：

"老师在庄严的课堂上，面对莘莘学子、阳光少年，怎么不能像对朋友和上司那样呢！给予平等的尊重和友好的礼遇呢！"我随之点头不只是觉得老师说的有道理，而是被老师那以学生为重的"师道"深深感动，今天老师对我这个旁听生的疑问如此重视，注重学生的心智和行为，可以说这是从来没有感受过的教育理念。

同时老师又特别强调，假如老师的眼睛不时地看讲义，与学生就少了眼神的交流和心灵的沟通，很难知道对方的接受程度和有何疑惑，那是有违教师良知的。备课是授课质量的关键，它既包括对教学内容的理解程度，还包括良好的教学方法，引起学生的智能兴趣和专注思考，不同学生的思考是不同的，这两个方面缺一不可。

李老师这番话又如铃印，留在我脑中，它远不是一种教育理念，而是引起我思考的实践。

他非常尖锐地提出教师是为"问题"备课还是为"学生"备课的观点。"讲义"是为"问题"备课,教师课堂讲授才是为学生备课,动机不同,功用不同,作法不同,效果和结果也不同。所以老师最后说,上课念讲义或看讲义,"是给有独立思考的大学生念小人书"。

后来我看到曾为国家输送大批人才的西南联大,而当年学校竟有个授课的传统:

"以开创性见解为荣,以照本宣科为耻。"

可此后有多少大学教师发扬这培养人才的授课传统呢,当然也有连讲义也念不顺,被学生轰下讲台的。

上课不带讲义,李老师说是他给自己立的"规矩",他说"规矩"很简单,但过程很复杂。

为了写讲义,搜集大量资料,写在读书笔记和卡片上,又在比较中去粗取精,慢慢形成观点,像国际共产主义运动这种课是新创建的学科,变数很大,没有权威的参考书。这如用生米煮饭,再入口咀嚼,进入胃肠消化吸收,才能变成自己身体一部分。

所以李老师在课堂讲的观点材料,都不是一蹴而就的,首先在自己头脑中冶炼过滤,胸中的激情和头脑思考如同生铁回炉,由生脆无用被冶炼得坚韧不屈,这种备课结果烂熟于心,这就像蜜蜂采了花粉最后酿出了蜂蜜,里面有学又有思,不是像蚂蚁那样只靠勤劳搬运,也不是像蜘蛛那样只从肚子里抽丝。

这样备课的结果烂熟于心,带讲义有何用!只有备课时东抄西凑在一起的内容,半生不熟,头脑中没有形成整体的观点,离开讲义就会不知所云。他的批评很辛辣甚至苛刻,难怪季羡林先生有首打油诗说,"各种教授遍地走,博士成堆多如牛,真正大师难寻觅,有人自许是泰斗。"

最后老师明确地说，"讲义是给自己写的，告诉自己应该知道什么，为什么知道和怎样知道的"，"自己成为讲义最好的学生时，才有充足的底气去做给学生授课的老师"，他说自己从不担心在课堂上讲什么，倒是担心能在多大程度上有助于学生心理素质的提高和思维结构的深化。

李老师上课带几张卡片，"以防万一"，但十几年来没有出现过"危机"，相反已成为习惯，有时连卡片也不带，"只带大脑就足够了"。李老师说着，自信地笑着，多么从容、淡定、高贵和纯洁的师魂，化作是对教师职业和学生的"爱"的高温和永恒。

我一直速记着老师议论，终于懂了一点点他授课和做报告受欢迎的原因。但我这次"西天取经"，还是现象多于思考，理性浮于水面，觉得面前这位夫子深不可测，他那灵魂气场的坚韧脊梁及气质塑造的人格魅力，形成那涅而不缁的演讲才华和授课风韵，远不是他前面说的"精诚专一"、埋头苦作就能得到的结果，那只是他自身智慧运用于教学中的一部分。只有胸中有吞云气魄，眼里有千万丘壑的智者，才可能口有江河才情。这欹嵌磊落的才学境界和教魂，足够我用生命来理解和实践，这圭臬虽不可企及，对我甚至仅仅是"乌托邦"，但我愿以笨鸟先飞，劣马坚持路上，甚至以小小的蚯蚓的耐力，开始教育生涯的起步。

第二章　多重奏

一、"羊肝"校长

1

20世纪40年代末，土地改革工作组进驻松树沟村后，就忙着清理空荡荡的寺庙创办小学，还从外地调来几位教师，任命其中的王成章老师担任校长，主持小学工作。这位校长，矮胖，气度恢宏，精明强干。

校舍简陋，办学条件的艰苦可想而知，老师的办公室就设在寺庙的正殿里，朝阳的两个屋角办公用，屋正中央两尊巨大的佛像矗立着，听说很多人一起也移不动，只好让它坐在中间保佑平安了。屋角的阴面，用简易屏风遮挡，一个角是男老师寝室，另一个角是简易灶台，真可谓是一屋多用。

松树沟村三百多户人家竟没有一个小学毕业生，因为村里还没有过学校，普通人家孩子难走出山沟进城求学。落后农村无教育，教育永远是进步的根，所以，创立小学是解放农村和农民的使命之一。

山沟贫苦人家的后代能免费入学，是新中国成立之初教育破天荒的壮举。

我们不会忘记正是这个时期无数的乡村教师，哺育了中华人民共和国第一代少年成长。他们对教育的忠诚将永留史册，并成为后世的楷模。

王成章校长已进中年，在城里教过书，管理学校很有方略，他使创建的松树沟初小，顺势扩大为完全中心校，我才有机会成为该校首届高小生并走出大山考上中学。周围的农村孩子能考上高小，比现在农村孩子出国上大学还稀罕。

外村考上高小的有些同学家里离学校十几里路，男生宁可起早贪黑每日往返二三十里路也不"住宿"，女生有的住在离学校近点儿的亲戚家，还有十多个年龄偏大点的女生，独立生活能力强些，家长们自愿协商，合伙在学校旁租了两间农舍，让孩子睡火炕通铺，自带柴米油盐解决吃饭问题。后来我们学习《列宁星期六义务劳动》的课文，学校组织我们每星期六下午上山拾柴义务劳动，柴草给住宿生做饭取暖，也算学校对住宿生尽了点"义务"，但主要还是让我们在学习中受教育，用义务劳动助人。

住宿女生集体排班轮流做饭，只做米饭，不做菜，各自吃星期日晚上返校从家带的咸菜酱，偶尔有人带的咸鸭蛋，也自愿分着吃，夏天还能从家带点青菜、黄瓜、柿子和葱，房东大妈有时给点儿自家园子里的绿叶菜。能按顿吃上高粱米饭，还租房住宿念书，村里人都羡慕不已。当时学生和村民都是每日两餐，只有下地干活的人三餐，直到1953年国家明文规定，学生才每日三餐。

住宿生的艰苦生活，可能一时看不出对身体的影响，更无法科学鉴定对智力发育的损害，但身体最敏感部位——眼睛，竟最先给她们发出了警报，入学不到一年，五年级的下学期有人天黑后视物不清了。

太阳下山虽视物模糊不清，清晨日光出来又能看清物体。夜间去屋外茅厕，还得在同伴帮助下使脚踏稳位置不出意外，这种黑天视物不清叫做"夜盲症"。

老百姓说是"雀盲"或"鸡盲"，太阳下山天黑了，确实"鸡上架""鸟上窝"，它们都不出来觅食，意思是因为它们眼睛看不清东西。这传说不管有没有科学依据反正是事实，但人在夜间的有些活动却是生活的必需，对学生来说晚上更是最宝贵的自学机会。

开始时宿舍里只有一两个人觉得视物不清，之后像传染病似的引起每个人警觉，都有意在天黑时检查自己的视力，甚至放学就忙着先写作业，担心黑天自己的眼睛出现意外。没想到夜盲的同伴与日俱增，视力正常的越来越少。

2

住宿生的夜盲现象很快传到学校，王校长的表妹也是住宿生，早就怏怏不乐地跟他说过，王校长听到这话并没觉得奇怪，因为他自己在城里念"国高"住宿几年，就知道班上有个别同学出现过"夜盲"，传说与营养不良有关，所以自己节假日回家总是拼命地"恶补""暴食"。令王校长没想到的是，夜盲在这里来得这么快，又过些天，表妹也加入了"夜盲"行列。虽然这些女生都能按时到校上课，可放学后的苦恼，校方不能像对通校生一样，只管三尺门里学习，不问放学后三尺门外的生活。她们毕竟是离家在外求学，学校若无视学生的健康，那也就得了工作的"夜盲症"。所以，不仅是责无旁贷，当务之急是要介入改变。

于是王校长亲自去学生租住的农舍了解情况，令人吃惊的是 13 名学生中只有 3 个人夜间视力正常，尽管还没"全军覆没"。学生们为了减少夜间的麻烦，吃饭时开始尽量少吃咸菜酱，晚上口渴也尽量不喝水，免得夜里上厕所。回家同家长说晚上视物不清，家长只是说"好好吃饭，别挑食"，学生们跟校长说，"我们就那么一碗饭和咸菜，哪有可挑的。"校长苦笑，知道家长这么说是无奈，可学校却不能无奈地止步。

为此，王校长专程去镇上医院挂了眼科号，医生很奇怪这个人不是给自己看眼睛，是为学生来咨询"夜盲"现象的生理病因和治疗良方，肃然起敬，格外认真地为王校长讲解。

从科学的角度说，夜盲是营养不良造成全身消耗性疾病，引起神经萎缩，视网膜色素变性，便出现不同程度的病变。医生甚至还讲到眼睛分五部分配合五脏经络的病理。王校长把学生的饮食和饮水状况向医生说明，医生断言"五脏六腑之精气皆上注于目"，特别强调"肝开窍于目"，营养缺乏，饮水不足，肝虚血少，眼睛成了全局变化的焦点。王校长不时点头，心里急于知道治疗方法。

大夫先说要加强营养，特别强调食用羊肝丸补中益气，还要食用鱼肝油丸，有清鱼肝油丸和浓鱼肝油丸，那里含有维生素A最多。但医院里没有，镇上药店也没有，得去大城市医院或药店才能弄到。王校长心想，大夫说的是礼花在高空，可惜拿不到手。他又去中医药铺拜访，中医同样说肝虚血少阳气必弱，精气神上不来，白天尚可借日光视物，晚上大自然的阳气已尽，无法借助故发生夜盲，还是建议加强饮食营养，特别强调多食动物肝脏，尤其是羊肝、猪肝和鱼肝。王校长心想，一年中吃一回肉都难，哪里能找到肉中之肝呀。回想中西医生都说到"肝"，自己也想起了"肝肠寸断""肝胆相照""肝脑涂地"等成语，看来"肝"跟五脏五官关系真是密切，所以自己也造出个"肝旺眼亮"。

王校长忧心忡忡回到学校与老师们商量怎么办，最后议定从改变学生伙食状况入手，一是不能再靠咸菜酱下饭，每顿必有蔬菜。当时是深秋，有南瓜、白菜、萝卜和土豆等蔬菜，让学生从家自带储存一周没问题，冬天还可以吃酸菜和干菜；第二年春天，学校与村里大户人家协商定点购买叶菜。二是强调学生周日回家要有意识地补充营养，特别是肉和蛋。当时农村的年节才能吃一次肉和大米白面，这要求也只能是落空的礼花。三是家里有条件的去城里买动物肝脏或鱼肝油丸。

王校长把目前住宿生的健康状况如实地用写信的方式向家长报告后，并提出上面的三点建议，希望为了孩子的健康尽快改变目前伙食状况。先给住宿生开了会，说明上面的三点意见，然后让她们把信念给家长听。

天下哪有不心疼孩子的家长，很快按校长的建议，学生顿顿有了蔬菜，提高了伙食质量。

3

人间正道是沧桑，天助人道。

一大早王校长听班主任议论，小北村学生说昨天下午失山火烧到深夜才扑灭，自家羊有被烧伤烧死的。说者在传新闻，听者却有心。王校长觉得这歧路亡羊，即羊在烟火中误入"歧途"丧生受伤，对羊的主人是损失，但对夜盲的学生该是苍天送福。他立刻找小北村学生了解更细致的情况，并当机立断让两位男老师串课，到老乡家借两把尖刀，越快越好。一语双关，真是人比刀还快，提篮火速奔向小北村南山坡下。

据说昨天下午有多家羊在山坡吃草，火是从山脚下老松树林的树从中着起来的，因为是初冬北风，烟火往南，羊倌在山上发现火情较迟。山北是悬崖，崖下是溪流，下山的路只有窄窄的两条。这里冬天阳面从不积雪，草木干燥，一旦起火很难扑灭。羊倌赶羊往山下冲时，惊恐中找不到路，特别是老羊和羊羔被烟火呛晕昏倒，最后亡命烟火中，附近百姓只能眼睁睁看着老松林被毁。

松树是这一带村子的地标，百年老松更是沟沟坎坎里人们的护身符，也正是村名、校名的由来。

王校长一行三人到山脚下，不一会就在矮丛中发现一只倒在地上的羊，像是还有点呼吸，腹部微有起伏，推两下也站不起来，闭着眼睛奄奄一息。王校长他们正犹豫还不忍心下手取羊肝时，两个老乡赶到跟前说这只羊头顶上有条黑杠，是自家的，弯腰要拖走。

在这进退两难的尴尬中，王校长开口跟羊主人实话实说：

"我们三位是松完小的老师，学校住宿生集体得了'夜盲眼'，医生建议可以多吃一些羊肝补充营养，能否把羊肝取出来，我们交点费用。"

随后其中的一位老师指着王校长向老乡介绍：

"他是我们的校长，正为学生得夜盲症着急。"另一位老师接着恳求：

"老乡，天助人道送来良药。"说着让老乡看自己手中的筐与刀，"我们火速赶来不是捡羊之肉，请你们相助，为了学生取出羊肝。"

羊的主人，看着眼前这谦恭的老师，二话没说，毫不犹豫借老师手中的尖刀，麻利地给羊开肠破肚取出心肝。

热血滴滴，热气腾腾，人与肝，老师与老乡心相融，灵相通，同语相求，"给孩子吃，羊在歧路为我们送福"。

接着一老一小把自己小车上两只亡羊拖下来，剖出还冒热气的羊肝，也放到篮子里。三位老师不断地说"多谢"，心里乐开了花。真是乞浆得酒了。这一老一小没有告辞，又跟三位老师继续查林带，遇到同乡捡到的羊，便上前介绍三位老师，接着说情，直到取出羊肝。从这一老一小与老乡的对话中，方知这开明的老者是小北村村长，小的是他儿子，怪不得这么通情达理，热心助人。在他们父子帮助下，王校长一行三人竟抬着筐篮满载而归。可谓是"祸兮福所倚，福兮祸所伏"，忧喜聚门，吉凶同感。

两位老师回村去井边打水冲去肝上的血污，王校长直接回学校了。冲洗好羊肝，老师直奔学生租屋，在房东大妈的帮助下把羊肝放到大锅里煮，香飘四溢，只等学生归来，老师像自家人期待远方学子归来一样欣喜。

学生们放学回来见到一大锅羊肝，乐得舞之蹈之，一再向老师敬礼致谢。老师告诉她们这是王校长的主意，还告诉她们如何储存吃剩下的羊肝。学生们又细数着王校长最近调查开会给家长复信求助，两位老师补充说，王校长还为你们去镇上求医呢。

之后，她们在感动中食着羊肝蘸盐花，美美地享受将赶走夜盲的香口良药，升发着希望和快乐的体温，血液循环在加速，兴奋地说，这是父母都做不到的关爱。

她们按校长嘱咐，把未食的肝撒上盐粒，包好装筐吊在窗外房檐的挂钩下，那是猫和老鼠都上不去的天堂。

就在她们藏宝时，体育老师又提篮进来了。

原来王校长与两位老师分开后回到学校，又找体育老师一起再奔小北村。王校长推断今早他们三人到火场前，肯定还有牧羊人和主人把亡羊捡走，再说冲出火场赶回家的羊也可能还有伤亡的，即便有的人把亡羊的肝已煮熟了，也不会这么快吃掉。这送上门来的"天药"，岂能不多多益善。

果然不虚此行。王校长与体育老师走门串户，被感动的老乡说，

"村长把三只羊肝都给了学生治眼病,谁家孩子都是大家的宝贝。"这样连生带熟的,他们又得到四五挂羊肝。所以当晚又煮了一次,照样撒盐悬吊起来。

之前她们已开始顿顿有蔬菜,这回餐餐有羊肝,用了几日怕坏了,还要细水长流,她们干脆用盐腌成咸肝,代替了以前的咸疙瘩。

放学时,我常去她们农舍一块写作业。她们是租房住宿,我也是比她们离家更远的"住宿"在老姨家,不仅是同班还是同命。煮羊肝的第二天放学时我又去了农舍,一进屋像猎犬的鼻子就嗅到羊肝的香味,大姐们说趁我眼睛还正常,防患于未然,再说存在肚子里比放在屋里更保险,便拿给我豆腐块一样的羊肝空口吃了。我边吃边听她们讲王校长"讨肝"的故事。羊肝滋补着眼睛,她们说的"故事"营养着心灵,真叫人心明眼亮!我慢慢地咀嚼,体味有生以来第一次食羊肝的美味赛过多次食猪肝,可惜之后再也没吃过那么香的羊肝。

4

羊肝"咸菜"一直吃到放寒假,寒假开学后,说不清从哪一天起,宿舍中的夜盲现象开始减轻,有人视力还恢复正常了,"肝药"香口之功不可没。但健康的隐患岂止在眼睛上,营养不良对智力的发展同样也有影响,所以我国教育部门对边远落后地区的小学提出要营养配餐。

王校长"讨肝护生"的故事,在小北村传开了,村民多知他是校长,却叫不出姓名,干脆就叫他"羊肝校长"了。

我是听同桌的小北村同学神秘兮兮说的,我知道那些住宿大姐由苦恼到快乐的过程,我也是被感动的一员。我觉得这绰号,不仅是校长爱生如子的代称,更是对王校长感人肺腑始终尽心办学的赞誉。

后来，小北村那位村长，每到逢年过节宰羊的时候，总是不忘把煮好的羊肝，托村里的学生带给王校长和老师们，说老师也得身体健康，心明眼亮地教孩子。小北村很多孩子在这里上学，说起学校好，他们常说王校长"讨肝护生""讨肝养目"的故事。

而我对王校长的印象可不止于"讨肝"这件事。我转学到松完小时没有转学证书，当时不知这转学手续，他就让班主任先带我去教室听课。几天后我在校园里遇见王校长，他先叫我名字，非常和蔼地走到我跟前问，"想不想家？"还说辽宁比黑龙江暖和多了，他这话是我姥姥和老姨劝我来时多次说的，令我感到家的温暖，站在校长面前一点儿也不感到拘束。

一年后初小毕业，会考升学，周围的几所初小学生要升高小就得到我们校会考。会考中因为我语文、算术和常识都得 100 分，特别语文是唯一满分的学生，引起了外校语文老师的关注，王校长特意找我去办公室，祝贺我为学校争光了，并介绍给老师们说我学习多么用功。

最令我敬慕的是王校长总在学生中间。早上升国旗唱《国歌》，他恭恭敬敬站在学生前面，间操也和学生一起做，而不是检查学生做。课间常跟我们一起跳"找朋友"的集体舞，有时还看到他跟低年级玩"老鹰抓小鸡"的游戏。

校长到我们班来听课，会跟我们一起讨论老师提出的问题。学校为本村生开了晚自习室自愿前来，我是每晚必到的。在老师值日轮流表上，王校长也像班主任一样按时出现。有一天晚上下雨，他拿着伞把我们十多个同学分次送回家。

一校之长竟能知道全校同学的名字，还能数出全校有多少重名的学生，他建议重名的自愿改名，与我重名的有三个，我现在的名字就是那阵风吹得班主任给改的。几十年后我看到冰心写司徒雷登校长，能叫出北大全校教职员工的名字，更觉王校长爱校如家，爱学生如家人，他甚至对一些学生的个性特长还如数家珍。

离开小学六十多年后，带着乡愁回拜路上，我给同车的几位老师说了"羊肝校长"的故事，她们感慨：

"这才是有师魂的教育家！"

王校长用行动给少年注入了爱，在教育的舞台上永远不会得"夜盲症"，他那种"精神维生素A"，总会令学生心明眼亮的。

二、课堂之外

1

上课铃响了，校园里静悄悄的。晨光暖化了深秋朔风的凉意，白云悠悠，挡不住太阳的脚步，秋风飕飕，阳光升温的慈爱也使风儿减速。

我从校医室走出来，直奔校团委办公室。团委的宣传委员负责定期更换教学楼内中厅两大块黑板报，为迎接国庆九周年，黑板报出的特刊，早该更换了；可我这宣传委员最近眼病不见好转，自顾不暇，连课都没上，出板报的事也不知该怎么跟团委书记车老师交代，心里很是忐忑不安，天天蹲在宿舍里。

团委办公室我有些天没来了，同寝室的好几个同学告诉我，车老师遇着她们就打听我的眼疾恢复情况，昨天又让她们给我传信来团委一趟。

我一进办公室，车老师的视线先盯着我的眼罩，后转到红肿的右眼眼睑上，似问非问地说：

"没戴眼罩的这只，眼皮也红肿啦！"我很发怵，不置可否，也没回答，只能笑了笑。接着他问治疗情况，我说前些天在学校附近的小诊所看了，打消炎针时我当场晕倒了，医生认为我对那种药物过敏，就再没注射。现在每天在校医室给左眼抹药膏、洗眼和换眼罩。右眼用药水洗后点眼药水。接着车老师问我眼睛的视物情况，我告诉他右眼视物很清楚，左眼不行。我最后说自己想上课，但校医再三嘱咐闭目养神才有利于恢复。

面对这无妄之灾，自己虽手足无措，我却没有向车老师说治疗的烦恼。车老师听得很专注，就像每次团委开会听汇报一样。我说这些是想借机告诉他不用惦记。但看得出他捎信让我过来，跟出黑板报的事一点无关，而且看样子不像是问问病情了之，他眼神中有疑虑、判断和思考，最后他敞开心扉地表态：

"眼睛生病，不能耽搁。到省城专门的眼科医院看看吧！找准病症，对症下药。不要再拖了！"

车老师这番话，语重心长，看似商量，但恳切口气如家长的"命令"。对这直言极谏，我没有表态，只是低着头。紧接着他竟具体落实自己的话，让我感到非常意外：

"哈尔滨有个'斯大林明明眼院'，苏联专家开设的，是全国唯一的大型眼科医院。"

我彻底明白车老师传话让我来的目的了。从成人的角度，不仅真心实意地关注，还实实在在地指出看病的地方，不是让我去县和省医院，而是档次最高的专科医院。

车老师说的信息我虽是第一次听到，但做梦也不敢想去"朝拜"这地方，所以我没表现出惊喜与渴望，因为连学校所在地的县医院我都没奢望能去看过，怎么还敢去省城大医院求名医呢！所以，我仍低头沉默不语。

车老师从抽屉里拿张纸片递给我，我还没来得及看，他急着说："去省城看个明白！"他指着字条说："这是具体地址。"然后从衣兜里拿出 5 元钱放在桌上，转身往外走说去开会，开门时又回头像家长似的叮嘱：

"拿着用！一定要去'明明眼院'看！越快越好！"

我还没来得及说声谢谢，门已关上了。但我内心的门打开了，眼含泪花，久久地站在那儿，被车老师的一片至诚感动，像做梦似的，心中生发出闯名医的勇气。后来我知道，车老师曾向镇上医院咨询治眼良方，医生告诉他哈市有眼科医院是苏联专家开办的。当时车老师查阅报纸才写下这详细地址的。

2

对 21 世纪的人而言，肯定觉得拿 5 元钱去省城看名医是白日梦，会嗤之以鼻地暗笑。现在到城里医院找专家看病，光是挂号费就 50 元钱。要知道 20 世纪 50 年代末我念高中时，月伙食费才 6 元钱，每日三餐两角钱。新中国成立初期给两弹元勋们每人发 10 元奖金，科学家们都高兴得欢呼雀跃，喜极而泣。可想而知车老师拿出 5 元钱的分量之重和用处之大。

闹眼疾以来，老师和同学都很关心我，见面总是问长问短，好朋友常掏出零钱塞在我衣袋里说声"坚持看"，随时能感觉到学校是温暖的避风港湾。今天车老师像家长般的关切询问，还从长远的角度关注病情和治疗，又解囊相助，真是细无声地润人心肺。眼疾快三个月不见好转甚至还可能加重导致失明，能视物的一只又红又肿，也真该去求医问个明白了。

听车老师这番话前，我还抱有幻想，自觉初中毕业前也得过眼疾，当时因为家庭出身入团被卡了一年多，一股火上到眼睛，戴些天眼罩坚持上药膏，很快就好了。这回犯得有些重我想也会好的，哪想到拖了这么长时间还在加重。

今遇有善心的老师相助，去外国开设的眼科医院（当年的中学生心理上对苏联开的医院有敬畏和信任）。

第二天，我从小镇上火车，经过泥河几个小站，过了呼兰就到了哈尔滨站。按车老师字条上的线路出火车站几步，通过霁虹桥向北拐到中央大街上，没走多远在路的左侧就看到了"斯大林明明眼院"的牌匾，竖悬在空中，牌匾两面都写着医院名，南来北往的人全能醒目地看到白匾上的黑体汉字。

我走进挂号大厅，满眼是戴眼罩的老老小小，个别不戴眼罩的也多是肿眼疱腮。我第一次感受到医院的气氛，想到眼科医生时刻面对这些愁眉苦脸的患者，灵魂该有多么坚韧。燕雀安知鸿鹄之志！嗟呼！有人扶着老者，有人抱着孩子，我这个"独眼龙"，第一次勇闯大城市，不仅一帆风顺还很自立，挂了号一会就叫到我的名字。

医生是个年轻人，额头上戴着闪光发亮的仪器镜，请我对面坐下，摘下眼罩，他把自己头上的仪器镜下推到眼部开始检查，不断地跟我说"睁睛"，汉语说得很地道。他戴手套用两指翻我的左眼皮，使眼球露出更多，还用什么仪器把我眼皮翻上去，让我扭动头部角度看眼角。后来让我又面对着什么仪器，他站在我的背后，反复观看仪器中的影像。

医生终于把自己头上的仪器推到额上，开始往小诊疗册上写字，结论是白翳和"虹膜炎"。我好奇地看着东北人常说的"大鼻子""蓝眼睛"，就是眼前这样子。我问医生"虹膜炎"危险吗，这名词我头一次听说，常听医生说角膜炎、结膜炎和巩膜炎。他给我解释"虹膜炎"

病因很多，除眼外伤，也与全身疾病如结核等有关，容易引起虹膜睫状体炎，反复发作会使眼球萎缩，医生说得先治疗眼球上的白斑，给我开了药，说白斑一旦变小赶紧再来医院进一步检查虹膜。我还是抑制不住地问，"虹膜"对视力的危害有多严重，医生矜持地低声说"有失明可能"，这"可能"二字使我的心猛烈地抖一下，之后我拿着诊断本和取药交费单子，迅速地离开医院大厅。

我满脑子"可能失明"的嗡嗡声，甚至听到内心的呼喊哭泣声，走出医院想找个没人的地方，释放这天灾之祸可能咫尺降临的不幸。我便信步奔向中央大街尽头的松花江，黑龙江人的母亲河，横穿哈市的北部，她的北面就是我的故乡和亲人，刚才我就是乘着火车从眼前的江桥上过来的。我站在江边，两手死死抓住江边上的矮栅栏，像是拉着姥姥的那两只干枯的手，泪水成串地流，这无语胜过有声的怒吼。

最后还是松花江大桥上呼啸长鸣的火车和奔腾不息的江水的浪涛声，严厉而亲切地呼唤，"不能停留在这里，向前！"我才抹去泪水，掏出好朋友风兰的信封。

按信封上地址，问行人怎么走。风兰是我初中班的心腹之交，她考上高中后随全家转学到哈市的姐姐这里，姐姐是抗美援朝归国的护士分在省医院工作。我突然想到去省医院眼科再查查虹膜炎，在风兰姐关照下，医生的结论与明明眼院相同。

返回的路上，面对这心腹大患，我魂不守舍。一想到治不好就心焦如焚，眼泪往肚里咽；又想到如果按医生说的闭目养神，就不能补课，不能毕业高考，更是心惊肉跳。没有取医生开的药，担心除去药费后怕回来路费不够。

3

我心烦意乱地返回学校，只告诉车老师诊断结果和医生嘱咐先治大块白斑，没说可能的后果和开的药没取。但他很敏感地说"虹膜是包着眼球的"时，表情很凝重，随后一句是"按医生嘱咐先治白斑"。

之前，我只知眼球外白翳影响视力，去省城医院中外专家共识的虹膜炎，给我敲了警钟，心理负担很重，但也只能戴眼罩上外用药听天由命了。

没过几天我发现黑板报已换刊了，车老师说这活儿又转给学生会宣传部与学习部合出了。他特别建议我回家休息，我心里明白如果回家洗眼睛换眼罩上药膏也中断了，本来就没有口服的药，那就等于中断治疗。再说我顾虑姥姥知道我这样要着急上火，所以我虽答应车老师回家，还是拖着不走。快放寒假了，车老师又一次问我怎么还没回家，我只好说了原因。

两天后，车老师让我去校医室取药。原来他与校医商量，放假期间特殊情况，给我带些眼罩、药膏和洗眼水，并请医生教我如何操作。校医给我打包好，我问怎么交款时，大夫笑呵呵地告诉我车老师已经付了，还说车老师对我带药回家这事很上心，来两次呢。我每次去医务室换眼罩和药，都只交5分钱，实际是手续费。我激动得不知说什么感谢的话好，医生说我遇上好老师，这关怀父母都做不到。

放假前，我收到学校教育科的"不能参加毕业考"的口头通知，对我来说无疑是火上浇油，刚消肿的右眼又开始充血。拖到快过小年了我才回家。

到家第二天上午，顶着三九的大风雪，姥姥带我去南村沟看老中医，她说"下洪雨"也不能等。老中医先查看下眼球，又看舌苔，摸脉中一言不发，手指不停地动，最后只说了句"肝火盛必上眼，火走一经"，随口似问非问"脾气急易伤肝"。我心里暗暗佩服这老先生是现代的李时珍，他脑里一定有本《本草纲目》，医术高超。姥姥莫名地自语"哪来的火呀"，回来的路上雪小了，风停了，姥姥带我顺路拐到母亲坟地念叨着些什么"保佑孩子平安"的话。

从此我开始服中药汤，一直到七月上旬走出高考考场，一天都没有中断。寒假时在家服，开学后姥姥把熬好的中药汤装入瓶中，每周日或她自己送到学校或求村里上街的人给我带来，风雨不误。我分秒必争地投入高考复课中，一直戴着眼罩，医生说"闭目"才有利于恢复的话早丢在脑后，顾不上那至理名言了。

高考最后一科结束，我扔掉了眼罩，左眼虽仍是条缝，但缝中之眼球能视物清楚。白翳在高考前就消失了，但眼睑仍肿着。老中医太神奇了。"虹膜炎"三个字我根本没跟他说，怕姥姥刨根问底担心，可以扔掉眼罩就更没有担心的必要了。大概老中医的神药汤起了作用，不仅褪去了白斑，也吓跑了"虹膜炎"，这就是我至今对国粹中医崇拜得五体投地的最初原因。

高考准考证上的照片虽必摘掉眼罩，但毕业合影我仍戴着。录取报到的照片不细看双眼一般大，可录取时把我当"眼残生"，报到时只好请同班录取来的同学证明，"眼残生"才戏剧性地变成了正常生。但三十多年后老同学相见时，还有人问，"你换上的是什么眼睛，一点看不出两样"，我只是哈哈大笑告诉他们是"上天给的"眼睛。

4

　　高考结束的第二天，我们几个家庭困难的好朋友，因为复习期间看过学校通知板上有"临时招工广告"，就报了名，约好到镇里"甜菜籽收购技术指导站"接受"培训"，两天后各被派到离镇百里外的乡下公社生产队，指导农民按时收割成熟的甜菜籽儿。

　　人们用这些甜菜籽儿，像秋天种大白菜一样播种，到秋末长出一斤多重的甜菜疙瘩；这疙瘩是国家统购统销产品，它是当时制糖的重要原料，抢收甜菜籽儿是把好第一关。这与粮食统购统销，城里人必到粮店拿着粮本买米一样，白糖也是只能配给。

　　我们各分到不同的公社，都面对几大片甜菜籽地。我每天风雨不误徜徉甜菜籽地垄里查看，眼睛不离秧头果实，发现成熟的，一般都是一片有十几平方米，立刻报告生产队收割，稍晚点成熟的籽儿就蹦开落地。

　　说实话，这打工像旅游，虽然我出生于农村，但从没有这样在庄稼地里生活 40 多天，每天吃公饭，还有 5 角薪水。头顶蓝天、脚踏沃土，天有飞鸟歌唱，地有小溪召唤。用今天的话说空气清新，没有一点污染，虽没有"金山银山"但有绿地蓝天。

　　很巧，甜菜籽儿收完时，接到学校电话，说录取通知书到了。返城我先去领打工报酬，回到学校取通知书时，先去车老师那还款，还有几个好朋友塞给我的零钱，都一一还清了，余额足够上学路费和买点生活必用品。

　　人在最困难时得到关怀和资助，付多少钱也表达不了感恩。一滴水和一颗露珠能使一棵小树苗活下来，对救命之恩能回报时，那只是从深深的记忆中流淌出永恒感念的泉水，而且已酿成生命成长宝贵的元素，所以被关爱过程对学生产生的教育价值是不可估量的，而价值能量的发挥也很难用什么仪器算出。

我给车老师送钱时，他再三推托说那是"应该的"。"应该的"是那代中国人纯洁神圣的奉献语言，至今还是做善事的人的口头禅。

车老师不是我的班主任，也不是我的科任老师，只是学校行政要员，我因出板报与他接触多，每期板报内容的稿件都由他过目，把握观点，对语言文字也一丝不苟修改。一位对本职工作"较真"的校团委书记，关注手下学生干部病情困惑，也许并不是他本职内的事情，但他竟做得为人为彻，令人感动，并不亚于课堂上老师年深日久地传道授业给心灵的震撼力量。

车老师平日对我们这些学生干部态度很谦和，从不发号施令。他着重看学生人品和能力，甚至顶着压力甄才品能，给予学生工作机会和鼓励，不像某些人只口头说"重在表现"。今日回头看，才更觉他敏锐的眼力，真善的美德和超前的勇气。

离开中学，我一直再没见到车老师，但心里常感念他助人的善行。三十多年后，知道车老师之子在京做博士后并留在科技部门工作，他也常住这儿，逢年过节，我便登门拜访。而车老师每到"三八节"和教师节，准是最早一位来电话祝福我这当老师的老学生，虽然从前的师生早已演变成同事，但当年那份师生情是永不褪色的珍宝。

有一年春节，我去给车老师拜年，巧遇中学老同学王莹也来探望老师，他问我怎么至今还念念不忘老师，我也问他同样的问题。我给他讲了上面的故事，他给我讲了下面的故事。

他说高中二年级深秋，同学们都穿上了厚外衣，自己还穿布衫，抱着膀冷得直搓手。他也是学生干部常与车老师有来往，车老师当即领他到百货店试穿一件厚秋衣，很合身，车老师就付款了。他说"别提那衣服多暖和了"。我说"主要是心至今还暖",他深情点头说"暖到永远"。现在这位已是将军、博导和科学家,发现了"电磁炮"原理,仍没有忘记穿秋衣的恩情。

难怪教育家说,学生在校逢年过节给老师送很多鲜花和颂词,也不如离开多年之后不拿一枝鲜花仍时常登门拜访,那是老师永久的心灵宽慰。车老而在课堂外给我们留下的育人精神,绝不亚于课堂上老师们的谆谆教诲。

三、"批示"与"信"

朋友，你听说过一个中学生给校长"上书"得胜的新闻吗？你经历过中学校长给考上大学离校生写信祝福和鼓励的佳话吗？文中真实的故事虽然很久远，但过去也许不曾真的过去了。这朵师生共铸"教育蓝"园地灿烂的牡丹花，仍在四溢芳香。

眠 思 梦 想

放寒假期间，我一直"猫"在乡间茅草房里，虽像雪被下冬眠的田鼠，手里虽常装模作样乱翻着书本，但没有兴味看进去，是因为有只眼睛还戴着眼罩，还是根本就心不在焉？可能二者都有。

我尽量躲开姥姥的视线，白天多面朝北趴到火炕对面的柜子上，从上小学那天始，就是趴在这柜子上写作业的。姥姥有时看我一眼，准会唉声叹气地嘀咕些我听不太清的话，看她那愁容满面的表情，我就知道她心疼的是我的眼疾，可又担心学生不得不看书。她常说庄稼人得看好地里的苗，念书人得认准书上的字。

元宵节第二天上午，我背包返校，包里还有一瓶烫手的中药汤。出门前姥姥拉着我的手，只说一句"别忘了按时吃药，每个星期日都把熬好的药汤给你送去"，在她枯瘦的手背上，我紧紧地攥了一下，点头笑着表示让她放心，瞬间我看她眼含泪花，我的心酸酸地痛，但仍笑着答应；我知道姥姥的心比我更痛，她若知道省城中外名医诊断的眼疾实情，是不会放我走的。

　　这个季节乡间马路上，都是车轮轧实了的"雪"凝土，没有一点儿灰尘，比夏天土路干净多了，路上车人都少见。人走在雪路上，脚下总要发出嘎吱嘎吱的响声，这单调的节奏令人轻松了许多。我仿佛走在空谷里，没有风吹，没有鸟唱，只有自己脚步声，我把整个寒假的心腹之忧，从心底中折腾出来，抑郁凄清，流淌其中的是难以摆脱的困惑，这无奈似深深的井，唯汲取井中纯净的水，方能找到自救的良策。我睁大右眼，沉默地凝睇周围的一切，一切都显出朋友的真诚并警告我，必须做出决定！

　　我和姥姥的忧虑大相径庭，她是为我的眼疾焦虑不安，而我从放假开始就再也顾不上眼疾如何了，虽然每天上药，还喝着中药汤，但满脑子是能否毕业和高考的纠结。我不能像一头只会转圈拉磨的饿驴，站在两捆草之间不知吃哪捆好而饿死，也不能像只鸵鸟受到袭击时一头钻进沙堆里躲起来苟且偷安，而是应该背着石头上山，宁可被纠结压得喘不过来气。可谓是"病眼迷离感慨多，椎轮大辂竟如何"。争取机会！闯开过关的"门"！谁能打开这"门"？无数次问天，迷离惝恍找不到开"门"的钥匙。但有几次我想到了可能有开"门"的钥匙，却没有胆量和勇气去求索这答案。

　　今天在通向学校无限延伸的路上，冲着空旷无垠的北大荒雪野，享受着太阳公公的关照和温暖，我抛开无数的顾虑、犹豫和胆怯，决心去求校长开"门"，心终于呐喊出：

"上书！""给校长写信！""马上！"

危机是问题，没有危机感才是更大问题，何况有危也有机。是坚冰要用高温去焐化，是石块要用手掌去碾碎。如果"上书"还打不开"门"锁，我就当旁听生，决不办辍学手续，确信没有谁能硬把我拉出教室。

此时我像三伏天吃了冰激凌一样爽快，怀抱"上书"的梦，跨步轻松高远，就像童年隆冬季节在家乡小河溜冰般飞快惬意；甚至感觉到朝阳也为我竖起大拇指，路边光颓的树枝在微风中为我拍手叫好，枝头上那只喜鹊也专为我歌唱，幻觉中似乎雪被下冬眠的草根，也复苏着春的芽苞。此时我甚至热血沸腾地想，干脆到学校就去晋见校长，当面申诉，恳请他放我"过关"。

想到要去见校长一刹那，心突然又被恐惧包围着，并打了个冷颤，像瘪了气的球。一个农村土娃进到小镇中学，平生亲眼见过最大的官就是中学校长，那是心目中想象的校中"皇帝"。心灵的贫困远比物质贫穷更具有威胁性，学生们都认识校长，他却很难认识上千的学生，我们高三年级五个班，我也只能是戴着校徽时他才能认定我是这个学校学生，更叫不出我的名字。

最重要的是我去见校长不是报喜，而是去"告状"，去申诉他领导下的教务部门对一项"规定"执行的否定。这就如上官府里告官府管辖的重要部门的状，可谓是吃了豹子胆了。我便自言自语"去不得！""还是上书吧！"

勇气之火燃起来是扑不灭啦，连刹那间胆怯也成了助燃的木块，反而变成火上浇油。心想用纸笔代替说话，说不明白还能修正补充，放松心境容易把心里想的说清楚。文字是过滤的语言，修改中尽量做到严谨，同时文字也给对方回味思考的空隙。

我内心忐忑不安，但这是千思万虑别无选择的唯一办法了。车尔尼雪夫斯基说，凡是需要巨大的勇气和决心冒险的事情，有些人就变得软弱无力地退缩，连经验也都化为乌有。今日对于我只需决心和勇气，便背水一战了。

背城借一

到校后，我按路上捋出的结构线索，一气呵成写出千多字，中学生还没写过这么长的作文，对眼前的爆发力自己也觉吃惊，又加上句句打磨修改，越改越长，最后抄了近五页信纸，自认为重点突出面面俱到。事后意识到校长很忙，得用多大耐心看这么长的信，悔之晚矣。

至今我清楚记得信的开头：

> 我受高三语文课本《永不掉队》中人物的激励，鼓足勇气给您写信求助。我因眼疾几乎误了高三学年全部课程，但我"不想掉队"也"不该掉队"，更"不能掉队"。

我写开头这几行文字时，泪珠簌簌地往下流，简直要哭出声，甚至想捶胸顿足呼喊。可以说这情绪非常复杂，是因为眼疾长期折磨痛苦，还是对学校教务部门按"规定"通知给我意外一击，使我心理上受到压抑感到迷惘，还是怕姥姥知道眼疾实情阻止我这样冒险前行，还是更担心这样奋力抗争的结果徒劳无望，我全然说不清。

但在信中我对"不想""不该"和"不能"掉队理由详细说明后，结尾时咬紧牙关，非常具体地写出向校长救助的愿望，并立下了铮铮的誓言：

> 恳请校方，不因我误课超过"规定"，而使我失去今年参加毕业考和高考的机会。我确信虽不能考出理想成绩，但既能通过毕业考也能实现上大学的梦。

同时我郑重申请：从理科班转到文科班，自己全力补修落下的课程。

　　写信时，我给自己划了不能踩的"红线"，就是信中绝不埋怨学校教务部门，从我误课的实际情况出发，按"校规"取消我参加毕业考资格。我给校长写信的目的，是请求校方能开"绿灯"，给予参加考试的机会；尽量表明个人想过关的强烈愿望，并通过调整专业，充分利用个人能过关的基础，在有限时间内追补落下的课程。

　　信的开头和结尾之间，我详尽地向校长报告了高三上半年患眼疾的程度及治疗情况，还附上了医生的诊断结论。

　　信中还特别说明，姥姥把我从两岁千辛万苦带大，祖孙相须而行，又全靠助学金念到今天。上大学是我向姥姥多次承诺的梦，是对她坎坷一生的最大慰藉。为此，我至今向姥姥隐瞒了医生诊断的可怕实情和我校教务部门不准毕业考的"规定"通知。我担心这意外"两"击，对年迈老人来说难以承受。这是"不能"掉队的家庭原因。

　　我自己更有"不想"和"不该"掉队的充分理由。那就是高三语文课本阅读教材中，苏联作家冈察洛夫的小说《永不掉队》对我的启示和鼓舞作用，榜样的力量是无穷的，优秀文学的教育作用也是难以估量的。生活中没有可崇拜的英雄，比没有新鲜空气和维生素更难以生存，所以我在信中用对比方式说明了自己"不该"掉队的充足理由。

　　初看到《永不掉队》这篇作品时，我对主人公只是敬而远之的莫名钦佩，更多的是欣赏小说结构的巧妙。可当自己"掉队"时，才觉得与作品中人物命运何其相似乃尔，便如饥似渴地狂饮这口井的清泉，汲取"不掉队"的勇气和力量。

　　同文中的师生比，我只有一小点儿相似之处，即一时没上课掉过队，但"掉队"的原因大相径庭；同时克服掉队困难的程度，更是与他们师生不可同日而语。葛洛巴教授失去双腿双眼重返讲堂，高洛沃依失去右手重返课堂并完成专业课学习。相比之下我没有一点理由应"掉队"。我如百米跑道上参赛的运动员，意外跌倒了，爬起来冲向终点，又有谁能认为爬起来跑向终点是违反"规定"，虽然明知跑不了第一。所以我因病误课，校方以误课超过三分之一的"规定"，不准我参加毕业考，可能成为有的人自愿"掉队"的理由。但对我这不愿掉队的竟成了"障碍"和锁着的关卡；更何况我误课不是旷课，纯属于意外，就如洪水淹了庄稼，地震倒了房子，那是无法抗拒的。

经历"天灾"的人，除了有老师同学相助，我想校方也不会用"规定"卡住不放行。我愿以保尔·柯察金钢铁的斗志和青年近卫军旺盛的激情，面对眼前的滑铁卢，决不后退一步。

为此，在毕业前有限的复习时间内，我愿自己补上落下的课程，请求校方准予我参加毕业考，我确信自己是不会掉队的，机会应属于肯努力的人。

空 谷 足 音

"上书"写好，我仍没有胆量亲自交给金校长。想到金校长那宽额下的浓眉，和眼睛下特别突出的颧骨，不疾不徐矩步在操场的形象，想到他站在台上，不苟言笑、严毅刚直的"岩石"面孔，还有他整个人像陡峭山崖高不可攀。我这小中学生怎敢拿着"告状"信去见他，甚至想到这样做是厝火积薪，可能引来意想不到的"危险"，顶好的结果也许是一厢情愿吧。

但同时也想到成功可能就在"冒险"中，仍按事先想法走进团委书记办公室。我是团委委员，车老师曾一片至诚帮我治疗过眼病。我向他说明来意，还请他看了信，他非常支持我的想法，这让我又壮了胆。校长室和团委办公室都在一层，只有几步之隔，车老师看完信，转身拿信去校长室了。

从交出信那刻起，我就觉得时间凝固了，其实比我预料得快多了。两天后，我路过团委窗前，车老师打开窗叫我，看来他同我一样把这信息看成是十万火急，片刻不想耽误，他伸出窗外的手拿着一叠纸，从他那愉悦的声音和满脸笑容中，我立刻感到"上书"如愿，反馈一定是喜讯，空谷足音，安得而不快！我还没等靠近窗台，当然更没想跑进屋去，车老师急不可耐地通报：

"金校长批了你的请求！快看！"说着，我跷脚举臂接过老师手中那沓纸，分外眼明地看到：

同意从理科班转入文科班，并按时参加毕业考。

我反复看，唯恐看错一个字，还念出声，果真声声字字解"锁"，"门"打开了。我举起手中有"批示"的信，大呼"谢谢校长！""谢谢车老师！"

可以说校长"批示"的温度还保留在纸中，批示竟使我五页信纸变得又厚又重。闪在眼前的是粗犷洒脱的红墨迹，很像语文老师在作文后的批语，但作用和重量无法相比。"批示"后面签着"金石 1959年 3 月 1 日"。

我眼不离"批示"地看着，车老师又急如风火地一字一板转达校长的话："金校长说，你转班和参加考试，他直接与文科班主任和教务部门打招呼办理。让你安心补课，补课有难题去找老师。"

校长不仅有写在信中的"批示"，还有落实的具体安排，可见他在百忙中，看了学生的上书后急人之困，步步落实。

阳光明媚的早晨，同学们都在课堂上畅饮知识，我这半年多的流浪儿，前日还不知向何方，走在沙漠中又饥又渴；今早福至心灵，眼前一道光环，看到悬崖陡壁下流淌的清泉，倾听着潺缓泉水的召唤，心中立刻涌出渴骥奔泉的美妙愿景。

当天下午，文科班主任李云飞老师，亲自去宿舍找我，说教务部门通知他，接收我转入文科班。李老师带我到班上向同学们介绍，来了位新同学请大家欢迎，其实同年级两年多相互都认识，只是对我左眼上的眼罩有点陌生和好奇。直到毕业三十多年后相遇，竟有老同学问，你换上的是什么眼睛，一点都看不出是假的。难怪他们问，因为我到这个班就没摘掉过眼罩，连毕业合影和高考时也戴着眼罩。

那年放寒假前，学校教导部门从期末考试成绩单上发现我没有成绩，便例行公事亲自找我核对，才知道我高三上学期一堂课也没上。他们没有关注不上课原因，只看结果，当然也没有求实的丝毫同情，只有按规章刻板的条文办事，即对误课超过三分之一的学生，不准参加期末考试，而我是三分之三误课，根本也没敢参加期末考。

其实教务部门这"通知"，只是事后诸葛，如果这马后炮，只说上学期也就没什么事了，它偏偏又通知我"高三学年的课，在上半学期基本结束，下半年各科都收尾复习备考"，所以按"校规"通知我"不能参加毕业考"。言外之意我高三下学期应该休学。看来只通知不能参加毕业考，没有直接下达逐客令还算客气。可他们没有料到，一个中学生会用如此方式抗争到最后并取得胜利。

教务部门的"通牒"成了我难跳过的"关卡"。我清楚不准参加毕业考，就不能报考大学。那个年代农村孩子憧憬上大学，比现在难百倍，也比当今农村孩子愿望强烈百倍。当年小升初是凤毛麟角，中考和高考录取都是百里的个位数，全国大学每年录取 10 万上下，现在是五六百万。人口只增加两倍不到，高招却翻几十倍。回头看新中国第一代草根知识分子的读书梦，因为艰难被激发出坚韧和耐力，所以百倍珍惜可能失去不再来的机会。

教务部门"通牒"后，我请教良师和诤友，他们都"一边倒"，态度严肃地劝我，"不能违反'规定'"，认为那是不可踩的"红线"，同时说休学半年，有利于恢复眼疾，明年参加高考，复习时间绰绰有余。这样的理解和同情，反倒被我转化成宝贵的关爱和鼓励，使我更不想后退一步。其实他们对"规定"的遵守，或者说"听命"，使他们不自觉地失去了对实际情况的深层判断，以及对执行"规定""教条"的批评，虽然他们完全不是有意识销蚀我力争"过关"的勇气，但他们认为不遵守"规定"是"违规"。可我认为自己不执行这个"规定"，不会给校方带来任何负面影响和不良后果。相反一股脑以执行"规定"其名，否定学生积极主动的学习态度，那就不得不质疑执行这条"规定"的机械和教条。当然在那个年代，普通教务人员是把"规定"当管理工具，把学生当管教对象照章办事。只有把学生视为学校主体，看重其积极主动精神的金校长，才可能反其道而行之，这是教育家的情怀。所以几十年后我拜谒金校长，再次为此事向他致谢时，他重复地说遇到这种情况都该这样处理。我心想当年教务部门若也这样处理，我就不会给校长"上书"找麻烦了。

金校长的"批示"，可谓一言中的，人的精神镣铐被打开，产生的能量是自己无法估计的；也许还应回头感谢教务部门执行"规定"的"压力"，才有这深思熟虑后给校长写信的行为。

补课的任务很重，补的不是半学期课，几乎是高三的一学年的课。好在文科课带有很强记忆性，可以自补。我订出全盘补课计划，便开始焚膏继晷地学习。课上在老师指导下"复习"，课后尽量补苴罅漏，心中有数地补疑点难点及重点。白天跬步不休紧跟，早晚补缺拾遗的时间不够用，再勤奋每个人也只有同等的 24 小时，所以提高学习效率，是补课最好的"捷径"，精力高度集中，虽理解不深却能快速抢记更多知识，一天等于两天高效，半年等于一年还真让我做到了。

还要早起晚睡抢时间，集体宿舍通铺的大板床行李挨行李，要做到不打搅别人休息，常光脚像猫一样提鞋进出。庆幸宿舍走廊电灯彻夜开着，这不落的夜间太阳，帮我走过了备考的岁月。还有那位打更老人，几乎早晚不忘地给我在灯下备个小板凳，我们从来没有说过话，只有理解的点头和一笑。

毕业考结束，我总分在全班最高，当然这成绩包含侥幸，我原是报理工班的，现答文科班数学卷得百分轻而易举。一科就拉别人几十分，外加作文是强项。高考也出其不意地顺利，本来我把哈师院报在前面，但被本省综合性大学优先录取了。

靡 知 所 措

没料到，上大学之初却困心衡虑的迷踪失路了。

中文系给报到新生当场发了"中文系学生必读书目"。别看才建系一年却很有"家规"，这"书目"无疑是开启传统系风的信号，当时的系主任是方行，直到我五年毕业也没见过他。

报到的新生处处都感到新鲜，但最强烈吸引我的还是这份手册似的读书"目录"。从头到尾地翻了无数遍，我与它仍如陌路相逢，随之清点自己阅读记忆的仓库竟空空如也。可以说除了在中学语文课本上学过些名家短篇，并由此及彼地知道些大作家的名字和代表作，课外看几本苏联的《钢铁是怎样炼成的》《青年近卫军》等作品，我的阅读也只是蜻蜓点水而已。

报到时满心高兴，但面对手中的"目录"——这古今中外文学的汪洋大海，我开始望洋兴叹。且不说书目中文艺理论和语言方面的著作，只看中国古典诗、词、赋和剧的名家名作，特别是明清如雷贯耳的几部长篇巨著都没有细读过，连崇拜的鲁迅，他的《阿 Q 正传》也只是站在校图书馆书架前好奇地翻了翻。至于外国文学目录中荷马史诗、古希腊戏剧，还有但丁、塞万提斯、莎士比亚、歌德、巴尔扎克等大名鼎鼎的作家及其他们同时代的作家和作品，对我来说更是天方夜谭。因读几本苏联作品，我对俄罗斯文学有点爱屋及乌，也只是零星地读过契诃夫等作家的短篇集，虽早知普希金和托尔斯泰这样文学巨擘，对他们的大作仍是隔屋撺椽，认为其高不可攀。

明知这份"目录"，在校五年学习中有机会慢慢跟读，不能一口吸尽西江水。但对自己读书量的一穷二白，引起了沉重的心理负担。甚至是如芒刺背地恐惧，每一次翻书目都是望而生畏，特别是看到新同学拿着"书目"指指点点地热议，津津有味地说这也读过那也看过，而我如乡下人第一次进城，不知东南西北，哑口无言，甚至也像那些"伸着脖子看华老栓拿人血馒头的麻木看客"，偶尔遇到傲慢的小市民优越的鄙视目光，令人痴迷到了极点。后来知道那些读书多的同学早就对文学有兴趣才考来的，她们有借阅环境，有的是受文化世家耳濡目染的影响。不久知道班上十多名女生，唯独自己来自穷乡僻壤的农村，故乡几乎是文盲村，小村里十多户人家没有谁家有书。姥姥家梳妆匣子里有本《论语》，说是去世的舅舅念过的，但我脑子里早就输入了"打倒孔老二"的观念，也就不会在意他的书，翻看"之乎者也"自己念不出滋味便放下。看来我就是人们说的"黑屋子、土台子，走出来的泥孩子"。生存环境中文化的缺失，使青少年对知识充满好奇但吸收能力却一片荒芜。上中学后也并没有意识到读书少的危机感，再加上我是个死抠书本的应试型学生，与课本无关的书从没列入读书日程，甚至认为看课外书多是"不务正业"。看几本苏联的书，是因为老师在教育我们时提到过，从中学的小图书馆也能借到。

整个中小学时代，我竟没进过书店买本书，上大学进南岗的大书店像进入万花筒的世界，我好奇地在里面翻了大半天，最后也只买了本《新华字典》，因没有了乘车费还走回学校的。一些人为的屏障，使落后文化环境中的人们，更不能充分利用有限的阅读条件。

面对珠峰似的文学书山，我越想自己的家底薄得原始可怕，百念俱灰；同时也觉不出对文学的兴趣，怀疑现在开始培养为时晚矣。所以断定自己"走错了屋"，"误"到中文系了。这一念牵动起了我的"理工梦"。高二结束重新按爱好分班，我毫不犹豫自报理工班，因为觉得"数学"趣味无穷，心里早就藏着"学好数理化，走遍天下都不怕"的观念，在那年代，这话虽被公开否定，但对理工班学生来说仍很有诱惑力，只是不公开说而已，再加我确信自己对数学的兴趣是从小学开始养成的。

学理的念头死灰复燃。我搬出圆周率 3.14159……，认为这数字准确无误，能算到几十位，位越高越精确。相比之下语言文字中的修辞，是研究话说得"好不好""美不美"的，所以有"同义词""近义词"和"同类词"多种表达之分。这类的词与词之间怎么能说清"对与错"。一篇文章多次修改，只能说改得好不好，不能像数学那样从"错"改"对"了谁都得认可。我甚至给自己找出一串同类词，认为在同一语境下用其中任何一个都行，但修改时又常在比较中选出最合适甚至最美的一个词，这时你不得不承认语言是"万金油"，可"数"是"一滴水"，只有清澈透明的唯一性。

为了能按时毕业和考大学，我急功近利地转到文科班；而高考填志愿时，又把文史哲所有专业都填上了，一点儿没有经过审慎考虑；考上大学后盲目乐观，好像考上就万事大吉了，既没想到专业学习内容更没考虑人生之梦与这专业学习的关系，现在"报应"都来了。人盲目时最没有思考，现在的迷失就是应得的惩罚。我这刚经历"眼盲"的人，这回又走入了"心盲"的炼狱，而且"心盲"超越肉体的疼痛，更不知有"何医何药"能治疗。二十多年后，我小女儿高考报志愿，她非中文系不报，非北大中文系不报，九个志愿她只填了一个。这种兴趣专一的选择执着得令我瞠目自愧，真是不能同日而语。两代念中文系的母女，一个只为上大学不顾兴趣，一个只为兴趣上大学。

由于自己当时把自然科学和人文科学机械地比较，幼稚无知使自己深陷误区，并采取了"盲目"的挣扎行动。心理困惑既不好意思与考来的同班老同学商量，也不愿与新同学促膝交流，更不敢去找中文系的领导说明。便趁入学教育周还没开课，我开始了"跳系"行动。

我开始窥觑教学楼各系挂牌的办公室。自知数理化各系无望，自己本是报考的文科，其中跨度太大。我异想天开地折中一下，觉得经济系与"数"有点什么关系，于是冒昧地闯进经济系办公室，工作人员说正在筹备中明年开始招生，我没说什么心灰意冷地退出。之后盯上了哲学系和历史系，心想古今中外怎么也不会有汪洋大海似的哲学和史学著作，其实是自己孤陋寡闻不知道而已。到哲学系办直说了自己想转系，工作人员以奇怪的眼神看着我这乡巴佬，就像报到时听到高年级背后议论我，"那个女生肯定来自农村"。办公室人员对我不屑一顾，只说"学校怎么能有这种规定"，一句话把我推出来了。到历史系办公室，工作人员年长点倒还客气，说"新同学，学校怎么能有这规定"，还似劝非劝地说："念什么专业都是从头开始，你还没开始怎么就想逃走呢"，"逃走"其词，显然是种质疑训斥的语气，人家根本不在乎你转系的理由，当然我也不想把"困惑"说给他们，只能绝望退出。

也许我这是异想天开，该吃闭门羹，被先生们认为愚蠢可笑。他们这类教育管理者当然更想不到，中国教育发展到20世纪70年代末恢复考高后，虽然也没有"转系"的明文"规定"，却有学生"跳系"成功。我国当今著名文学批评家孟繁华先生，就是1978年考入历史系后折腾到本校中文的，我与他才有缘成为师生。到了开放的80年代更是大势所趋，什么"规定"不规定，我院新分来的陈博士，就是当年从北大地球物理系转到社会学系的。发达国家很早就实行入学后进行通识教育，给新生列出无数门课程，让学生自选，发掘爱好培养兴趣，两年后才确定学什么专业。我小外孙在加州圣巴巴拉学院，头两年凭个人兴趣选修，到大三还没确定专业。看来当年学生想转系是正常的，我当年一时因精神"掉队"的挣扎，也不应该认为是有"心疾"的怪象，最后我还找哲学系主任谈自己的真实想法，跟他说不只是自己文学底子薄和阅读量小，重要的是担心很难培养出兴趣；而且我天真地认为历史和哲学读书量不会那么"海"，可以在有限时间里努力培养兴趣。这位系主任很和善，先是表明"没有转系规定"，然后告诫我，"文史哲是一家，互相渗透；越到深层关系越密切，就像塔在底座上有多边，越来越高，到塔尖就汇成一体了。"他的话意味深长，很哲理，给了我些慰藉，但对我来说解惑谈何容易。

一"信"九鼎

古人说"一言九鼎"，我借来说，"一封信"的教育作用也如"九鼎"大吕之重。

正在我焦思竭虑时，意外收到一封"疗"痛的"天外之书"。看信封上的地址，清清楚楚写的是母校中学，信封上的字迹，似曾相识地见过，但我还是不相信自己的眼睛和心理判断。反正写着我的地址和名字，急忙打开，一张红格信纸上方同样印着母校名加"信笺"，信的落款写的是"金石"。"啊！校长给我写信！"我以极大的兴奋和好奇，急不可耐地浏尽正文，在我的名字下写着：

祝贺你考入理想大学深造！你那种大胆争取毕业"机会"，

勇于挑战困难的精神非常宝贵，在学生中不多见。你考入今年我校文科毕业生被录取最前的大学，更是令人惊喜！希望你再接再厉，发挥潜能，学成报效国家。

从省招办得知，今年高考作文，你是全省仅有的几个满分之一。你的语文老师说这是预科之中的。看来真是多年积累的爆发，老师们为你骄傲。今又如愿被录取到中文系，真是如鱼得水！努力吧，祝你心想事成！

几百字，不满一页信纸，字体与给我"上书"写的"批示"一样无拘无束，也如自由自立的人格吧。我双手托着这沉重的信，仰天长叹！

金校长啊，若这里的哲学系主任，也能像您那样看重学生的主观能动性，肯定会开创学生自由选择专业的"新"规，摆脱所谓"没有规定"对学生的束缚。

我字斟句酌的反复地看信文，自然地背了下来，直到今天，六十多年后我还能准确写出来。当时默念，暖暖电流输送到全身，盈眶泪水模糊了视线，由甜变酸，在受到鼓舞的喜悦中洗刷着自我愧疚，含着无奈的苦辣，强烈地刺激我困惑的神经走出"误区"。心想，即便我能跳到历史系或哲学系，也是从头培养兴趣，其实我是对那份"书目"靡知所措。

一校之长在百忙中，给一个高考前"告状"的学生单独写信祝贺鼓励，多么像耐心的父母对待曾"负伤"的今日远走他乡之子的挂念叮嘱，让人享受到教育襟怀的宽广和责任感的恒久，这是多么高尚的"教育蓝"中的光芒耀眼的师魂。

校长的信，给我带来的解惑效果，是他意想不到的。他根本不知我入学后的情况，信中只是肯定在校的我，这种正面的教育鼓励，不仅帮助我正视自己消极中夸大自我短处的危害，也使我开始冷静认识自己某些被掩盖的"长处"，进而增强自信心。相信曾经为自己解惑的师长，由于信任和敬慕，他今日的启示作用将会加倍发酵。

我认为校长此时鼓励有巧合的针对性，对我是天助，或者说是正面教育的万能，绝不是就事论事"解锁"。我终于开始排解"跳系"不可能的烦恼，舒缓自我狂躁，要求自己从现实出发，丢掉幻想，彻底放弃"转系"念头。这种状况，如回信实话实说告诉校长，那会令他很惦念也很分神，只有用良知和行动改变目前的自我，那才是对校长和母校最好的谢恩复函。

校长的信是我改变目前现状的催化剂，之前他能对一个中学生"上书"那样重视，不怕麻烦地解除他"部下"给我下达的"通知"，看重学生的勇气和进取精神，而且雷厉风行地落实自己的"批示"，现在还对已经走出三尺门外的学生，如此地关注鼓励，这种厚重的关爱使我深受感动。开始面对文山书海，愚公能移山，郑和能下西洋，鲁迅先生过了而立之年弃医从文，自己小小年纪虽然没有他们的"天才"，却还有向他们学习的耐力，现在还有从头学习专业的机会和自我努力的空间，决不能蹉跎掉队。

同时我要把自己敢给校长"上书"的勇气呼唤回来，变成漫游书海文山的持久行动力；把当时自我补课披星戴月的刻苦精神，恢复成今后培养文学兴趣的马拉松长征，把中小学语文学习基本功及语言表达的训练能力，视为从现在开始培养文学专业兴趣的起点。就算是白手起家，也"决不掉队"。高三时"掉队"是因"眼疾"，这次如果"掉队"就纯属"心疾"或"脑疾"，"眼疾"由不得自己，而"心疾"却能自疗，校长遥远的关怀、鼓励和祝福，就是疗"心疾"的灵丹妙药。

感 恩 荷 德

福至心灵，乘风破浪，迅速前行。

从此我按自我的小小"五年"规划，朝乾夕惕。面向古今中外语言文学的山海，随开设课程跟读作品。读古典诗词并不轻松，后开了训诂课缓解了一些，虽然也强行背诵某些篇章，但多是作为要求掌握而已。

我在小学四年级遇到教算术的张宣老师，张老师的"算术训练"帮我捅破了数学的窗户纸，使我越学越着迷，培养了我的兴趣。后来我把"数"的精确开始运用到人文学科中，这几乎是我对失去的"数学梦"永久的纪念，甚至我毕业初，教写作课时也多次跟学生说，对范文和作文的语言，要追求到小数点后面更多位才算精益求精。

我到大三后，虽是年轻的中文系，遇到的两位外国文学老师，都是早期从苏联归国的博士。可以说在国内老牌大学里也难有这么旗鼓相当的两位，当然他们是俄国文学方面的专家。当年不开欧美文学，俄罗斯文学也只是讲专题，并不是中文系的初衷。刁绍华老师从讲普希金专题开始，就使学生忘了下课，随后还向系里要求增加俄国文学专题课并开展作品讨论会。臧乐安老师讲授苏联文学，课时很多但同学们仍觉太少，我们都把这位诗人臧克家之子，视为敬慕的诗人一样，津津乐道听他的课，连他的妻子孙美玲刚归国开肖洛霍夫专题也都是高质量的，令同学们瞠目而慕。还有教民间文学的刘魁力老师，教日本俳句的罗老师，教现代汉语的吕冀平老先生，他们专业精深，不同的授课风格都非常受学生欢迎，看来教师的授课质量是激发和培养学生学习兴趣的重要源头，难怪"办学不要大楼必请大师"。

但真正引起我兴趣，又一发不可收的是俄苏文学。恢复高考后，"外"字号专业极缺教师，这给了我迎接挑战的机遇。而且还打开了欧美文学新领域，并占有重要位置。我一直教到退休，甚至延续了十多年。

后来我不仅把它当成一门学科教学，还当作精神徜徉的圣地之一。从时空隧道回到千百年前，从海陆走遍全球大洲大洋，甚至还有星际，从各地社会自然景观到人文的百花园，与千奇百怪逼真的人物对话，那多姿多彩的人生画卷，不同文明的精神宝藏，趣味无穷的生命追求，已不只是"西游记"，而是"世界"游记，所以有人问我为什么不去外国旅游，我很满足地说"早都去过了"，虽然这么说有点儿"阿Q"，但这门学科实在赐予我太多丰富、形象又深刻的精神宝藏了。

不惑之年后，我从长春去哈尔滨招生，终于有机会拜谒金校长，他已调到省教育研究所，这是我们师生仅有的一次面对面说话。

我向老校长深深鞠躬，献上鲜花和美酒感谢他当年的"批示"和给我最及时的"疗伤"信，向他报告那"批示"和"信"对我的鼓励和启示作用。不仅当时帮我稳定了学习情绪，在之后的危机中还随时给我力量走出困境。我告诉他大学毕业前夕，体检查出肺结核处于浸润期，而对治疗的特效药链霉素和雷米风过敏，只能靠自愈，谁也不能说自愈的效果一定会好，当然也不能判断一定不好。这使我想起高中毕业前因眼疾可能"掉队"，有了校长的"批示"，我跟上了队伍。想起考上大学"闹专业"，金校长一封鼓励信让我找到了定向盘，并在学习中慢慢培养了兴趣。面对大学毕业前沮丧的查体结果，又再现了高中毕业前的障碍，当年校长打破"规定"给了我战胜困难勇气，如今我以长大五岁青年自立，用当年的斗志顽强与疾病斗争，每日借校园周边田野中的新鲜氧气歌唱换气，空气治疗、运动和加餐三招，比特效药还灵，三个多月肺部造影边缘清楚吸收了，我打破了非特效药不能治结核的"常规"，我的主治医生惊呼这是奇迹，可他哪里知道我心中有精神鼓励的妙药，那就是金校长信中"发挥潜能，报效国家"的召唤产生的能量。

金校长九十高寿时，我从遥远的北京，终于在两位八十多岁的当年中学老师的帮助下，送去了贺寿花篮，表达了久存心底的感念和祝福。在《师韵》中发表的《花篮无价》，就是歌唱这种师生情谊的。第二年金校长生日时，我知道他耳已失聪，便在电话中把心中写下的两句话高声念给他：

　　我饥渴时寻到"清泉"，

　　痛饮后心中蓄下了水源；

　　我迷航时望见"塔灯"

　　定向中眼前出现彼岸。

然后我告诉校长您的"批示"和"信"，就是学生经历过的"清泉"和"塔灯"，他听了开心地大笑，谦卑地说"泉在枯竭，灯油将尽"，而我当即回他：

"您的精神之泉永流！您的教魂之灯不熄！"

金校长那如"泉"的"批示"和如"灯"的信，表明教育不只是在传授知识的课堂里，更在纷繁复杂的成长困惑和迷惘中，在及时得到老师的解惑、鼓励和帮助时，比课本的力量大千倍。校长是学校的灵魂，有什么样校长就有什么样学校。有位教育厅厅长提出，校长要敢于"我行我素"，当然我行我素"不是天马行空，独来独往"，是一种善于创新管理思维，当年金校长就是这样不走"常规"路，施德教如甘霖润民的教育家。

四、草原洗礼

1

与现在入大学后军训一样，我们当年大一下学期，提前结束课程和考试，去"农垦局"接受再教育。

从哈尔滨站出发，火车开往齐齐哈尔方向，很快就进入"农垦局"地界，即黑龙江省西南部松嫩平原上滨州地区的萨尔图。铁路旁竖着高大的"农垦局"指示牌，好似晴空一鹤排云划界。对外公开曰"农垦"，对内实是"油田"开发，后变成今日的大庆市。

"农垦局"的标牌，预报我们已到达目的地。许多同学哼起了少年时流行的《草原上升起不落的太阳》，可这里天苍苍，草茫茫，风吹草低无炊烟也无奔跑的牛羊，更不见"百鸟飞翔"。只见铁轨路基旁，有星星点点深褐色油污，一定是刚出土的原油从油罐里渗出不愿去炼油厂，留恋故乡。

火车在广袤草原上，也不知又前行了多远，终于在没有车站的地方停下。我们班50多名同学，还有些零散旅客，下车时有专人接待，带到铁路北侧一排红砖平房，平房前立着"农垦局开发指挥部"的标识牌。红砖房北十几米远有幢两层红砖小楼。在空旷草原上，这小平房和小楼，如浩渺大海迷雾里光芒四射的塔灯，格外吸人眼球。带队的说这小楼是刘少奇主席来视察时指示，加急落成的"工人医院"，刚开诊不久。我们抬眼再望草原深处，依稀见着井架与蓝天中的悠悠白云握手，一团团的白云中央照射出金黄色的阳光，低头看野草静静地泛着柔软的波浪，仿佛来到了童话世界。

分配我们小组去的井队，说在指挥部西北方向。草原上本无路，路就在踏倒的草和车辙上，那亘古至今沃土中自由任性的野草顽强地抵抗着，所以草原上的路走的人多车多，蒿草也只能被踩成暄软厚实的草毯，草叶铺成的垫子走起来听不见脚步声，我有种远离尘世的隐居感，比走柏油路舒服多了。

路两侧芳草还茂盛地挺立着，向外来者示威其不可征服，草丛下白的、黄的、紫的野花怡然自乐，还有蜂蝶陪着摇曳歌唱；熟悉人间烟火的麻雀也在这嘤嘤相韵，根本不在乎路过的人；倒是黄色的大苍蝇和小蚊虫把我们当贵客，成群地盘旋着，热情地跟踪我们。

早已不见大本营的红房子，面前出现了一顶帐篷，领队的让我留在这里，说事先已打好招呼。组里几个男生跟着领队的继续往西北走。眼前的帐篷里无人，我在外转了转，发现有露天的炉灶和大缸，掀开缸盖十分欣喜，找个舀水的瓢便开怀痛饮，从没喝过这么甜爽的水，赛过家乡刚从井中提出的冰水。日中天的炎热逼近了，野草的芬芳之气使得我头晕目眩，我坐在踏平的草地上，被冷漠孤独包围着，想到草原狼还有几分怅然不安，盼帐篷主人早点出现。索性写下了"观草原"：

> 芳草萋萋疯长，野花艳艳怒放，
> 雀儿嘤嘤歌唱，微风习习送爽，

幸甚至哉，草原将是我的故乡。

　　身后终于传来了说笑声，我回头发现手推车和三位穿花衣服的农妇。她们老远喊"欢迎"，"终于来了"，喊声清脆热情。我迎上去，她们撩开帽檐四周的纱布，我们相互看着笑着，她们那绯红的两颊汗津津的，边用肩上搭着的毛巾不停擦抹边说，"多个伴，太好了!""从此咱就是一家人啦!"其中一位年龄大的走进帐篷，双手托个宽檐草帽出来，帽檐四周同她们戴的草帽一样有纱布垂下，说这是给来锻炼的大学生准备的，从指挥部那儿要的材料。边说边给我戴上，帽檐上的纱帘垂到肩上，我连声点头道谢，她们还是重复"草原上的人是一家"，同时还告诉我："在草原上无论走哪儿，只要碰上同路的大马车和汽车，你招手它就得停，让你上车，这是局里规定，草原上实行共产主义交通。"听到这样新闻，真觉得草原是人间天堂。她们还叮嘱我不能穿短衫短裤，只要外出就戴防蚊帽，毛巾围在脖子上，手里要拿趋蚊蝇的蒿子秆，指着周围草丛说，"最好是刚拔下来的，叶子茂密甩起来面大风多。"真是实实在在的关爱，一见面就千叮咛万嘱咐，已胜似家人。

　　帐篷里的小马蹄表响了，说是招呼她们该做晚饭了。那年代这里没一个戴得起手表的，都是看太阳大概知道早午晚。这表是指挥部给配的，为准确把握时间。今天路上挖野菜她们回来得晚，午饭还没吃呢。她们从帐篷里端出早就做好玉米粥和三个大饼子，还是那位大嫂，从每个饼子上掰下一小块留给自己，把那三块大的连同粥分给我们三人。很显然，我这不速之客分享了她们碗中的羹，虽不得不与她们同餐，可在心理上我觉得过意不去，大嫂看出我不好意思，一个劲儿说到晚上多吃几口就补上了，"你看我胖的，就该掉点膘"，我们吃着笑着，真像一家人那样和睦。

刚放下筷子，她们把发酵的玉米面团拿出来加碱，准备晚饭蒸菜包子。野菜是她们刚挖来的蒲公英和荠菜。据说每两天她们就要包一次，蔬菜供应不上，总不能让工人只啃咸菜。艰苦生活逼得她们更充分利用自然资源，把工人当成家人一样关心疼爱。

我开始收拾碗筷，刚掀开水缸盖想舀水洗碗，她们忙阻止，告诉我用洗完野菜的水刷碗。我愣着不知所措，她们解释"缸里的水比油还贵"，"草原上没油能活，没水一天也受不了"。我等她们洗完菜，就忙把盆端过来，碗筷还没放进去，她们又阻止道："小妹，等这水沉淀澄清后，把下面的泥土倒扔再用，就省得用好水冲洗了。"我知道缸里的水来之不易，刚才自己痛饮也许是过分之举。据说水车两天才送一次，水是从草原外农村井中抽取来的。

我感慨勤劳的农妇节约用水竟与生活攸关，这绝不是有意地上纲上线。此后我包下洗碗筷的活，尽可能利用废水，蒸锅中的水可以说是高温蒸过的消毒水，尤其得利用上。节俭是生存环境艰苦逼出来的美德，形成习惯后觉得理所当然。不浪费水的观念，真正在我心中有了明确的意识，可以说是这三位农妇首次播下了种而开始成为自觉的，也警示生活应处处节俭，至今我洗碗扭水龙头也很少全开。

三位农妇都是孩子母亲，从春天过来还没回家。在草原日做三餐，推车送水送饭，供十多个工人用，路上往返三次几十里。虽说比在家累多了，可她们很知足，说在这不愁吃不饱，每月还发 8 元工资。当时正处于三年经济困难时期，我们大学生定量口粮都减去三分之一多，农村更难保障足量。用现在的话说，她们是我国早期的"农民工"，真比改革开放今天打拼在城市里的农民工艰苦多了。

三位女工的热情、乐观和友爱，不只冲走了周围的荒凉和寂寞，也赶走了我一时的孤独和焦虑。草原上夜晚阴暗寂静，大苍蝇和小蚊成群盘旋着，鸟儿天真地絮絮叨叨，四周充满着睡意，悄然无声。在这蛮荒的原野，灵魂在沉思中翱翔，开始思索：这里不是诗与歌中年轻人的浪漫，必须要脚踏草地经受磨炼。

2

第二天早餐后，我背着书包，像小学生上学一样与她们同去井上，没有跟她们返回，想亲身感受石油工人钻井采油的生活。

分开时，她们再三叮嘱我，保持在钻井作业区十米外，绝不能靠近。她们送饭就保持这样距离，与我们离校前强调的一样。我问为什么要这样，工人师傅不是整天站在危险区里吗，她们说最担心的是意外发生井喷，快得迅雷不及掩耳。作业工人身穿工作服，头戴铝盔，手脚都有保护层，而且他们有经验能及时预感，但也怕万一，所以多热的天都要全副武装。

我站在十米外，看着高耸矗立的钢质井架在太阳下闪着光芒，看到就是这顶天立地安如磐石的井架，才支撑着钻机不停地工作，才能听到旋转式转机轰轰作响，才能抽取渗在地下岩石空隙的碳氢化合物混合液体，即地下原油。据说从原油中能提取汽油、煤油、柴油、润滑油、石蜡和沥青等。我们出发前，班长特意跑化学系请教老师，扫我们这些"科盲"，怕到草原乱提问闹出低级笑话。

但我仍是很懵懂，找不到与师傅聊天的切入话题；特别是看到师傅头顶灼热太阳，那么沉着泰然，我仍心存侥幸，想去摸摸转机的轮把，想看抽出的地下原油啥样。后来工人师傅说，现在他们自己也难看到"滚滚石油"，因为直接通过管道输入油罐运往炼油厂。春天会战开始时，机器设备没到位，抽出的原油直接流到地面挖的土坑里，浪费得很心疼，油渗入土坑四周；那时你不仅能看到原油"滚滚"，特殊情况下，工人们还要纵身跳进油坑里里用身体搅拌不使它凝固。这故事我们出发前就听说了，最初是铁人王进喜带头跳下去的。

工人师傅小憩时，我试着走近他们。平心而论，当你直面从井架上走下来全副武装的师傅，看他那黝黑流汗的脸膛，不断用脖子上的毛巾抹拭，摘下手套扔到地上，便扑通一下坐下或躺下，那精疲力竭的样子，你除了敬佩和感动，什么鸿猷"采访"美计，都瞬间灰飞烟灭了；决不忍心打搅他们这宝贵的小憩时间。除了悄悄从旁边热水瓶中端碗水送到跟前，再无法分担他的劳累并给予慰藉。有的师傅躺在井架阴影处瞬间就打起呼噜了。据说师傅在钻机前，眼耳手和脑四位一体，精力要高度集中，盯着转机变化，就像万米高空中的飞行员一样紧张。

偶尔从他们交换班相互对话的只言片语中，听出打井的米数和抽出的原油数量，可没有比较也无法知道增产还是减产，至于原因更无须知道。不能像到公社秋收时，我可以操起镰刀，与农民同收割，也不能像去工厂车间站在旋床前，有师傅具体指导试着切削个螺盖。今天只能徘徊在井架前，毕恭毕敬地看工人师傅辛勤工作。我甚至心存侥幸地想，如果我是个男生，日久同工人师傅混熟了，说不定师傅能手把手指导我在钻机前试两下。

就这样，连着三天上午，我都跟送饭推车去井架，幽灵似的漂在几个井架间，甚至坐下来画井架，画工人师傅操作的形象，还野心勃勃地想写石油工人的赞歌；但我这个"局外人"既不了解油田的历史，又只浮光掠影地观看了两三天，再说自己的功力也不够，是唱不出他们灵魂的壮美的。

随着大庆油田深入开发，《我为祖国献石油》的歌声响遍大江南北，歌中历数石油工人头戴铝盔走天涯的光辉历史："头顶天山鹅毛雪，面对戈壁大风沙，嘉陵江边迎朝阳，昆仑山下送晚霞"，还有大庆，"莽莽草原立井架，云雾深处把井打"。歌中更是赞美石油工人立功为国的硬骨头精神；"雄心放眼世界""不怕风雨雷电，哪里有石油哪里就是家"。

第四天下午，通知我们全班同学明天上午到指挥部集合，聆听王铁人做报告。这是我们出发前最盼望的计划之内的活动，很快变成现实。

我醒得很早，高尔基说，世界上最好的事情是看白天是怎样诞生的。太阳的第一道光线刚一闪现在天空，黑夜的阴影就悄悄地往草根中躲藏，沾满露珠的草叶和花朵闪烁着钻石般光芒，蚊子混在蜂蝶中一起歌唱。我顺着草上的路，迎着太阳向东南走，奔向小红砖房。同学们见面说得最多的是，"耳闻之，不如目见之，目见之，不如足践之""我们见，但却不能干之"，言外之意是"遗憾"。有几个男同学就与钻井师傅住同一个帐篷里，师傅回来一睡方休，哪有说话的空儿。看来我们身临其境地观到师傅钻井，就是"接受再教育"的十分难得的机会，该知足了。

带队老师让我们席地而坐，太阳高照，好在我们都戴着草帽背对太阳，手里还有甩蚊青蒿，微风随煽随到。可全国群英会劳动模范、大庆油田开发副总指挥王进喜师傅，只好迎着太阳演讲了。

在热烈掌声中，一个钢筋铁骨的西北小个子，戴着防蚊帽身着工作服，迈步坚定地出现在我们面前。主持会议的给他推把椅子请他坐下，他把椅子推到后边，干脆坐在草地上，半盘着腿，摆手让我们移近点，凑在他的周围，何止是坐得近，心也没了刚才的距离，我们像久违的老朋友一样围着火盆促膝谈心，可见"铁人"也有兄弟的柔情，平易近人。

铁人从头说自己，"15 岁在甘肃玉门油矿当学徒工。常偷着上井架，挨过师傅的二踢脚"。他说到这加了句"你们可别照我学"，我们有人笑着说"想学"，"不怕踢"。铁人却说，"你们是大学生，我当年不懂事。你们好好学习，学问比操作钻探的井架难千万倍。"这句有很深哲理的话，引起笑声和掌声后竟是一片寂静的思索。

"十年后，我从徒工变成了玉门油矿的钻井队长"又是一阵掌声，有赞美和鼓励，更多是敬慕。

"新中国建立，我们工人阶级当家做主了，我们井队创造了月进5000米的纪录，这是破天荒的，被国家命名为'钢铁钻井队'。这之后七年钻井七万余米。"又是一阵掌声，为铁人祝福，为铁人骄傲，也是我们学习的渴望。

"今年春天，响应党和政府号召，我们1205钻井队，从大西北转战到大东北，参加石油会战。我们不等不靠，自力更生，全队人手拉肩抗运装60余吨重的钻机，用脸盆端水几十吨，终于开钻，打出大庆的第一口油井。"又是一阵掌声，是欢呼，是感谢，更是庆功。

我们的班长举起拳头激动喊，"向铁人学习！"我们自然跟着连呼"学习！学习！再学习！"这些此起彼伏的口号，事先没有估计到，是受铁人事迹和精神感召，自然爆发的情绪。

散会时我问铁人，有没有女钻井师傅，他哈哈大笑，只说那是男人该干的活。有几个男同学说"我们报名当徒弟，你收吧"，铁人开玩笑"岂敢！""你们是钻学问之井的"，还有同学问他跳到泥浆池中搅拌的感觉，铁人还是大笑说"应该的，千辛万苦生个孩子出来，必须救他活下来"。看来石油工人把打出地下的原油当成是自己使命的延续，难怪他们天不怕地不怕，见到石油滚滚心里乐开花。

铁人非常谦卑，报告中几次说自己没念过几年书，羡慕我们有机会上大学，鼓励我们好好学习，攀登科学高峰比钻井难。还再三表示石油在国家建设中如人的血管中的血液一样不能缺，石油工人将为"造血"与地壳战斗不息。

我们与铁人面对面，虽然防蚊帽的面纱罩着他的脸，从他的个头和体形都看不出是壮汉，可他讲话的声音非常洪亮，精气神十足。他那钢铁的灵魂，使他有巨人般征服地壳的英雄气概，铁人的声音是音乐家模仿不出来的，他的事迹更是诗人难以描述的。他就像中国古代神话中治水的大禹、射日的后羿和填海的精卫，成为现代与地下岩石斗争的钢铁侠。

3

听铁人报告后，系里带队的通知我们日后参加"干打垒"劳动。石油会战职工从春到夏，天气越来越暖，可秋后面临着草原的冬天，冰天雪地的东北荒原，靠现在的帆布帐篷，无法抵御零下 40 多度的严寒。于是指挥部下令，从现在起快速修建"干打垒"土屋。

从附近招来一批民工，送一车车圆木到会战的各井队，就地取土，就地割草，开始建屋。这种速成法很原始，是从实际出发的急中生智，因困见巧。不像农村先脱土坯晒干垒墙，而是直接用圆木横在地上，两排圆木中间的空隙相当于筑屋墙的厚度，然后往里填土加草，再加少许的水黏合，用榔头层层夯实，不断加高成土屋的墙。四面墙夯成，留下了门和窗的空位，再加房盖，"干打垒"的房子就建成了。这样垒的墙有一尺多厚，土草混合，密不透风，与农村土坯垒的墙同样挡风御寒。取下圆木再去垒新的一幢，而且可借用已垒好的墙，使干打垒屋成一排。

我终于有固定的劳动岗位了，离我住的帐篷只有十几米远，割草、挖土、挑土、扛水管往墙中浇水，还给这伙人送饭送水，收拾整理工具，这些活我都能干。

从早到晚在"干打垒"工地上，就像回到了故乡的农村，同这些农民工在一起，不只干活能帮上忙，闲聊也有话说，说家长里短。他们是远村农民，来这包工包活，担心秋收回不去家，所以起早贪黑地抓紧施工。他们用餐，也是由我住的帐篷中的三位农妇提供，这更让她们忙个不停。

晚间我回到帐篷里过夜，筑屋的八位农民工却睡在打垒用的圆木上，天当棚，地当屋，几根木头当床，草帽扣在头上，和衣而卧。无褥无被，一睡到天亮。什么蚊虫、老鼠和潮湿都习以为常，天亮开工，天黑收工，只有吃饭睡觉才是休息。我好奇地问其中一位年龄大的，这么睡身子骨没叫屈吗？他笑着说，三伏天，在家时因为屋里闷热，也常在外面铺个席子睡的。他习以为常的吃苦的乐观，真的榨出我内心的"娇"来，让我无地自容。我常觉城里同学比我们农村来的娇气，其实在农民工面前我仍是小巫见大巫而已。

这么艰苦劳累却没一句怨言，他们常议论的话题是，这里将来有大发展，尤其那位检查的包工头，每次来查看质量进度，都一本正经地鼓励大家，"好好干，苦点累点值，这里将来也是自己的家"。他们苦笑着，手还是不停地忙碌。打夯时，他们呼着口号，有时哼着小曲，那种乐观自信感染着你融入这开天辟地的战斗中。

"大干快上"口号真正落实，我这个地方一个星期就垒出屋子的四壁，说将来一排屋连起来还省建隔墙。"干打垒"墙还没有上房盖，我的劳动锻炼到期了，可我竟有才开始的感觉，说不清这种留恋心情，但事后多年那苦中的乐观仍是面镜子。据传我们班上有几个男同学向系里要求不回去，做草原建设者，没有得到批准。看来草原之火使我们在提高生命的温度，人在大地上劳动的神话果然是世界上最有趣的神话。

离开草原的前一天，我们赶上了"石油会战誓师大会"召开。非常幸运地亲见石油英模打擂的人文景观，可说是空前绝后，对于我们而言，一辈子真就遇上这一次。

比武擂台，我只在古书上看过，可石油工人摆擂台，很显然是相互挑战和应战。

各钻井队从草原四面八方聚到打擂台会场，真是人山人海。两米高的露天擂台上方悬着横幅会标：大庆油田会战擂台。台上没有领导或成排座位，空无一人，台下倒是几路会战神仙齐聚，彩旗飘扬，人声鼎沸。

打擂的开幕式罕见，擂主是各井队的代表人物，即今春来会战涌现出的五大模范："王进喜、马德仁、段兴枝、薛国邦、朱洪昌"，被称为"草原五虎"。

他们各自骑着高头大马，胸前戴大红花，身披红色彩带，带上写着英模本人大名；马头上同样戴着大红花。王进喜的战马走在最前面，马缰由石油部长牵着，后面那四位也同样装束，由石油部副部长牵着马，徐徐从主席台前走过。下面高呼"向王进喜学习！""向马衡昌学习！"五虎的名字在会场上此起彼伏响着。

然后开始登台打擂。最先登台的是王进喜，他发出下季度钻井多少米的挑战。接着那四虎逐一登台应战，而且一个比一个指标高。结果应战的比第一位挑战者指标高，最后王进喜第二次登擂台，从挑战者变成应战者，应战了最后的最高指标，再没有擂手上台挑战或者应战了。

古代的比武方式转化成现代的生产竞赛方式，令人大开眼界。工人阶级发扬潜能的豪气精神和英雄主义，为摘掉我国石油工业落后的帽子的冲天干劲儿，真是惊天地泣鬼神。

如果说来草原二十多天，几乎没有机会听到石油工人说话，今天擂台上振聋发聩的打擂声音，胜过千言万语，而且是他们昨天和明天的汇报和誓言。今天他们的行动语言震撼着我们的灵魂，胜过任何说教都难以奏效的鼓舞，深刻而恒久地洗涤着我们的狭隘、怯懦和猥琐，自私和庸俗也没有容身之地，被赶得无影无踪。

草原生活的日子很短，但记忆长存，想起那擂台、井架、太阳下戴铝盔的师傅，还有那吃苦耐劳的农民工，都催你孜孜矻矻地前行。所以离开草原时，我把当初的"观草原"改成了"观人生"或者说是观"自我"：

书声琅琅，要学钻机定向；

困难重重，"擂台"挑战不忘；

青春美美，洗涤之花怒放；

人生长长，决不蹉跎时光。

幸甚至哉，永怀草原故乡！

五、逍遥游

看似"超然物外"的绝对自由，如康德所言，都不是随心所欲，是自我主宰。

游 心 寓 目

参加福华在哥伦比亚大学博士毕业典礼，如不是我看到哥大邀请函复印件，还以为只是自己的学生想入非非。

美国大学邀请家长亲人参加毕业典礼，我早有所闻，但邀请毕业生从前的恩师同父母与直系亲属一样出席盛典，我闻所未闻。教学生的老师虽无数，老师教过的学生数不胜数，能成为恩师的也大有人在，在尊师重教落地生根的美国虽蔚然成风，但身处异国他乡真有机会享受这份殊荣的教师，也只是凤毛麟角而已。难怪我在美驻华使馆询问签证官，是否遇到过留学生邀请老师参加毕业典礼这类签证，她只是深情地无语微笑，扫一眼我与福华合影照片，瞬间破例给签了一年期。后知中国留学生邀请父母赴美只给签半年，返回时超一天以后就拒签，我在美国东游西逛遇到的中国多位同胞都是为儿女毕业典礼而来，没遇上第二位像我这种身份的。

我连续三天参加福华的毕业典礼。三种规格都在情理之中，同样的事情用不同的规格形式重复，无疑在彰显内容的重要。何况系一级专业毕业典礼是领导亲手给每位毕业生颁发学位证书；研究生院在典礼上特别强调博士毕业生的使命是"开创"；而全校不同层次的毕业生典礼重在鼓励学生用专业智慧为社会造福。其实美国高等教育全球领先是由许多细节组成的，包括大学的规范课程、录取程序、师资选拔、教学管理等创新理念，还有大学生活和毕业典礼的仪式逐渐发展成美国大学管理的重要组成部分之一。学生毕业连着每个家庭的神经，学校就在毕业这牵动人心的时刻，完成了"家庭人"转化为"社会人"和从依靠父母到独立走入社会交接班，在这种氛围中人们对"教育立人"之必需和"教育立国"之本的认识，是任何说教都难于相比的甘露。

5月19日下午，哥伦比亚大学社会工作学院为本院博士和硕士毕业生，在林肯艺术中心举行毕业典礼，这所歌舞剧院大堂能容一千多人。

会场外早已弯弯曲曲排着长龙，天下着毛毛细雨，凉飕飕的微风使雨丝不断蒸发，没有几个打伞的。排队中有抱着婴儿的少妇，拉着少年的男士，坐着轮椅的残障人士，拄着拐杖的白发苍苍的老者。在会议工作人员的引导下，这些人优先排到前面。队伍后面多是已过中年的父母，像我这样的东方老妪，可谓是独立不群。人人手持入场卡，还有捧着鲜花的。我们进去，大厅两侧及后面已坐了很多人，规定来宾位置自由选择，我们几人坐在左侧靠前的地方，因为福华告诉我们，博士毕业生先入场坐在中间的前两排，硕士生后入场。我们一直回头盯着后门入场方向，拉开架势准备抢镜头。我已经鸟枪换炮，不再用老式的傻瓜相机，拿着刚刚过去的母亲节时福华夫妇赠送的佳能时尚相机，期待用它第一次拍下福华毕业典礼的镜头。

正好两点半，大会女主持高声宣布：请家长亲属热烈欢迎你们的孩子亲人入场，立刻掀起掌声和欢呼声，家长和亲人数超过毕业生几倍，今天为福华而来的就有四位，除了我和福华妻高琴，还有两位美国朋友，其中有位曾到中国当外教，教过福华和高琴。坐在两侧前面的多站起来向后张望寻找自己的目标，我们鹰瞵鹗视地盯着走进来每位学子，仅仅只想看到自己期盼的那一位，人人都只为"那一个"而来，往里走的也在寻找自己亲人的位置。

博士生只有几十人，福华在最后又是少见的东方面孔，我们从发现一直抢拍到他坐下，他微笑着不断向我们招手点头。几百名硕士生鱼贯而入构成长龙，坐满了会场的中间位置，毕业生那淡灰微蓝的礼服连成一片，家属多穿深色正装，会场如陆地上有片蔚蓝的湖，湖水潾潾滋润着大地，大地拥抱湖水，真是天人合一。

毕业生虽都穿同样礼袍，头戴同样礼帽，但从体形面孔，特别是走路姿势，还是能分辨出男生很少。我暗自"庆幸"，今天走进了"女儿国"。会议程序证明了我的判断，首先讲话的社工学院院长，这位精干的小个子，穿着当年毕业的博士袍，说是美籍日裔女教授。之后代表教师和代表毕业生讲话的，以及到台上领奖的优秀毕业生，竟没有一个须眉，果真是巾帼不让呀，这里哪是妇女"半边天"，福华闯入女儿国真是稀世之珍！

会议最后程序，每个毕业生单独到台上接受院长授予学位证书，与院长合影并到校旗下拍照留念。福华登台，真是凤凰里少有的龙，又偏偏是古老东方的黄龙，引起更热烈的掌声。他挺胸抬头，步态稳健，向院长致敬，院长将他的博士帽流苏拉到右侧，双手捧给他学位证书。福华往台上走时我目不转睛地看着，刹那间激动得眼睛模糊，后面看他在台上的动作都像在雾里。

十三年前，我给福华的班上写作课，由于福华一篇才华横溢的作文感动了我，我写下洋洋洒洒的评语，哪知这评语成了他在困惑中的拉力，师生从此结缘。一切教育都在塑造智能和道德行为，在塑造过程中也许我的评语协调了学生与生俱来的行为，使他从灵魂深处不容易忘记。福华成绩优异，被美国伊里诺伊大学破格录取，成为该校头一个享受特等全额奖学金的硕士生，校长说"以后不会再有第二个"（20世纪我国的教育家陶行知曾在这所大学留学）。福华两年后被哥大录取为博士研究生，五年中他获得两个硕士学位和一个博士学位，成为研究生中的传奇人物，他的师兄师姐有的至今还没毕业，可他已进入博士后站开始新课题研究一年了。

今天福华出席毕业典礼，是回头收获去年的结果。所以会场外长廊高台上放着水果、糕点和饮料，专为欢迎毕业生"出嫁"一年"回娘家"，来接受学位证书和母校祝福准备的；毕业生的许多亲友也是远方的客人，不只来自美国各地，还有来自异国他乡的，会议这种如运诸掌的执行礼仪，已是颇具良苦用心的盛情了。我们每人象征性拿个草莓便匆匆离开，含在嘴里的草莓沁人心脾，就像会议留下的思考一样越馨香越不肯放弃。

5月20日下午，哥大研究生院专为博士毕业生举行典礼，地点在哥大校内的圣保罗小教堂。出席的有政治、历史、考古、社工等专业的博士毕业生，另一些专业的博士毕业生将在明日举行典礼，这个礼堂只能容下400多人，规模小但规格高。

开会前福华领我去社会工作学院，拜见他的导师和朋友，开了个小型茶话会。下午两点半毕业典礼开始，会议程序是程式化的，研究生院领导向毕业博士提出更高要求，至今我记得高琴给我翻译过来的那句话：

"各位博士，要永远在'黑屋子探索'，直到光明到来，再去另一个'黑屋子'里开拓社会新领域，直到光明到来。"

此话的哲理深度，指明博士生智慧发展的方向是向未知求索，必须具有创造精神和竞争意识，言外之意不是到有权有钱的位置享受已知。

每位博士分别到台上与院长合影，领取毕业纪念章。院长在台上足足站两个多小时，看来研究生院的博士毕业生典礼必须分两次开会，否则院长得很辛苦地站五六个小时了，那观众也受不了开这马拉松会。

今天和昨天，包括明天到会来参加典礼的博士，都是从自己工作岗位或博士后站临时请假专程回来的，他们已经在各自的"黑屋子"里探索一年了。

一年前这个时候，福华就告诉我他通过了博士论文答辩，还应邀回国给母校社工专业讲座，又匆匆返美说博士后站研究项目已开题，必须抓紧进行。我不明白怎么一年后才邀我来参加毕业典礼，原来是这样：按美国研究生管理体制规定，通过导师答辩的博士论文，还必须在专业刊物上公开发表，一年内同行和专家对该论文未提出观点质疑，下一年才有资格返校参加毕业典礼，荣获学位证书。

博士论文要在光天化日之下过几关，在公平竞争中确保论文货真价实的独创性。弄虚作假的学术腐败，在这种严格管理程序中想侥幸过关，难于上青天。可以说美高校对研究生管理细则，使研究生"压力山大"，只能具有真才实学才能毕业。

5月21日，哥大举行254周年庆典。

美国1783年建国，哥大1754年创立，初为国王学院，1896年改为哥伦比亚大学，迁到目前所在的纽约晨边高地。现在哥大下属21个院校，其中包括15所研究生院、4所本科生学院和2所附属院校。今天毕业生、家长和亲人几万人，只有露天会场才有巨大的怀抱，友善接纳为文明相聚的"全家福"。

露天会场在哥大古希腊庭柱式建筑的新老图书馆中间大广场上，东西两侧是古香古色的红砖教学楼，主席台设在老图书馆和行政楼中间。巨型主席台与参会者座位之间没有空隙。这使我想起当年莫斯科大学的教室，老师的讲台与学生课桌之间也没有缝隙，师生间的亲密感是"距离美"不能产生的。搭建露天会场利用了大广场三面的楼体当墙，会场内的座位不是在一个平面上，三侧由铁架子构成，外边最高，向内坡度逐渐降低，直到与草坪一致，铁架上成排的座椅也由高到低。会场只有后面是开放的，坐着的是毕业生家属和亲友。开会前我坐在后面东张西望寻找同胞面孔，几次换位置攀谈。

从没有见过这样形状的巨型会场，它不只扩大利用空间，重要的是参会人与主席台更近，这与大剧院包厢有点相似。之后参观的几所一流大学正安装或拆卸的露天会场都是这样的，如果真有这么大的礼堂，那利用率也是极低的，看来这是美国大学毕业典礼约定俗成的简朴形式，会场开放得与天地相融，气派得与宇宙相通，宏伟、简便又天人合一。

主席台右侧是美国国旗，左侧是校旗。校旗与毕业礼服同色，上有校徽图案。主席台对面的新图书馆大楼，从楼顶垂直落下四面长条校旗到地面，几十米长的扩大版校旗，很有气吞山河的壮观。全场几个显要的位置都悬着巨大的屏幕，不管坐在哪儿都能看清主席台上的活动。

平日安静的校园此时热闹非常，穿着礼服的毕业生早早集合在行政大楼后面等待入场，满脸骄傲的亲人则全然没有了惯常的绅士淑女风度，见缝插针往主席台前挤，以便能在他们的"英雄'入场露面时抢镜头。今天在这茫茫人海中，我因为已参加了两次典礼可谓超然物外，只是逍遥自在地观看这没见过的毕业典礼胜景，游心寓目。

在主席台上就座的有校长、教师和学生代表，还有位坐轮椅插着氧气管的著名科学家。程式化的会序很简单，而最精彩的主题是各学院领导，分别站在校长面前，请求授予毕业生学位证书。每个学院领导都极具专业特点，戏剧性恭敬地站在校长对面，很像部落长站在酋长面前馨香祷祝，保证自己的毕业生是社会所需要的人才，把手中写着宣言的一卷保证书，作为庄严信物交到校长手上，同时自己手里还擎着象征专业的大模型。

如工程专业学院院长，手持象征专业的一米多长的彩锤，该院台下的毕业生也人人高举五颜六色的彩锤与台上请求授予学位的院长上下呼应，彩锤随口号声此起彼伏，像天空突然闪现彩虹，令人目眩神迷。

又如医学院院长，双手托着一米多长的巨型牙刷，虔恭地站在校长面前发誓：我的学生将以最人道的精神为患者服务，医学院下面的毕业生也手举巨型牙刷信誓旦旦，请求校长相信院长的话。高琴告诉我哥大的工程学院和医学院都是世界公认的一流。美国历史上第一个专业博士学位，就是哥大在二百多年前授予的医学博士。

看到这些，凭想象力我开始推测自己熟悉的专业象征物。果然经济学院领导手持巨大美钞模型，上台向校长保证他的学生以智慧的头脑为社会经济繁荣服务，台下的毕业生手举真实美钞反复高呼"请相信"。新闻传媒学院院长手持报纸原型向校长宣誓，台下的毕业生把手中报纸撕成碎片，抛向高空，满会场飞舞，高呼"新闻传天下"，真是令人目瞪口呆。高琴告诉我这个新闻学院颁发的"普利策奖"是全美新闻界最高荣誉，可见哥大新闻学院在美国的权威性。

不仅 15 个研究生院各有自己的象征标志，成人女子学院的领导，手持黑白大气球，象征他们白天工作晚上听课，接受终身教育，美国不只学历教育在世界领先，终身教育早已进入教育日程并规模化发展。

据说暴风雨曾数次袭击过全校性毕业典礼，而今天会议主持者一开始，就宣布蓝天白云是专为毕业生预定的，风和日丽，晴空万里，蓝天露着笑脸，优哉游哉，我也被这西洋景吸引乐而忘返。直到毕业典礼结束，天才阴下来，真是天地偏袒毕业学子，那灰蓝礼服与蓝天遥相呼应，歌声、掌声、笑声和欢呼声不断致谢蓝天，这诗情画意的仙境其实就在人间。

无疑美国高校毕业典礼，是移欧洲发达教育之流风遗俗绵绵延延，风雨无晦。如果再看看描写英国牛津和剑桥毕业典礼的文字，你真觉自己是走入古代童话之世界，那种隆重庄严会无声地把教育硕果诵到神圣高度，让你的神经末梢都产生向往和震颤。

众所周知，美国是人类历史上最为年轻的国家。有人说与英法比美国是个小孩儿，若与中国、埃及、印度和希腊比，更如同婴儿，可它不到400年竟从蛮荒之地一跃成为举世瞩目的现代化强国，追究原因不外乎与"教育"先行有直接关系。

伏尔泰俏皮地说了一句双关语：

"历史没有什么，只不过是活人向死人玩弄一团诡言而已。"

美国高校毕业典礼耐人寻味的细节，包含着出乎寻常的"诡言"。

悠 然 自 得

哥大全校毕业典礼第二天，福华上班，高琴陪我重返哥大校园，前几日来去匆匆湮没在人海里，今日能清静游览自是求之不得。

纽约人把哥大称为"山顶上的势利眼"。这不仅是因哥大校园位于曼哈顿制高点，有260多年的悠久历史，也不仅因为它与哈佛、耶鲁和普林斯顿四校抱团，最早成为名声显赫的常春藤盟校之一，还因为哥大很多人的眼睛也长到"山顶上"。

我想一游，不只是慕名哥大是美国历史悠久的顶级私立研究型大学之一，还因为我的学生和记忆里的中国名人曾在这里深造。19世纪70年代，我国曾先后派往美国120名幼童留学生，其中就有入学哥大的。之后我们这代人熟知的社会活动家、教育家张奚若，经济学家、人口学家、原北大校长马寅初，还有胡适、冯友兰、徐志摩等都曾是哥大的留学生。现在哥大的中国留学生多得数不过来。

　　哥大校门两侧圆柱上各有女神雕塑，左边女神手捧打开的书本，右边的手里托着球，门上没有校牌子，据说美国大学校龄超出二百年的都不挂校牌。进院后直奔昨天的露天会场，工人们正拆卸周边的铁架子。我们从这转到圣保罗教堂，门敞开着，里面静悄悄的，圣坛上没有神像，据说谁都可以敞开胸襟来这忏悔自己。这种有教堂的校园，以及庭柱式的楼宇建筑，无疑是欧洲人远渡重洋开疆拓土时把古希腊文化风格移植到了这里。

　　没走多远，我们到了"开放"的东亚图书馆。"开放"之意是读者自由出入，没人查看证件和登记，看什么书自己寻找。虽然学校已放假，但图书馆仍"开放"。校内不仅有新旧图书馆大楼哥大最惹眼的两座建筑，还有十七座像东亚这样规模的图书馆。东亚图书馆门口没有守门的，门旁圆桌前坐着的中年女性专注地盯着电脑屏幕，根本没理会我们，我是左顾右盼，被高琴拉着直接进了中文馆。

　　我先走到中文报刊架前，看着它们感觉亲切极了，就像在饥饿中遇到美食，其实也就是最近几天没同书本打交道，但与在国内几天没看书感觉不一样。我快速地查看了一下北大、清华和吉大等校的学报，就转向工具书架，一本本厚重的、纸头发黄的书籍，就像时常见面的老朋友，后面看了近现代中国名家大作立身于多个书架上。琴说是假期读者少了，只见两位中国人在尽头窗下桌子前，边翻边摘抄着什么。

　　学习是没有假期的，只是地方不同而已。可图书馆不仅假期照开，还如此"自由"，这得有多高素质的读者维护它的正常运转和图书的生存安全。我们没去看东亚别国的馆藏图书，就从后门走出来了。后门没上锁也没有值班人看守。看来图书馆相信读者，读者也像爱护自己的书一样，相互信任产生的契合是社会道德文明的必然。我们流传的"偷书不算偷"，在这里是没人"行"的。二十多年前我于俄罗斯北极圈内买的《华俄大辞典》，在回国火车上被人偷去卖了，我从买的人手里用两瓶二锅头洒换回来。前些天在西单图书大厦选了《亚洲的大学——历史与未来》，是被书中的目录上有"中国高等教育——历史与未来"吸引才买的。回到家急于打开书，第33—50页全被撕走了。看来以后买书得查页码了，撕书的人肯定有文化，但却没有道德，这种人进了东亚图书馆也肯定是书的灾星。可喜的是东亚图书馆也像哥大人一样生存在道德文明的"制高点"上。

在古旧的楼宇间转着，我很奇怪，校园里不见运动场，琴便带我去"补课"。走到一个地下入口正想下去，因没有学生证被拦住，与东亚图书馆比，这地方的"开放"倒是有度了。但琴对下面了如指掌，她在这里读博几年，说地下有三层运动场，有跑步的，有做器械运动的，还有球场，都同地面一样非常开阔。19世纪末建校园时就把运动场建在地下，是多精明的计算和浩大的工程呀，曼哈顿这寸土寸金之地竟被学校创建者最充分地利用上了。

虽没看到地下运动场，但在地面上得到了意外的弥补。我们信步走到一处敞亮空地，见长台上矗立着雄狮雕塑，体积大小如真狮，是青铜铸造的，颜色深暗得很庄严，狮子身上的骨骼和波纹都很清晰逼真，风尘仆仆低头前行，深邃的目光显出王者的雄风。名人有言，办学可以没有大楼，不可没有"大师"。教师能如雄狮，人类就必成征服宇宙之王。我在哥大校园流宕忘返，还看到很多风景，但不舍的却是"开放"图书馆和顶风前行的雄狮的眼神，确信书籍净化和铸造的师魂，会使雄"狮"创造教育奇迹。

两天后，福华送我到天马旅游公司，于是，我开启了波士顿两日游。早8点出发，车上有60多个座位，今天只有27人。福华怕我路上寂寞还买张"华人报"送到车上，并嘱咐我按时吃降压药。我如刚入学小学生早上被送到"学校"，也不担心放学没人接，但在享受这贴心关爱之余，常有打搅人的愧疚。

波士顿在纽约北的马萨诸塞州，华人称"麻省"。据说这个州曾为创造美国历史立下过汗马功劳，它打响美国独立战争第一枪；又在美国南北战争中，坚持废除奴隶制；它还创建了感恩节。我们第一天行程的大部分时间都在水族宫观看白鲨海豚表演和参观铁路大王的豪宅空阁，最后一站才是哈佛大学，却只给20分钟。从地球的那边来到心心念念的哈佛圣殿与之相见，却只有短短的一瞬，不知得留下多少遗憾！福华在网上查来查去，揣摩我的心理诉求，波士顿两日游才成了首选路线。

与波士顿一河之隔的剑桥在著名的大学区，哈佛大学就建在这里。1636年，英清教徒移民在查尔斯河畔建立了哈佛大学，并将剑桥大学主要建制投射于哈佛，距今快有四百年历史了，是美国最古老大学之一，在牛津和剑桥面前虽是小弟，可它后来居上。据维基百科公布的数据，到2018年，哈佛已经有161位诺贝尔奖得主，还出了八位美国总统，现在校生有近两万人。

进入哈佛校园，最先看到的是一座金色塑像，他是哈佛创始人，现在被人像神一样崇拜着。只要看看雕像的左脚鞋尖即可明白，鞋尖已被摩擦得锃亮发光。据说学生考试前必来摸摸鞋尖求好运，新生入学时和毕业离校时也是如此。我们这些来自异国他乡的游客，当然也不会放过这样的机会。我摸着这鞋尖，并仰头悄声地跟雕像说：我的小女儿访学哈佛已被批准，明年就来您的校园，请多关照，保佑平安。

第二年她如期而至，不仅拜了铜像，每次进校对铜像都目视敬意。

塑像坐落在不高的灰楼前，它的对面是一片草坪，草坪边有成排松树，有几只小松鼠拖着灵活的尾巴在树与草地上窜来窜去，像顽童一样在游客面前翻着筋斗，毫无惧色，可见它们生活在这里很受宠爱，人人保护着它们。我没能多看它嬉戏，急步赶到一年只象征性开两次的哈佛校门，毕业生离校和新生入学开这个门，平时锁着，同样也没有校牌子，人们进出于楼中间构成的门洞。

最后急匆匆赶到哈佛图书馆楼前，导游说这是哈佛校园最漂亮的现代建筑，白色楼体中间高两侧低，很像只张开翅膀起飞的雄鹰，露出深不可测的远望的眼神，庄严肃穆。这令我想起一张照片，拍摄的是哈佛图书馆凌晨四点座无虚席的画面，可惜，放假期间进去也看不到埋头读书的学子。它的周围也都是不高的红砖楼，古老而质朴，白色楼体与周围古旧的楼房比，格外的亮丽净洁生机勃勃。导游说哈佛绝大多数教学楼都散在校外，很平常，就不必参观了，我心想，只有20分钟，就算长着飞毛腿也参观不了。

如果说雕像的肃穆有助于扫除心灵的污垢，那这圣洁的图书馆大楼定会帮助学子开发智慧头脑。可惜游人只能一瞥其外貌，感受不到里面的辉煌。导游不断喊"到点啦"，可我们恋恋不舍，只能边回头边议论，给的时间太少。我默念着徐志摩的诗句：轻轻的我走了，正如我轻轻地来，我轻轻地招手，作别西天的云彩。还回忆着早记熟了的哈佛的校训和校徽，其校训是："与柏拉图为友，与亚里士多德为友，更要与真理为友"，其校徽盾牌上有三本书刻着拉丁语"真理"。无疑校训和校徽是哈佛灵魂证书的宣言。让我想起俄国十二月党人贵族军官反抗沙皇暴政时的宣言"真理高于祖国，自由高于专政"。这"真理"的誓言没有丝毫功利色彩，令人肃然起敬。

第二天早7点，游览车开进麻省理工学院，该校享有"世界理工大学之最"的美名，基础研究能力之强使它成为科学创新源头和世界科学家摇篮。至2021年，已有近90位诺贝尔奖得主出自这所学校，被誉为"发明家大学""世界科学工厂"，所以校徽的图案左边是一个人在读书，右边是一个人在打铁，寓意是理论和实践相结合，教育学生力求做到"集激情、痛苦和反叛精神为一身"。

学院的教学楼像一座小城堡，导游领我们进到楼里，走廊向不同方向延长，大厅的天棚很像天空，非常开阔，不知自己是走在地上还是飞到天上，这种感觉可能与大厅科学设计有关系。这楼里像迷宫，我们紧紧跟着导游生怕落下自己走不出去。不知拐了多少弯才走出楼，到了院中草坪上，看到一些工人正在为明日的毕业典礼露天会场搭铁架子，看来美国各大学举行毕业典礼都采用这最节俭的形式。

草坪周边多是盛开的鲜花，草坪中间有两组雕塑，一组是由三角形、方形、圆和半圆形组成的褐色的石雕，还有一组铜雕，是由切割的动物组成的，它们包含的科学奥妙导游也说不清。对大名鼎鼎的理工，我们只能瞥上几眼，从理工出来直奔耶鲁大学校园，它本是我们昨天离开纽约后应参观的第一站，但因为校园正举行毕业典礼，禁止游人入内，今天回来补上。耶鲁位于康涅狄克州，这州"发明"过左轮手枪、手提打字机、缝纫机、吸尘器、彩电、直升机等。无疑是耶鲁大学使这成为发明创造的故乡，培育了天才成长，谁能不喜欢这样的天堂？这里离纽约很近，繁华不喧闹，深刻不张扬，内秀又不小家子气。耶大重通识教育，认为大学四年毕业成为专家是教育的失败，因为忽视了做有思辨能力的人的机会。

耶鲁大学位于长岛的纽黑文市，这里也是贵族首选的居住地。耶鲁正式建校于1701年，是美国第三历史悠久的大学，常春藤名校之一，尤以大学本科教育出名，学生入选标准非常严格。校内哥特式建筑，最高处62米，有著名的美术馆、图书馆，藏书600多万册。我们一进校园就看见昨天为毕业典礼搭建的会场还没来得及拆的铁架子，很多离校毕业生的行李箱子，堆在楼门外和路边。导游带领我们直奔耶鲁大学的一座铜像，说耶鲁办学最困难时他捐过巨款，并做了校长。面对高高矗立的铜像，只能仰视，无法对话也无法握手，又只能摸摸他的脚，那只脚的脚尖已成了全身最亮眼的部分。

我们转到校门的左侧，有个站立在草坪上的铜像，没有底座，就像我们一样踏在草地上，这是位英俊少年，据说在美国独立战争中，被英军抓去杀害时，他留下刻骨铭心的真言："我唯一的遗憾，是我只有一次生命献给我的祖国！"其实这一次生命对祖国已是永恒，因为他鼓励后来无数生命为祖国而战。塑像比实体袖珍，我俯看他英俊的小脸，并轻轻地摸摸他的头，带着深深的感动和敬意离开了。

耶鲁校园也没有围墙，临街的楼有近百米，我们就是在楼与楼之间的门洞进出的。

波士顿两日游很饱眼福，回味无穷，跑马观花留下遗憾是正常的。返回纽约第二天，在福华和高琴的美国朋友艾芜的引荐下，我们参观了"纽约大学俱乐部"。

大学，也有俱乐部，倒想探探其中"乐"的风景，如果"俱乐部"前不冠有"大学"之名，我还不会产生好奇心。

这个大学俱乐部成立于1865年，有百多年历史。地处纽约富人区，又称为"上流社会大学俱乐部"。瑞娃这位俱乐部的老成员是艾芜的朋友，年过七旬，她先带我们参观俱乐部豪华的图书馆。我心里有点意外，这"乐"的地方怎么还有图书馆。图书馆像教堂一样，有着高耸的屋顶，数道拱形门排列，每个门两侧向外延伸出高大书架，书架下面有小桌椅，还有小梯子。据介绍，这里有普通图书馆没有的珍藏本。

俱乐部有台球室，还有华丽餐厅，一派高雅贵族气。

没想到的是，俱乐部还有学习室和会议室。看来俱乐部不仅历史悠久，规模宏大，而且是文化交流阵地。

瑞娃滔滔不绝地讲着俱乐部会员读书的故事，然后介绍俱乐部争论的奇闻。这种有规模的藏书和有品位的读者争鸣之地，不能不令人思考高等教育的特殊使命。那图书馆里的拱形门至今历历在目，图书馆竟能在"乐"的地方生根，昭示了"乐"的内容与教育的发展息息相关。大学俱乐部竟有百年历史，这是我闻所未闻的美国高教的又一细节，可能也正因为这种兼容并包的独特性才使其一直居于全球教育的首要地位。

告别时我们拿出送给瑞娃礼品，她高兴地拉我们去家里，她家离俱乐部很近，属于洛克菲勒公寓区。一进屋见迎面的玻璃柜里摆着各国的饰物。她见我们送的是中国剪纸，也把自己保存的爱乐乐团演出的剪纸打开给我们看，之后又拿出个小布包，轻轻打开，里面珍藏着中华书局 1932 年出版的《三国演义》，线装六分册。抬眼看，满屋是书架，充分利用房间高度，量体而制的书架没有一点空隙。她还告诉我们家里的台灯和地毯也是从中国买的，如此热爱中国文明！厅里有三角钢琴，如不是我们后面有活动安排，真想再领略瑞娃弹琴的风采，好一个文化精英，生存在满是书香和艺术的氛围中。

我们准时赶到现代艺术博物馆。它是洛克菲勒等信托人于 1929 年创立的。馆内收集始自 1880 年代欧洲艺术革新以来，直到今日各种视觉文化中绝世无双的珍品 15 万件。无疑其中很多我们看不懂，无奈只能选择三楼的素描馆，那也只能认出铅笔、墨水和碳笔素描，仍然有许多看不出描的是什么，当然也说不清为什么好。

我虽然首次接触大学俱乐部，但还能理解，可对现代派艺术则刚开始启蒙，明显很落伍，所以，只能悻悻地离开。

回来路上我很感慨，刚才参观的艺术博物馆，实际上这是国民艺术教育的校外课堂，是用真实的艺术给未来提供契机，但我们似乎被甩在了认知的后面。

几天来游览大学校园，确实没见大楼，而在古朴低矮的楼房中，图书馆却是最惹眼的"大"楼，但也没有"大"到十几层，只是比古老的低矮教学楼高几层，却显得鹤立鸡群，并且因为丰富的内藏而成为超越时代的高大存在。

图书馆是学生发酵知识的乐园和冶炼的炉膛，像实验室一样是理工科的"车间"。

与大学图书馆相呼应的是，美国公共图书馆遍及所有社区，而且便民不须花一分钱。每一个大城市的图书馆在社区内必有分图书馆。按人口算，美国平均一万人就有一个图书馆，而我国平均45.9万人才拥有一个图书馆。早在1854年，美国总统杰斐逊就表示，防止暴政最好的方式是让人民受到教育，受教育的公众是维护民主体制的重要力量，免费图书馆就是普通人受教育最方便的"利器"。

优 哉 游 哉

在常春藤大学校园遨游十来天，即便对各校都是一瞥，心理上也很满足。之后的十几天，日程满满，马不停蹄，仰观宇宙之大，俯瞰品类之盛，游目骋怀，乐而忘返。

今日必游之地，是纽约曼哈顿岛南端的自由岛。我们从海上乘船过去，船缓缓地移动，眼望着远处蓝天下的自由女神由小变大，岸边的风景都被我们急切的心情融化掉了。船终于停下，与自由岛近在咫尺，却不能登岸。导游阿Q式地解说，船开得如此慢，就是为了让大家远近高低不同地观看女神。"9·11"事件之前不仅可以上岛参观，甚至可以进入女神底座里的移民展览馆，然后乘电梯到十层楼高处，再走女神背部的十二层楼梯，到达女神王冠或火炬高处的瞭望窗。女神右手高举火炬，左手拿着"独立宣言"，加上底座高度达到93米，1886年10月惊艳亮相。

说完这些，导游还幽默地补充，1985年女神就要百岁时，因基座下一条输水管道年久失修而漏水，导致联邦政府欠下泽西城近百万美元水费债务，自由女神差点被拍卖，日本当时出价5亿美元，想买回去安放到富士山上。越听导游说，我越觉不能登岛入室太遗憾，只能仰视她闪闪发光的王冠和高举的火炬，感受她耀眼的光芒给万物带来的舒展。可女神哪里知道，"自由"之下是不停的狼烟战火，是无数人的流离失所。女神手中的"独立宣言"也只针对自己而已。游船离开时我遗憾地转头回望，心想，女神的雄姿是自由的象征，但她早已失去了自由，逝去了理想。

游船转到码头，我们便乘车游纽约市政大厦、华尔街、帝国大厦、联合国总部、第五大道、时代广场、百老汇歌剧院、哥伦布广场，车拐拐弯弯，走走停停，有快有慢，很多景区只是坐在车上张望几眼，一直走到蜡像馆，我们才有机会登堂入室。

蜡像千姿百态，本是假，却似真，表情喜怒哀乐，严肃与滑稽并存，游人与妙手回春的蜡人面面相觑，穿越时空，不分高低身份，大胆地开言问好，与古人合影留念。蜡像馆的显要位置，都是美国历史上的开创者和科学家等社会名流的身影，当年正发表竞选演讲的希拉里及站在她后面保驾的克林顿占据重要位置。

在馆中后墙角，我见到了眼熟的戈尔巴乔夫和达赖喇嘛蜡像，一个表情严肃沉稳，似在思索为何自己的"新思维"会使苏联解体；一个身材矮瘦面如灰土，似乎预料到了自己的叛国行为将会给自己带来怎样的恶果。我突然感到眼前空气浑浊不清，看来这里不是平复心性的游乐之地，而是另一个世界意识的缩影，走出蜡像馆，结束了纽约一日游。

华盛顿三日游的头一站是费城，它是美国"独立宣言"诞生地，"自由钟"首次在这里响彻长空。展览"自由钟"的房间三面是墙，一面是玻璃，游人只能在玻璃外观看，自由钟的周围也没有自由。从这我们转入哥伦比亚特区，首都华盛顿位于这里，是国家行政、立法机关所在地。"9·11"事件之后，白宫对游人只能是可望不可入的禁区；同样地标性建筑华盛顿纪念塔，虽然就耸立在眼前，但是我们却不能登上塔顶。

与华盛顿纪念塔遥相对望的分别有美国国父杰斐逊和林肯纪念馆。纪念馆的门敞开着，游人终于可以进去了。馆的内壁分别刻着"独立宣言"的部分内容和"葛斯堡演说"的语录："民有、民治、民享"。这是美国历史高光时刻，但是，眼前这些可以触摸到的景观却似乎离我们越来越远。

在纪念塔和纪念馆中间地带草坪一侧，分散站立着十几个不同姿态的将士的塑像，脸都朝西北方向，是为纪念朝鲜战争阵亡的将士塑造的。1950年6月朝鲜战争爆发，美国迅速参战，美机数次侵入我国边境丹东上空，不时地扫射投弹轰炸，1950年10月，中国人民志愿军开赴朝鲜揭开抗美援朝序幕。中国人民志愿军凭着最顽强的意志和最劣势的武器装备，把以美国为首的"联合国军"赶到三八线以南，迫使他们不得不停战谈判，直至签定朝鲜停战协定。我盯着一个低着头的塑像说，你再敢动中国的一根毫毛，连这归路都没有。

抬眼见草坪对面，立着巨型的大理石纪念墙，看上去有些阴森恐怖。近看更抢眼球，151米长的黑色的闪光的墙面上，密密麻麻地写着57000多个名字，都是越南战争中阵亡的美军将士，纪念墙前面立着三个战士组成的群雕，三人的身姿不同，却同样地失魂落魄、面容疲惫、眼神哀伤，同望着西北方向，却再也回不了故乡。导游干脆地解说，这组雕像告诉后人，越战给美国人民带来的创伤至今无法愈合。

美国"自由"地到别的国家投弹，"独立"地横行在别国土地，这与华盛顿纪念塔和杰斐逊林肯纪念馆里的"独立宣言"碑文，构成了多么尖锐的讽刺的画面。而这样的历史悲剧却在一幕又一幕上演，美国攻打伊拉克马拉松式战败，在阿富汗20年后大逃亡，又在中国南海不时地制造事端，现正借乌克兰阵地意图分化瓦解俄罗斯，美国正直的雕塑家们，又将如何雕塑这样的群像，敬告其先祖和警告后代！

第三日北上观赏尼亚加拉大瀑布。旅游车快到站时，还没见瀑布浩瀚峻伟的雄姿，就已听到了它犹如惊雷的吼声，顿时觉得脚下大地都在颤动。导游先把我们带到室内电影厅，观看大瀑布的神话传说。大瀑布是尼亚加拉河的水流冲下悬崖流向安大略湖之间，顺自然地势落差，天魔地力创造出的天下绝景。大瀑布的大半在加拿大，宽675米，落差56米，另一小半在美国，宽320米，落差58米。走出电影厅不远，巨流的砰訇声震耳欲聋，滔天瀑布劈空而下，渺渺茫茫的，汪洋如泉飞水立，令人为之惊叹倾倒。导游临时给我们发了塑料雨衣，我们把自己包裹得严严实实，然后坐车从崖上降到河里，再乘船到大瀑布下方兜圈。抬头仰望，瀑布从五十多米高处落入河中，那气魄如万马奔腾一般，霎时玉花飞溅，蒙目如眯，我们全身都像雨淋般，坐在船上目眩心摇，根本分不清河水与瀑布、瀑布与天空的界线，恰如"银河落九天"。恍然间，仿佛自己游离天地，竟是"顺万物之性，游变化之涂"，而超然于物外了。

飞立倒悬的大瀑布，巍巍凛凛又异彩纷呈，哪怕待上片刻，都会产生乘船顺流而下追随瀑布神的冲动。大瀑布的直率、真诚与无畏，不仅吸引着美丽的神话姑娘，也使后世的观赏者毫不犹豫地送上崇拜之心，表露爱慕之情。

美国西部七日游，是我赴美最后一站。

全国各地报名的游客，独自到洛杉矶的指定地点集合。我在东部旅游，都是福华订好票，准时到旅游公司接送。去西部，他请假全程陪伴。受朋友委托，福华同时还要照顾留学生朋友的两位刚退休的家长。

西部有两大奇观，使我受到的震撼却截然不同。

拉斯维加斯是世界闻名的赌城，位于内华达州，是在戈壁与沙漠边缘上打造出的一颗"明珠"，拥有世界"娱乐之都"和"结婚之都"的美称，每年接待世界游客近 4000 万。

导游只把游人推进大赌场就撒手不管了。我们幸亏有福华这特级"导游"相伴，他不断地给我们解说。据说有钱人在这挥霍一个晚上，就可能变成穷光蛋；而撞上大运的"穷光蛋"，一夜之间便可能成百万富翁。

赌场里几百平米的大厅，没有一扇窗户，室内灯火通明，墙上也没有挂钟，似乎是故意让进来的人不知黑天白夜，因而能更久地在这里消磨时间。赌场为怂恿你入局，进门不用你交门票，反而发给你 20 美元，引诱你到老虎机前玩。我们在福华指导下，把钱放进机器里，看着老虎机一美分一美分地吃光了。我们失望地走出大厅，却似乎并未完全走出"赌"的世界。漫步在街上，两侧全是大小赌屋和花花绿绿的"酒店"招牌，无不以魔鬼的温情融化着人的意志，挑逗着人柔软的神经。

我一直不明白，为何人类文明发展至斯，却会允许这样的场所存在，为其保驾护航，比如，凡是去科罗拉多大峡谷旅游的，"不夜城"大赌场是必经之地，必在这赌城停车过夜。这同纽约南部大西洋城中的"好世界大赌场"一样，你若想去大西洋海边沙滩上一游，也必先通过赌城才能进入海滩。这难道是在用虚伪的"自由"拷问软弱的良知，是在试探人性？

　　涤荡灵魂的污垢，大自然之母有纯正的威力，就看你敢不敢愿不愿去面对。位于亚利桑那州的科罗拉多河上的科罗拉多大峡谷，是大自然用几亿年鬼斧神工雕刻出的杰作，已列为联合国世界自然遗产名录，它是大自然馈赠给人类的宝贵财富，是人类韧性和不朽生命的象征。大峡谷壁立千仞，深渊万丈，绵延无边，不知哪是头尾，令观赏者深感惊心动魄。有些游客去走海拔四千多米高的人造玻璃桥，我们选择了同样四千多米高的天然蝙蝠岛，即大峡谷崖边突出百多平方米的小半岛，形状像蝙蝠身躯。

　　半岛中间有红岩石的小丘，只几米高，小丘周围无路，或许根本无人走过，都是碎石，福华在前面试探，脚下碎石稳固就拉我往前迈一步。我气喘吁吁，心里想着"不上小丘非好汉，无限风光在丘上"，终于移到了丘顶部。可我像不会踩高跷的人脚踏木棍上，或者说是站在海中木桩上，只敢远望，绝不敢俯视大峡谷下方的万丈深渊。抬眼望着不远的玻璃桥上的人群，听着他们恐惧的叫喊声，更加剧了我的心跳。

　　其实小丘不高也不陡，可站在上面还是颤巍巍地不敢乱动，移回岸边再回头看更觉后怕。有的人，为观大峡谷底部风光，租乘小型飞机下到谷底，飞机就在小丘下面嗡嗡作响。十年前我退休时去张家界上课，跟学生爬山也曾冒过一次险。山顶旁有个"死亡岛"，岛有二三十平方米，与山崖间隔一大步，中间是二百多米深渊。我和几个男生一大步迈过崖缝，坐在岛上不敢往下看。今天登小丘远没有那次从容，如没有福华保驾是不敢享受这险丘风光的。

　　大自然质朴而威武的形象，考验着人的胆量和毅力，看一眼大峡谷，灵魂中的胆怯会受到猛烈冲刷。我觉得身上有一种无法阐明的快乐，使我禁锢的内心生出向往，希望投身到一个无限的世界中。

从峡谷返回，车又行驶在沙漠中，沙石熠熠闪光，烈日曝晒下的景物发出劈啪声响，大地龟裂，水从裂缝里逃走。但这苦难的沙漠中布满了耶稣树，每棵都很矮小，一米多高的树枝向上伸展，好像人伸出手向上天朝拜，看不清叶子什么样。

　　车穿行在约塞米蒂国家公园中，与沙漠是两重天，这是西部游最后一站。这林木历史悠久属世界之最，红杉树是林中奇观，树龄有400到600多年，最高的"巨人树"有450多米，直指天顶。太阳当空，树叶被阳光过滤成金色，鸟儿在阳光里穿梭，很少喧哗。树干粗壮，满地是红色树皮。我恍然大悟，在美国东游西逛，从城市到郊外，无论是城市花圃还是家中花盆，都看不到泥土，原来上面覆盖的木屑就是红杉树皮。红杉的蓬勃繁衍纪念着地球的洪荒时代，连它的树皮都令人目眩神骇。

　　西部之游，唯有大峡谷的险峻激励着人的意志，以及老红杉的生生不息预示着人类发展的无限，美丽的大自然将不停涤荡着人间。

第三章　交响乐

一、批评家的师情

本是文学批评界的灵蛇之珠，又神会心契地坚守在教育阵地成为稀世之珍。

写序之厚意

就像没想到文化泰斗季羡林先生欣然为拙著《"多余人"论纲》写序一样，最初也没想到当代著名文学批评家孟繁华先生，竟为纪实性小书《姥姥的遗产》疾足命笔高歌。

让姥姥活在文字中，成为永久的纪念，还是姥姥在世时我暗自立下的誓言。75 岁那年我离开三尺讲台，急于做的头件事就是书写姥姥。以姥姥的身份书写自己的姥姥，既是天意，也是妙趣。2014 年我凤愿得偿，终于在姥姥仙逝第 35 年，完成了《姥姥的遗产》统稿。

这本书稿的内容可说是"顶风"逆行。顶着物欲的狂风写纯粹的精神；顶着写大人物圣光写"小人物"；顶着城市的喧嚣写乡村的'恬淡'；逆着写旧社会的苦难写战胜苦难的乐观；更是不写重大题材而写"家务琐事"。这真不是我有意逆行，完全是由要写的题材本身的特点，我不该因为这些特点而"失信"。

《姥姥的遗产》是在纸质书籍阅读弱化和娱乐至上的氛围中出生的，无疑它的问世会很寂寞和孤独。

统稿过程中我一直忖度，如何肯定小书内容的意义，只想到请业内人士题个词，在与冷杉导演议论中，他力荐请繁华写序，我不揣鄙陋地真与文学批评家繁华联系上了。

与繁华联系上后，我又颇为踌躇，我这无名之辈写的"小书"，与文学创作也不沾边，请名家写序，是否有些不自量力？也担心曾有过师生关系对方不好推辞，更担心因评价这类小书有损于批评家的荣誉，于是我断了请繁华为小书鸣锣开道的念头，向出版社付书稿时，只是说还有个自序迟两天交。

但有种理性的声音不时地呼喊，甚至使我依稀看到姥姥、奶奶们期盼的眼神，耳边也响着繁华电话里那深情厚谊允诺的声音，于是我又开始过滤给小书写序的理由，说服自己的犹豫。

这理由有两点，一是此书写的善与爱的主旨，我认定从开天辟地它就有长青生命而且直到永恒，书中姥姥的生命火焰说到底是普通农妇熠熠闪光的人性，也是伟大母爱发酵催生出了她本真的潜能。二是"小人物"的题材，是文学应回归大众的发展方向。文学摆脱了写神仙皇帝，又进入写英雄豪杰时期，之后轮到才子佳人登场，经历了浪漫主义，普通人在现实主义文学中登堂问世已开始渐成主角。农妇这个庞大的社会群体，如托着大海的岩石，如大地上的沙土默默无闻，可她们是人类传承生灵永恒的摇篮和守护神，又是支撑琐细日子的"整片天"，他们孕育着女娲补天的耐力，这应是值得书写姥姥们过去乃至未来的原动力。

这底线思维给了我"底气"，成了战胜自我胆怯和后退的利器。战胜自我内心矛盾后又燃起了欲望之火，于是我迅速准备为小书写序的相关材料寄给繁华，并同出版社打招呼待名家写序到排版。

十多天后，繁华寄来了序——《童年经验与文化记忆》。

这题目令我眼前一亮，把我童年的"记忆"升华到"文化"的高度，用"经验"充分肯定其传承的价值。

序文开宗明义，他像有悟空的钻心术似的，迎面用我自己的矛射向了自己的盾，认定小书是我研究《"多余人"论纲》学术著作的"另一种创作实践"，他说的"另一种"却是我根本没有想到的理性深度。

接着他以非凡的敏锐评论姥姥的"大爱"的意义，这正是我所盼望的，可他从文化大视野的高度，升华了姥姥"温暖与火热"的爱的精髓，与东北文学作家群创作的"冷漠与荒凉"成为对照，认为是从东北文学"创作风格"上进行的"改写"。这种评论完全打破了我的小家子气。说实话，之前我读过东北作家萧红等人的作品，根本没想到其文学风格上的特点。小书写姥姥生命爱的火热以及她培养我的乐观，是自然形成的基调，说"改写"不敢当，批评家从全局着眼，从写作实践对比出的特点，令我感叹其大视野下的大手笔。

最令我欣喜的是，序对小书宗旨高视远度，把主题的价值放到现实的语境中，以批评家的责任和担当，指向了现实中的问题，请看这段文字：

"特别在世风日下人心不古的今天，《姥姥的遗产》将会成为今天世道人心的重要参照，她的爱和无私将会让一切丑恶贪欲一览无余地无地自容。"接着批评家还写道：

"空旷寂寥的东北大平原，因'姥姥的遗产'而更加辽远阔大，姥姥那卑微人生放射出的人性光辉，如丽日经天，惊雷滚地。她的善与爱永驻人间。"出版社为突出这句话的重要，又把它写在特别设计的封套上，还标明"著名文学评论家孟繁华倾情作序推荐"。孟繁华的名字是用非常醒目的大号字体。

看着这些，我不仅被感动得热泪盈眶，也为责编和装帧设计的煞费苦心叫绝，心想，姥姥的爱会流传下去的。

随着序中文字，我似乎回到故乡，看到当年白发苍苍的姥姥们，在打谷场或园田地头与孙儿嬉戏，也看到今天城市的大小广场和公园，推着童车的奶奶们唱着童谣，与车上的娃娃共享天伦之乐。而我便自然地哼着《外婆的澎湖湾》中那句："有过许多童年的幻想，阳光、沙滩、海浪、仙人掌……"生命的长河已变成乐章，我望着书柜上姥姥的老照片，心在呼喊：姥姥会长长久久活在人间。

书中我只是静悄悄地叙写姥姥对我这外孙女，还有我的弟弟的舐犊之情，而评论家把这祖孙之爱，从"小我"提到"大我"之精神高地，从穷乡僻壤延到东北大平原，从过去延续到无限的未来，并大声疾呼地针砭现实中的"丑恶和贪欲"。

姥姥的爱的精神，尤其给老年人带去享受，有位姥姥级读者感慨地说，"读这样的书亲切快乐得年轻"，"孙子也能这样写我，再苦再累也知足了"。

我的姥姥不认识字，但我写的全部内容在她的老照片前都出声朗读过；而且出版后我专程回东北故乡，去姥姥墓地连同纸钱一起烧了一本，告诉她，她的爱还活在人间。

后来我偶然查到，国内伦敦读书会的欧时会议室（《欧洲时报》提供场地）于 2017 年 2 月 15 日的读书会分享了《帽子姐姐》《陆犯焉识》和《姥姥的遗产》，书友评价"姥姥爱的形象令人肃然起敬，其中的曲折故事值得品味"。

至于序的开头和结尾，繁华对我研究"多余人"和教学的甘言美语，可谓盛名之下其实难副，我想割爱删去，多亏与冷杉说起。果如我所料，他说："当今文坛，孟繁华是与谢冕齐名的大批评家，他的文章一个字也不能动。"并认为他说的是实话，有利于书的推荐和传播。于是我只好遵旨。

"为了感恩和缅怀，为了自我拷问和洗涤良知，也为了对今天和未来的姥姥的慰藉，我含泪写下清水般追忆姥姥的文字"。这段文字是《姥姥的遗产》封面书名旁白；或者说也是我向三十多年前的学生、今天的批评家老师交"作业"的说明书。他在百忙中审阅了书稿，以高才大学欣然命笔作序。我心满意足地看到大师对小书的褒奖，欣慰、感动和骄傲的同时，仍觉有搅扰的歉意，久仰繁华在文坛批评界大名，只是无缘不曾拜识，这次写序，也许是开始。

"评论"之在心

2019年12月初的一天，快到午间，突然接到繁华电话，问我的住址，说他夫人丽燕开车来接，去北四环的一个饭店，有个午餐会。我匆忙赶到双秀北门等候上车，方知是为筹划《师韵》座谈会小聚，前几日我已给繁华寄去《师韵》。

午餐会上，正襟危坐的主角当然是首倡要开《师韵》座谈会的冯老先生，再就是冯老昨日的学生今日文化界领军名人繁华及学者丽燕。还有从商的文颖，他还是中文系北京同学会长。别看午餐会人少，全是社会精英，主要是讨论座谈会如何开，我这小书的作者也有幸参与并分享他们谋划的过程。

就餐前，冯老把关于《师韵》座谈会的申请"报告"传给我们看，报告中强调这书是"一本教育诗"，是作者教学实践的理性探索。冯老还企望改编成影视剧。繁华出手如电地表示，书中小说式的情节和诗化的语言都可直接采用，但他还有特殊的见解，就是要进行细节加工，我心想那是艺术家的创作功夫了。丽燕也表示赞同，还强调自己读《师韵》几次流泪，觉得孩子若遇到书中的老师太幸运了。可惜的是现实中这样的老师越来越少了，令人焦虑。

此话引起繁华进一步的感慨，他很严肃地说，有人总结教育已经失败的例子了，我虽把话题引开，但也看出他对某些教育中的问题持批评立场，他认为《师韵》之类作品是在悄悄地"改正"。我无奈地摇头，其实我的小书只是出于教育者的责任。就在各位七嘴八舌说教育时，我向他们袒露了自己写作过程中的内心矛盾，明知自己为教育而活，在大风浪中都没有动摇过，为什么在走向现代化的道路上不能要努力些？为了鼓励自己写下去，常默诵自编的小曲"做只'蚊虫'"，进行自勉：

> 我虽无力成"牛虻"，也要做只"蚊虫"；
>
> 用不停地嗡鸣，死死叮着"病痛"；
>
> 哪怕粉身碎骨，鸣声也在文字中"行动"；
>
> 国之"常春藤"花开时，花间会有喝彩"蜜蜂"；
>
> 昼夜急行的"蚊虫"，那时定在"蜂群"中。

这催我前行的小曲，句句都有典故，不必解释，各位文化精英全知其所指，引起了共鸣的掌声。繁华很激动地表示，拍影视是远计划，最现实的计划是落实在发表文章上。

我心想的所谓的文章，大概就是要发个座谈会消息，什么刊物能给小书位置，也许只有繁华出头才有可能，但我没有说，还是担心大材小用。冯老虽点头同意繁华看法，也没有明确落实发文章的性质，更没想到谁来写、在什么刊物上发，而且这是繁华第二次说"落实在文章上"。

可见繁华胸有成竹，我们也都连声说能那样"太好了"。看来繁华知道自己责无旁贷。相比之下我觉得自己刚才显得很狭隘，如能在报上发评论，比给《姥姥的遗产》写序岂不更有传播面？《师韵》没找名家作序反倒真可能有名家发评论了。

席间，我们赞美冯老壮心不已，至今不离阵地，冯老反倒询问繁华住院情况。繁华很兴奋说手术后恢复得很好，感慨"百万"也能死里逃生买来健康。的确，他体形魁伟，相貌堂堂，两肩宽阔，前额突起放光，神气扬扬，经年累月写作淬砺，睿智的面孔更显高瞻远瞩的气质和铁一样的坚韧，而且总像是大辩不言有欲说未说的话，一旦开口便滔滔不绝。毕业三十多年，我只在同学会上见过繁华一面，即便他为《姥姥的遗产》作序，也只是在电话和快递中交流，今天是面对面听繁华侃侃而谈，更觉其对职责的坚守。

文颖外表质朴，内里却有热血衷肠。冯老请他来聚，他自知需有担当，几次表示为座谈会解囊；散席后，他还让秘书跟我到家取《师韵》，特别嘱咐要给人民文学出版社长臧永清和国家出版总署的李岩各带一本，并表示他们将一起来参加座谈会。

2019 年 12 月 14 日开《师韵》座谈会那天，繁华因主持博士生论文答辩无法脱身，转告会议主持人新风，说自己关于《师韵》的评论文章已寄给《人民日报》社，能发表，具体时间说不定。

繁华行动神速，说到做到，难怪杜书瀛说："他的特点是心灵手敏，思维相当灵敏锐利，像高速旋转的雷达，心到、嘴到、手到，成绩斐然，令人倾慕。"

果然，《师韵》座谈会后的一个多月，《人民日报》文艺版发文前要审原著，刘琼主任电话要《师韵》，看来他不知这本书就是人民日报出版社出版的。最后从《师韵》的责编手中得到书。后刘新风局长给我发来繁华在报上发表评论文章的复印件，我见到的是《人民日报》海外版（第 07 版）的"新作评价"栏中：

《师者的情怀与师韵》——评张伟的非虚构作品《师韵》

该篇评论从我是"业师"说起，我自知不是泽深恩重之"业师"，只不过当年给繁华这个年级上过点外国文学课而已，课外从没个别交谈过。

文中先介绍了《师韵》从一个侧面描绘、记录我从教 50 年的心路历程和切身体会，明确此书紧扣"教学相长"的主旨，畅叙师生求索中"互长""痛长""迅长""皆长""双长"之长短和教训。

可以说每一"长"的故事背后，都隐藏着"不长"的教学之伤痕。而"长"不只指知识的积累，更是指"长"思考之深，"长"文化人格之高，"长"心灵升华之美。这所有的正面叙述，都是为改变不如意的反面。正如写"一切历史，都是当代史"一样，为了现在才写过去。

评论认为书中概括了我半个世纪的讲台生涯，使热爱教育的初衷铸就了个体生命。特别强调即便走下讲台，对教育仍魂牵梦绕的关注，人退心难退，仍用余热燃烧着梦想。

文中还介绍了全书的内容结构，是从青壮年到老年，从校内到校外及国外授课，从育人到教书，从备课到上课，从批改作业考试到论文答辩，从答疑到科研论题确立，从帮助不同类型学生的感悟到教师的自我修养，囊括了教师工作所有重要环节的典型事例。从这些方面讲述教育理念的探索过程，及历史事件与教育的复杂关系。

文章最后敏感而尖锐地用赞美过去和期望未来，智慧地表达对现状的关切，甚至是忧虑和疼痛。请看这段文字：

"《师韵》是部深怀一颗赤子之心的典型的理想主义的'告白'，她的情怀、精神以及一生无怨无悔的探索追求，都纤毫毕现地凝聚在她的笔端。她的浪漫和纯粹，在这时代已经成为'稀有之物'。就只能在《师韵》中，我们再次领略张伟老师作为一个师者的情怀和师韵。"

这段诗情画意的文字，看来是很光鲜耀眼对作者的赞许，但我看话外音非常沉重。可以说意在言外。在字斟句酌中，我似乎看到笔者含泪的笑和亢奋的吟，文中用"告白"和"稀有之物"批评教育现状，令人拍案，他批评的智慧妙不可言。钱学森能大声疾呼质疑教育，我们关注教育中的问题难道不理所当然吗？我读上面那段文字心跳加速，眼睛模糊，因为那是我戾食宵衣书写的目的，其内含的尖锐和渴望的坦诚，表现了批评家与作者一样仰望教育的精神高地，寻找教育共识中大爱的灯塔，表达道义上的担当。

我想繁华对《师韵》发评论，绝不因只是自己的老师写老师，重要的是全民都关注教育，他本人也感同身受甘作教育的孺子牛。

无价的"圣餐"

午餐会散席时，繁华送我一袋书。

我接过这沉甸甸的白帆布口袋，刚说谢谢，他又自己提着，边走边告诉我是"自己的文集"。我欣喜地祝贺并说"终于有机会读您的大作了"。

还是丽燕送我回来，我执意在双秀北门下车，免得车拐进住宅出来不顺路。可哪知这口袋书，对我这手无缚鸡之力的耄耋老妪，像块石头一样重，于是我用双臂抱着口袋，走走停停，十多分钟才到家，脸上已汗淋淋，冬天的寒气帮了很大的忙，否则会汗流浃背的。

走进屋，我好奇地信手把口袋放到门旁人体秤上，惊讶地"啊"了一声，十三四斤重，怪不得提着费劲。我教了一辈子书，天天跟书打交道，自己却写不出几本。教了一辈子书，不时收到学生的大作，但收到拿不动的"文集"，这还是破天荒的头一次，或许这就是最初和最后的一次了，中文系，多少年才涌现出这样的才子……

心理喜滋滋的，与到新华书店买了自己所喜欢的书拿着的感觉不一样，拿这种书再沉也不嫌多，也高兴。当教师的最大乐趣，莫过于看到学生胜于蓝；何况繁华当学生时就已"飞文染翰，卷盈乎缃帙"，不仅令师者喜从天降，做梦早幻想此景。

我急匆匆从口袋里拿出所有的书，眼花缭乱看书名却记不住，只见"人民文学出版社"和"孟繁华文集"在眼前重复十次。书皮淡灰色精装帧质朴大气。横在封面上方的是正楷与黑体字书名，下方的是烫金耀眼的草体作者签名，笔锋豪情逸致俱在眼前。十本文集还外加一本《孟繁华研究论集》。

刚才与批评家共进午餐，现在又单独面对一桌精神圣餐，如走近喜马拉雅，讶异其恢宏，敬畏其高不可攀。心想"研究"繁华的"论集"都出版了，你还没读过他的大作，这回送到嘴边，读不懂还有"研究论集"导游了，再不读何为师！必须得做学生的学生，给自己补苴罅漏，享受这天伦之乐。

见其中的《众神狂欢》封膜是打开的，作者的签名就写在这上："尊敬的张伟师指正！学生繁华。2019 年 12 月 1 日"看过后我一笑自语："向'学生'老师学习。"

再看这本书扉页上的照片，一个伟岸的灵魂，站在海边成群的海鸥中，高举起的双臂与飞翔的海燕一样，只不过一个在蓝天大海上空飞翔，而另一个在比海天更无限的精神世界里遨游，写了一句又一句，一篇又一篇，一本又一本感言，说别人不说或不敢说的话……

我断定繁华签字的这本书是文集的书中书，其副标题"世纪之交的中国文化现象"吸引我立刻浏览其书目，直到最后的"附录一、二"写着"第一版""修订版"和"人大版"（后来又知 2011 年有英文版），方知大作已蜚声海内外。

"附录"中的"知识分子的'背叛''出走'和'死亡'"的标题，

像夜光灯一样吸住了眼球，引起我的好奇，而且有副标题明示"21世纪初长篇小说中知识分子形象"，这促使我想从中寻找同行的命运，包括自己的影子，于是我迅速地浏览全文。

我经历过金钱对尊严的嘲弄，但我是从"九死未悔"中走过来的"不走"的"老九"，坚守到此我非常警惕地提防物欲可能给自己造成的心灵污染，所以后半生是在拼命授课和加倍的耕耘精神中度过的，甚至对高位的仕途机会我都有意放弃，无怨无悔站教师岗至今，我坚信"希望"之光定会储存在潘多拉盒子最里面，有一天定会势不可挡地飞出盒子。

与我同行的知识分子，有从队伍中分化出来那一类，出现了与社会格格不入的"放逐""抛弃"和"死亡"。反映这类内容的国内文学作品我一篇都没读过，所以得从这篇评论中看文坛风云之影像。

文中写知识分子在金钱大浪冲击下，有《米香》里许明选择功名，背叛了情感；《沧浪之水》中的池大为背叛了节操；《经典关系》中地质工程师被边缘化后选择自尽结束生命；《作女》主人公卓尔异想天开折腾后再次"出走"；《桃李》中的博导，成为老板后欲望膨胀，被情人捅了一百〇八刀；《所谓作家》中的胡然，曾用文学的权力获得过满足，同样因为失意而死。胡然的命运与巴尔扎克笔下的外省青年吕西安何其相似乃尔：吕西安来到巴黎希望以其诗才获得诗人的光荣，但在金钱的魔术棒下，他幻想破灭了，诗的神圣殿堂变成污秽肮脏的地狱。

我国文坛新世纪初长篇小说中这类知识分子形象不多，而在外国文学名家名著中早就走马灯似出现过。那些人虽没有知识分子的桂冠，但个个都不是文盲，何况又都是在金钱魔力下神魂颠倒的。莎翁《威尼斯商人》中贪心狠毒的夏洛克，莫里哀的《悭吝人》中靠高利贷发财的阿巴贡，果戈理《死魂灵》中购买死农奴的乞乞科夫，还有终生书写金钱罪恶的巴尔扎克的葛朗台、高布赛克以及马克·吐温"镀金时代"中一袋金币诱饵就败坏了有三代诚实传统的"哈德勒堡人"。正如马克思为说明货币的本质时引用的泰门的那句独白:"宝贵的金子,这东西只一点点,就可以使黑的变成白的,丑的变成美的,卑贱变成高贵,老人变成少年,懦夫变成勇士……"无疑,金子是最能考验灵魂的魔鬼,古今亦然。

另外,大学是知识分子的大本营,是思考和判断的精神堡垒。但在市场浪潮冲击中,出现了冒险"下海"的教授再也没返回岸上,出现了"呛水"的硕士入狱的博士后。这些怪象当年就发生在自己身边,各大学里也见怪不怪了。很快延伸到中小学,某些教师办课外班高价赚钱,使家长不堪重负。学校出现了变色龙似的精致的利己主义者,实际上就是大同小异的形形色色的中国式的葛朗台和夏洛克。随之文坛上也出现了东方的巴尔扎克式作家,但远没有像巴尔扎克那样能不懈地写出近百部作品。虽然这类作品不是创作的主流,也应是强化主流的必需的存在。其实中国文坛上的巴尔扎克早已出现,只是我这"外行"有眼不识泰山而已。

哲学不是科学,哲学"史"是科学,历史不是科学,历史"唯物论"是科学,中国文学和外国文学不是科学,但"文学批评"是科学。我一口气读完了"附录一",这批评的科学,虽然没去拜读当代文学史和那些长篇小说,可繁华的这篇批评文论,给我的震撼,不只是丰富的信息量使我更进一步理解自己生存群体的分化,也欣慰地感到新世纪的文学创作和文学批评已走近了知识阶层的实际生活,在没有硝烟的战争年代,灵魂的美丑之战在看不见的战场上,即货币中经受着炼狱之考验。

为调整自己的思维方式和清理精神世界的"痼习",我预支了自己的阅读时间,这是读"文集"中一篇"附录"对我产生的吸引,若看

"文集"正文，定将收获更多宝藏。

在"战疫"的日子，心里藏着对亲人的惦念，唯一安全的是蹲在家里翻书写字，精力高度集中，开始捧读繁华油墨飘香的"文集"，趁阅读首篇的磁性还没消失。虽然学习的乐趣无法与写作的乐趣相比，但没有学习就难有写作和思考。何况这次学习的材料是看学生如何变先生，先生又如何变大师的过程，一路全是文化风景，冲淡了疫情带来的忧虑。

最先读《中国当代文学史论》和博士论文《梦幻与宿命》，这两部是研究中国当代文学精神的力作。

然后读《中国当代文艺学学术史》（1949—1976）和《1978：激情岁月》，还有"上世纪八九十年代的文学与文化"的《当代文学：终结与起点》。

接着读"新世纪"的三部论稿："作家作品""文学现场"和"文学思潮"以及《传媒与文化领导权》。最后读《众神狂欢》和《孟繁华研究论集》

扑进文集里，越发有点像饥饿的人扑在面包上，除了解决饥饿，最重要的是提神，看国之文坛的风景变化，是灵魂壮游。我虽是文艺学和中国当代文学的门外汉，但中国文学是世界义学海洋的"一部分"，作为外国文学教师，对这独特的"一部分"有相连的神经，即便再不授课，也感到格外亲切，所以这次读"文集"，不只了解世纪之交和新世纪文坛我国创作情况，还有对当年所学课程补白。

平时翻书查资料，功利性很强，没有连续性，这次不赶任务。读小说常用百米速度，读"文集"只能是走步，有的还要标上页码备查，写下十来万字笔记。面对三百多万字的理性语言，长聊近三十多天，虽不算是下马观花，也停停想想写写，面对这种非录音式"授课"，时而兴奋浮想联翩，时而自责，有时能一目十行，理解得自然迟缓肤浅，收获有限，但享受之乐无限，一有"新大陆"发现，我便像鲁滨逊一样驻足，而且找到了"星期五"，有时像郑和下西洋一样，飞奔寻新航线，想解自己心中疑难。

"文集"洋溢着批评家生命的活力，随时能感受到在呼啸的风雨中，为当代文化立心，为文学立命，为学术研究继绝学，为民族民生开太平的坚定信念。

阅读《新世纪文学论稿之作家作品》中，遇到了繁华为《姥姥的遗产》写的序，我怀疑地从头查目录并通读全文后才确信。这本书名为"作家作品"，书中评的是理论家谢冕、作家贾平凹、小说家刘震云等，而我混在其中，真是幸运得汗颜。繁华为《师韵》所作的评论，是借名家之笔把我个人对教育的期望留下的回声，幸哉！

为 师 远 致

看繁华"文集"，对我与其是补课，不如说是精神畅游。面对皇皇巨著，我像到了久盼的高科技馆，为奔月的飞船拍手叫绝却说不出飞船的科学原理。所以，因自己对当代中国文学作品，特别是"世纪之交"和"新世纪"的文学作品阅读甚少，对其"文集"中的理论成果的认识也只是隔屋撞椽，不可妄加评论。

但我能以师者的心体会批评家师者的情怀，何况有谢冕、杜书瀛、童庆炳等大学者对繁华学术成就的高度评价，我借着内行人的赞叹寻找自己的点滴记忆，在比较的差别中感受批评家对当代文学和文艺学教学的贡献。

半个多世纪前我念中文系，还赶上了20世纪50年代中期高校"编教材热"，我们的中国古典文学课，用的是北大中文系文学专业55

级学生集体编写的四卷本《中国文学史》，俄苏文学课只能用布罗茨基和季莫菲耶夫的中译本文学史。而开中国当代文学课时，我们手中还没有教材，教师只能按"三红一创"等小说问世的时间顺序讲课。文学为政治服务是讲课主调，还落实到思想品德教育上。所谓当代中国文学课，就是小说讲座，既不可能从宏观上讲授当代文学相承相传的"史"的观念，也没有出于对文学具体问题兴趣的阐述，更谈不上作品与文学思潮的辨析，那时已处于"文革"前夕，师生都格外敏感。

至今我都记得周先生讲到《创业史》中梁生宝买稻种的情景时，感动得流下眼泪，而我们这些学生则低下头相互睨视，觉得老师在"演戏"。根植于我们那代人头脑中的"英雄"是卓娅和刘胡兰，是面对绞架和铡刀威武不屈的坚毅形象，一个干农活吃苦挨累的梁生宝怎能与"英雄"相提并论！多年后，我清理过自己文艺观误区。这次读"文集"我特别寻到《中国当代文学史论》中评价柳青的《创业史》专节。文中认为，"梁生宝是最早出现的社会主义'英雄'人物"，小说是对"中国新型农民的'想象'性构建和本质化书写"，"共产主义性格正在生长和发展"，显然，梁生宝形象已经是很有浪漫主义的理想成分了。可我们那代人"高大全"的"英雄观"固化了头脑，还认为梁宝生离"英雄"远着呢，今日在比较中更悔之那时的谬之千里，幼稚可笑。本亚明认为"如果作品真实的内涵根植在现实的内涵中，而恰恰是这样的作品证明其持久性"，果然梁三老汉仍坚守在阵地上，持久地出现在今天的读者面前；而梁生宝却活跃在城市的工厂和街区，少数成为商圈"创业者"，有另一种"创业史"了。

"文集"的"当代文学史"中，最吸引我的是研究"新世纪"的"文学现场""文学思潮"和"作家作品"。我在"文学思潮"中，又与评论中国当代知识分子形象的长文重逢，它仍如磁石一样吸引我再次阅读，而且作品中的内涵越发清晰地凸现在我眼前。

读新世纪"文学现场",我好奇地发现书中从 21 世纪的 2001 年开始到 2015 年,批评家年年都有针对文坛长篇小说和中短篇小说写的评论。在浩如烟海的小说中跟读,其追踪小说"现场"的速度,鉴别作品特点和及时发表评论文章的先锋性,令我赞叹!繁华猎犬般的嗅觉,苍鹰一样的眼力和雄狮一样的勇气,永远在第一时间奔向最前沿,进行有血性有骨气和有良知的解读。教中国当代文学的教师,对刚问世的作品在课堂上能这样解读的有几多!这为师远致的教魂,给学生多少幸运的启智是无法估量的。

当年我们的文学理论课,用的是叶以群的《文学的基础知识》教材。顾名思义,它只见文学常识,是今天文艺学中的文学理论、文学史和文学批评三个部分之一。而且还谈不上从美学、认识论、社会学、心理学等各种角度研究文学的基本规律和评价文学作品。

繁华通过考察中国大学文艺学教学轨迹的历史演变,出版了《中国当代文艺学学术史》。

"文艺学"当之无愧地被称为文学创作的"思想大脑",是中文系和艺术系必修的专业课。它之所以被称为文坛的"显学",就是因为它处于文学现象的裁决地位,它的法度作用是掌握着话语的中心,难怪文化人称它是无法开启的"黑匣子"。正如本亚明所说,批评家所探寻的是艺术作品的真理内涵,而评论家所探寻的是其实在的内涵。两者内涵的关系决定着文学创作的基本法则。没有这法则,文艺学就有"盲区",就直接影响文学史和文学创作,所谓"盲区"就是传说的"显区"。

文艺是文学实践的理论总结,又受文学实践的检验和修正,并给文学实践以指导,所以研究文学性质特点和发展规律的文艺学应属于社会科学范畴。

繁华"文集"中的《中国当代文艺学学术史》,在文艺学前加了

"当代"，后加上了"学术史"，看出他革固鼎新的胆略；虽然文艺学的学理法度是恒性的，但加入了"当代"不只是延活了文艺学生命力量，而且使它处在时世的风口浪尖上，面对正在发生的"文学现场""文学思潮"和"文学作品"，对这些不确定的文学现象进行裁决，包括争鸣，既有"史"的延续，又有"理"的深化，当然这"活"的学术，就更是充满着风险的学术。

所以《中国当代文学学术史》的价值，就在于作者全力还原"史"的面貌时，对于"显区"中的"雷区"，特别是"文革"及前后十年，着重阐述了特定历史时期的民族心态，说了作者想说又未说而应该说的话，体现了批评家还原特定历史阶段文艺学发展的真面目。我历经过那个特定历史时期，如何结论这个时期的文学现象、思潮及作品，如何清理自己头脑中的疑问和顾虑，"文艺学学术史"给了信服的答案。

由于繁华对文艺学的高才绝学，使他的《中国当代文学史论》也别出一格。同行专家与之前出版的六十多种当代文学史教科书比较，认为繁华最大的特点是做到了教学与科研结合。我想这种学术实践，对教学的开拓性，不仅表现了史学家功底，更有批评家的睿智，对于学科改革可不是常说的"上了一个台阶"，而是一种飞跃。

教材是专业教师的仓库，是授课指南，在很大程度上决定教学水平，也在很大程度上检验教师的学术涵养，更是引导学生思考和判断的钥匙。所以，繁华"文集"对中国当代文学和文艺学课程的教材建设做出了可贵的贡献。

创作出前卫的有个性的当代中国文学史和文艺学著作，并成为个人授课的独具个性的教科书，是只有文学批评家才可能完成的使命，恰如繁华获鲁迅文学奖时发表的感言：

"从事文学批评活动，担负起文学批评应尽责任和义务"，"将是我终生追求的目标"。

要知道，文学批评这种议论别人的工作，又遭别人议论也是情理之中。波涛浪谷，毁誉参半是挥之不去的宿命。但必须言作品所未言，发作品所未见，是文学批评家的本分。在创作浮躁，批评也浮躁，在文坛乏魂、耻言理想、蔑视道德的当下，批评家可谓行路难又难。另外，文学批评是非常枯燥的事情，正如陈骏涛先生所言，"任何一项文学营生都比文学批评这项营生经济效益更高，又何必在文学批评这行皓首穷经当苦行僧呢？只因为是一种事业和精神追求"。繁华耕耘在文学批评领域三十多年，除了独特的灵性、卓越的才华、敏锐的头脑和浓厚的兴趣之外，还有韧性、勤奋及敢于过"雷区"的勇气，他对大学学术生产的"GDP"的僵硬机制不断批判的同时，尽心竭力地做学术中的解惑传道者。

还要知道，也必须知道的是，繁华的文学批评实践大环境，处于人文精神低谷。从 20 世纪 90 年代起，商品化趋势严重，自然科学成为"第一生产力"；社会科学也成为"热门"之用；唯有人文科学日益成为"边缘"的"冷门"，人文知识分子的学术语言被商品化污染，人文知识分子的警示之声开始丧失。而繁华这三十多年的文学批判活动，就是在形势最不利的时期，迎着巨大的压力，以人文知识分子批判精神和价值重构的能力，在坚守中取得斐然的成绩，这种担当将是中国学术走向世界的希望。

寻 师 通 衢

没有学之通衢，就不会有教之远致。繁华成为今日文坛批评家，与他早期的积淀和不断攀登中加厚加宽夯实基础有直接关系。

1978 年繁华过了"独木桥"，考上大学，阴差阳错到了自己并不喜欢的历史系。但他胆敢打破当年大学不允许"跳系"的常规，毅然寻找自己感兴趣的"业师"，折腾半学期，终于转到了中文系，最后果然走上成大器之路。

　　上天总是眷顾有趣的灵魂，真正成大器的人，灵魂生命就是独立思考和自由表达。勃兰兑斯说："谁按着自己的意志生活，他就是国王。"繁华到中文系后，就开始长征在做"王"者的路上了。

　　人们常言时势造英雄，而梁启超却强调，英雄与时势互相为因互相为果，所以繁华跳系可说是英雄造时势，不久"改系"在高校成了正规，他那时处在封闭中，哪知国外改专业是司空见惯的常规。

　　机会属于渴望学习的人，繁华在中文系的环境气氛中不仅有集体"业师"，更有志同道合的诗友，他们如鱼得水，很快成立了"北方六友"诗社，相互切磋琢磨。毕业前，繁华就在《诗刊》等刊物上发表诗歌和评论文章百余篇，已成为校内大有名气的"文学青年"了。

　　繁华就是在中文系，也并不是顺风前行的。有吹冷风的跟他说"中文系不是培养作家的地方"，这转弯抹角地旁敲侧击，显然是泼冷水。而且社会上物欲正升温，精神文化在稀释中降温，诗思消逝，繁华就像上了景阳冈的武松，只能赤手空拳地与老虎搏斗。

　　毕业分配到中央电大，繁华从外省到京城，从学生成先生，做了当代文学教师。他的具体工作是组织当代文学的远程教学，要聘请国内在这个学科上造诣较高的学者做主讲教师，如北大的谢冕、洪子斌等大师；同时还要请"当代作家谈创作"，因此他有机会接触流沙河、刘绍棠、张抗抗等知名作家，之后他把作家讲创作的内容编辑成册出版了。

　　在电大，可谓天赐良机，繁华巧遇顶尖的"业师"，从此与当代文学结缘，这真是歌声在嘴上，火焰在心里，"业师"并从此成为他终身的圭臬。本亚明说："谁若是盲目地选择，祭品的腾腾热气就会迷糊了他的双眼。"其实，正如谢冕所说："繁华刚从大学毕业时，就已是一个具备了对未来的希冀与憧憬的批评家的素质。而到了电大开放性的视野和孜孜不倦的求实精神，为他的学术建构奠定思想基石，在求实和创新的焦点上，开始塑造自己的学术品格。"

机会对有志者从不中断，有开拓精神的人的路是四通八达的。为求先哲，繁华跟踪到北大做两年访问学者，又考取北大中文系谢冕先生的博士，成了国内一流大学名师的高才弟子。谢冕先生以"批评家周末"的方式教学，其实就是亚里士多德远在两千多年前就实践过的讨论式学习方式，把讨论者称为"逍遥派"，意是进行民主宽容的沙龙教学，既授课又讨论，给了研究生高飞远遁的思考空间和释放才华的自由氛围。

在北大连续五年的研读实践，夯实了繁华成为当代著名文学史家的地基，他从容地向高地转折之后，以批评家的独特贡献，丰富了中国当代文学史和文艺学，实现了"弯道超车"，"厉害了！繁华！"

博士毕业后，繁华又一次从学生做回先生，他被分到社科院国内一流研究机构。他把从一流大学一流导师那取的真经，带到一流的研究机构冶炼，再一次迸发出了潜能和才华，完成了最主要的学术著作，并开始招收研究生，回归了师职。后受命为沈师大特聘教授，完全回归教育阵地。

从事文学批评是繁华不可动摇的匪石之心，当教师是他终生的宿命。在文化界，他是赫赫有名的批评家，而在教育界，他又是高才绝学的当代文学和文艺学博导，在文学界和教育界的角色高度和谐统一，是双料的"内行"。你说他是教授时，他不停地跟踪文学创作现场，发表文学批评著述，并与他的授课内容不可分割；你说他是批评家时，他还不间断地带研究生，讲述的正是批评家著述的内容。

有批评家的才华，又有教育家的忠魂，这何止是教育界的福分，更是学生的幸运。

他的学生诗意地感慨道："孟老师就像一颗幸运的树，任是花草、行人、雨雪、虫鸟，在树的周围都会变成风景，于是风景的美变成了我们的生活。"

还有学生说，孟老师在的地方，学生总是很多，他的形象、气场、性格等各方面都吸引着学生，被他吸引的学生们都对他充满着期待。

还有学生从另一个方面感慨老师的魅力："在孟老师面前，再沉静的人都会变得活泼，再阴郁的人都会顿时晴朗，再矜持的人都会向往豪爽，再现实的人都想唱歌……再不胜蕉叶的人都会一饮而尽。"

这就是三尺讲台上的"师神"繁华带出的高徒，受到老师的灵魂感染，迸发出的璀璨精神，很像"雅典学院"的画面，也像孔夫子师徒再现。

希望像繁华这样的天才学者、批评家，能越来越多地在高校涌现。

二、幸遇良师益友

把比较文学视成自己"良师益友"的刘先生，他更成了助人为乐的"良师益友"和比较文学的"守望者"，为此生命之火不息地燃烧。

知 音 识 趣

1995 年深秋，我带着困惑和希望，像唐僧取经似的赴黄海之滨的山东烟台大学，参加中国比较文学教学教材首届研讨会。

开幕式上，陈惇、刘献彪等八位名人作了报告，以广阔的视野、大量的信息和精辟的论述，使大会形成浓厚融洽的学术氛围。在国际比较文学发展危机和寻求学科理论突破的焦虑心态下，中国比较文学从 1985 年学科复兴以来，取得了令人欣喜的成果；国内多所高校开设了比较文学课程，招收了比较文学硕博研究生。学生学习古今中外文学后，开比较文学，从一个新的视角宏观上对自己所学的知识进行全方位比较，获得一种融会贯通、高屋建瓴的思维升华，是其他课程无法代替的，可惜，上世纪五六十年代中文系还没能开设这门课程。

这次会议对我来说是难得的学习机会，我全身心投入，惊喜地享受着高人逸士的宏论，很快我就从理性上明确了比较文学主要研究的是不同文化中文学之间的互识、互证和互补；也认识到人与人之间可以通过文学进行沟通，并相互给予真诚的尊重和宽容。

所以，我正在集合的世界文学中各国的"多余人"的同类形象，通过交叉互证、追根溯源，发现他们各有自己的民族时代色彩，同时又相互影响，有许多共同的情感特征，这岂不是已不自觉地进入了比较状态吗？

当然，我研究"多余人"的初衷并不是想比较各国的"多余人"，而是想弄清，学生们为什么那样强烈地自喻为"多余人"，甚至在文学中盛产"多余人"的俄罗斯，在莫斯科大学的精英中，我也遇到了自喻为"多余人"的莘莘学子，他们与中国的大学生不谋而合，同声共求。我深知这绝非偶然。因此，我想了解"多余人"的奥妙。

为此，我访师拜友，寻找为"多余人"研究立项的可行性。拜访母校研究俄罗斯文学的翘楚刁老，他肯定"这是个趣味无穷的课题，很有现实性"，但因为"显"而又"险"，出版不一定顺利。又去请教哈师大中文系退休的姜主任，他是我念中学时的校长，他更审慎，明确认为"气候"不适宜，文艺界"高大上"的东西还没深入清理，这个课题本身没有"光环保护"，它具有的特别的复杂性掩盖了自身丰富的人性美，即便是内行也容易误读为"多余"。后来还到北师大请教原教研室老主任陶先生，他听到这个论题虽很兴奋，甚至还点出东方文学中也有同类形象，但仍建议我进行个体研究，目标别太集中。

无疑老专家们的建议都不是谬悠之说，他们身经百战，炼出了火眼金睛，因此才有这样的深谋远虑。老前辈的"关爱"，虽没使我对"多余人"的研究停步，但压力却倍增。

当时，我就像个到原始森林探险的淘宝者，明知已到了重地，却又在懵懂中畏首畏尾，缺乏深入腹地的勇气，虽然已规划了整体课题，而且零打碎敲地发了几篇文章，但我还是缺乏足够的底气，也担心成果问题。寻找知音解惑，便成了我参加这次会议"别有用心"的原始动力，我知道有些重量级的外国文学专家已经成为比较文学课程的开创者，我何不借这东风补充能量？

开幕式后两天，分组发言讨论，面对面攀谈。与会者不只有面红耳赤的争论，还有推心置腹的交流，那种知音识趣的契合度远超过我的预想。这些从事比较文学教学的老师，虽都是近年从别的专业转行过来的，却有很丰富的积累，真是难得的解惑智库。赴会前我刚完成关于托尔斯泰著作中的"多余人"论文，题目为《论"忏悔贵族"与"多余人"之亲缘关系》，我虽没教过比较文学，但"比较"思维常在授课中使用，于是我以"忏悔贵族"作为发言主体，借机说明这篇只是我探讨"多余人"的课题的其中一篇，小组里同事们听了很吃惊，并好奇地追问，我就信马由缰陶醉般把"多余人"探究的宏观框架推出来，希望得到识趣者的直言正论。

小组讨论的中心议题是比较文学教材，但我这组讨论的是各自五花八门的学术论文，如"《百年孤独》与《废都》比较"，中西方文学作品中爱情描写的比较等，这虽不是大会要求的主旨，却是很有学术价值的深层讨论，能直言己见对我来说机会尤为珍贵。

更令人意外的是，大会的执行主席刘献彪先生光临现场，倾听小组讨论，并不时地直言说议。在我发言时，他更是形于颜色，不断地插话。他认为我对"多余人"的"世界现象"提法是"首创"，其他同行也有随他举起大拇指的。我普查世界各国文学中同类形象得出的结论，这还是第一次与比较文学的行家亮相，没想到竟得到他们的首肯。但同时我也听到另一种担忧之声，说这题目"太超前"，若想深入研究，应在"未来"，未来是何时谁也说不清。

但刘先生听后竟直言尽意地说："这题目不是'超前'，是后起直追，还应快马加鞭奋起直追。"刘先生这番话使有异议的人颇为诧异，但对我是难得的鼓励，心想，绝不放过机会一定细听他的想法。

小组讨论结束，大家散去，屋里像阒无一人般寂静，我看到先生没走，我也没动，很想趁热打铁。不约而同地，刘先生蛮有兴致也继续跟我议论"多余"，看得出他对"多余人"很感兴趣，开玩笑地自嘲："我是个老'多余人'！"然后哈哈笑着补充："为了对公平正义不'多余'，我奋斗不止！"

刘先生这一言道出了"多余人"的烦恼经历。这种款洽对话，宛如挚友的亲密交谈，绝不是空洞干瘪的冒牌哲学，也不羼杂任何偏见。

当我说起选题缘由是因为学生"追问"，他竟拍着大腿，几乎激动得站起来，心无芥蒂地说："学生是报春的燕子，有猎犬的嗅觉！"

我说这是智者成长的过程，其结果不同，有人新生，有人毁灭，优秀文学作品中的"多余人"鼓励人新生，鲁迅、郁达夫和瞿秋白就是转化的榜样，他们都曾是"多余人"，最后都成了战士，并且用他们的笔去鼓励更多的人。

在讨论中，刘先生知微知彰地表示，写"多余人"并非是赞扬"多余人"，就像种莲花之人，必以污泥浊水蓄之，本意也非喜欢污泥浊水，而是莲花生长的需要，然后才能让我们见到它争奇斗艳的美丽。倾听中我心想，没有谁比刘先生更懂我的"多余人"。当我跟他说有人质疑"怎么不研究英雄"时，刘先生非常激动地跳起来，这位真性情的人急智辩才地说出我想说而没能说的：

"你应该反问他怎么没成为'英雄'！或者请他睁大眼睛看看，古今中外海量文学作品，怎么不都写'英雄'。"

他随后还直言不讳地批评讲这话的人，不论是文学的内行还是外行，都需要清理"高大上"的意识。并且强调，虽然比较文学教材中，还不能深入研究这类课题，但这有独创性的题材，千万写下去。

我用眼神作了承诺，刘先生的倾心之言，给了我定心丸，几乎把我的疑虑吹得灰飞烟灭，不只是因为他赞成我的论题，更是他对"多余人"的那种侠骨柔肠感动着我。

刘先生身材不高，但刚健魁梧，眼睛不大，但炯炯有神，鹤发童颜，四方脸盘，充满睿智，衣着的品位，很有学者的风范。操着一口江西味的普通话，声如洪钟，笑起来像天真儿童，脸上一团正气，胸中一片至诚，走路像滚动的风火球，有势不可挡的锐气。虽说今日萍水相逢，却一见如故，产生了一言定交的友情。

参会这几天，从会上到会下，我遇到了多位知情善察者，本已欣喜万分，没料到在小组讨论中，又巧遇刘先生这样的相知者，可谓遇到了失不再来的天运。

竭 尽 全 力

会议结束前，刘先生亲自通知我，理事会决定编辑出版《中国比较文学教学通讯》(下简称《通讯》)创刊号，商议在其中开设"会员动态"专栏，"你的'多余人'一书的内容提要已列入其中，请尽快寄来目录。"

刘先生收到目录后，当即复函，非常认真地商榷，直言书名不必叫《"多余人"浅论》，建议改成《"多余人"论稿》，他认为这样改已经很自谦了，或者干脆命名为《"多余人"探究》。

他的充足理由是，这一论题在文学史上很重要，并引用鲁迅的"创作不是借别人表现自己，就是借自己表现别人"，而研究"多余人"，虽是文学中的，目的是给生活中的"多余人""正位"和"正名"。所以，集合"多余人"画廊，在于探究"多余人"存在的必然、意义和转化过程，转到真善美就不"多余"了，而对假丑恶总是"多余"的，这才真正实现了文学家的创作目的。

看得出，刘先生不只是在说明为何这样修改书名，而是从一个角度提出深入研究的意愿和期待，其实质是鼓励我这篇文章是有分量的。书名修改后，我全面地修改了目录和全书的内容提要，特别加强了对"多余人论"这部分内容目录的修订。写的功夫在题外，可这种约束性提示是写作修改的纲。刘先生收到复信时认为改动后的内容更有特色。

《通讯》创刊号很快出版，再现了几个月前会议的盛况，更主要的是通报了会后落实的累累成果，使人憧憬着未来可喜的局面。"多余人"一书的目录已确定，更期待全部内容早日与读者见面。

可是，计划没有变化快，"多余人"课题在单位科研立项中，院学术委员会没有通过，这几乎是我预料之中的。

学术委员会的评委全是政、经、法方面的专家，没有一位懂文学的内行，假如是去年烟大会议上比较文学的权威们，我就不可能对立项惴惴不安了。几年前师友们就曾有过预言，说恐怕很难立项，如今竟应验了。相比之下，那些有关"霸权政治""储蓄福利"，甚至"教学评估"的实用性很强的项目都——通过了，"多余人"研究倒成了精神方面虚幻的、真正的"多余"，用现代的时髦语说不是正能量的"多余"。可他们哪里知道，正能量的生成也有"物理化学生物"反应的复杂过程，就如人的成长一样，而且过程常决定结果的特征。

值得庆幸的是，主持学术委员会的张副院长对"多余人"课题颇有兴趣，会后他鼓励我继续做下去。他是从国外归来的数学和经济学双学位研究生，但对中国古典文学中的"竹林七贤"有独特判断，认为"七贤"是"多余人"，这对我来说是弥足珍贵的知音。但我仍然有深深的无力感，虽然有学术委员会主任的支持，"多余人"的立项仍然通不过，可见评委们对"多余人"的认识有多深的误解。

当我把立项风波通报刘先生时，他这位乐天派立刻回函安慰。他在信中说，这是"遇到了滑铁卢之战"，但这"碰壁"和"吃苦头"就如同铁砂在炉中接受冶炼，应一次次升温，再一次次降温，炉外越是降温，炉内就越应猛烈燃烧，这种内外温差，才能打造出精品。创作者要自己掌握主动，但也要接受外界压力，外界压力越大，反弹的皮球跳得越高，"当生命给你一百个理由让你哭泣时，你应该展示出一千个理由去微笑。"

我也明白有人不理解是正常的，我阿Q式地自我安慰："如果这个题目是非常容易理解的，那它所发挥的作用就小了，我也就没必要做下去。"正是这种不理解，才是我继续做下去的动力。刘先生的劝导和勉力是唯恐我把它们放弃。虽说我与世界各国文学中的"多余人"风雨同舟几年了，不会因此把它们"束之高阁"，但心里还是有些怅然若失，此时此刻能及时听到刘先生鼓劲的话语，有如干渴时喝上清泉，饥饿时得到面包般爽心豁目。

不立项，我也不会停步，立了项，我可能大步向前，人的精神力量在这个世界上还没什么仪器可以量出来，我对自己有信心。果然，几个月后，学术委员会告知我，课题通过了。

立项风波之后，我仍忧心忡忡，它警示我时时想到"出版也将是要过的大关"，这应是最后、最难的一关。因为思想上有充分准备，在书稿接近尾声前，我开始为其扫路，有意地创造机会。

一般情况下，请名人为书作序，主要是借东风吸引读者，可我想找名人作序，不只是引导读者品味"多余人"这条鲜鱼佳肴，我还希望能给小书做"嫁衣"，使出版社顺利接受。我想借名人的力量使"多余人"这个有价值的族群，生存得更加名正言顺。

写序首先是行家，其次是名家，我首先想到的是刘献彪先生这位问鼎中国比较文学巅峰的人，他对"多余人"研究一见钟情，始终有颗燃烧的心。他熟悉"多余人"立项的风波，写序会有很强的现实针对性，实实在在说到读者的心坎上，也会促使出版社认同小书的出版价值。

但在几次信件来往中，我深知刘先生非常忙，欠着累累文债，我有点儿不好意思开口；可我深知他不仅有强烈的事业心，而且有甘为人梯的精神，百忙中也会伸出援助之手，于是我写信恳请他为拙著作序。刘先生果然很快回函，说了些对小书的溢美之词后表示："不管多忙，有多少文债，也拼老命完成写序的光荣使命。"

于是，在书稿最后一章还未完成的时候，我把已完成内容复印后寄了过去。两个多月后，我收到了刘先生为"丑小丫"作的"嫁衣"，字体龙飞凤舞，并以礼贤下士的口吻说："我反复阅读手稿后，终于完成了写序的任务，本想把书的内容提纲挈领点到为止，可下笔千言，一发而不可收，写得又臭又长，全权交你斧砍，如砍也不成，就弃之纸篓里。"

近三千字的序，可谓洋洋洒洒，完全以比较文学的视角，从小书宏观整体框架的建构到微观具体问题的判断，条分缕析地阐述了"多余人"形象的美学价值和研究它的现实意义。这位良师益友为小书的问世竭尽全力地鸣锣开道，令人陡生敬意。

除此之外，刘先生还谦卑地提议，再请名家给书作序或题字，放到他写的序的前面，甚至还表示，如有机会请季羡林先生泼墨题写书名，如季先生太忙，他亲自请山东大学校长吴福恒专家题字。刘先生这种甘愿做"人梯"的情怀和担当，使我这只有一面之交的普通一兵受宠若惊。

刘先生写序之后，对我几经修改的目录，又提出再修改建议。对手稿开头的"导论：现状概述"，他建议改成"历史与现状"，我最后综合考虑改成"历史与现状一瞥"，目录最后的"综述"，他建议改为"总论"，我改成了"余论"，表示个人对"多余人"研究只是留下了竹头木屑而已，还有待于更深层探讨。刘先生的建议，不只是避免了开头和结尾两个"述"字的重复，也免去了非学术的标题，重在"论"，而不是"述"。

最后刘先生恳切地说："现已进入读图时代，我们不随波逐流，但也不可小觑图的力量，做得适度，效果会倍增。"所以，他建议把普查出的世界各国的"多余人"做成画面，让人一目了然。

这个提议确实很有创意，但完成很艰难。最后我绞尽脑汁绘出个像燃烧火苗似的锥形图，以"维特"为中心向四面辐射。因为德国的"维特热"产生于18世纪末，其"热"传导到19世纪初，法国出现了"世纪儿"，英国出现了"拜伦式"，俄国出现了"多余人"；而到20世纪前半叶，不中断地在英、法、德、日、中、美等国先后出现了不同代号的"多余人"。这样，世界近二百年间的"多余人"形象，构成了纵横交错的历史发展模式。基于对"多余人"的一般特征和基本性质的共识，基于一个群体和另一个群体的联系，完成了文学现象的"国际化"，实现了歌德最早提出的"世界文学"的梦想，同时也显示了中国文学介入世界文学的自觉意识，更打破了"欧洲中心论"。

我煞费苦心地绘出"多余人"之世界现象图示后，想传给刘先生指正，正巧又有两件事，可说喜从天降，便同时传给他分享。

我刚与北京出版社谈了出版事宜，东方出版社便电话约我面谈，编辑室主任黄金山同志年轻、精明，研究史学的，对目录一见如故，看得出他对"多余人"有浓厚的兴趣，书稿有一部分还没打字，他竟表示可以拿到出版社解决打字问题，当即就跟我签了出版合同。

更幸运的是，文化泰斗季羡林先生答应为小书写序，刘先生更觉意外，他曾想请季老题字，我自己也没料到季老允诺为"多余人"作序。因为出版社已在排版，我只好紧急打招呼还有个序，"留两页空"在最前面。

这事说来很巧，一天早上，我见新分来的刘博士提着酒瓶，说去看望自己博导的老朋友季先生，我顺便说了有人想请季老题字，也不揣冒昧地说能写序更好。刘博士知道"多余人"是我写的，当天晚上就告诉我季先生答应为"多余人"作序。原以为此事难于上青天，没想到会如此顺利。

我把上面这些令人喜不自胜的信息一一传给刘先生。三天后我收到回信，信中连说了几个"没想到"，说季老题字就一字千金，没想到竟作了千字的序，真是"多余人"幸运，是作者的福气。

刘先生很了解东方出版社是人民出版社里专门出学术著作的"副牌"，其实是求之难得的"正牌"。而且第一次面谈时，黄金山责编就建议把书名《"多余人"论稿》，改成《"多余人"论纲》，又是一字之差，"纲"比"稿"升华了内容和特点。

不久我拿到样书，最先给刘先生寄去，请这位为小书不遗余力的"助产士"，最先看到"丑小鸭"变成"白天鹅"后的风采。

刘先生表达祝贺之后，我以为这件事会告一段落，但他认为"书问世了"，可"世还得问书"。很快，刘先生便在他主编的《中国比较文学教学研究会通讯》1999 年第一期的"序跋"专栏，刊出了季羡林、乐黛云、陈惇等为比较文学写的 16 篇序，其中就有关于《"多余人"论纲》的两篇序，另外在"教材建设"栏中，刊出了 9 篇书的"后记"和"前言"，我为小书写的"后记"也刊在其中。

我知道自己的小书并不是比较文学著作，更不属于教材，但刘先生还是努力借着这个平台向世人推荐，这种不懈的托举、提携和奖掖，令我这样一个普通作者大为感动。最后刘先生提出把小书列为比较文学丛书，并给我寄来申请表，希望我填写，但我自觉不敢当，也实在不想再给刘先生添麻烦。

不仅如此，刘先生还把小书推荐给比较文学大家谢天振先生，我收到过谢先生的评价信。刘先生还在昌潍师专学报发表了《勇于探索颇具个性的学术研究——张伟教授〈"多余人"论纲〉读后》，凡此种种，可知他为让"世人知"小书而付出的心力。

永 远 燃 烧

刘先生对我毕力相助，这种学术友谊常使我内心燃烧着感激之情，并庆幸自己成了稀罕的走运者。

但因为自己不是搞比较文学的，之后也没有机会再与刘先生见面或参与比较文学界活动，时光匆匆，与刘先生交往近 20 载，翰墨洇洇留下数封信，但对刘先生在学界的具体贡献和影响知之甚少，也没想去溯流求源。

直到读了刘先生的一本书，才真正对他有了一些了解。2012 年末，我收到了刘先生刚出版的大作《刘献彪与新时期比较文学》，还附有为此书首发式作报道的《潍坊学院报》的复印件。学报上的大标题是：《刘献彪：中国比较文学守望者》，报道中写道："有这样一个人，他对学术研究倾注了毕生的心血，他将传播文化视为必行的职责。岁月折弯了他的背，而他的身影和形象却因为他所钟爱的事业而愈加挺拔。他就是潍坊学院教授，中国比较文学教学研究会副会长刘献彪。"

歌德说，读一本好书，就是和高尚的人谈话。我如饥似渴地阅读完书与报，仿佛心灵受到了洗礼。

此书是当今比较文学教学团队中数位权威学者联合编写的。书中对刘教授治学经历、学术开拓和学者风采作了全面总结，特别强调刘先生的学术思想和学术精神在复兴比较文学中的独特作用，并将这种影响称之为"刘献彪现象"。

中国比较文学学会会长乐黛云先生和中国比较文学教学学会会长陈惇先生为该书作序，两位学界泰斗的权威评价，彰显了刘献彪先生对中国比较文学的复兴做出的巨大贡献，也有效地宣扬了"刘献彪现象"，这种榜样的力量将震撼无数教书育人的人的灵魂！

从书中了解到，刘先生是"半路出家"的"老"专家，这更令我惊奇。

很多年逾古稀的知识分子，其人生道路和学术追求大多历经坎坷和波折，刘先生亦是如此。他于1957年研究生毕业，并留校执教，他是新中国成立以来最早的中国现代文学研究生之一，可这高学历却使他更倒霉，被当成"反动权威"又批又斗。随后像只皮球被踢来踢去，最后被踢到刚成立的昌潍师范专科学校。他本是该校仅有的一名讲师，却不被准许进课堂，而是被推到本校函授部门。后来虽具备教授资格，却连副教授也没有评上，1982年，昆明召开全国高等师范外国文学教学研究会，他是会前被推选的会长，但单位以他不是外国文学教师为由，断然拒绝大会对他的邀请。

虽然中断了教学和学术研究十几年，蹉跎了他的前半生，但并没能熄灭他的科研之火。

中国比较文学从起步、发展到复兴，历经了百年，刘先生是于20世纪70年代末开始研究比较文学的，此时正处于中国比较文学复兴的起点。中国改革开放之初，刘先生已属知天命之年，要步入比较文学殿堂谈何容易，可刘先生却毫不犹豫地一步迈了进去，却也正因此才有了之后的那些传奇故事。

对此，我有体会，自己就是在近不惑之年带着无数的困惑改教新专业的，我所改的外国文学专业虽是毁灭后复活，但被毁灭之前已是成熟的学科，留有较丰富的资料，几种教材的译本和无数老前辈都健在，尽管如此，我还是犹豫了很久才接下此任务，而刘先生要转行的比较文学，却比我的要难多了，因此，我更加敬重他的勇气。

刘先生早在函授部门时，就主动承担起中国现当代文学和外国文学教材的编写工作，这种学识的积累和学科交叉的变通思维，使他初步领悟到了"比较"的观念和方法，于是他写出平生第一篇比较文学论文《论比较文学与中国现代文学研究的关系》（1980年），此文发表前得到季羡林和乐黛云老前辈的指导和鼓励，从那时起，他就被比较文学的魅力吸引着，在那种使命的召唤下，他终于从现代文学转向了比较文学，并以此安身立命。以50岁之身、20岁之心开始人生第二次创业，燃起的理想火焰竟永不熄灭，并在中国比较文学发展历史进程中"留"下了难以泯灭的印记，这就是有着传奇色彩的刘献彪，他如他的名字一样，为比较文学"献"出生命，其功绩也"彪"炳于史册。

刘先生全身心投入比较文学学科建设、教材编写及推广普及工作中，成为新时期比较文学忠诚的开创者、奠基者，奉献三十载的生命年华。

书中多篇回忆录中都提到刘先生的人生感言：

"我的骄傲和幸福是后半生，50岁左右起步，走上了传播和普及比较文学之路，让我享受着生命燃烧和铸炼的酸甜苦辣滋味。我是用燃烧的生命从事比较文学活动。"

"从50岁开始，我有一位'良师益友'，就是比较文学。她教我生活，教我做事处理各种问题要有比较文学的眼光、胸怀和姿态。"所以"在我身上有一条生命线，这条生命线与我同行，在我心脏中有根比较文学的血管，这血管与我同呼吸共命运，这就是生命的'守望'。"

为复兴比较文学，刘先生到了古稀之年仍孜孜以求不断有新作问世。他动情地说，"比较文学在我心中几十年如一日，成为我的五脏六腑，我的生命跟着比较文学转"，"为了比较文学，我永不退休"，"比较文学这位良师益友时刻都在鞭策激励我前进"。正因如此，刘先生言必谈比较文学，行不离比较文学，就像着了魔似的。

其实，刘先生本人才真正成了比较文学的"良师益友"。在比较文学无家可归的日子，"这个孩子不断地寻根，寻自己的归宿，在可有可无的边缘徘徊"，"危机说"伴随左右，"消亡说"不绝于耳，在褒贬、争议中，甚至是口诛笔伐中，比较文学踉踉跄跄前行，恰在此时，刘先生出现了，他无视各种阻力，拉住比较文学的手，迎着风雨向前走去。

刘先生深知，有教学，学科建设才有阵地和队伍。他先从自己单位昌潍师专做起，联合校内中文系和外语系教师成立了比较文学研究室，此举在国内师专中属"零"的突破；他还创立了"比较文学研究资料中心"，同时在校内开设比较文学选修课和讲座班，并筹划编写比较文学启蒙教材。不久，校内的比较文学课变成必修课，成了师专教学中的一朵奇花。2000 年，昌潍师专与他校合并，建立潍坊学院，刘先生在本院创立了全国学院系统第一个比较文学研究所。2004 年又在全国市级科学院系统创建了第一个"应用比较文学研究所"。

齐鲁大地上的昌潍师专升格为潍坊学院，占尽天时地利人和，成为开设和研究比较文学的龙头，凭一门学科的创建和发展极大地提升了自己的文化品位。潍坊学院的名字在中国比较文学界一度与北大、南大和川大相比也毫不逊色，而这一切都与刘献彪的名字联系在一起。

原本产生在欧美高等院校的学科，也能在中国最基层学校生根、发芽、开花、结果，这是刘先生对中国乃至世界比较文学所作的独特贡献。他还以潍坊学院为根据地，把比较文学辐射到了全国高校。

1985 年中国比较文学学会成立以来，昌潍师专是全国唯一的专科层次院校发起邀请的单位。从 1995 年到 2008 年，刘先生筹备主持召开了四次大型会议。在烟台召开了"中国比较文学教学研讨会，暨首届比较文学教学、教材学术研究会"，在潍坊召开了"新世纪比较文学学科建设学术研讨会"，在临朐召开了"全国首届比较文学普及学术研讨会"，在威海召开了"全国比较文学与世界文学教材学术研讨会"。为筹办大规模的学术研讨会，刘先生一直在一线奔波劳作，时常面临资金短缺、人气不足的困境，但为播撒比较文学的火种，他到处"求神拜佛"。

连续召开的会议，将中国比较文学推向高潮，潍坊学院的名字也载入了中国比较文学发展史，成了比较文学研究的响当当的品牌，尤其是学科史研究、教学研究和普及研究处于全国领先地位。到了新世纪，潍坊学院的比较文学、外国文学、西方文论和中西文化比较四门课，被山东省教育厅评为"山东精品课"，潍坊学院成为省里最早拥有精品课程的学校。

刘先生认为研究是大学的灵魂，专教书而不研究，那所教的必定毫无进步，所以要以教学带科研，以科研促教学。一门新学科的科学研究更是促学科得以发展的催化剂，也是提高师资素质的有效途径。

从 20 世纪 80 年代开始，刘先生不仅在《中国现代文学研究丛刊》《中国比较文学》《齐鲁学刊》等重要刊物上发表数十篇论文，并不停地撰写和主编 20 多部著作:《鲁迅与中日文化交流》(1981)、《外国文学手册》(1984)、《比较文学及其在中国的兴起》(1986)、《比较文学自学手册》(1987)、《中国翻译文学史稿》(1989)、《简明比较文学教程》(2001)、《中国比较文学教学研究》(2004)、《新时期中国比较文学编年史稿》(2005)、《中学比较文学十讲》(2005)、《中外比较文学名著导读》(2005)、《新时期比较文学垦拓与建构》(2007)、《穿越比较文学的世纪空间——新时期比较文学教学 30 年》(2008) 等。

刘先生的这些科研成果，虽不是以"高、精、尖"见长，但都是在中国比较文学"青黄不接"时的填补空白之作，各部作品几乎都具有开拓意义。其中有中国比较文学复兴以来最早的学术著作、学科史著作、比较文学工具书和首部中学比较文学读本、首部中国比较文学教学研究著作。2005 年一年间，74 岁的老先生，奇迹般地主编推出三部大作。几十年来刘先生以坚韧不拔的精神不断为学科建设出谋划策，在比较文学的定位、知识体系、学科范式、人才培养、传播应用等方面都做了自己独立的思考和贡献，这份献身学术的赤子之心和坚持不懈的精卫精神，就是他抽象和概括的"学魂"。所以书中的评论者有人感慨，"当中国学者，以刘献彪的态度治学时，中国的学术研究会有新的飞跃。"

从上面等身的著作中，我们发现刘先生最突出的特点是，他将文学从传统意义上的"精英学科"转化为"大众学科"，倾力推动比较文学的普及和应用，而且破天荒地提出"比较文学进中学课堂"的大胆设想。2002 年他主持召开了"首届全国中学比较文学普及既潍坊市中学语文教师学术研究会"。早在上世纪 80 年代，他就尝试到山东寿光和五莲等中学去讲座比较文学。他的主导思想是学术要回归大众，使人民大众受益才是重中之重，这种独特的思想使比较文学在中国有了广阔的空间和强大生命力，此后他又专为中学教学编写了《中学比较文学十讲》。刘先生一直奔波在第一线，耕耘在最底层，所以他自喻为"泥瓦匠"，这也正体现了他返璞归真的"草根"情怀。

在学界功利主义猖獗、浮躁之心日盛、一切都被量化的时代，学术的纯洁和威严受到了极大污染和挑战。而刘先生竟能做到学术和道德高度统一，以至纯的思想成为学术研究的典范。比较文学界的中坚力量联合为他著书立说就是最好的证明，书中的字里行间都流露出激动和敬慕，从不同的视角再现了刘先生的大善至爱的形象。

2015 年，我收到刘先生的一封信，长达 15 页，我这一生都没读过更没写过这么长的信。之前我把刚出版的纪实性随笔《姥姥的遗产》寄给了刘先生，他收到后读了一周，边读边写感想，书中每隔一两页就有个括号，里面写着"眼睛模糊，明日再读"。看到这字样，我很后悔，又心生敬慕。一位视力不清手还颤抖的老先生，在用心灵读它，并写下这么多的读书笔记！他在笔记中愤怒地揭露某些人已经被"物化""商化"，丧失了做人的尊严。看来这并不是他偶然的认识，而是面对物化的现实进行的哲学思考。信的最后，他说自己正在撰写"生老病死的尊严"，已进入到"命名、拟目录和写导论阶段"，书名为《现代死亡学论稿》，副标题是"刘献彪——一个普通比较文学'泥瓦匠'的公开遗嘱"。

读着这样的文字，我想起诗人王耀东所言：

"一个非凡的刘献彪，他在我眼前是一种视野，是一种高度，是我眼前的一叶江帆，我仿佛坐在一条船上，他就亮在我的眼前。"

三、无涯的教育人生

生命有限，焉能无涯！而才能之实发挥贡献到极致，"思想"又留在著述中，谁能断定其精神生命涯际在何方！

师者"故事"

座机电话响了，看号码便知对方同我一样是不会用手机联系的"老朽"，同新开门见山地说给我寄的书因"无此人"而返回了，他莫名地有些担心，因此立刻打电话询问。从他急促的语气中，我能体会出言外之意，安慰他之后建议他改用快递，第二天我收到一箱书。

几年前，我收到过同新的大作《中国国民党史纲》，书是精装帧上下卷，近七十万字，1991年初版，二十多年后承蒙人民出版社再版发行。这套书是同新研究国民党问题的巨著，在当时可谓独一无二。随着形势发展，这一学术成果愈显珍贵。同新主要研究国民党史、中华民国史和海峡两岸关系，在海内外享有很高学术声誉，主持了国家社科基金重点项目，完成了"祖国统一的历史道路"等各级各类科研课题，已正式出版的独立或合作完成的专著、教材十余部，发表论文百余篇。

今日收到的这箱书，我以为是整理出版的同新"文集"。可打开箱一看，竟出乎意料，里面的书有：《我的故事》一、二、三、四册，《时雨秋韵》上、下卷，最后一本近六百页厚重，书名《长弓杂谈》。见了这些书名，我有点愕然，难道史学家又成了文学家啦？

从书名即可看出，这一箱书，是一个人的"故事"，看来阅读这些"故事"不会很轻松。

我立刻电话告之"书箱收到"。还没等我表示祝贺和谢意，同新便抢着轻松扔出很沉重的一句："这是我为自己做的'骨灰盒'。"紧接着，他又笑着补充：

"盒里装的是为相知者留的晚年的'思想印记和纪念品'。"说完又哈哈大笑，他夫人抢过电话解释：

"他从 2009 年 7 月开始写，还常有课和外事活动，时断时续，到 2015 年写出 300 多万字，现在卧床不起啦，只能天天躺着度日，起来翻报纸就只能看标题了。"

听了这些话，我的心里不免产生丝丝的悲凉，有种离别之伤。"盒"里面装的"思想印记"既虚无又实在，虚无得不见人影，实在得浓缩其一生，这匠心独运的"纪念品"，包含着乐观、清醒和从容，这份对待人生的态度，让我油然感动，产生敬慕之情。

我好奇地先翻看每本书前铜版纸上的照片。在《我的故事》第一页，便看到了最初认识的同新，黑白照中的同新体型清瘦，衣衫朴素，面孔腼腆谦和，眼神若有所思，身材挺拔，像寒风中路边的白杨，显得格外的坚韧不屈。照片除了他与同学、家人和朋友的合影，更多的则是在校内外及全国各地演讲、做学术报告、开研讨会、接受采访和游风景区的留影共有二百来幅。当年的中学生早已体态丰满、微胖发福、满头白发，面容慈祥中有冷峻，微笑中有自信，神情从容、淡泊而矜持，眼神有洞察秋毫的睿智。

毫不夸张地说，这些照片连起来就是同新的人生经历，每张照片都是他人生"故事"的瞬间记录，而书中的文字则是人生"故事"的详尽的说明书。

我认识同新，还是刚上高中时，同新已高三，是学生会学习部长，我是他手下做杂事的一员，学生会干部都有点儿特长，学习部的成员都是"学霸"。同新对我这学妹像老大哥般和善。后来同新提前被中国人民大学录取，我们低年级学生对这位学长格外地顶礼膜拜。后来老同学聚会时常听到有关同新的佳话，说同新因撕"百丑图"大字报入狱挨打，老同学都为他忧心。改革开放初期，他是我们同学会会长，老师和同学来京就必聚，那之后，我与同新就没断联系。

现在看老同学的书，怀着敬佩充满着好奇。《我的故事》四部曲，从聚沙之年写到志学之年，再到弱冠之年，并逐渐走向壮丽的成年。《时雨秋韵》上下卷，书写的是成年后的累累硕果，以及晚年的功成名就。一本厚厚的"杂谈"，记录的都是在社会大舞台上的精彩瞬间。既有哲理思考，也有权威时评，时刻不忘一位教育者的责任和担当。

用"故事"连起来的"自传"，因"故事"的精彩绝妙，又有日记般详尽的描述，使情景曲折似长篇小说。读来竟觉不出它有多长。

由于同新具有诗人般的浪漫情怀和深厚的文字功底，在叙述"故事"时，他不时地赋诗狂歌。我好奇地查了《我的故事》第三册中就有70多首诗词，"故事"和"秋韵"中的诗词足可聚成一本"长弓诗集"，因为他的诗词多生情于景中，也可出本"游记"，相信也绝不逊色。

七本书，写的是一个人从"草根"到大学者的真实"故事"，但那也正是新中国第一代知识分子共同的成长经历，更是对新中国早期教育的历史回眸。因为"故事"中从不忘叙写当时政治、经济、社会文化等各方面的风云变幻。法国作家龚古尔兄弟曾坚持写作数十年，留下一部皇皇巨著——《日记》，多达 22 卷，记录着他们每天经历的及观察到的人物事件，这部作品，后来竟成为研究第二帝国和第三帝国时代法国社会生活，特别是文艺界生活的第一手材料。同新个人的思想印记，既是中国人民大学政治教育的发展史，也是一个时代的社会历史发展脉络。同新"故事"的大背景，也是我经历过的环境，所以能产生强烈的共鸣。

同新的"故事"，是至今我看到的同代人传记中最鲜活、最多姿多彩和最具规模的教育史诗，这些诗中，闪耀着学魂和师魂的光辉。

《时雨秋韵》上卷开头的那首"生命之歌"，显然是同新人生经历"四部曲"之后，诗意的自画像：

> 生命如同河里的流水，
> 也许它的源头只是半亩方塘，
> 而它一旦冲出山岗，
> 就会永不停歇向前奔淌。
> 她流过草原，
> 那里变成美丽田原或肥美牧场。
> 她流过山谷，
> 那里便有秀美风光。
> 有时她也在无奈地呜咽低声歌唱，
> 为了冲破前行障碍，
> 怒吼中粉身碎骨也奔向前方。
> 有时她潜流地下九曲十八弯，
> 也决不改变奔向大海的故乡。
> ……

流水的曲折和坚韧，象征了作者顽强的生命过程，回望六十多年的风雨兼程，每一段旅程都值得被洋洋洒洒地歌唱。

"生命之歌"，是歌唱的是教师的教育生命，那里有崇高的师魂！

开"山"之师

在我看来学者可以分三类，一类是"通才"型的，一类是"专家"型的，还有一类是"天才"型的。专家型的只整理自己专业信息，"通才"型的则贩卖很多专家的信息，只有天才型的才能既在自己的专业深耕，又能开拓出新领域，以异于常人的悟心和洞见给人以潜移默化的影响。同新的系列"故事"，特别从"杂谈"中可以看出，他虽自谦为"教书匠"，却是地地道道专业教学的拓荒先锋。

他那洋洋大观的"故事"，开了教书的头却望不到尾，好不容易跋涉到一本书的尾了，又在"秋"中开始了生命的另一"春"。他总有拓荒的勇气，并以天才学者独有的风范构建生命无限的价值。

他横溢的才华远在学生时代就开始显露，从小学到大学，他都是"优秀"的专业户。为庆祝新中国诞生，学校选拔优秀少先队员去北京参观，他这个少先队大队长理所当然被选中了，但最后因"口吃"而落选。谁也没想到，十几年后，这个"口吃"少年第一次走上大学讲台，面对150多名军官发表了"无产阶级战争观"的演讲，并且震惊四座，听课的一位将军竖起大拇指说"这才是人民大学的水平"。那年，同新25岁，初出茅庐竟成为人民大学教师的标杆，刚刚留校就初露锋芒，预示着他在未来的教育生涯中必将成为师之榜样。

念初中时，数学老师为启发学生思考常问"这道题怎么做"，"问张同新同学"。于是，他成了替老师答题的小先生。初三时，他被选为人民代表到县里开三天会，这可不是凡人能得的幸福。小升初因优秀保送，中考免试升高中，上大学被半保送提前录取，这就是同新开挂的学生时代。大学本科应念四年，他只念三年就提前留校执教，被军体教研室选去，走上课堂又头炮打响。

在军体教研室学军事技术当教练，他坚持上毛选培训班，可以说是持枪而没"投笔"，进过军营却没"从戎"，而是一直走在教书路上。"文革"时人民大学停办，他下乡劳动锻炼回来被分到北师院，在政治系教了七年毛选。

1978年人民大学复校。同新之前的授课内容与党史系挂钩，有厚实的理论根基。

党史系是人民大学四大名系之一。党史系重建四个教研室：中共党史、中国革命史、中国政治思想史和中国革命问题教研室。中国革命问题教研室是党史系的重中之重，它只给高年级开专题课，研究的就是低年级普修课中的"疑难"问题，没有相当的学术研究能力和成果是开不了专题课的。

革命大学中的政党课，"国民党问题"必须用最科学准确的事实，才能厘清最复杂的关系。一言以蔽之，"国民党问题"是中国革命问题教研室的"老大难问题"之一。

负责筹建"问题"教研室的彦奇先生招贤纳士，极力召唤同新加入，这也正合同新之意。在这个教研室，同新是最年轻的，又是新入行的，面对的全是老前辈。他下决心独辟路径，不再当"螺丝钉"等着领导来"钉位置"。

于是他根据自己之前的教学所得，分析出中国近代史研究中有个薄弱环节，即从1927年到1932年五年中的政局，还没有一部著作能把它说清楚，而这个问题又关系到中国近代史研究的全局。他认为把这个问题弄清楚，能解开以往自己讲课中的疑惑，也能准确理解《毛选》四卷中许多深层的理论问题。从这里出发，上可以追溯到国民党的老根，下又能帮助理解新中国诞生的必然性。于是他自主地选择"国民党新军阀混战"这个课题为突破口。虽然那时已过不惑之年，但志不可夺，他要抢回失去的十年，奋力追赶，哪怕任重道远。

他首先查书籍，再查阅从书报刊，单单是北京西城区后库的旧报刊就有2800多种，党史系原资料室的"中国政治思想史资料汇编"，一直在长眠，也被他第一次唤醒细查。之后，他访问健在的知情老前辈，前后与23位老前辈倾心交谈。接下来就是进行实地考察，他走访了事情发生地，记录了各种传闻轶事，并反复核对相近说法中的真伪。

两年中，为这个课题，他纪录了几百万字的素材，留下30多本笔记，整整占据了书架上一个格，这些资料至今还整齐保存在书架上。挖掘材料繁琐费时，而从这些矿藏里炼出思想并成为教材，更是难上加难。对相同材料反复比较去伪存真，这只是冶炼的第一道工序，之后还要再找出经纬之间的关联，这样才能最后确认其使用价值并形成观点，最后进入教材。

从1978年10月开题，到1980年末，两年的时间，同新便把要开课的第一本讲义写出来了。1981年初，同新打印出上下两册约35万字的教材，分送给前辈指教。

讲义打印后，专题课就开讲了，但这个课题的研究还在继续。专题课从本系讲到全校，从校内讲到校外，从北京讲到全国，很快便成了学界有名的课程了。

1982年8月，中国现代史学会邀请同新参加年度教学和学术研究会，会议在厦门大学召开，同新在大会上发言，尖锐指出一些讲不清的问题，或者把错的当正确地讲，并说明产生这些弊端的根源。听完他的报告后，现场讨论格外热烈，他的发言引起学员浓厚兴趣，登门拜访的人应接不暇。出版社正在对《国民党新军阀混战史略》一书进行编审，在会场看到同新演讲引起的反响，觉得自己选对了题目。一个月后，西北大学举办第一次全国高校历史教师讲习班，讲课的教师都是老前辈，比同新大十几甚至二十岁，只有同新是45岁的小字辈，但讲课的实际效果却非常好。他讲完课后，讲习班负责人立刻代表学员来跟同新谈，说学员强烈要求他增加课时，讲得越详细越好，讲习班决定延长两天时间。讲习班领导正与同新说着，又有几个学员来恳请教师延长授课时间，还明确地说自己返程票都延期了。同新也只能改变返回行程，依学生要求，连续讲了三天半课，最后半天答疑，学生心甘情愿连续听了30多个小时的课。学员向他索要讲稿，他说没有，只带着脑袋来的，但告诉学员几个月后书将出版，讲课内容书上没有的，他回去整理好寄给他们。

一个教师上课时，是带着他的全部阅读史讲授的，这样才能使课讲得深入浅出。

同新上课从来不带讲稿，只是腹中有个提纲，一直面对学生，连口水都不喝，一气呵成，最后再留几分钟让学生提问，能这样做，就是因为内容早已烂熟于心。好的教师就是有脚的书橱，经传子史，无不精通，所以，教书"家"教一辈子书，总有不同的"讲义"。而有的教师讲一辈子课，还是一纸发黄的讲义，每次课都抱着讲义念。教书"家"从来都是有创意的，并对前沿信息保持高度敏感，总能对课堂内容进行及时补充。

《国民党新军阀混战史略》很快公开出版了，在改革开放初期，这类书算是出版界的头一本，因此很快引起了有关方面的关注，书也成了人大图书馆借阅率最高的书，书皮很快翻烂了。这种"热"在同行中持续不断，特别是引起了专业教师的浓厚兴趣。书出版三十年后，同新突然收到江苏常州陌生人寄的快递，他奇怪地拆开，竟是1982年出版的《国民党新军阀混战史略》，还附有短信，说对国民党初期的历史终于有了全面了解，读皇皇巨著后"心神清爽，受益匪浅"，托付鸿雁，奉上尊著，敬请题词。其实同新看到陌生读者说"心神清爽"，他自己也如三伏天吃了冰淇淋一样更爽，并自谦三十年后还有人看这"习作"，更觉那几年的辛苦之路走得值。

2011年，《国民党新军阀混战史略》由人民出版社再版发行，这是对同新的再次肯定。

首个课题刚完成，系领导就安排同新整理《冯玉祥日记》。从此他在三年中六次去南京档案馆，抄写整理冯玉祥1922年到1948年的全部日记，最终《冯玉祥日记》五卷本公开出版。

冯玉祥哪里知道，抄写整理他日记的人，日后写出的自传体"故事"竟有七卷之多。读同新"故事"时，我多次猜想，他整理冯玉祥日记的经历，一定强化了他自己写日记的习惯，不然"故事"中记录的多少年前的事情，怎么能精确到几点几分呢？而且他在上课的同时还能写出三百多万字的有"韵"的"故事"，年均写五十多万字，可谓是神速。

整理抄写《冯玉祥日记》的同时，同新不停地考虑第二个宏大的科研选题，即"中国国民党史"。首选其中的分课题是"蒋汪合作的国民政府"，这个分课题虽然从没有人提过，同新却认定了这个题目，为此他特意去杭州寻找1932年1月蒋介石与汪精卫密谈的地点——烟霞洞，想要探究当年报纸上揭露的史实是否准确。

在当地熟人的指点下，同新找到了烟霞洞。烟霞洞在山上，洞不大，内有佛像，山上有院落，院内有一阁很简陋，他认为蒋汪若深夜密谈，这里却不是适合之地。四下望去，见山下有处别墅院落，掩盖在绿树之下，周边环境幽静，在此处秘密谈论政海之事，也算煞费苦心了。

正是因为如此，他才相信了当年的时事报道和评论是真实的，虽然档案馆里没有记载。

要知道，这只是同新"国民党史纲"巨著的一个专题里的小小细节，但他却愿意耗时费力地去实地考察，而全书需要调查核实的地方很多，这将付出多少心血和时间。

为完成国民党史纲这一巨型课题，同新从"蒋汪合作"分题入手，先后完成多个专题研究，从立项到结项，足足用了十多年时间，才终于在1991年出版了《中国国民党史纲》，20年后人民出版社再版，我得到的是新版。

讲学与"游学"

同新自称是讲"经"的"游方僧"。我认为"讲"经是"付出"，而"游方"是"获得"；将"获得"化为"付出"，这是同新教育思维的无限升华。

在"七十感怀"一文中，同新说自己"更幸运的事，那就是我当了一辈子教书匠，而没有选择其他职业"。

他一生殚精毕力，不知疲倦，倾其所有为教学拓荒开疆，一步步脚踏实地往前走，不断地超越前辈同行，以独特的教风成为三尺讲台上的传奇先生，但他低调地看待自己的一生。

要知道，同新50岁时就已是疾病缠身，医生确诊为脑动脉硬化，周身动脉也硬化，又有高血压、心脏病，期前收缩（即早搏）严重，要经常跑医院，天天吃药。但他觉得自己年岁不大，只要注意调节，加强锻炼，就没有问题，生命是顽强的，坚持就是胜利。每次到外面去讲学，他都一副精神矍铄的样子，为的就是不给接待单位添麻烦，但一回到家就会原形毕露。就这样带着病痛，奋斗到"七十感怀"时，他还坚信生命不息，运动不止，并乐观地自励"苟日新，日日新，又日新"就是"同新"，还把一批批成材的学生也看成是自己的"新生"，决心老牛拉车，前行不止。73岁后他仍到外地讲"经"，也接受中外记者采访，在这期间，他还写出了300万字的"故事"。他不唯有超世之才，更有坚忍不拔之志，直到被无情疾病拖倒。

读同新的"故事"，我一直觉得像自己少年时读《钢铁是怎样炼成的》，那时被保尔的故事强烈地吸引着，保尔精神鼓励我闯过因"失明"和"肺结核"不能毕业的难关。为此几十年后，我在莫斯科大学执教期间，特地到莫斯科新处女地公墓，去拜谒创作出保尔形象的作家奥斯特洛夫斯基的冥灵，眼含泪水向作家献花鞠躬致谢。哪知在耄耋之年，又被眼前的"七卷集"里中国"保尔"博大的精神和钢铁意志，特别是对教育的忠肝义胆深深地感动。在比较中，我这教书匠倍感惭愧，盈眶的泪花促我写下同新的忠心贯日的师魂，习总书记说一个民族涌现出一批又一批好老师是民族的"希望"，同新正是这"希望"之灯塔。

孔子培养"三千"弟子，是在古代社会条件下，看同新25岁走上讲台到70岁教的学生数目：在校内最小课堂是几十人，外出讲学，大的课堂上千人，小的也有几百人。全国讲学已到过16个省，有的地方不只去一次，如二上黄山，三下广州，五到深圳，一个北京圈就有数不清的次数。讲学的单位有的是全国性学会，有的是省教委的培训班，有的是知名大学，还有省级党校、解放军院校。在校内"文革"前教过四届本科生，"文革"中在北师院教过五届工农兵学员。人大复校后，除给本系本科生授课外，还连续六年开全校选修课，听课最多时300人的课堂坐满。一言蔽之，从校内到校外，去的地域之多，听课学生身份之复杂，授课面之广，不用细算，教过的学生不知有多少个"三千"了。

终生从教的老师，在中国当今社会条件下，弟子"三千"应不稀罕，尤其是我国教育管理"大班"编制和年级合班授课制，极容易超"三千"。

但不同的是，同新的弟子布满全校全市全国。最重要的是同新第一次走上讲台，就能使将军竖起大拇指叫绝，之后一生的课越上越精妙绝伦，常使学生入神，一而再、再而三要求增时延课，这更是普通教师难享受到的殊荣。

由于历史原因，同新自知"三十"未有所立，"四十"还满脑子"惑"，所以人大1978年复校后，同新便迫不及待地展翅飞翔。为抢回失去的十年，他带着许多困惑，开始了"十年面壁"，奋起直追，把苦读过的和正在读的论著、报章、历史文献及对德高望重前辈拜访请教后获得的信息，通通糅合在一起，到了五十岁这个年龄，不仅补上了"四十"该不惑，还从容地达到了五十"知天命"。其实他四十四岁时出版了震惊业界的《国民党新军阀混战史略》，就填补了研究国民党史的空白，并开始筹划"国民党史纲"的重大课题里的分课题研究。改革开放初期，学界兴起"办班热""研讨会热"和"出书热"，在这"三热"中，同新成了风云人物。时势造了英雄，英雄也造了时势，"三热"互为因果，"办班"升温到"研讨"，"研讨"升级到"出书"；出了书的名气更大，也必常请去"研讨"，"讲学"就成了家常便饭。同新在"三热"中被推到了前端，格外辛苦忙碌，成了"热"中之热。

看他50岁那年外出的授课情况，便知他有多"热"了。那年5月29日上午，在成都，华西医大（现四川大学华西医学中心）开办"政治理论课培训班"，从5月29日到6月2日，同新一直忙于讲课，接待来访，直到6月3日脚伤不妨碍走路了，才看看校园风景，去峨眉礼佛，去乐山游江，晚上便返回人大上课，又忙了一个月。暑期，辽宁党史学会在大连水产学院（现大连海洋大学）举办中国革命史教师培训班，7月28日开始，他连讲了5次课。8月4日又乘船赶赴青岛，那里有两个讲习班，一个是山东党史学会举办的讲习班，一个是青岛市委党校举办的"中国现代史学会"讲习班，在这两个班上讲课的先生都是比同新大十多岁的前辈。在青岛讲了五天课后，又于9月6日去开封河南大学，为历史系研究生讲课两周。紧接着，9月20日河南省党校又邀他去开半天座谈会。返回单位便追补系内外串的课。10月11日在南京开研讨会结束，直接应邀去华师大、上海师大和上海教育学院分别讲课。结束17天的课程回到家便病倒了。设身处地想，这样马不停蹄赶路，出去就是讲学，回校就是上课，就是青壮年也要叫苦不迭，何尝是年过半百、用药和意志撑着的人啊！

而且同新这位文化精英，在讲学中，既有维护传统文化的责任心，又有修正不合理规则的勇气，所以，他虽授课讲学日程满满，但发言和报告从来都是有创见的。1993年11月14日，他二去广州出席全国统战理论研讨会，这是高规格的研讨会。会前他先提交了论文，到会后又通知有他发言。同新觉得不该重复所交论文内容，翻了参会者交的百余篇论文后，有了自己的想法，便写下个提纲。大会规定发言不超15分钟。同新把提纲的思路装入脑中，像往常授课一样，面对参会者侃侃而谈。14分钟发言毕，会议主持向同新索要发言稿时说："如果大会发言都像你这样讲，那研讨会可就精彩了。你讲的都是我们没想到的，交的论文里也没有，不留下可惜了，请把讲稿给我们留下。"同新只能给个提纲，好在大会还有录音。

同新是一个真正的学者，他充分利用"黄昏"人扎实的理论功底、深邃的思考、独特的判断力和广博的知识面，从全局出发，既掌握宏观，又兼顾微观，既能发现空白，又能弥补短板。

75岁高龄的同新，还应邀赴重庆西南大学给研究生讲"中国百年复兴路"。他不仅去台湾政治大学参加过纪念抗日战争50周年学术研讨会，还首先在党史系开设了"一国两制和国家统一"的专题课。他本人是"对台宣传专家组"成员，"宣讲"首先是从他这里开始的，仅在东北地区就有几十个单位请他讲"两岸"。

"秋韵"吟罢，我还期待有续音，尽管那是"冬曲"。"冬曲"不仅是冬天的颂歌，还应是迎春曲，如果自然规律能使同新生命正常运转，"心想事成"的奇迹是可能发生的。

除了西藏和内蒙古，大部分地区同新都去过了。每次出行不是讲学，就是学术交流，单独旅行从未有过。这样的"付出"，对同新来说是特别的"享受"。

所有主办单位办班和开研讨会，都会煞费苦心地选取办会地点，同新出席的会议，又都是相当高的规格，常有省级甚至国家级官员出席，因此，组织旅游就成为会议必有的日程。去西安开会，定参观秦陵、兵马俑和华清池；去武汉开会必观黄鹤楼和游三峡；去郑州开会必去南街村的"人民公社"；去石家庄开会必观黄河大堤，去成都必观都江堰、乐山大佛和杜甫草堂；去南昌开会要登庐山，去东南要游苏杭，去福州去敬妈祖，北上沈阳游沈阳故宫，不一而足，讲学研讨到哪里就游到哪里。看同新"故事"中的景区，百分之九十我都没去过，因为他描写的生动细腻，又触景生情，我也好像跟着旅游补课了。他游到哪就抒情到哪，这位搞社会科学的大师又兼有文人才华，使他的"游记"非常耐读。

同新也从不会放过自游机会，总会抓住空隙时间自选游览项目的。他为整理冯玉祥日记曾六下南京，南京这座城是个立体的百科全书，有探不完的宝藏。他与同伴二下南京时，利用几个星期日不能进馆工作的时机，开始了"跨时代参观金陵"之旅。第一个周日参观"瞻园"，了解太平天国的历史，这里有明朝建的太平天国纪念馆；又一个星期日，参观南京政府的"总统府"，这是国民党统治时期的神秘之地，原是太平天国的王府改建的；之后的周日，先后参观崇正书院的"石头城""梅园新村"和"夫子庙"。有趣的是，同新眼看耳听脑想手就写，不只形象逼真地描写参观的景物，而且怀古感今，诗词歌赋不断。如果外出，在可能的情况下，谁也不会放弃到附近风景区一游的机会。我到新疆上课后想去喀什，主办单位校长不同意，说乌鲁木齐到喀什经过大沙漠，怕有危险，又不是集体行动，我再三恳求，校长才批准了，但费用需要我自理。火车在渺无人烟的沙漠上走了一天，我才理解彭加木考察时面临的险境。但喀什不是传说中的"见汉人就杀"，我独自一人大摇大摆地去了张骞公园并到清真寺凭吊了文成公主，还到喀什师院逛了一圈。从乌鲁木齐返回北京的路上，我在中途下车，去敦煌巡礼。

讲学研讨四方，云游八方。古代的"游学"似是今日之"留学"，到外地或外国去学习；我这里的"游"是到奇山异水中陶冶性情、深入学习。游中舒展情怀，收获是千差万别的，同新总是不失时机地考察与专业相关的事件发生地。去杭州时，他想办法考察 1932 年 1 月蒋介石与汪精卫秘密会谈的烟霞洞，连当地人都不知这地方，他却千辛万苦找到了。还借机去溪口镇上，考察蒋母墓上的碑文。去广州先拜访孙中山故居翠亨林，考察后才跟同行者游珠江三角洲。在台湾开会，不只参观那里的台北故宫博物院，还有蒋介石的工作室。这些与研究国民党史有千丝万缕联系的地方，他从不放过。

当然游中也非常关注当地的风土人情和民俗，特别是改革开放以来发生巨大变化的深圳和珠三角等地的新貌。

还有"游学"中利用各种机会不断地结交挚友，取长补短，虚心请教，也结交诤友，在这一点上，"游学"真正恢复了古时的含义。授课和研讨中结交的友人，都是靠心灵共鸣，没有一点儿功利色彩。

"故事"中因游览写下的文字，让人想到《徐霞客游记》。徐霞客

22 岁起正式出游，之后的绝大部分时间都在旅途考察，足迹遍及如今的 21 个省、市、自治区，达到前人所未达之处，了解到前人所未知之事，写出 60 万字游记。

同新只有两个自治区未去，殚精毕力教了 50 多年的书，学术著作等身，拖着病体还笔走龙蛇，写下 300 多万字"学"与"教"、"教"与"游"的"故事"。姑且不算他"故事"之外的理论著作和论文，只纪录三山五岳、大江大河、名胜古迹和风土人情的文字在"故事"中远超 50 万字以上。以他游河南"百泉村"为例，他阅读冯玉祥日记原稿知道，1929 年蒋冯之战冯玉祥住过"百泉村"，就一直想去百泉村一游。29 年后机会来了，不到三个小时，他就写下一万五千字以上的游记。其中写到一个孔庙，从孔丘开启民办教育，说到袁世凯、徐世昌等人参拜和后来重修孔庙，又写到康熙皇帝为母亲修的"万寿阁"，在这历史悠久典故丰收的地方写出了万余字，可以说他讲学研讨到哪，就游到哪，游到哪就纪录到哪，最后积沙成塔写成了大部头的游记。

爱是师之王道

当传道授业解惑真正成为师魂，教师必是自由教室中的"王者"，而爱则是师之王道，必将成就教师传奇的教育生涯。

同新能坚守最初的"螺丝钉"的教书岗位，而且"钉"得越来越牢，初心终生不改，他不断"拒绝"再当其他岗位的"螺丝钉"。通常情况下，因"螺丝钉"干得出色，又才华横溢，常常会被调换到别的岗位上，而新的岗位又很有诱惑力，非常考验一个人的初心。

同新从中国人民大学毕业后，先是"钉"到了军事体育教研室教师岗位上，虽说在专业上有些纠结，但好在是教师编制，后来在专业上又有了选择的机会，他才如愿以偿地"钉"在了教师岗位上，并且"钉"了一辈子。

若不是他不断地"拒绝"，随时都可能调离教书的岗位。人大停办，他被分配到北京师院，刚干了一年"人宣队"工作，上级就让他做行政带头人，他谢绝了好意。

在北京师院的几年里，他有过几次工作调动的机会，但他却坚持去政治系当了教员。

后来北京市体委请他去筹建射击运动学校（他曾获得过"一级射击运动员"荣誉），他毫不犹豫地拒了。没过几天市体委又来请他去担任要职，他还是不加思索地拒了。

既博学多才又崇尚气节的同新，终生不仕地"钉"在教书岗位上，不改初心。心心在一艺，其艺必工，心心在一职，其职必举。倾一生的时光和精力，倾一生的思维和智慧，去做好一项研究，同新做好一项服务，同新做到了极致。

同新教到 65 岁，办理退休手续后又返聘 11 年，直到 76 岁送走最后两名博士生，他才停下教学的脚步，但讲学的余波还在。他认为"自己是痴迷心窍的教书匠，永远不会退休"。退休后，外地仍时常发函邀请他去讲学，他便厚着脸皮去系里找领导资助路费，按时进课堂。中国文科学者至今还没设立"院士制"，大学教授也没有终身制，如果有，就不至于"厚着脸皮求人"了，科研立项也不会烦琐得有填不完的表。坚守是一种高贵的品格，也是成功之道，有才华的人半途而废，多是缺乏坚守的"钉子"精神。"钉子"精神的核心是爱，而对教师职业的"爱"，会使人在传道授业解惑中，最终成为自由教室中的"王者"。

教师这一职业看起来平常，却有特殊性，同新认为，想成为一名合格的教师，必须具备三个条件：为人师表，广博的知识及丰富的阅历。

教师传道，授课是最起码的职责和形式，口头表达能力是教师能胜任职责的第一能力，而口头表达的基础便是学识的积累，学识的积累是无止境的，活到老学到老的。他要求自己要达到举一反三的地步，也要求学生如此。同新学生时代是学霸，参加工作早期利用各种机会加固自己的基石，在扩大知识面中发现兴趣又发酵兴趣，所以他进入"问题"教研室后，是因为在兴趣中发现"空白"，又用独创性研究填补"空白"，他每堂课都是以学术成果做后盾。

精彩的授课并不是一蹴而就的。同新第一次上讲台就使将军吃惊，那是因为他有几年的毛泽东军事理论的研究基础。但他在接受赞美的同时却发现自己的两个问题：一是轻度"口吃"，这妨碍他顺畅地表达内容。拜登"口吃"，本是从政的软肋，可他不气馁，选择直面弱点，反而赢得了民众的好感。同新也千方百计地克服改进，把难发音的词换掉，同时加强语调的抑扬顿挫。他试着把讲义中的"字"化成口头语言，使学生把听课当成"艺术享受"。就这样越讲越神，不论遇到什么听课对象，他都能讲得"随心所欲"。学生感到听他的课有趣，心甘情愿喜气洋洋走入他的课堂。

第二个问题就是内容讲不完，两节课都会超时，这不规范。经过他多方努力，渐渐的，再上课就会一气呵成，中间不喝一口水，也不看表，最后还能给学生留两分钟提问时间。

一个合格的大学教师，不是看了很多书就有学问，能读还必须能写，有自己专业前沿或空白领域的科研成果。在大学，教书育人是第一要务，科研是教育的有力补充。但现在变成"科研第一"，我认为是错误的想法。科研为教学服务，有了成果，还要克服学究气，这样的教师才是全材。

亦师亦友，教学相长，是中国古代教育传下来的瑰宝。同新这位孔夫子的传人，在一生教学中始终对这一教育理念坚持不懈。

人大是从革命战争的风火中诞生的，新中国创办的新型大学，有独特的校风，志存高远，以探求知识和真理为主要目标。其前身陕北公学的师生关系是同志加兄弟，这样的传统校风有利于实践亦师亦友的教育理念。

同新 1987 年开始指导硕士研究生，1996 年指导博士生，为研究生开设四门课："中国国民党史研究""中国政党研究""中国统一战线研究"和"'一国两制'与海峡两岸关系研究"。指导的研究生多是中国学生，还有日本和朝鲜的。给研究生授课，以学生为主体强调独立思考，自学为主，讨论专业性问题"无禁区"，不强调学生一定同意自己的观点，坚持学术民主化。

规定每两周，研究生单独到同新家面谈研究方向，讨论课题的重点难点并交流对相关学术信息的看法，师生间敞开心扉毫无保留。因人而异把好选题关，不符合学术规范的不选。坚决把住论文写作关，围绕论题阅读文献、搜集资料、参与辩难，最终完成研究报告，对论文全过程审阅、修改和检查，必须达到将来提升成著作的可能才放手。

指导学生论文时，不仅指出错处，引导学生自己改错，还常发现学生的长处和自己的弱点。所以他认为学生论义是师生合作的结果，也是师生相互学习取长补短的过程。

培养研究生，纯属"精英教育"，选拔严格，规模小，师生真正做到面对面相互交流，敞开心扉，共同窥探问题，反省、质疑、构建学术远景，发展研究兴趣。这样的授业准则和为师之道，自然使自己生活在桃李园中，永远有学生的关爱。他甚至很自豪地写出："男生如同吾子，女生如同吾女，不论走到哪里，都子子孙孙满堂"，什么"夕阳""暮年"都丢在脑后，顺其自然，其乐无穷，并高呼："教师光荣"！"教师万岁"！

同新对教职的爱，对专业的爱，都倾注在对学生的爱中，构成一团火焰熊熊燃烧，生命如此灿烂，吾感万千，吾写下《长弓之歌》遥对他的《人生之歌》。

显然，"长弓"是同新将自己的"张"姓拆开而取的别名，我推想这个别名有"长工"之意，是自己坚守的教育岗位的"长工"，是自己孺子牛般永不退休的"长工"。

《长弓之歌》：

普通的人生是块砖，长弓的人生是砖垒的宫殿；

普通的人生是草原，长弓的人生是草中的花冠；

普通的人生是地上的群山，长弓的人生是群山之巅；

普通的人生如小溪，长弓的人生是入海的河川；

普通的人生如一叶小舟，长弓的人生是领航舰；

普通的人生平平淡淡，长弓的人生贡献超凡，无限灿烂。

如果说同新的《生命之歌》，主要是歌唱他生命的过程，那么我的《长弓之歌》便是歌颂他"生命过程"的无限结果。我们知道，《红高粱》中罗汉酿出的红高粱酒，是活着的，日日生长，是有灵性的，直到十八里飘香；同新教书亦是如此，他的师魂，不仅活跃在他的著作和"故事"中，也活跃在他教过的学生的心中，活在中国教育的课堂中。美国教育家杜威说教育即是生活，生活即是教育，同新的一生就是教书生活，而教书生活就是他无边的教育生涯。

四、幕后"师"王

"如果一个人经过'最大'的努力,能'最大'限度满足他人、社会对他提出的要求时,他就体现了'最大'的人生价值。"这是全国教育电视节目制作联合体艺术总监(兼)陈旭先生的人生感言,其中的三个"最大"的幕后沉淀着"最"美的创业故事,因此,他被业界传奇般称为"打了样,立了碑"的"幕后师王"。

初 露 锋 芒

——《故宫博物院》

电教人自知为教学现代化开疆拓土是自己的天职。因此,吉林省电教馆专程拍摄了纪录片《故宫博物院》,目的明确地为中学语文课堂辅助教学用,破天荒地改革了中学语文教学单一讲授的形式。

1982 年秋,吉林省电教馆开全国电教系统先河,与日本索尼公司联合举办技术交流会。改革开放初期,索尼产品在国内还很难买到,吉林省电教馆的行家们,毫不犹豫地留下交流会上展出的所有索尼电器，省政府为此特批 40 万美元费用。会前省电教馆要到国家进出口公司办理批件，估计办下来困难，特派电教馆陈旭老师出征，可以说这是刘备派诸葛亮去打曹操，一出茅庐，果真万无一失，几经磨难很快拿到了批件，日夜兼程赶回长春，按章办事，技术交流会后这批索尼产品入吉林省电教馆，其中的影视设备，一跃优居全国电教系统前列。

领导把索尼电器仓库钥匙放心地交给陈旭。信任产生动力，法国学者帕斯卡尔说："人的最高尊严，在于思想，思想常生出责任的动力。"陈旭面对这物华天宝，怎能不思考物尽所用，只有人尽其责，物才能尽其所用。他想到中学语文课本上的"故宫博物院"，北京以外的学生，特别是农村学生，根本没有机会参观故宫，如果老师授课时能有"故宫"的录像配合，学生有身临其境之感，肯定不仅记忆深刻，还能发酵出有趣的思考。

陈旭老师这种想法，我有偶然的体会也有必然的"实践"，偶然的体会至今还记得。那是上初中时开学典礼上，学校为新生放映黑白影片《鸡毛信》。我和绝大多数同学一样，是有生以来第一次看电影。很巧的是没过几天，初一语文课本上有"鸡毛信"一文，那堂课老师讲得激情四溢，我听得津津有味。一年后的寒假，我想转学回姥姥家附近的镇上中学，情急之下给姥姥写信"快来接我"，我仿照《鸡毛信》电影中的情节，在信封背面写上"万万火急"，在信封右上角也插根"鸡羽翎"。果然信发出四天后，姥姥便从北大荒农村来到辽宁山沟接我，可谓神速，无疑是我的"鸡毛信"催邮递员立了功，至今我感念电影把"鸡毛信"的故事镌刻在我记忆深处。可惜当年只是偶然巧合享受一次。所谓必然的"实践"，是几十年后我教外国文学课，也总要按常规向学校电教部门报批观看外国文学名著改编成的电影，每次学生看了电影之后我再讲名著，课堂都会格外活跃，可惜改编成电影的名著还是少之又少。

由此可见，陈旭老师身在电教馆，面向中小学基层教育，备感自己责任之重，他把自己的想法同馆领导商量后，领导立即派得力人员进京沟通，故宫领导听说是为中学语文教学所用，欣然允诺给孩子们拍电影。

陈老师立刻开始搜集故宫的相关文字资料和图片，并逐字逐句地研读语文课本上的"故宫"，搜章摘句地赶写出拍摄策划方案和分镜头脚本，既重点照顾课文，又为渴望了解故宫的人进行科普性宣传。

不久，陈老师率拍摄成员，奔赴京城，住在北师大。故宫每天专为摄制组提前一小时开门，还派专人协助维持秩序，以防游客干扰拍摄。

拍摄过程中，陈老师不辞辛苦地指挥调度，每个镜头拍摄的方位、角度、光线和背景的取舍，他都精心设计和安排布置，反复调整，才最后定夺开机。就这样，终于把宫内的太和殿、中和殿、保和殿、御花园和角楼等庄严肃穆的古建筑一一收入镜头，成为影视中的无价之"故宫"。

摄制组夙兴夜寐，披星戴月，有时顶风路餐，生活十分艰苦。但强将手下无弱兵，在陈旭老师带领下，摄制组的人员都尽心尽责。尤其感人的是，司机也自告奋勇担当起扛沉重监视器的任务，几十斤重的监视器，从殿内到殿外，台上台下扛来扛去，肩头红肿毫无怨言。单位领导来京看望时，很心疼地给每个人装备上帽子、鞋子和手套以示慰问。摄制组在故宫奋战 47 天，每个镜头都反复琢磨，精雕细刻，最终完成了拍摄、编辑和配音，大功告成。

这部纪录片除请故宫博物院院长为本片顾问外，还请大书法家启功题写了片名。启功老先生非常平易近人，自研香墨，提笔挥毫，书写下了"故宫博物院"五个大字，墨迹遒劲，造微入妙，使纪录片锦上添花。

《故宫博物院》的片子一经播放，教语文"故宫"篇的教师万分欣喜，听课的学生乐得手舞足蹈，高喊"咱也神游故宫了"，"故宫太壮观了！我要去故宫！"

业内同行也预言似地惊呼，这"一花独放，必引来百花盛开"；中央台连播三次；电教馆领导没想到这位刚调来一年的物理教师陈旭，竟有如此的能量和智慧，为电教工作开辟了新路，做出了榜样。

其实，这一处女作，是陈旭老师积聚多年的梦想，自此开始，他一发而不可收也。

陈旭走向成功是有奠基石的。你看他那宽额凸颧的脸型和被风沙打磨的皮肤，就知道他来自马背民族；策马狂奔，铸造了他的勇敢和刚毅，无垠的草原，给了他宽厚善良的基因，祖先的勤劳和才智使他在工作中兢兢业业。而后，陈旭老师有了另一重身份——编导。

学生时期，陈旭一直是物理系学霸和学生活动的领袖，身边吸引了一群志同道合的伙伴。大学毕业分配之前，他就被持省教育厅特批文件的外语学校提前选拔走了。一到教书岗位，他就成了最受学生敬重的年轻老师，同事们都羡慕地说："陈旭老师一进教室，学生就高兴地鼓掌。"这可不是每位老师都能享受到的快乐。他成立的课外摄影小组，集合了学生中的摄影爱好者，我班上的"淘气神"大象，就是他的爱徒。半个世纪后，我们师生有幸在京相聚，陈导还不断说起当年的摄影趣事。

学习物理引发了陈旭摄影的兴趣，而这一兴趣又强化了他对物理学的应用。所谓干一行爱一行，陈导不仅爱上了摄影这一行，而且决心以最大努力干好所爱的这行，并且要干到最好。"最好"成了他永远的承诺。虽然他离开了三尺讲台，离开了学生，但没有离开教育大业，而是成了幕后的"王者"。

一鸣惊人

——《青蛙》

稻田和溪边的青蛙，凭阔嘴大眼，白天饱餐植物间的害虫，黄昏时还为辛劳一天的农夫催眠。科教片《青蛙》竟万能地随时现身于小学自然常识课堂上，开启孩子幻想的门扉，吸引他们飞向大自然的乐园。

《青蛙》这套科教片，当年在全国教育电视节目评比中，一枝独秀，被十七名评委全票通过，荣获国家教育委员会颁发的一等奖。

同时中央电教馆音像出版社也为此颁发了荣誉证书：

"由中央电教馆组织吉林省电教馆、图们电教馆编制的九年义务教育全日制小学自然教材《青蛙》，经国家教委中小学教材审定委员会通过，已由我社正式出版发行。撰稿：陈旭，编导：陈旭、朴成权。"

可见，陈旭编导的《青蛙》又获得了不菲的成绩。他首创拍摄的《故宫博物院》主要是为了配合本省的中学语文课本使用，只在省内引起业界关注，但《青蛙》却是根据中央电教馆的指示精神拍摄的，面向的是全国小学自然常识课堂，而且当时这是唯一由国家审定通过的电视教材，这套片子无疑又是首创，为此教育部主管电教的部长单独接见了陈旭编导，肯定他拍摄《青蛙》的"启示意义"并祝贺他获奖。

吉林省电教馆根据 1988 年中央电教馆昆明研讨会的要求，上报了"牙齿""沙和黏土"和"青蛙"三个选题，最后，最能出彩但拍摄难度最大的"青蛙"被批准了。他们明知山有虎，偏向虎山行，甘愿冒险拍摄这个题材；而之所以有这种不畏艰险的底气，也是因为之前他们拍摄过"林蛙养殖技术"，获得了社会的认可，基本掌握了蛙类的生活习性和拍摄的难点。但要针对小学自然常识课本，还必须以小学生能接受的程度拍摄，才能真正达到教育效果。

陈导决心做出精品。他深知精心未必能产生精品，但所有精品必是作者精心雕琢的产物，所以他全神贯注投入其中。

首先细嚼自然课本中"青蛙"的内容，确定片子要表达的主旨；接着广泛搜集阅读有关青蛙的资料，观看实物图片；再用发散性思维，去拜访著名的自然学科特级教师，请教生物专家，征求他们对拍片的建议和注意事项。最后陈导用自己习惯的思维模式，确定了拍摄内容：选取资料中和相关人建议的有益之处，在比较中高度聚焦，提炼出经典材料。

经过反复思考，他下笔如有神般拟出了"青蛙"的脚本。好的脚本是拍出好片子的大前提，陈导的脚本特别注重纪实性，跳出说教，向自然、真实、直接、生动上转变，挖掘出有趣细节，在悬念和设问中，让孩子不知不觉地思考和追问，直到最后很自然地说出："啊，原来如此呀！"

从儿童的简单思维出发，让他们自然地感知影片的情景，认识课本内容的真实性，并在疑问中有所思考和判断，这就是科教片的意义所在，培养学生的独立精神才是教育的真谛。科教片虽然代替不了课本，但它却能激发学生探索知识的欲望。

写好脚本，陈导选择与图们市电教馆合作，图们的地理条件最合适，这里是水稻的故乡，青蛙的乐园，那里的拍摄人员也很有积极性。

青蛙的习性是夜间活动，为方便拍摄人员熬夜蹲点，特意在图们电教馆楼顶上，修建了几百平方米的人造稻田，从自然稻田地里捞来一大批雌雄青蛙放进去。这样，青蛙捕食、求偶、交配等珍贵镜头就都在空中稻田里完成了。

为拍摄青蛙产卵的几秒钟的镜头，他们做了个大型玻璃缸，没想到由于玻璃强度太弱，注满水后破碎了。他们又用强化玻璃造了一个，把青蛙装进去。可青蛙要静夜产卵，他们只好对准镜头，调好光照，人躲起来，整夜守候，终于清晰地抢拍到了产卵瞬间这弥足珍贵的镜头，之后，孵化出蝌蚪、再变成蛙的全过程，都是靠玻璃缸和人造稻田完成的。

拍摄青蛙的天敌时，摄制组去到养蛇场，把青蛙放到蛇旁边，蛇很快爬向青蛙，蛙吓得蜷缩起来一动不动，最后被蛇缠住吞进嘴里。虽然场面有些不忍直视，但这就是自然界的法则，谁也改变不了。

拍摄青蛙越冬的镜头又出了问题，抢不上时间，就得拖到明年秋天。当时把青蛙放到人造沙丘上，但它们不往里钻，而且还都死了。陈导在外地得知信息后，立刻去师大生物系拜访了教授，然后心急如焚地连夜回到图们，赶到单位就与制作人去河边，按专家的指点，寻找凹处挖，果然，铁锹挖下去不深就挖出了青蛙。他们边挖凹处边堆好沙堆，架好摄像机，把青蛙放到沙堆上。只见它们两个后肢左右摇摆，一点一点地向后"坐"进沙堆里，三四分钟就都无影无踪了。大家转忧为喜，摄制人员跟踪拍摄到此收工。这种一丝不苟的科学态度拍摄出的精品，将改变很多人对青蛙冬眠方式的错误想法。

《青蛙》片子拍成后，首先在教育界引起了强烈反响，特别是内行人从影视镜头的高质量转向了对脚本的追踪研究。

最典型的是河南电教杂志连续三期刊出《青蛙》脚本，每期都有著名专家从脚本的立意、选材、结构、画面、解说、配音等角度发表评论文章；认为该片最突出的特点，是扭转了我国电视教材"大而空"的尴尬局面，在严谨和准确的前提下，满足了孩子的简单要求，抓住重点，摈弃生涩复杂，在疑问中递进，留下启发性思考，这为我国之后制作教育电视片"打了样、立了碑"，有划时代意义。

华南师大李运林教授还把《青蛙》脚本选入教材范本。并认定是影片的脚本先"打了样"，而影片本身才能"立了碑"。不久全国电教会议上，教育部特邀陈旭做关于编导制作《青蛙》的专题报告，这位幕后英雄偶尔也到台前露峥嵘了。

《青蛙》片子成了孩子们认识大自然的媒介，令人意外的是，《青蛙》的脚本成了电教人拍片的指南，还成了大学授课的范本。由此可见，陈旭这位电教人的多方面才能，是他拍出优质片子的基石。

天 付 良 缘
——受托联合国儿童基金会

《故宫博物院》和《青蛙》的成功，使陈旭导演在业界成了天之骄子，联合国儿童基金会驻中国总部也授权陈旭领衔拍电教片。

儿基会早就有拍基础教育片子的打算，这是他们工作的一部分。我们国家教育部电教司在给儿基会搭桥引线时，向他们介绍了《青蛙》这部片子，他们惊喜地发现《青蛙》是一部与众不同的优质片子。于是很快决定请陈旭共商拍片计划。

儿基会官员与中方有关人员几经磋商，最后议定拍摄"小学语文资料库"和"小学自然资料库"两套片子，主要提供给中国小学师生用。还议定拍摄"小学教师自制教具"片子，指导第三世界国家小学教师自力更生，自造和使用教具进行教学。

同时，儿基会官员跟我国电教司负责人明确表示，以后策划拍片所有事宜，全权委托陈旭操作，双方都不再具体介入。其实这也正是中方的想法，他们确信陈旭的领导能力和制片技艺，双方尽可大胆放手。

这几年陈旭痴迷拍电教片，拍出的片子令人拍案叫绝。但他做梦也没想到儿基会对自己如此青睐和信任，这使他感到肩上的担子很重，有些忐忑不安，但他确信自己能出色完成任务。

这次不像以前那样具体地拍某一个内容的一部片子了，而是拍摄几个系列片子，过去的片子在很小的范围内就能完成拍摄，现在要调动更多人协作，在较大范围内完成制作，任务艰巨繁重，而且时间非常紧迫。

形势逼人，时势造英雄。陈导善于发挥自己的凝聚力，使大家同心协力各尽所能。于是他向制片人们说明任务后，提出几个必须：

一是要求大家必须立即进入"调查"研究，目标明确地普查现今小学一年级到六年级的语文和自然常识课文，筛选出适合拍片的内容。强调这是用爱心为儿童解惑的第一步，不妨把自己推回到童年设身处地反躬自问，尽最大努力"寻宝"，寻到有趣的拍摄目标。

二是必须对觅到的目标进行比较，从轻重缓急中敲定选题。

三是必须拿着确定的选题，去拜访专业老师，倾听老师授课的感受及对某类课文的希望和要求，把自己选择拍摄的课文跟老师说明，看是否还有补充的，如果老师能具体指出某篇课文重点难点，要牢记写脚本时突出和强调在主旨中。

四是脚本必须在反复修改通过后才能开拍，并精细打磨。

从小学语文和"自然"课本中筛选出来的题目，绝大多数都涉及景观和动植物，而且其中的一些选题有很强的季节性，即使季节适宜，可有些画面也稍纵即逝；何况到现场拍摄画面，有的要长时间蹲守，等到最好机会才能抢到瞬间。这与拍故事片大不相同，故事片导演有绝对的权威，演员按要求完成动作即可。自然景物和动植物一直处在变化中，有些场景很难捕捉，只能根据它们的自然变化选取所需要的镜头，因此很多主观想法必受到客观规律制约，所以这类片子的科学性和真实是大前提，艺术地剪裁是小前提，导演的裁决结果总是被事实制约，由不得半点马虎。

为此，摄制组要不辞劳苦到现场，如奔到北京去拍"颐和园"，登泰山拍"日出"，跋涉到贵州拍黄果树瀑布，足迹遍布各地。景观算是片子里最好拍的部分，因为其有稳定性，拍摄时有取舍的余地；但要拍生长中的植物就难了，因为其有季节性；而拍动物则更难，如要拍山猫、大山雀、遗鸥、爬山虎的脚、草履虫和壁虎等，绝对要按照其各自的生存特点纪录，得有极大的耐心观察、守候，还要反应迅速，能在瞬间抢拍，这对拍摄人员是极大的考验。

陈旭坐镇指挥各路兵马，运筹帷幄，随时通过电话求得当地的电教馆大力协助，不管拍摄组到哪，只要遇到困难，都有援兵相助，顺利达到预期目的，圆满完成拍摄任务。

在整体工作接近尾声时，陈旭陪儿基会官员赴重庆市武隆区，观看"小学教师自制教具"的专题拍摄，在当地教育局的大力支持下，武隆老师热情参与，顺利地完成自制教具和使用教具的拍摄任务，至此，儿基会"立项"基本完成。

从1996年始，历经两年多苦战，"小学自然资料库"添进了四十一集专题片，"小学语文资料库"添进了三十五集专题片，其中"自制教具"一集，长达20多分钟。联合国儿基会出资，中国教育部电教办组织，由陈旭带领以吉林教育电视台为主摄制的电教片，很快由教育部教材审定委员会审定，于1999年10月出版向全国发行。

两组"资料库"片子出版前，分别拿到小学征求老师们的意见。

"小学语文资料库"彩片在东北师大附小放映，观看的语文老师，虽然对自己讲授的课文早已滚瓜烂熟，但看到涉及影片时仍拍手称赞，认为影片的真实生动形象补充了孩子们的认知，也补充了老师某些内容难以说清的缺憾，特级教师宋喜荣看后，乐得合不上嘴：这套片子应该叫小学语文资料"宝库"。老师们也都赞同地说："太宝贵了！孩子们大开眼界，会引起思考和追问的。"

要知道，影像引起的感受，会推动学生对文字的认知，使他们的形象思维转化到逻辑思维，进而形成独立判断能力。

"小学自然资料库"的片子拿到天津某小学放映，教自然常识的老师看完后说："盼了好久，今天终于盼到了！"有了这些片子学生能身临其境看见小动物，老师也不用再空对空讲述了。

看来陈旭带领团队抠心挖胆打磨的"资料库"大获成功了。关于给第三世界国家摄制的宣传"自制教具"的片子，反响如何未可知，因为那些方法对我们来说太原始了。我们的教育，在发展中国家里比较领先的，但我们的基础教育还不够灵活，也不关注个性，还需要向发达国家学习，取长补短。孩子过重的学习负担，会在"苦读"中销蚀学习兴趣，也会失去向真理求索的勇气。

陈旭拍完联合国儿基会委托的片子，恰逢日本举办国际电教影视节目大赛，儿基会主动找我国电教司商量，认为"资料库"有资格参赛，愿出资让陈旭先生代表中方教育界出席会议。

会上，陈旭看到各国科教影视节目，大开眼界，尤其是发达国家的科教片更是让人叹为观止，这才是山外有山，天外有天！会上，陈旭还广交朋友吸取经验。可惜的是我们带到会上的影片，没有来得及译成英文，参评受到影响。日方对这个会非常重视，连皇太子也光临展示会。日本的教育，是日本走进发达国家行列的开路先锋，2001 年，日本订下"50 年内拿下 30 个诺贝尔奖"的计划，截至 2021 年已有 20 人获奖。

由于儿基会委托拍片取得的成绩和影响，教育部电教司深感吉林电教馆的实力和贡献不一般，便名正言顺地认定它是"全国教育电视节目制作基地"，并郑重挂牌使之成为中国教育电视台的重要节目供应地。

陈旭这次大规模地拍摄数十集教学片，在全国电教馆中也实属首次。不仅片子使用面极广，影响深远，而且锻炼和培养了一支队伍，看出陈旭有率大兵团作战的才能。之后电教部门抓住机遇，让陈旭发挥实力，不断拍摄更多更好的科教影片，不仅面向学校，也面向社会扫"科盲"。

独 领 风 骚

——百集《身边的科学》

《身边的科学》是我国电教系统到目前为止，唯一获得国家科学技术进步奖的项目。2007年7月27日，由担任总制片的刘振海代表整个团队，在人民大会堂接受胡锦涛等国家领导人颁发奖励证书。

这份国家科学技术进步奖证书上写着：

"为表彰国家科学进步奖获得者，特颁发此证书。项目名称:《身边的科学》。奖励等级：二等。获奖者：陈旭（吉林教育电视台）。"

获奖证书右下方盖着红印章：中华人民共和国国务院。

《身边的科学》出版发行时，曾召开过首播式暨科普电视节目创作研讨会。出席研讨会的有科学院院士叶叔华、项海帆、沈文庆和《文汇报》的高级记者姚诗煌，还有出版界和科普界专家等，他们对该片给予很高的评价。该片荣获国内多个重大奖项：中国第八届优秀教育电视节目特等奖、教育部一等奖、三部委一等奖、国家新闻出版署颁发的音像制品奖和北京国际科影影视展评会金奖。

2006年开始，科普音像制品首次纳入国家科学技术进步评奖范围。《身边的科学》问世以来誉满业界，在社会上也有强烈反响，这次自然成为中央电教馆首届一指要上报的参评项目。该片领导小组协商，决定由总导演陈旭填写上报中国科协材料。

陈旭深知，国家科学技术进步奖，由国务院评奖，级别最高，备受瞩目。这次单单是影视界参赛的，就实力不凡，上有中央电视台，下到各省市电视台及大制作公司，都是专业级别的实力派，而电教馆与他们根本不在同一档次上，能有机会参加评选已经是非常幸运了。

可《身边的科学》填表上报后不久，顺利通过了国务院专家组几轮筛选，过关斩将地进入了决赛圈。

进入决赛圈的节目先通过报刊公示，最后进入答辩程序。《身边的科学》领导小组认为，总导演陈旭进行答辩应是万无一失。果然，陈旭面对答辩现场的二十来位专家，镇定自若，胸有成竹，按规定 15 分钟讲完了最后一句，专家便开始提问。由于陈旭对所问内容非常熟悉，外加有充分准备，并且没有非要得奖的心理压力；再加上他当教师时锻炼出来的口才，所以对专家的提问，他不仅回答得轻松顺畅，还激情四溢又恰到好处，特别是最后一位专家挑战性地问他为什么会选择"科利奥利力"这个物理学中老师难讲、学生难懂的物理现象，他的回答切中要害，精彩利落，使那位提问的专家惊喜得竖起大拇指，全场也为之热烈鼓掌。答辩在掌声中画上了满意的句号，掌声成了吉祥结果的预兆。

改革开放后，全国电教网很快建成。电教人为给未成年人营造健康成长的媒体环境，配合中小学课堂教学，决定协力拍摄一部科教系列片，从身边最熟悉的事物为切入点，本着一片一题，一题一理的原则，争取用最精练的语言，最经典的画面，去揭示一个个深奥的科学道理；培养孩子从小养成爱科学、讲科学、学科学和用科学的良好习惯。

为此，2000 年春，中国教育电视协会柴永广秘书长，在威海主持召开了部分教育电视台、大学电教系参加的专题会议。在会上，上海教育电视台张德明台长建议大家联合起来，集中力量拍一部高质量的电视系列片——《身边的科学》，此建议得到与会者一致赞同。

会议决定，由中国教育电视台牵头，柴永广秘书长担任总策划，由出资的山东教育电视台刘振海台长担任总制片，由吉林教育电视台副台长陈旭担任总导演。

与会者推举陈旭做总导演，不仅是出于对他这个"优秀"专业户耀眼的成绩和才华的倾慕，更确信这一重任只有担在他的肩上，才能做到匠心独运、别开生面。

为了使参与制作的单位吃透精神要求，统一认识、统一行动和统一调动，陈导认为必须拿出有质量的"策划方案"和有说服力的样片。所以，他与总策划连续两周，马不停蹄地走访了大连、吉林、江苏、上海、山东和天津电教馆，具体了解他们各自的设想，并商议落实制作样片的任务。

很快有交上来的样片，其中吉林省交上来的"竖鸡蛋"，得到行家们一致好评。其实"竖鸡蛋"的脚本，就是陈旭绞尽脑汁写出来，责成单位张锦文带人拍摄的；而且整个制片过程，包括场景布置、道具制作和灯光照射等，陈旭都步步紧跟，不差毫发地指导，才拿出这高质量样片，别具匠心的幕后筹划和指导结出了最美果实。

《竖鸡蛋》一片的开始，就是比赛谁能把鸡蛋立起来，这使观众非常兴奋。接着，样片用生动的画面逐一剖析物体稳定的条件。鸡蛋的重心只要与桌面的垂直线正好重合，鸡蛋就能立起来；而且鸡蛋的重心越低立得越稳，只要把鸡蛋竖着拿，大头朝下，蛋黄在压力作用下，不一会就会落到鸡蛋底部，这时就容易竖起来了。

就像小孩子玩的不倒翁，其底部重上部轻，所以怎么推也推不倒，就是因为重心越低越稳定。再比如梯子、三脚架等，都是利用增大与地上接触面才稳定的。这些简单的事物就在身边，但我们很少去思考，很少问一句"为什么"。

选好了几个样片，连同总导演"策划方案"一并发给各单位，下面一呼百应，按要求进入制片过程。

陈总导演要逐字逐句审查每个脚本，过关才允许开机；然后又逐一审查片子，不断地与片子导演沟通。为此陈旭在自己家设立了"办公室"，这样就没有什么上下班之说，就可随时联系交流看法。可想而知，一百多集的片子，分散在全国各地，每个片子的脚本和拍摄他都要审查过目，提出指导性意见，不仅耗神耗力，还耗时间，这一拍摄就持续了三年之久。

《身边的科学》的特点，就是揭示生活中简单事物的奥秘。如自来水钢笔，为什么能均匀不断地从笔尖流出墨水，影片利用压强和虹吸现象进行了形象的展示；如孵化的鸡蛋21天中，每时每天蛋内都会发生神秘变化，通过影像观察到了生物进化的过程；再如车轮为什么是圆的，为什么上坡容易下坡难，为什么无声手枪无声，为什么防弹衣能防弹等等无数个为什么，影片不只把实物摆在眼前，还探究背后原因，使人获得极大满足感。

就这样，从2001年开始，全国29家电视台及电视机构联合摄制《身边的科学》，历时三年，鏖战千天，终于完成了一百多集科普系列影片。这部精品最大的特点，是不灌输知识，而是从孩子身边的现象入手，引导他们发问、思索，让他们感知科学的魅力，亲近科学，快乐地推开科学大门。所以《人民日报》为此发"评论"，呼吁"多一些'身边的科学'吧！"

造极登峰

——千集《身边的奥秘》

上海远程教育集团老总、上海教育电视台张德明台长，原是复旦大学教授，调到政府机关仍没有离开教育部门，是个有使命感的行家，也是善于行动的领导者。

百集《身边的科学》本是张德明台长首倡拍摄的，在拍摄近尾声时，张德明台长很郑重地与陈旭总导演有这样一番对话，令人感受到这位国家干部的韬略和领导艺术：

"老陈，你拍完《身边的科学》，请不要答应别人的邀请，到我们这里来，指导拍两部好片子。"

陈导最急于听的是对方的具体想法，张台长便开门见山：

"我很久就有个愿望：拍'身边的奥秘'。拍多少集，何时拍完由你掌控。我保证经费。在上海设个办公室，派人协助你，拍摄事务由你全权处理，不用老跟我汇报，一年碰一两次头就行。"

看得出张台长对陈导能力的赏识和才华的信任，他的话胜过千言万语的鼓励和赞美。所以陈导当即允诺"拍一部前所未有的高质量大型科普片，使之载入史册"。

陈导面对强烈的期待，高度的责任，充足资金和艰巨的任务，抱定以破釜沉舟的勇气，排除万难尽快进入工作状态，他的经验还是前有发散性思维，后才有高质量的集中。

于是根据"身边的奥秘"这一题目，开始博览有关书报刊物，访问身边的学生、老师、专家学者，特别查阅流行很广的"十万个为什么"，在多种版本的"十万个为什么"上下大功夫，不仅发现其中的火花，吸收营养，还发现它的虚张声势，号称"十万个为什么"，其实根本没有"十万个"。

总之，从发散性思维中得到启示，集中考虑时迸出了灵感：决心要做出一套电视版的"十万个为什么"；实实在在地拍摄出千集"身边的奥秘"，解秘生活中"千万个"为什么的真谛。

陈导经过周密思考和同相关人员协商之后，建立了"上海全国教育电视节目制作联合体网站"。节目制作的常务人员包括总编导两人，技术指导一人，节目统筹一人。又是精兵简政，没有冗员。为了便于内外联系，加快制作速度，统筹工作安排，在上海教育电视台设置了节目制作常务办公室，办公室里所有设备一应俱全，由潘伟平同志坐镇。

为促进相互学习和提高效率，节目组规定了节目制作规程：先报选题，批准后编写脚本，脚本通过审查，才能开机拍摄。节目拍完审查通过，才能正式验收。节目审查由网站四人在网上进行，规定网上登出两日内提出审查意见，否则视为无意见通过。

上层框架搭建完成，便在联合体网站上，发布制作大型电视系列节目有关信息和导演阐述制片要求，希望有意参加制作的单位报名。

由于《身边的科学》已经产生广泛影响，结果这次报名参加的竟有五十多个单位，连中国科教电影制片厂也报名参加，港澳台地区都有单位申报，后来台湾做的"日月潭水系循环"和香港做的"白鳍豚"都很有特色。

试想上千部片子的脚本和影像，陈旭总导演都必须审查，有的要反复审查不止一次，提出看法和修改意见，这工作量才真叫压力如喜马拉雅山大。一个人虽没有三头六臂，却能以一当十地干活，可见人的潜能还真没有什么科学仪器能测出，尤其在特立独行做自己认为有趣的事情时，爆发力是无限的。陈导自己是这样爆发的，但他也知道个人的力量有限，必须把每个人的思想、智慧和才能转化成集体的，充分调动集体力量并拧成一股绳，便会无难不克。要知道，把分散于全国的五十多个单位，二百多人团结成拼搏的"集团军"谈何容易。可陈导凭着自己的人格魅力和领导方略，果真使得这个队伍大而不散，松而不乱。

他与队伍中那些创作能力强、制作水平高的团体及个人，总能做到心照不宣，相互合作非常默契，很多人都成为他的知己和挚友。对刚步入门槛的新手，他以极大的耐心栽培，如东师大影视分院的一位青年教师，干劲十足地投身于队伍中，他写的脚本，陈导一而再、再而三修改，还是不能过关。于是陈导把他请到自己的办公室面谈，肯定他第三稿有进步，又指出不能进入拍摄的问题，并谆谆教诲，做个好的编导必须要有三懂：懂自己、懂节目和懂观众。懂自己的责任和担当的任务，全力投入角色中；懂得所拍节目的内容和拍摄的目的以及重点难点；使自己钻进节目中，换位思考，做第一个观众，看自己渴望得到的是否在满足中被感动。对节目有这样的磨炼过程，才可能拿出精品。这位青年很虚心，按陈导指点终于拿出了合格的第四稿脚本，后来连续拍出了几部好片子。这样的新鲜血液一旦入门，不只后来居上，还激发老将也突飞猛进，使整个拍摄队伍一直处于日新月异、相互追赶的状态中。

就这样，经过三千五百多个日日夜夜的奋战，一千多集的科技鸿片大功告成。人生的光荣并不在于优秀，而在于能吃多少别人不能吃的苦，敢于去面对人世间的一切困难和挫折；在困难和挫折中挑战自我，逼着自己发挥潜力，甚至在浴火中重生。已近耄耋之年的陈导，当我们这些老同事追问："那些年怎么不见你的人影？"他万分感慨地说："现在回想起来有点后怕，为拍一部片子，整整苦斗十年，比'八年抗战'还长，记不起自己是怎么坚持下来的。"当我们为他举起大拇指，他又沉浸在往事的回味中。我们感慨这位当年同事，分开后的那些年里，怀揣科教的梦想，以大气、忍隐、坚韧、拼搏的领悟力，创造了中国科教片的历史，而且从数量、质量和形式上都超越了流传很广的《十万个为什么》和苏联的《千日卫国战争纪念片》，真可谓是造极登峰，令人肃然起敬。

《身边的奥秘》还没拍完时，就开始在电视台播放。《人民日报》《光明日报》《文汇报》《解放日报》和《新民晚报》等主要媒体也都开始广泛报道，并获得上海市政府颁发的科学技术奖。在国际上也引起了一定的关注，甚至打动了新加坡、马来西亚等海外电视机构，希望能播出该片。

之前，一说起科普节目，就想起《动物世界》《国家地理》等，而国产科普系列片很少。《身边的奥秘》只抽出百集篇幅在全国省市电视台亮相，其内容不再是按部就班的追随中小学课本，也不是追求时尚猎奇做大题目，而是从司空见惯的生活开始解读，小到纸笔、拉面、蚯蚓，大到人工降雨、钢拱桥等，从人们熟悉的外形用途，说到原理概念，在不知不觉中普及科学，使科教从中小学课堂走向社会大众，这种教育的意义说得多重要都不过分，且看报上的评论：

《身边的奥秘》的原创题材都来自身边，解读生活过程和探索生活奥秘过程同步，让条条框框的"科技词条"顿时亲切起来。别小看身边的小事物，蕴含的科学原理却包含了建筑、生物、环境，小到细胞、细菌，大到天文地理等多个大门类。

这是 2007 年 5 月 16 日"文汇报"评论《身边的奥秘》，让观众走近科学、了解影片内容特色的报道。同时该文还强调影片具有以"悬念故事吸引人"的形式特点。

《身边的奥秘》还在续拍中，当时只抽出其中百集于全国十余家电视台播出，就已产生如此强烈的反响，可想而知，千集完成，会给媒体和观众带去多大的震撼。

　　拍摄千集系列片的五十多个团队，分散在全国各地，二百多不同性格的电教人，居然以跑马拉松的劲头密切合作了十年，最终使科普教育从学校走到平民百姓"身边"，堪称是我国电教事业发展中的奇迹，不管你是否注意到它，《身边的奥秘》都已成为历史的坐标。

"创史"的人生

　　陈导终生奋斗的动力来自他的宏观认识，他清楚科教兴国的重要性。因为没有文化战，经济战就难以维持高端，而文化战的前卫是科学，科学的前锋是教育。目前我国公民的科学素养比例远远低于发达国家，因此，对低龄学生进行科普教育显得尤为迫切。

　　今天，接受式学习有明显局限性，体验式学习引入教育成为必然趋势，发达国家教学实践早已证明其有效性，而科普影视广泛参与教学是体验式学习的有效方式。

　　所以，陈导的"荧屏科普工程"，都是为引导青少年关注身边的事物，从趣味和惊喜开始探秘，点燃他们心中幻想的火苗。这种精神美餐，就是科学的播种机，因此，可以说陈导对科教影视的贡献就是对美好明天的推波助澜。

　　几十年来，陈导忘我地投入教育音像事业，不歇气地赶路，既是事业选择了这位"勇创历史""敢为人先"的幕后英雄，也是英雄选择了无限发挥自己的爱好，最终填补了中国电教影视的空白。

　　正如陈导在中国教育电视学会无锡会议上的报告所讲："打破奥运纪录需要奥运英雄，科教影视节目也需要靠英雄不断改写历史。"他正是这样的英雄。他从拍摄《故宫博物院》，开了吉林省电教的先河，到

《青蛙》获国家教育电视大奖，直至被联合国儿基会发现并委以重任，拍摄了小学自然和语文资料库七十多集，他已成业界的骄子。于是中国教育协会跟踪而至，特聘陈旭导演拍百集《身边的科学》，该片破纪录地获国务院科学技术进步奖。有战略眼光的上海电视台抓住人才不放，请陈导拍摄千集《身边的奥秘》和三百六十集《中国之最》，也正因此，陈导成为科教影视的英雄。

2021 年，中华全国新闻工作者协会为陈旭颁发了"荣誉证书"和荣誉证章，并在全国公示。同时中国教育电视协会给陈导发了虎年的慰问函，并表彰他"为新闻事业做出了积极贡献"。

陈导从拍摄实践中，不断总结教育科技理论，他把从书本中学习的理论运用于实践，又在实践中升华，有自己独特的体会。

为此他被教育部聘为教育科技专家，他多次在教育部主办的教育科技培训班授课，在全国性教育科技大会上作主题报告。这位三尺讲台上影视的幕后导演，终于也有很多机会到前台演说幕后的故事了。

这位专家还受邀多次参加教育部组织的教育科技项目招标评定和评选活动，并受邀成为联合国儿童基金会教育技术牵头人，参加世界新闻科教节目评选研讨会，80 岁高龄时还被中国教育协会授予资深记者荣誉称号。

由此可见，陈导为培养教育科技人才，不仅在拍摄实践中呕心沥血，在理论上为培养"群英"也不遗余力。

提起陈导的领导能力也令人瞠目，这个当年的普通物理教师，竟能带领分散在全国各地的电教人组成的团队，完成一次又一次的攀登，一次又一次创造着电教史上的奇迹，不仅是因为他有"行"之功，有"德"之美，更因为他有统御全局的领导能力。

他低调、务实、磊落，从不居功自傲，反而常在幕后，外人难见其庐山真面目，他宽容大度的人格魅力，使他的才华得到无限的发挥。

美国作家房龙说：宽容这个词从来就是一个奢侈品，购买它的只会是智力特别发达的人。当一个人没有足够的知识，没有掌握真理又目空一切，必然是不宽容的。所以，宽容来自于发达的智力，包括个人深厚的修养和坚定的信仰。陈导有敏锐的观察力和果断的决策力，不管他的团队遇到什么困难，他都能迅速地凝聚集体力量，使每一个人各尽所能，竭尽全力地完成任务。

在处理大小麻烦事时，总能让领导想起诸葛亮式的陈导。

如中国教育电视学会，偶然听说中国电视学会在乌鲁木齐开会，便紧急派陈导参加。他赴会报到，带着虔诚的微笑说："我冒昧来参会，没有收到通知。"接待的人也就不得不说"我也冒昧地接待你"，然后瞥了他一眼信口问："你想住哪个房间？"陈导大胆直率地说："想住你们秘书长的房间。"当对方无奈地反问"你知道秘书长是男是女"时，陈导幽默地回："男的更方便，女的就拉个帘子，只要不耽误说话就行。"在哈哈大笑中，他如愿地住进了秘书长的房间。此后两个学会建立起友好关系，陈导顺利完成特派参会的"美"差。

幽默风趣的语言，像磁铁一样吸引着对方，他的诀窍就是宽容、大度、自信。他乐于交朋友，乐于与人促膝谈心。在所有的场合，他都洗耳恭听，捕捉别人头脑中迸出的火花，所以他办事效率总是与"最高联系在一起"。

最 后 一 搏

——《中国之最》

《身边的奥秘》拍摄临近尾声，陈导又临难不避地待命。

十年前，张德明台长就埋下了拍"两部"好片子的伏笔，千集的

"奥秘"问世只是"宏图"的一半，那另一半是什么？

开拍《身边的奥秘》时，陈导就已进入退休年龄，苦战十年，已使他身心疲惫，盼着"奥秘"结束该颐养天年了。

可万万没想到，张德明台长又催他再上征程，面对台长真诚的邀请和自己一生酷爱的教育摄影，还有与张台长神交的友谊，陈导无法推脱干脆直问"拍什么题目"，台长只说拍"奥秘"的姊妹篇，"内容是社会科学方面的，大题目得靠你选了。"

陈导当场建议利用报刊广告征集选题。广告登出后，他自己也行思坐想，煞费苦心地沙里淘金，终于灵光乍现，认定只有"中国之最"才有资格与《身边的奥秘》媲美。于是他便默默地把这个选题加入到了征集来的二十一个选题中，统统交给张台长过目，张台长最后拍板定夺了"中国之最"这个题目，但有点儿小小遗憾，提议这个选题的人没有注明姓名和单位，没法跟此人详细"沟通"更具体的想法。

张台长哪里知道这个题目是陈导的奇思妙想，"沟通"者近在咫尺，而且胸有成竹。两个人英雄所见略同，绝不是偶然，这是多年相知相惜的结果。

敲定"中国之最"选题，陈导欣然命笔，开始编写总导演阐述，很快于2010年8月18日在上海召开各地执行导演参加的会议。在会上，他阐述了"中国之最"立项的背景、内容、形式和制作计划。

在策划书中，陈导明确指出：中国历史悠久，文化璀璨，改革开放以来，我国发生了翻天覆地的变化。把中国自古以来居首位的东西通过电视介绍给观众，特别是广大未成年人，不仅使他们开眼界，增长知识，更重要的是可以在寻根认祖中，激发他们的爱国情怀，同时对海外观众也撩开了中国神秘的面纱。

同时，他特别强调，列入"中国之最"的所有内容都具有史料价值、教育价值、宣传价值和观赏价值。如中国最长的京杭大运河谁都知道，但广西灵渠，开凿得"最"早，知道的人为数很少。当年秦始皇进军广西，被高山大江阻隔，于是他下死命令限时打通要道。智慧的古代中国人开凿了我国历史上最早的人工运河——灵渠，联接了长江和珠江两大水系，构成了遍布华东华南的水运网，秦军得以断续前进，为秦王朝统一岭南提供了重要保障。而且当时在灵渠修建了世界最早的船闸，使船顺利穿过落差很大的河流，船闸技术后来传遍世界各地。几千年过去，灵渠还正常运行，真可谓叹为观止。这样的节目有故事性，又集历史、现代、文化、知识、科学于一身，不仅景观夺目，内涵丰富，而且高雅凝重，有灵有肉，更有现实的意义。

总之，选题范围很广，并强调以中国的"世界之最"为优先对象，用纪录片形式现场拍摄，以人文历史知识为主，自然科学知识为辅，目的是让观众感受"最"的力量和"最"的魅力，产生"最"的爱国情怀。

初步设计拍摄三百六十集，每集长度为十五分钟，从 2010 年 11 月到 2012 年 11 月 30 日结束。

这次参会的业内人士，特别是那些执行导演们，听了这个策划方案都心潮澎湃，热血沸腾。会前就纷纷议论这个选题高明。陈导作报告时，会场里鸦雀无声，人人都聚精会神地做记录。会议结束时，有人急不可待地跑到前面与陈导说明自己脑子里临时冒出的"最"的火花，也该属于"最"的范围。

大家陆续离开会场，陈导最后一个往外走，这时从会场的入口却有人迎面往前来，很谦逊地对陈导说自己一直坐在后面边听边记，很受启发和鼓舞。接着毛遂自荐说他是国家新闻出版署的，来上海搞"十二五"新闻出版发展规划调研。随后他明确表示，"中国之最"这个节目非常符合新闻规划精神，回京一定向领导汇报，争取纳入"十二五"规划纲要中，他很认真地约定一周内给陈导回话。

"中国之最"果然纳入国家"十二五"新闻重点骨干工程，国家给予一定的经费支持，真是喜从天降。

　　对于到上海来调研的人来说，项目得来毫不费工夫。对于陈导来说，机会永远属于有准备的人。如果说确定"中国之最"选题是张台长与陈导心有灵犀，那么，新闻调研员闻风参会与陈导邂逅，该是他乡遇故知，双方都三生有幸。

　　"中国之最"一开拍就出手得卢，吉祥止止。但陈导却不得不应了爱因斯坦的名言：

　　"我喜欢旅游，但不喜欢到达目的地。因为那意味着结束的开始，不能处在完美过程中。"陈导一生以"最"大的努力，"最"大限度地满足他人和社会的需要，创造了数个"最"的奇迹，体现了生命的"最"大价值。就在拍摄《中国之最》时，已进耄耋之年的陈导，不得不接受医护人员指令，在到达目的地之前，只能享受在"过程的完美"中。一个有"三百六十"多之"最"的民族，当然不用担心"最"的蓝图在"十二五"规划中"最"美的出现！

五、生命与教育结缘

授课精英成为管理业务之"王",这样才能兼备的"内行",在教育天地无休地开疆拓土,书写教魂乐章,绽放着生命辉煌。

千头万绪"拓荒"

原野迎来春天,芬芳之花将在拓荒者脚下开放。

1978 年春,冯克正先生在北京编写中学语文新教材,突然接到东北师大党委电话,任命他为中文系主管教学的常务副主任,要求他尽快返校履职,他接到电话便走马上任了。

高考已经连续中断 11 年,1977 年终于恢复了,半年后,78 级学生在初春进入校园。

此时的高校,面临着重建、整顿和迎接改革的春天,新的形势下急需人才。

从京城返校的冯先生,面临中文系建系以来从未有过的困局,他就像古希腊神话中的英雄赫拉克勒斯进入公牛群,遇到千头万绪的问题。

"以师为本"是办系的"第一要素"，人事部门已开始解决教师"缺员荒"，我就是刚补进来的"外部秧"。抓教学的系领导面临的是教师"专业荒"和"学术荒"。长期不耕耘的土地，自然荒芜板结。当年的中老年教师虽长时间不授课，但还有一定的"家底"，而当年的青年教师待业十来年，开专业课要重起炉灶。尤其要开设新专业课程的，包括我自己在内，就是面对处女地，要白手起家、重新开荒。所有专业教师都面临着从"封资修"和"大洋古"的"牛圈"里"解放"自己和明辨是非的难题，所以，重建课程体系这件非常复杂的专业学术问题，要求主管教学的领导要有远见卓识，要有过硬的专业能力，可以参与专业学科讨论和敲定方案。

中文系有文学、语言和文论等十几个教研室，几十门专业课，一百多名教师，冯先生要了解每个教研室每位教师的专业家底，还有每个人的兴趣特长及困惑，这些问题都远不是新官上任"三把火"就能解决的。

校领导面对这些急待解决的问题，任命已过不惑之年的冯先生管理中文系教学，确信他有能力冲出"怪圈"。冯先生念大学前，就在小学从教师做到教导主任和校长，后考入大学，并以优秀毕业生资格留校任教。他是东北师大首次实行优秀毕业生奖励制度的金质奖章获得者，被分配到古典文学教研室的先秦两汉文学组，与从延安来的红色教授杨公骥老师同室，并跟班听一年杨老师给研究生上的课，杨老师从此成为对他影响最大的三大导师之一，师生情延续三十多年；还有原教研室名师逯钦立老先生，也是他的导师之一；另一位便是蒋天枢先生，1960 至 1962 年，他到复旦大学进修古典文学，得名师蒋天枢先生指导，大开眼界，更进一步加深了他的学术功底，由此开始终生未变的古典文学教学研究生涯。三位名师给冯先生打下扎实的专业基础，使他有了广阔的学术视野和良好的治学方法。这期间他还担任过教师党支部书记、中文系党总支委员和古典文学教研室副主任。

可见，冯先生从京城返回中文系任职，不是新来乍到的"外来户"，更不是专业"外行"和"新官"，他是从本系的优秀毕业生成长起来的专业精英；是在中文系学习、教学和工作二十多年的"老兵"。他对系里各位老师及他们的教学方法早有感性认识和了解，这为他展现管理者的魄力、教育家的理念，以及领导者的智慧打下了坚实的基础。

中文系各专业都有难唱的戏。冯先生在步步解难中前行，清除"文革"留下后遗症的同时，抓紧重建课程体系。

外国文学教学是老大难。"文革"中姓"外"的地方是重灾区，复课时外国文学的授课内容又剧增，人员异常紧缺。出版界为配合教学需要，1978 年 5 月 1 日"外国文学名著解禁"，每本名著印 20 到 50 万册。十几年前只讲苏俄文学，复课后教育部要求以开设西方文学为主，俄国文学也大量回归，同时要求师范院校尽快开设古希伯来、印度和日本等东方文学。最后分工每个外国文学教师只承担一个时期的教学任务，如此一来，便不能宏观地把控所授专业的全局，这就如没有地基的空中楼阁。冯先生为此多次参加外国文学教研室课程建设和分工会议，落实每个人的教学任务，并尽量给他们争取更多的备课时间，保证授课质量。我当年抓住各种机会参加外国文学研讨会，听多位名人授课，学生时代的兴趣促使我发奋自学，从此一发而不可收，生命也因此增值。

写作课老师们认为课本上的写作理论"支离破碎"，文体"不伦不类"，授课也觉枯燥无味，只是中小学语文课的继续。但教育部规定这是大学生必修课。老师们也知道写作是必备的技能，但语文教育就像煲汤一样需要时间才能见效。几年后我女儿上北大中文系也有必修的写作课，系里只要求每人交篇文章，不限体裁字数，竟有人交小说、诗歌和剧本的，老师给个分数这门课就通过了。但对一般高校，特别是理工科，基础写作训练十分必要。比如"雅思"也是要考写作的，"作文"成绩不超过 5.5 分，其他题全部满分，雅思成绩仍不能过关。所以教育部的规定不无道理，国外高校阅读与写作也是抹不掉的必须课。冯先生为稳定写作课老师的情绪，用自己在北京编写中学语文教材的体会，苦口婆心地劝说他们，并一再强调重视语言表达能力的意义。正如哈佛大学教授说的，"一辈子的道路决定于语文"，"学会表达，有时一辈子道路就决定在十分钟面试上"。写作老师收好情绪，努力精选更有深度的范文，加强课堂教学的趣味性训练。

每一门课程体系的确立，都经过教研室老师集体讨论，然后形成教学大纲，报系里审查。冯先生不仅亲自参加各教研室的讨论会，在会上坚持改革的理念，并提出专业上"超越"的口号，以自己对专业的精深研究，高标准地敲定全系各门功课改革大纲的框架，并落实每位教师承担的教学备课任务，同时加强教研室作用，建立起听课评议制度。

保障授课质量是抓教学的关键。学生对授课的反应是教师必过的关卡，每堂课都有百多双眼睛的审视，百多个头脑的过滤和百多个心灵的考验。其实学生对授课即使不太满意，一般情况下也是能忍则忍，只有到了教与学出现巨大反差，学生的渴望基本得不到满足时才有强烈反应。这是摆在领导面前的难题。冯先生不仅及时听取学生反馈的意见，还亲自听课，审视教学失误的严重性，理解学生的正当渴望，快刀斩乱麻地及时处理问题。1982 年到 1983 年，先后对三位教师做出中途停课决定，从教学角度有理有据地说明情况，打破情面，可想而知做这种决定的艰难程度。

冯先生不仅及时解决教学中的问题，更对学生满意的授课情况心中有数，及时总结经验，我当时幸运地成了被关注的目标之一。

记得 1983 年春，复课五年多了，很多老师积累了教学经验，冯先生让我总结个人教学体会。我很为难地表示自己是"外来户"没啥感受，可冯先生很真诚地说："总结会使教学更好地发扬光大。"听他那和蔼的语气，我没有勇气当面拒绝，他似乎也很难意识到系里某种排外情绪给我的刺激，何况我连年获优秀教学奖。东北师大中文系除建系老教师，全体中青年都是"自产户"，有的人自以为"王"的狭隘反倒刺激我更加努力前行，但写个人的"教学体会"这种出头露面的事，我想还是不做为好。一个星期后，系秘书找我来索稿，我没有勇气说自己没写，只好红着脸答应"明天一定交"。我苦思冥想，写下"思想教育随笔三则"，文中没有总结什么大道理，只以散记形式写了几个教学细节，表明师生在教学中"互长"。第二天我还没来得及去交稿，冯先生竟亲自登门，说今天无论如何得交教务处，就等中文系了。我连说"对不起"，冯先生边翻稿边说"写了就好"，没有一点责备。他礼贤下士地登门取稿和宽宥之至的态度，深深感动了我这"外来户"，我反倒自愧意气用事的狭隘。直至现在，我每看到东北师大出版的《教学经验选编》蓝皮书，总有一种不能忘却的自责，要知道这是我在师大与系领导少有的一次直面交往，却留下了遗憾记忆。

管理教学的系领导，不仅要抓教师如何教得好，还要抓学生如何学习好。好的教学不是教学生真理，而是教学生自己去追问和发现真理。所以培养学生学习能力和兴趣，被冯先生提上议事日程。这也是他管理教学过程中一项新的举措，可以说又是"开垦"被忽视的野"草地"。

为努力营造良好的学习氛围，挖掘学生潜能，系里开设了五花八门的专题课，供学生自由选修、跨年级选修并自愿成立兴趣小组，由专题课教师担任小组的指导教师，定期开展讨论。

给本科生开专题选修课，不仅鼓励教师把专业研究成果推向课堂，深化专业教学，更有利于学生形成独立思考的兴趣和敢于发问的学风。

冯先生所在的古典文学教研室，竟开设出"诗经""楚辞""诸子散文"等五六个专题。冯先生自己除上专业课外，也开设了"左传"专题，77级、78级、79级三个年级都有选修的学生，冯先生还亲自主持定期开讨论会。77级王松鹤同学选修"左传"研究课，写出评论春秋时代大政治家郑子产的文章，这是篇有难度的专题论文，全文一万多字，不论在当时还是现在看都是很有学术价值的。2009年，王松鹤同志登门祝贺冯先生80寿辰时，得到冯老保存的他27年前的论文原稿，惊喜万分。

有的同学不仅专题选修课有创造性的学习成果，甚至由此确定了终生的研究方向，79级李庆国同学选修中国现代文学，并参加研究小组活动，在校期间写出好几篇论文，毕业后把中国现代文学作为终生研究方向，早已是卓有成就的学者。

选修专题课在我国进入教学管理议事日程，是复课后师资力量雄厚的院校才可能出现的。其实发达国家对本科生的通识教育，是让学生根据个人兴趣选修课程，规定的必修课很少，但规定所修课程的学分必须达到最低要求才能升级和毕业。所以本科生多是在兴趣中学习课业，最后敲定深造的专业方向。师大能有这样的教学方式，正是冯先生重视教育对象理念的升华；为解放学生的智能打开了一扇门，也是老祖宗因材施教的进一步实践。

培养学生的学习兴趣，我们不仅要"顺风"操作助兴，有时也要"逆风"强行引导，因为有的课是学生必修中的必修，而语言，特别是古汉语是中文系学生必食的一颗坚果。

冯先生了解到中文系的专业课中，学生反映最难学的是古代汉语，对这门课很多同学只要求有及格成绩。我念中文系时也有过同样的想法，不喜欢上古汉语课，觉得"五四"时期就提倡"白话文"，现代人谁还说"之乎者也"。后来慢慢意识到古汉语不只是中文系学生学习母语的根，更是从事语言文学研究必打好的基本功，否则你就不知中国文化的来龙去脉并汲取精华，会愧对祖国的文化传统。

中文系为鼓励学生创造性学习，请78级刘富华同学讲学习古汉语的收获。她将古汉语音韵与日本语古音韵进行对照，发现二者之间有联系。起因是她学日语遇到了难题，老师和书本都解释不了，她又不肯放弃，不断琢磨，终于发现日语与古汉语之间有着惊人的相同规律，运用这些规律可以推导出不认识的日语发音。这规律真是一箭双雕而三得：学好古汉语同时也学好日语，而且还看出古汉语对日语的深远影响。

冯先生不仅推荐刘富华同学给80级入学新生介绍学习方法和经验，还建议她写成研究论文。学生受到系领导的鼓励和启发，进一步研究汉日对照规律背后的因，以及规律形成的历史根源和轨迹演变过程。论文呈送冯老师，学生又拿着冯先生写的条子，把论文送到语言学家孙晓野先生的研究室。两个月后这篇《从鼻音 n、ng 与拔音 h 的关系，看汉语对日语的影响》发表在《东北师大学报》1982 年第二期上了。

一个本科生在学报上发论文，在学生中引起很大的震动。刘富华同学不满足于教师讲的知识，敢于怀疑名家，挑战权威，取得了研究成果，这无疑鼓励了学生应有独立发问的探索精神。毕业时冯先生请刘富华同学写下自己的学习总结，后来他多次向学生宣传学好古汉语的重要收获以及敢于创造性学习的精神。四十年后，冯先生又一次重读刘富华的万字总结，并在传给我的刘富华的总结材料上写下：

"刘富华的创造性学习态度足为广大青年楷模！2022 年 4 月 10 日凌晨零点 15 分记。"

可见冯先生对创造性学习精神的高度重视，我读后自愧当学生时的"奴性"和实用主义学习的流弊。

刘富华同学毕业后将日汉比较研究成果应用于所承担的国家汉办项目：日本汉语教师培训。历时九年，为日本全国700所开设汉语课的高中教师进行专业培训，广受赞誉，国家汉办评价她"轰动日本，为国争光"。

冯先生为培养学生学习能力，在系里还安排了一系列有益活动，鼓励学生总结创造性学习经验，他定期主持学习经验交流会并做总结性发言。

系领导还支持学生自己建立科研协会。中文系学生科协创办了墙报式的学习园地"新绿"，定期刊载学生学习心得、小论文和自创的文艺作品。现代著名文学批评家孟繁华是78级学生，当年他创建的"北方六友"诗社相当活跃。墙报园地成了徐国静等一批诗人、文学评论家、报刊编辑的起步点，为发展学生个性潜能创造了契机和活动的天地。

主管教学的系领导，不只要管理系里一百多名教师授课和近千名本科生学习，还要主持招收和带研究生、恢复函授教育并承担社会上自考授课等多项工作，这也是一片片待拓的荒地。

受改革开放热浪冲击，1978年国家恢复了招收研究生制度，当时不限学历报考。因为校内只有大一本科生和少量的工农兵学员。我教过的两个学生，一个正念大一，一个正准备考大一，同时都考入名校攻读硕士，他们拿着录取通知书来报喜，我惊喜若狂真觉得是奇迹。东北师大中文系1981年各教研室开始招收硕士研究生，系领导的工作量又重又急，首先要全面考查教师带研究生资格，然后上报审批开展招生录取工作。系里只有杨公骥先生可以带博士，当时全国第一位招中文博士生的是南京大学程千帆先生，为此冯先生亲自出征专程拜访，请教带博士的经验，并按程先生的严格程度开始本系的录取和教学工作。对于各教研室首次带硕士生的老师，包括冯先生自己，这又闯入一片拓荒的新天地。

中文系举办函授教育原先很有名气，外省的中小学教师舍近求远来师大淘金，认准这里的授课质量。"文革"前招收的函授生，"文革"期间中断学习没毕业，复课后这批学员要求补课结业，同时又开始招函授新生，一时间新老函授生交叉面授，虽说有函授部门统管，但授课全是系里包干，管理教学的系领导要格外精心派课和掌握授课情况。我第一次走进补授外国文学的函授班讲台，没想到自己的年龄竟比班上年龄最小的学员还小，那考验是非常严酷而快乐的，老学员们的评价给我注入了永久的自信和鼓励。要知道函授生对授课教师要求比本科生还高，因为学员都是"行家"，多是中小学语文教师和校领导，他们不仅是学员，还是"裁判员"。

新形势下全国掀起了"自学"考试风，函大和夜大满足不了一些渴望学习的青年的需求。1983 年国家建立了自学考试制度，成立了自考委员会，中文专业自考委员会委员单位包括东北师大等七所名校，校方派冯先生代表参加。各校分工编写教学大纲和自考辅导教材。东北师大承担写作科大纲和教材编写任务。随之吉林省也成立了自考委员会，指定东北师大中文系承担全省中文专业自考的辅导和出题，主管教学的系领导面对系内外渴望向知识朝圣的大军，就如浩大工程的指挥官一样忙碌得无休无止。根据学员要求，在有条件的地方开设辅导班，仅在长春市就开设四五处辅导班，记得外国文学第一次考前辅导安排在吉大鸣放宫，没想到很多学员从外市县赶来听课，千人多的大礼堂过道都站满了人。

那时一旦老师辅导或授课的学科，学员考试合格率很高，老师就被盯上，成了授课的"机器"似的，休息日从早讲到晚，累得下课只想就地"躺平"。现在有人为权或为钱玩诡计"走后门"，那时人们却为请到喜欢的老师上课"走后门",相比何止天冠地屦乎!

上面历数那方方面面的教学管理工作,对冯先生真是负山戴岳了,他必须日日坐班,从容自若面对千头万绪,而且精力充沛有条不紊,确有"王"者的风度。

可冯先生还要履行给本科生上专业课、专题课及给研究生上课的天职;白天必坐班随时处理教学中的日常事务,熬夜备课就自然成为常规。我早有所闻冯先生授课精彩,在冯先生90寿诞会上,又听昨日的老学生骄傲地回忆:"冯先生就是当年的中文系,中文系就是冯老师。"就如现今俄罗斯人自信地说"普京就是俄罗斯"一样,这绝不是一般的赞颂、敬慕和自豪。

可说冯先生不只有赫拉克勒斯冲破"怪圈"的智慧、勇气和胸怀,还有普罗米修斯在高加索山上铁骨铮铮的韧性、耐力和不屈,为改革开放的中文系复活创新立下了汗马之绩,难怪他在祝寿会上演讲时非常动情地说,"至今做梦常回师大",这绝不是梦话,而是"乡愁"之情留下的现代版"桃花源记"。

呕心沥血开新篇

如果说教师是授课的神甫,那教材便是教师手中的"圣经",备课必具的卷宗,包含着复杂的教育理念。编写国家级教材的人员,说话做事也定像印在教科书上的文字一样,有高标准和权威性。1978年春冯先生从京城返回中文系之前和1984年再度赴京,以及退休多年后,他都曾在教材上留下自己的思想和教育理念。

1977年邓小平同志复出,在教育领域抓两件大事,一是恢复高考制度,一是组织全国力量重新编写中小学教材,重建国家基础教育。

由教育部负责组织，以人民出版社教材编写人员为骨干，又从全国邀请一批教学经验丰富的中小学教师和师范院校的专业教师组成编写队伍，共二百多人。根据教育部要求，吉林省从东北师大抽调中文和数学两名教师加入中学教材编写组。校方经协商派中文系的冯克正先生赴京参加中小学语文教材编写。教材编写工作统称为"全国教材会议"，会址设在西苑饭店。

国家著名教育家刘国正同志负责中学语文教材编写，还有语言学家张志公和几位老编辑。冯先生被安排担任编写初中语文第三册教材的组长。语文教材编辑们经反复讨论，明确了各册语文课本分工比例、承担的任务和编写原则以及其中的各种关系，如文学知识和汉语言教学关系、古代文学与现当代文学的比例及阅读教学和写作能力培养关系，还有各种文体的比例等，其中最关键的是语文知识教学和政治思想教育的关系，过去的教材把语文异化成政治课，在那种形势下，老师们心知肚明又很无奈，忽视了"言"和"文"的训练目的，语文教学遭到严重干扰。我当年有切身体会，因为外语中学也使用普通中学语文课本，我们语文组曾群起"抗争"，借"外"语是学生学习的主科之理由，大胆地编写了"外国短篇精选"，其中选了莫泊桑的《项链》、都德的《最后一课》、契诃夫的《变色龙》和欧·亨利的《麦琪的礼物》等外国名家名篇，苦口婆心地集体说服在校执政的工宣队长，我们再三表示选编的教材只给本校学生专用，决不外传才编印了黄皮小册子。授课时课堂空前活跃，学生们像报春的燕子叽咕不停，感叹地问老师："这样美味怎么才拿给我们？"老师们只好摊开双手说："现在能见到已经很不容易了。"我们是在 1971 年做了这种"挑战"，幸运的是遇到了校内宽容的当政者。六年后"文革"结束，中小学语文教材终于要改头换面了。冯先生他们这组选择了报刊上刚发的一篇散文《驿路梨花》，此文就情叙事，珠圆玉润，既有散文的美，又有现实感，可称文字表达的典范。叶圣陶先生早就把教材比做"例子"和"样品"，把课本视为开发"无限库藏"的钥匙，编选时主张质文兼顾，力图达到"令教师好之而乐教之，令学生好之而乐诵之"，所以叶圣陶三十年代主编的课本，直到 21 世纪初再版仍被抢购一空。

冯先生小组在编选上一直以叶圣陶先生为榜样，每篇教材，包括学生的练习和作业题都严谨推敲，力争不出任何差错。但错误在所难免，课文中有一篇选自老舍的小说《骆驼祥子》，标题为《在烈日暴雨下》。印刷排版时将课文注释中的《骆驼祥子》的"祥"排成了怎么样的"样"，这是这一册教材里唯一的瑕疵，至今仍觉遗憾。

首次参加高规格教材编写工作，不仅使冯先生眼界大开，更没料到对他不久后回东北师大担任中文系的领导职务产生了直接影响。在编写教材的过程中，冯先生意识到了语文教师能力培养的重要性，这就直接关系到师范院校中文系专业课程的设置；当系里教写作课的老师情绪焦虑时，他耐心地做说服工作，并为此专门邀请张志公先生到校为中文系师生做学术演讲，甚至还邀请语文编写组老同志到东北师大附中同语文教师研讨中学语文教学中的问题。冯先生以他一心为教育的胸怀，锲而不舍地为语文教学铺路。

这次的教材会已载入共和国的史册。1977 年 9 月 25 日，邓小平领导的的国家领导人在人民大会堂接见参加中小学教材编写的全体人员并与大家合影留念，至今冯先生书房还悬挂着这幅加工放大的照片。人民教育出版社为纪念"教材会议"40 周年，编写者济济一堂举办了座谈会，记者采访冯先生长约半个小时，并在中国教育电视台播放了录像。2020 年中央电视台又把这次会议作为"国家记忆"节目，连续三集在电视台播放，"国家记忆"对于个人更是难能可贵的经历。

1984 年金秋，冯先生又带着新的使命奔赴京城，到高等教育出版社报到。

高教改革提出一个新的理念：文理渗透，培养复合型人才。大学理工专业也要适当开文科课，提高学生的文化素养。其实这是国外成功的教育理念，在我国教育改革中开始探索性实践。所以教育部决定高教出版社由过去单一出版理工科教材，增加出版高校文科教材，增设文科教材编辑室。

由于冯先生几年前参加过编写中小学语文教材，教育部认为他是难得的合适人才，便推荐他担任文科编辑室负责人，于是高教社急不可待地同东北师大协商先借调。

冯先生走马上任，面前摆着一项须臾不可放松的战略任务，从原来在高校一线教学到面向高校编写教材，这样的变化不可谓不大，而且这也不同于编写中学语文课本，对这崭新的工作，业务不熟悉，环境生疏，形势逼人，工作又千头万绪，让人一时很难下手。但冯先生很快调整状态，精神饱满地投入到工作中。首先是组建编辑团队，四处调人，然后谋划出版文科教材方向。新调入的多是应届本科毕业生，要培养他们的编辑素质，只能在实践中磨合成长。冯先生对他们高标准严要求，强调国家级出版社出版国家级课本，要经得起历史的检验；又让他们大胆放手，抓住各种机会使他们承担重任。凡是大型组稿和审稿会，冯先生必要求青年编辑参加商议表态，吸收经验，学会尽快独当一面。何毓玲的回忆录就是当年情形的缩影。

四川大学研究生何毓玲如今已退休，她在出版的自传性随笔《夕阳无限》中有篇专章"我的第一位领导：冯克正老师"。文中追忆自己刚毕业单枪匹马闯入京畿高教社文科编辑室，遇到冯先生，先生鼓励她"不要有任何顾虑，大胆工作，不要丢掉专业"。当时有本正要出版的书，主审对此书提出些修改意见，但该书作者工作缠身来不及修改，于是冯先生与书的作者商量，由何毓玲修改并补写绪论和结尾各一章，成文后作者看了很满意，并把书名改成《韵文概论》出版了。后来冯先生主编《诸子百家大辞典》，又请何毓玲写了几万字的法家词条，这些都成了日后晋升职称的重要成果。不仅如此，冯先生还亦师亦友相助，有意地创造条件，使何毓玲与外地来京的男朋友相互多接触多了解，促使双方顺利结成良缘。所以，何毓玲在该文结尾写道，"冯老师是我最敬佩的人"，并说"此回忆是送给冯老师的礼物"，文中还强调，自己的这种感念也是当年在冯老师身边成长的年轻人共同的心声。

冯先生不仅调动编辑室人员的积极性，为保证教材质量，还充分利用首都高校人才济济的有利条件聘请主编。由于冯先生来自基层院校，深知外省院校藏龙卧虎，有些学术功底雄厚的教授，足以做学科主编。他还很重视中青年学者担重任。他请哈尔滨师专的于非教授主编中国古典文学教材，同时邀请湖南、江西、浙江、云南等多所师专的古典文学老师参加编写，结果这套教材被很多院校采用，高教社多次再版，为出版社带来了相当可观的经济效益。

经过冯先生一年多的努力，文科编辑室工作打开了局面，奠定了发展基础。1985 年冬，冯先生被正式调入中国青年政治学院，在高教社文科编辑室负责人未到岗前，经学院领导同意，冯先生每周至少两次到高教社坐班，履行编辑室主任职务，承担部分书稿的终审，对书稿及时签字发排。那时市内公交拥紧，冯先生骑自行车上班，路上单程就骑 80 分钟，可想每日的辛苦劳碌。

上个世纪末，退休多年的冯老先生本在学院电教工作实验室做总编，东奔西跑地拍电视教学片，返聘回做专家督导组组长，上班之余他又给自己加码编写"教材"。

面对新世纪的曙光，冯先生怀着强烈的使命感，谋划编辑中小学课堂之外的"材料"。他聚结二十多位不同专业的人才，以新思维和新视觉，向青少年介绍中国和世界。历时几年，终于编写出版了十二卷本的《新世纪少年百科大世界》。

在这"大世界"的前言中，表明了这本课堂外"教材"的用途：新一代人不仅要有崭新的现代科学知识，强烈的创新意识，还应有广博的社会科学知识、优美的道德情操和辨别是非的能力，当然要打好科学的世界观和方法论的基础。由此可见，冯先生是从战略眼光看青少年将成为新世纪的社会中坚，未来的政治家、科学家、军事家、教育家以及工农商战线上的主力军。历史和现实都昭示，新世纪国家面临着异常激烈的国际竞争，而新生代的文化素质将决定我们民族的命运和前行的脚步。

因此这套"大世界"中包括了哲学及社会科学中的政治、经济、宗教、历史、民族、文学艺术各领域；在自然科学方面包括数理化、动植物及宇宙科学等基础学科，还有通讯、计算机、交通、能源、环保等应用科学，并设置了科学发明栏目，系统介绍古今中外发明家、科学家的事迹，此外还有人体健康和运动学科。涵盖了中小学教学内容并有所延伸和扩充，回答了青少年在社会生活和文化传媒中接触到的方方面面的问题。

此书包括的学科之广，学科内容之丰富，思想观点之新颖，反映现实之敏锐，在众多同类读物中是出类拔萃的。本书还图文并茂，生动性和通俗性相结合，增强了可读性。可说普及并补充了中小学教材中涉及不到的基础科学知识，打开了一个万花筒的世界，吸引了少年读者的好奇心。它不像专业辞书那样深奥，又不像各种专科辞典那样单一。

全书300多万字近30个学科中，外国文学与图书典籍合卷，外国文学占20多万字。我撰写了35个国家100多位作家的168个词条，配了360多幅插图。外国文学部分打破了多年对大学生讲授精品的框架，凡是有利于少年身心健康的，大胆地采取"拿来主义"，改变了以大盖小局面，特别注重收入当代作家不同流派的文学作品，打破了19世纪"黄金时代"的中心论。虽然当时我接受编写任务时间很紧，但能参与其中，对我来说就是一件幸事。为新世纪少年成长提供精神营养，也是为自己提供精神补给，更是对自己的检验。

只有像冯老这样的教育家，有多方面的教育经历体验和对教育的赤胆忠心，才能有这样的胸怀、责任、眼力和担当，既非常了解少年课上学习内容，又知晓课外如何辅助提高，而且他有胆识和智慧，又不辞劳苦，细心周到得如爱孩子的家长。"大世界"这套书不仅开阔少年的眼界，营养少年的身心，还能发酵少年的智趣，是极有品位的"野餐"。

冯先生甘为少年成长铺路，主编课下"教科书"，是对少年启蒙的大事，是育人的良心工程，与进入课堂的教科书比，"大世界"虽不是老师必讲的，但这种课外的育人教材，一旦引起少年兴趣，会有超越课堂的效果。

高瞻远瞩不停步

20世纪80年代初，借自拍电视片讲授中国古典文学内容，至今这项大胆创新举措能有多少人超越？可见冯先生当年排除万难的胆识和智慧。

1984年教育部在中山大学召开高等学校关于文学和历史电视教学片选题会，邀请部分高校参会，东北师大只有中文系被邀请，校方派冯先生参会。系里从中国古代文学中确定两个题目——"原始文学"和"敦煌变文"，冯先生承担"敦煌变文"题目。

"敦煌变文"是在敦煌遗书中保存下来的一种说唱相结合的文学样式，中文系逯钦立老师曾讲过这个专题。但新中国成立后新编文学史不重视这个在文学史上产生过影响的文学现象，只用极少的文字做简单介绍，有的根本一字不提。

1977 年冯先生带杨公骥老师以前的博士生外出访学，其中敦煌莫高窟是一个重点学习考察项目。敦煌这古丝绸之路上的一颗明珠，带有强烈的神秘色彩。他们在莫高窟停留一周，听学术报告，参观洞窟彩塑、壁画和经卷，所见文物无不令人震撼，到了莫高窟才真正理解"敦煌变文"的特点和学术价值。

　　"敦煌变文"中的"变"是指洞窟中根据佛经故事绘制的壁画，又叫"经变"。如洞窟中画的西方净土变，就是根据佛经中渲染的西方极乐世界绘成壁画。这些壁画将抽象的佛经具体化了，成为传播佛经教育的一种手段，其实"变文"是根据佛经壁画演绎出来的样式。唐代寺院中很流行这种说唱的宣传佛经的活动，最有名的佛经变文如"维摩诘经变文"，故事性强，听众很感兴趣。于是又产生了以历史人物的传奇故事为题材的"变文"，如"伍子胥变文""王昭君变文"。这样佛经变文逐渐扩展成为一种颇受民众欢迎的通俗性文学样式，又被称俗文学。郑振铎先生主编的《中国俗文学史》中较为详细地介绍了"敦煌变文"。

　　冯先生从听老师讲"敦煌文变"并对此产生兴趣，到敦煌考察中又产生了认识上的飞跃，感到何不让听课的学生也借助实物的影像理解"敦煌变文"的传承历史呢。但摄制"敦煌变文"教学片是一件前无古人的创新性工作，相当复杂而有难度，冯先生的勇气和毅力在为教学服务中从来都格外充盈。

　　首先他对佛教史做全面系统学习研究。了解佛教起源、释迦牟尼的生平、佛教传到中国的历史过程以及敦煌莫高窟的兴衰史。其次重点读些佛经经文，如"维摩诘经""阿弥陀佛"等，以便了解从经文到"变文"的演绎过程。最后难度很大的是从壁画中选取教学片所需要的画面，并对画面内容准确解读。

　　在这个基础上他撰写脚本。写这种脚本对冯先生来说实属头一次，这与电影脚本不同。因为全片都是用图像表现思想内容；供使用的相关画面是有限的，还要用文字语言全面讲述。脚本成为制片依据，使制作有可行性。

拍摄"变文"影像由东北师大电教组承担，学校批给了经费。从此冯先生跟随摄制组三次赴敦煌莫高窟。

去莫高窟并不是容易的事。虽说苦难的沙漠中有令人神往的辉煌，可这不毛之地既热烈赤诚又冷酷无情。他们顺利离开东北到兰州乘12小时火车，再乘大巴去敦煌，一路黄沙漫漫，太阳像燃烧的火焰，烈日下发出噼噼啪啪的声响，荒凉旅途不见水草，偶见野骆驼群，时而远处有海市蜃楼的景观。再转小巴去孤零零的鸣沙山下的莫高窟。可想而知莫高窟守卫者和敦煌专家们生活的艰苦，住在荒漠中的孤园，饮水是从县城运来，存在水窖里，土屋前后种的蔬菜只能靠存下的雨水灌溉。只要有滴水，万物就会充满生机，只要一场雨，万物就会葱绿，生活在这艰苦环境中守护国宝的人们竟乐在其中。

敦煌研究所的领导和专家尽量满足"敦煌变文"摄制组的要求。有些洞窟不对游客开放，但只要拍摄计划中需要的彩塑、壁画，他们都特殊开放，尽量满足，因此摄制组有幸看到极为珍稀的102窟的盛唐壁画。有的洞窟中壁画褪色和残损的，研究所还拿出名家临摹的补拍，如"西方净土变""九色鹿""张义潮出行"等壁画临本，保证了拍摄质量。专家还帮助他们拍摄了珍藏的敦煌文书卷子，有幸目睹先祖留下的瑰宝。当时敦煌莫高窟规定外单位拍摄壁画，每平方米收400-500元费用。这部电视片采用壁画超一百平方米，应交几万元经费。樊锦诗副所长为支持"敦煌变文"拍成电视教学片这一创举，只象征性收1000元服务费，当然这也是摄制组全部家当了。

冯先生从写脚本开始到全部制作完成，都坚持贯彻党的宗教政策，保证本片的政治方向。片子拍摄完成后，请中央台播音员赵忠祥做配音解说，增强了本片的艺术效果。该片分上下两集，120分钟，在教育部的审片会通过了验收。

不久在日本举办国际性电视教学片大奖赛，教育部推荐三部教学片参赛，其中两部是理工专业，一部是文科，即《敦煌变文》。出国前为进一步提高质量，摄制组第二次去敦煌补拍画面资料。还将解说词译成英文作为附件带到会上。本片虽未获奖，但被国际教学电视馆收藏了。

后来在伊朗举行世界电影节，教育部再次推荐本片参加，要求再加工提高，于是摄制组第三次去敦煌。还完成了英语版的《敦煌变文》，代表中国在国际电影节展出。1987年教育部组织电视教学片评奖，《敦煌变文》被评为唯一的二等奖，因为一等奖空缺，实际上是本次文科类的最高奖。冯先生在授课和去外地做学术报告时，都曾配合播放过《敦煌变文》，让听众感受到了遥远神秘的敦煌宝藏，充分体现了现代化教学的魅力。实践证明，提倡教师亲自动手推动教学现代化是可行的。这个年代，中小学电化教学片已经普及了，而高校各学科因专业性极强，没有教学专家直接开路，电教人员是很难独立制作教学片的，如外国文学授课，我只是利用拍成电影的名著，也并没想到这是电化教学。冯先生竟然把古董搬上银幕，可谓立下了大辂椎轮之功，真是令人瞠乎其后。

冯老退休后被返聘到中国青年政治学院音像出版社（原电化教育中心），有机会为团中央系统电化教育建设做些工作了。当时有的团校开设"讲演与口才"课，作为培养团干部口语表达能力的理论和实践相结合的课程，于是冯老提出拍摄"演讲"电视教学片的议案，经电教中心领导研究后确立了选题。此计划得到辽宁青年学院、杭州团校等院校支持，冯老担任总撰稿，还找我们几个校内同志参与部分脚本撰写与授课录像，并聘请北京人艺演员周正、中央电视台主持人陈铎同志担任主讲，本校武力平同志作为主持，团中央大学部长袁纯清同志主讲了教学篇的序言部分。

这部电视教学片由中国青年音像出版社承制。片中采用了大量电影珍贵镜头，如原苏联电影《列宁在一九一八》中列宁的演讲镜头，黑人领袖马丁·路德·金的演讲录像资料以及中国影片《风暴》中施洋大律师的演讲镜头。这些镜头充分显示演讲这种语言表达方式，在政治斗争中产生的特殊魅力。

"演讲"这部片子做得很精致，它是国内首部演讲电视教学片，不只有理性方面的阐述，还选了名人的演讲作为案例。片子拍成后在国内团校系统发行，有力地配合团校开设的"演讲与口才"课，曾获共青团精神文明建设"五个一"工程奖。

演讲口才其实也是教师必具基本素质，教师上课就是演讲，演讲艺术也是最优秀教师的音乐伴奏。

1998 年中央电大特邀冯老主编"中国古代诗歌选"教材。冯老请五位学术功底厚的博士参加编写，书由中央广播电视大学出版社出版后，电大提出由冯老主持，把这部"中国古典诗歌选"拍成电视教学片，把主讲人的教学场景拍成影像在电大播放，由冯老和其中的另两位编者担任主讲，中国青年教育音像出版社录制，该片还在中国教育电视台播放过。

后来中央电大胃口大开，又向冯老提出，将中国古代诗词拍成带有艺术性的电视教学片，选部分诗歌，配上画面和音乐，分析评述诗歌的思想性和艺术性成就。冯老仍任主编，负责写脚本，包括作家背景介绍和诗歌内容评述，设计配上相应画面。为解决图像资料，冯老与电教中心张斌同志先后到河南汤阴县拍岳飞故居，去济南拍李清照故居和辛弃疾的有关材料，又去镇江考察拍摄辛弃疾诗所涉及的北固山等地地形，顺便参观了焦山、金山寺、南山昭明太子读书处等地。后又去杭州拍摄秋瑾墓和龚自珍故居及苏轼的相关资料。这部电视教学片为结合画面选配了相应的音乐，做到视听结合，有较强的艺术性。

冯老还把电化教育延伸到社会生活中，尤其是被聘为中国青年教育音像出版社总编辑后，机会更多想法也更多。

冯老偶然从报刊上看到银行处理破损人民币的报道，便联想到自己在海鲜水产市场上，见商贩们用湿漉漉的手接过人民币百元新票随便一攥塞在口袋里，瞬间一张新票就褶皱不堪了。可以说很多人还没有形成爱护人民币的意识。他说去日本时看见日本民众普遍使用钱夹，旧钞都没有折损。保护国家货币也是民众的文化素养，于是想到利用电化教育手段，普及爱护人民币的教育。

这个选题得到中国人民银行的支持，该行的金银货币司予以配合。拍这种片遇到的最大困难是要掌握金融货币学的基础知识，为此冯老跑大图书馆查阅期刊，还到造币厂拍摄关于人民币图案设计和制造的重要资料。

这部片子宣传的核心思想是，人民币是我们国家的名片，因此要将爱护人民币提高到爱国的高度。

这部电视教育片由中国人民银行系统发行，产生了良好的社会效益，也为出版社创造了非常可观的经济收入。编写教材，冯先生不分课上课下，拍电教片也如此，可谓其心贯白日。

不渝矢志追梦

难得的人才，总是在最需要时发强光高热。冯先生年近花甲调到刚建的中国青年政治学院的文化基础部主持工作。该院于 1985 年挂牌，由中央团校改为国民教育的高等学府。

学院首创了青年学系和少年学系，并保留了对团干部培训的任务。

新设的专业既不能与国内高校接轨，更没什么国外大学参照，可谓是独一无二。文化基础部迫在眉睫的课程建设，只能根据培养青少年工作者的目标设置，比普通院校的共同课研究室复杂得多。

为使学生有厚实的文化素养，文化基础部设立了外语、写作、历史、中外文学、文艺理论和体育等教研室，后来又成立了科技概论和艺术教研室，文化基础部是院里最大的教学单位，部主任提议由各学科教研室主任组建了学术委员会。调来的教师多是刚毕业的研究生和本科生，学术委员共同讨论，明确各学科教学任务、制定教学大纲、选择教材、指导备课，对有的课要试讲并随堂听进行评议，助力青年教师成长，"站住"课堂。

两年后，文化基础部工作打开局面，校方任命冯先生为教务长，管理全院的教学工作，特别加强系里的专业学科教学和教材建设，加强办系的特色，刚迈上探索之路，冯先生就到了解甲归田的年龄，学院电教馆求之不得地聘他去做总编，早知他在电化教学上拍片的声誉和影响不一般。

到90年代末，为进一步加强教学监督，提高教学质量，学院决定成立专家督导组，组员都是退休老教师，聘冯先生任督导组长，协同教学评估处开展工作，直接由主管教学的校长负责。真是"天生人才"必常用！20世纪70年代末刚复课，冯先生就管理有百多名教师的中文系教学，80年代末又到刚创立的文化基础部管理几十人教学，走上轨道，又管理独具特色的全院教学，长期滚打在教学管理基层的都是灵魂人物。

后来，70岁老人又挑起督导的担子，比退休前更忙碌，不仅听课、讨论、开会、汇报，还要写材料，几位老先生辗转在课上课下，主要听专业课，包括党史、毛泽东思想概论、邓小平理论概论以及哲学课等。发现上课质量较好的，还组织示范性教学和评论。发现教学中问题，就反馈给系主任提出改进意见。评估教学，说好话不容易，说不好话更不容易，但该批评的也必须认真负责。

冯先生认为，督导教学，实质是在教学实践中进行教学理论研究；为促进教学理论建设，督导组建议并协助评估处，编辑出版了《教育教学改革与研究论文集》，冯先生虽自始至终谋划和参与审查论文及联系高教社出版，但不署名主编或副主编。

考试也是检验教师教学工作的一部分。专家组每学期对考试题目及评分标准也投入精力检查。如2000年到2001年第二学期，他们抽查30门课程的1700份考卷，对每门课检查的结果都形成文字材料，用事实和数据说明考试的状况。为此召开了考试工作研讨会，督导组几位成员在会上报告考试情况并提出改进的建议。这种教学活动在中青院是头一次。

指导学生毕业论文，也是对教师学识、科研能力和写作能力的综合性检验，这是教学管理中的难点，过去是空白。督导组审阅部分论文，邀请指导论文的教师和部分毕业生交流经验，并举行了毕业论文研讨会。所以，2007年中国高教学会启动了高等教育改革课题立项，中青院底气十足地申报了"本科毕业论文工作质量标准研究"的课题，专家组和评估处组成课题组，在教师中征集关于指导毕业论文的研究成果，冯先生一直参与终审定稿，还写了长篇总结，把几年来关于毕业论文的经验进行理论升华。这本文集出版后，又协助评估处从学生的毕业论文中遴选出成绩优秀的内部出版，为下一年度毕业生提供借鉴。

2006年教育部专家组来学校进行合格评估，看到了教学经验文集和毕业论文选，不仅肯定了他们的工作做得细致深入，还索取了督察组相关的总结报告做学习借鉴用。

评估处虽一再挽留，2008年，79岁的冯老还是毅然退出了专家组，无限感慨自己"结束了教育生涯"。其实只是身退，心永远不会退。60年铸成的教魂是他人生的唯一选择，只要活着还将矢志不渝地追梦。下面这首诗将是冯老"归家"的写照：莫道黄昏光太少，须知余热彩更红，潜心学术春常在，不懈追求松柏胸。

冯老从年轻时就担任行政工作，特别是调到北京，包括退休后的二十来年，他又不是那种滥充官位的领导，做什么都很投入。但他一刻都没有放下对中国古典文学专业的学习和研究，为了不被学术边缘化，他常年订阅《光明日报》，随时关注学术动态，保持学术敏感。他的一些成果几乎都是在繁忙的行政工作中挤时间完成的。他认为自己独立编写的教材或主编的教材，还有些大型辞书，虽看着不少，但其学术价值不足称道，那是为他人作嫁衣。但他写的敦煌文学论文和电影脚本，还有写殷周之际历史哲学及西周晚期诗歌反映社会的论文才是有学术价值的成果。

几年前，冯先生偶然看到范曾先生回答提问者"唯女子与小人难养也"，作出不是孔子轻视妇女的论断，但没有进一步展开论证。这引起冯先生的思考，无意中他卷入了一场学术论争。多数学者认为那是孔子轻视妇女的思想，甚至是骂尽了天下女人。为了厘清历代论语注疏中对孔子这句话的曲解，冯先生遍查《四库全书》，重读董仲舒《春秋繁露》等，还从语言文字训诂中找到关键词语"女子""小人"和"近之则不孙"的"近"字，又利用《经籍纂诂》遍查"近"字多义，其中多处用为宠幸之意思。更重要的是，从《左传》和《论语》中查出三十多个典型的由于宠幸而致祸的事例。孔子做出"唯女子与小人难养也"的论断，只是对执政者的一种警示。这篇考证和论证相结合的论文，彻底否定了近千年来对孔子妇女观的误读。此文在"中国孔子网"分四期发表了，后经压缩在《理论界》学术期刊上发表。显然冯先生的论文对孔子思想的研究可谓独树一帜。

目前，已进期颐之年的冯先生正撰写"寒食民俗考证"。过去很多文化学者将寒食节起源说成是晋文公为寻找介之推而放火烧山留下的禁火风俗，冯先生借《国语》和《左传》证明那只是历史传说，真正的起源是为了防火，有合情合理的因素才留下来的。除此，他还追踪"和而不同"的哲学思想的源头，系统读《尚书》，看出它起源于君臣契合，是孔子的"为君难，为臣不易"的思想依据，并发展到"君子和而不同，小人同而不和"的哲学命题，可喜的是越写题目越多，更可惜的是觉得时间越来越少了。

但说起管理教育，冯老又返老还童般竭力行动，令人瞠乎其后。冯老 90 华诞晚会上，我把刚出版的拙著《师韵》礼貌性呈上一本，一点没敢奢望他阅读还有什么回音。我觉得 90 岁老人该东山高卧或科头箕踞度时光了，可他老骥伏枥，在不停写作的同时，几次提出为小书开座谈会，我都表示否定，不希望他这把年纪还再为此事耗神操心。他见我迟迟不明确表态，竟说："这可能是我对教育做的最后一件事。我责无旁贷。"然后又说已同退休办领导小樊打招呼了，还给院党委写了开座谈会的申请报告，他还特别叮嘱我给当代著名文学批评家孟繁华寄本《师韵》。他都做到这一步了，我只好表示开会的事情都交给我办吧。2019 年 12 月 14 日，在中国青年政治学院图书馆 904 房间召开座谈会，原计划参加十多位，结果来二十多位。李宝国同志未来，请樊兰萍同志到会代念发言稿，孟繁华导师有博士论文答辩会，但发言稿后来刊登在《人民日报》文艺版上。会议从上午 9 点开到快下午 1 点，饭局间又议论两个小时。冯先生在座谈会上做主发言，强调《师韵》的几种关系：教师素质和教学成果、教育理念和教学实践、师与生和学术著作与文学色彩的关系。最后他提议改编成影视，填补我国至今没有这类片子的空白，引起大家的热议。2020 年 9 月，国家一级导演冷杉挑担成立了筹备组，在筹备会上，冯老对改编影视提出很多建设性的意见，之后几次询问进展情况。

　　我曾两度在冯先生手下教书都来去匆匆，对这位老领导只是仰慕而敬重，知之很少，一晃四十多年过去。有幸参加东北师大中文系北京同学会，学生们为恩深义重的冯老90华诞贺寿，宴会上聆听着冯老讲自己一生与教育的情缘，引起我对冯老教育生涯的追踪。而老先生读《师韵》后的言行，更令我实际地感受到"另一个冯老"，即他读《师韵》的激情和不可遏制的责任感，为开座谈会谋划奔走，以老教育家的眼力，揭示了"书外书"的写作动机。

　　该文收尾时，我从手机上看到冯老在疫情肆虐中开了"网上家庭课"，令我肃然起敬。原来从2020年5月开始，冯老就给在国外不上学的孙儿们讲中国古典文学作品，到2021年末已讲一百多篇作品了，包括《诗经》《楚辞》《论语》《孟子》《左传》《史记》、汉诗、唐诗、宋词等。课上非常热闹，海内外齐聚一堂，女儿当班长兼陪读，儿子当助教帮解惑答疑，儿媳偶尔也讲点课。孙女和外孙女是主要听课对象，国内还有几位搭车的，有选择地听，女儿的姨妈八十岁了，一直跟着听课。每周上课加备课占去两天时间，其余时间照常研究自己的古典文学专业，特别是《左传》的写作。

　　这真是岁老根弥壮，阳骄叶更阴。冯老一生给了教育树荫、清泉、智慧和勇气，正如冯至为感谢歌德而写下的十四行诗中的情境：

　　　　好像宇宙在那寂寞地运行，

　　　　但你不曾有一分一秒停息，

　　　　随时随地演化出新的生机。

　　　　不管是风风雨雨或者是日朗天晴，

　　　　万物都在享用你那名句：

　　　　它道破一切生的意义："死与变"，

　　　　从清晨到夜晚，走向既定的目的地。

第四章　小夜曲

一、寸草春晖

1

伏天，骄阳似火，今天更是热得焦金烁石，窗前也格外安静，再没有孩子奔跑吵闹。这天下午，我正在家判期末试卷。

突然听到有急促敲门声，边敲边喊："快！有贵客来！"我很熟悉这是系办小孔的声音，心想这大热大开什么玩笑，有哪位"贵客"会此时上门，我当即打开门，惊愕得目瞪口呆，迎面扑来个声音：

"老师，您能叫出我的名字吗？"

"啊！夏树！天外来客！"

随话音，四只手紧紧握在一起，四目不禁都泪潸潸，笑得如花的脸上也都滚着泪珠，这感人肺腑的情景，令小孔很识趣地抬起右手示意告别，我还没来得及说声谢谢，她旋身不见了。

随后，我拉着夏树进屋，他没有坐下，从头到脚打量我，我也端详他，都开心地笑着。

"老师，您还像当年那样，没有变！"

我望着他，那骨瘦如柴的脸仍如木雕，但那双眼睛却沉稳如水，仿佛那侠肝义胆助人为乐的行为又展现于眼前。我捏着指头算师生分开已 16 个年头，互无音信，自己进入准中年了，怎么能说"没有变"。

夏树坐下后，叙说前几日从哈尔滨去大连出差，昨日返程在长春下车，就是为了寻师。早就多方访听知我在长春，弄不准在哪所大学。今早 8 点赶到医大人事处查询不见同名，又跑到吉大人事处查询，还是对不上号。晌午后早早到了东北师大人事处，一说名字，办公室工作人员当即把电话拨到中文系，然后跟夏树说，你找的女老师四十岁上下，是黑龙江人，应该可以对上号了。夏树听此话跳起来，深鞠躬连说谢谢，按指点的路线，气喘吁吁闯到中文系办公室。系办主任把夏树说的一一对号后，便放心地派工作人员小孔送到我家，唯恐我住校外不好找。看来夏树寻师心虔志诚，感动了陌生人。我听着他上面的叙说，不仅感今怀昔，眼含泪花，也觉从前木讷少言的夏树，今日变得口若悬河，滔滔不竭了。

我走上教师岗位，夏树是我教的第一班学生，还当过他们"特殊"的班主任。1966 年停课，我与这个班再也没有过联系。教师队伍除跳出几个"造反派"，绝大部分都处在挨批的困境中，我更是如此。两年后，全国在校的五届大学生统一下基层接受再教育。夏树这个年级分到军队锻炼。接着这所新创办的外语大专合并到黑龙江大学。我在校目送学生下部队之后，就对调到长春了。恢复高考后，夏树确信我这辈子无论怎样都不会离开学校的，借出差机会，他夫人给他下令，你找不到张老师就别回来。他夫人也是我的学生，叫尹荣，是个非常文静内向的女孩，在部队锻炼后他们都分配到呼伦贝尔盟师范专科学校（现呼伦贝尔学院）工作。

小孔后来告诉我，在路上，夏树说他多年来一直在寻找老师，老师像块"磁铁"，离开这些年，觉得磁力还在。后来小孔开玩笑地叫我"磁铁"，并说"我也就凭这点喜欢你"。小孔在路上也向夏树说了些我在师大中文系授课受学生欢迎的情况。

夏树趁我做饭空隙，在桌上的纸片写下了抒情文字：

"人间最美师生情，多年不见情更浓；

恩重如山多教诲，刻骨铭心伴终生。"

共进晚餐后，约好明天再来，继续说那些年那些事。当天见面时，夏树几次说"老师你怎么如此乐观"，我朦胧地感到他有什么困惑，所以很希望明日深聊。

第二天夏树如约而至，一手提着五粮液，一手抱着鲜花，说是跑到长江路才买到的，昨天唯恐找不到才没准备，必须补上多年的心愿，也是夫人再三叮嘱的。

其实，夏树专程下车，又跑了几所大学寻踪觅迹地查找，就已是天价的厚礼了，世界上还有什么比这锲而不舍的精神更值得珍惜呢！当代教育家朱永新说：

"要做个让学生一辈子记住，一辈子怀念的老师，就对得起做老师的良心了。"他还说"如果毕业多年的学生送鲜花一朵，那将胜过在校时送过无数的鲜花。"家里的两个中学生听说夏树寻师的经过，很感慨地说："当老师可真幸福，还能有学生想念。"看来小孩子也感受到师恩的珍贵，可她们还难以理解学生的点滴回报，将使教师再生出多少钢铁的力量。

午餐时，我们谈到了改革开放的澎湃大潮，给了每个人贡献才能的机会，青春就在当下。我顺口反复哼着"别兹那呦呦，别兹那呦呦，我的青春小鸟一去不回来"，王洛宾的名歌名句，本是当学生时学会的，却扎根心中，常常哼唱。随年龄增长越来越爱重复唱，其实是对逝去青春的挽留和对未来"青春"的呼唤。在这种气氛里夏树总算说出句"自己不该总向后看'那些年'"，这或许就是他应打开的心结。

所以送他去车站路上我提出个问题：一个人走路被石头绊倒该怎么办？他说放慢点脚步。我又说被绊的是夏树怎么办？他说不能蹉跎，像"小鸟一样"奔向目标。我高兴地握着夏树的手说："这就是当年学雷锋的夏树，也是以后的夏树！不必怨绊你的石头！"依依惜别，直至车开走了。我还站在那日送挥手，追忆当年的往事。

2

事情要从那年当"特殊班"班主任说起，那也是我与夏树师生情谊的开始。

寒假结束，上班的第一天，夏树这个年级的政治辅导员小孙，突然跟我说："请你做9班的班主任！"

我很诧异，从没听说大学还有班主任，以为是她跟我开玩笑。但小孙很严肃地说：

"党委决定，团委执行，开展学雷锋活动。选定9班做试点，要特配名班主任。"我心里很清楚，上半学期刚刚开展学雷锋活动，这学期还要深入学习。小孙说征求这个班同学的意见，他们选择了你。

小孙很得意地边说边笑，而我却笑得勉强，既不慷慨允诺，也没勇气拒绝。对方见我迟迟不表态，便直爽地恳求：

"学生选择你！就是相信你！做吧！"她好像看透了我的心思，知道我是为学生而教书，不是为生活而当老师。我轻轻地点点头，勇气不足，可心是火热的，心想若毕业把我分到中学，早就当班主任了。之后小孙告诉我校方与教务处协商，这学期我只教一个班的课，减去一个班的任务是为加强班主任工作。她跟我详细说了学校开展学雷锋活动的计划和这个试点班上半年学雷锋的情况。

当天晚上9班干部就来找我，汇报他们的情况。说到班上学雷锋活动，他们接连不断地给夏树邀功。我虽给他们上了半学期文选写作课，对夏树的印象是作文写得朴实短小，有文字功底，但对他英语的学习情况一无所知，顺便问了一句，几个干部面面相觑，什么也没说，我便明白了无言的客气，是尊重的无奈，也包含着很深的期待。

众所周知，应国际形势迅速变化的需要，周恩来总理直接指示教育部在全国创立五所外语学校及两所外语大专，一所是英语大专，一所是日语大专。我所在的学校就是其中的英语大专。五所外语学校是从小学三年级起开始学习外语，为国家准备外语人才。

我想，学生学雷锋，首先得用雷锋精神做个好学生，好学生将来要以英语为武器从事外交工作，否则就如农民荒了土地，工人造不出合格的拖拉机一样。外语是外交官的工具，现在掌握不好这个工具，就等于没有为将来做好准备，所以我想以夏树为典型，首先抓全班的英语学习。当时提倡"学雷锋做好事助人为乐"，我想作为学生最大的"好事"莫过于人人做个优秀学生，将来"助"国为"乐"才是大乐，才是大爱。

可我不是英语教师，一周只有一次课，英语老师一周七、八次课，与学生天天见面，对每个人也了如指掌，我也没有资格去指挥英语老师如何提高学生的外语成绩。再说外行说话常是空话大话，根本不知提高学生英语成绩具体困难在哪，而每个学生又各有自己的难点，所以只能向英语老师请教并协商。

毕业半年了，我这个教师终于又有机会反省自己了，原来只是个热心专业的教书匠，或者说上课去"卖货"，学生吃了这"货"就满足了，起到什么育人作用从没想过，充其量是个低头拉车不抬头看路的

"盲"师。

这回想用雷锋精神"育人"，真得好好思量思量，如何提高学习质量，如何引导他们努力学习。

我记得一句名言，"教育的秘诀在于尊重学生"。尊重的方法不是截取所长补其所短，最好是激发长处使之再长；水涨船高，会使短处努力加长。

正是这样，教育者绝不该吝啬发挥鼓励的作用。我提议第一个班会的主题就是人人都找自己有哪些"长处"和如何"扬长"，使每个人用长处激发自信，然后归纳出一个信条："发扬长处，使短变长"，并把它写在教室后面墙报的显要位置上，成为大家的座右铭。

3

我是这样鼓励夏树"扬长"的。

讲完鲁迅的《故乡》后，我留的作文题目是"我童年的故乡"。这题目不难，我相信人人都有写不完的童趣。儿童向来对自己的生存环境有天堂的记忆，无论生活多么拮据，只要有父母的爱，他们就是富足的。几乎人人都用原题目洋洋洒洒写出了千字文，唯有夏树改的题目是"我的第二故乡"，像往常一样写得很短，不超千字。

他在文中写道，他 5 岁时母亲病故，自己出麻疹，被奶奶接走就再没回父亲那，无疑他认定父亲那儿的家，还是故乡。奶奶这个小村只有十多户人家，但在孩子眼里它很大很美。小村四季如画，尤其白雪皑皑的冬天像童话世界。村里有一群无忧无虑的伙伴，像亲兄弟般友爱。冬日一起在小河上溜冰，夏日跳河里摸鱼游泳。打谷场是另一个乐园，孩子们在里面捉迷藏和"抓坏蛋"，连猫狗都成了玩具，有时也同小伙伴一起跑跳。这欢乐是因为有黑土地的耕夫，一年四季无休止的忙碌，用汗水给孩子创造了生活的天堂。他在文中特别强调，村里的大人对各家孩子都如亲人一样，每个孩子都像有无数个家长。夏树如高贵的客人，他不止是奶奶的掌上明珠，伙伴们的父母对他也都高看一眼。这大概就是夏树父亲几次接儿子回家都不能如愿的原因。

文章虽短，内容却充实，从故乡的美写到孩子的快乐及大人的勤和善，在善中突出爱的主题。借着给这篇作文写评语，结尾时我醉翁之意不在酒地写了切题又离题的话：

"从文中看出你有更多潜力还没发挥出来。打开智慧宝库的锁，不仅能写出漂亮的文章，还能练出优异的外语口语。没有打不开的锁，只是钥匙不对号而已。对号的钥匙，就是自己永不放弃努力。"

几天之后，夏树主动来找我，我也正想找他呢，这是师生首次单独接触，看来水到渠成。这个寡言少语的学生急不可耐地说：

"老师，太感谢您了！"

"从何说起？"

"从作文评语说起！"

他说自己从小喜欢写作文，老师总给打高分，偶尔也写两句赞美的话，自己很满足。上大学后的作文，老师的评语详细了，每个字他都仔细琢磨。"故乡"这篇习作，老师的评语给他很大的触动，不断反问自己："还有何潜力没发挥出来？钥匙在哪？"

夏树问话很尖锐，也很突兀，我立刻插话："你做的会比你想的更好！"然后我学着班干部的样子，说了他学雷锋的种种表现，但在学雷锋活动前，他可能根本没想到会有现在的表现。帮助别人是学雷锋，提高自己的学习能力，同样也是学雷锋，而且是首先应该做好的学雷锋，因为你是学生。

说到这，我机敏地停住了，他若有所思地看着我不说话，我想这是触到他灵魂的某个角落了。

接任班主任后，我去请教过英语邵老师，了解整班的英语学习情况，特别是夏树英语学习困难的原因，邵老师说他上课很少举手发言，分小组对话，谁也不愿跟他配对，口语课上缺乏主动性，笔头作业还可以。

我如实地告诉邵老师，夏树中文底子很厚实，有一定的阅读量，知识面不窄，单词量也可以。我自己学俄语有教训，因为俄语中有个舌尖颤音"P"我发不出来，只要单词中有这个音，我就不敢说，我还当场给邵老师示范这个"P"，是毕业后开玩笑时发出来的。邵老师虽不教口语课，但她表示会特别关注夏树。

另外，我知道英语老师批作业，经常给打 A、B 或 C，我提议对夏树作业的造句或短文，发现有进步，哪怕是一点也好，加上一句鼓励的话，帮他克服自卑。

期中考试后，邵老师说"夏树变化太大了！"课上经常举手，语速虽慢，但吐音清楚。她课外给夏树校正了几个音：像 /e/，中国北方语言中没有这个音，地道东北人发很费劲，南方人，特别是上海人发这个音很容易，邵老师就是地道上海人，复旦大学毕业。还有英语的双元音 /ai//ei/，两个元音滑动变换，夏树掌握得不好，/tn/ 这个音，更是难点，舌尖与牙齿有个很快摩擦的过程。这几个音要刻苦练熟了，口语才能流畅。老师让夏树专门找有这几个音的单词苦练。她在夏树的作业本上常写"加油！"或"书写优美"之类的鼓励话。

这是"期待效应"，也叫"罗森塔尔效应"，对学生用不同的方法，效果也不同，教育心理学上，称为"教学相长"。我跟英语老师表示，无论怎样充分肯定，夏树也不会翘尾巴的。

期末，夏树的外语成绩进到班级前 10 名，英语老师说他的造句、短语和作文有创意，看来汉语基本功发挥作用了。年级统考全班的平均成绩还进了前五，比上学期跃进四、五名。同学们很满足地自喻是"雷锋式'学习'班"和"外语学习的雷锋班"，言外之意，全班同学"学习"上很有雷锋精神了。"三八"节那天同学们曾去公交车上替女售票员卖票和清理车上卫生，"五一"节前与校内清洁工约好，这几天替他搞卫生，以此祝贺他们过节。学生们还集体去街道开展活动，定期定点帮助孤寡老人搞卫生。

一年后，9班被命名为"雷锋班"，夏树戴大红花，在全校表彰大会上代表学雷锋标兵发言。

4

下面是难以置信的一幕，令人心灵颤动永生难忘。

停课两年多，国内高校的"五届"学生，包括应毕业和未毕业的，后被历史称为"老五届"，全部下基层接受再教育，这是国家的统一规定。夏树所在年级分到驻军某部锻炼。

一天上午，校园操场上排满了军用卡车，闹哄哄的一片，出发的学生也都换上了军装提着行李箱上车。

学校广播号召全校教职工到教学楼门前为学生送行，连正在"劳动改造"的校党委书记和校长等也被招来，站在教职工的后面，楼门口黑压压一片，都沉默无语地看着操场，没一个教职工走出去，也没一个学生跑过来与老师告别。

二十几辆军车缓缓地绕出操场，向教学楼门前驶来，车上站满了学生。车按班级顺序排开，像条长龙。9班的车开过来，我早就盯着，突然车上有人边敲打车厢边喊："司机师傅，请停下！"那声音我很熟悉。

车停后，车上跳下一个清瘦的男生，身上的军装显得过于宽松，系着皮带戴着军帽，臂上没有红卫兵袖章，但胸前有毛主席像章。跳下车来的是夏树，车上站着的就是两年前的那个雷锋班的学生，他们都举手示意告别，但没有言语，同过去的几辆军车一样，站在楼前的教职工也都只举手，不发声。

夏树两三步跑到全校教职工面前，敬个军礼，大声呼喊：

"老师们，谢谢！"

"再见了！母校！"

之后，他挤入人堆中，好像早就瞄准了似的，冲到我面前，摘下了军帽，深深鞠躬：

"老师，再见！我会想念您的！谢谢！"

夏树说这几个字时，他的脸涨得通红，一扫平时的斯文，激动得声音有点沙哑，说完转身飞奔上车。瞬间，车上车下的人或鼓掌或招手，还是没有言语，地球似乎凝固不转了，闷闷的空气像要爆炸。

我含着泪水，成了旁边人注目的中心，虽无言语，但心在激跳中呐喊："再见"，"一路平安"！

"这学生得有多大胆量冲下车！"一个人羡慕地低声说。

要知道，那个年代里，"谢谢老师"已成了陌生语言，向老师敬礼更是少有之举。今天听夏树说出来，对所有老师来说都是天籁之声，太珍贵了！

其实，我们被招到门前等候时，我的眼睛一直在寻找9班的位置，尽管我知道找到了也不可能跑过去告别，也知道他们更不会跑过来与老师告别。

可我没想到，夏树，在那高压的气氛中，众目睽睽之下，冲下车来，向母校告别，与曾经的班主任告别，与所有老师告别。本来这是人之常情，那时却成了异想天开的壮举。

二十多辆军车通过校门，车上车下的人都举手示意"再见"，此时，手、眼和心都成了没有表情的复杂语言，面对这复杂的境况，师生都有难言之隐痛。

　　唯有夏树这个木讷的学生，敢冒天下之大不韪，他知道学生不管游到哪儿，都是母校的孩子。

　　他使人想起"慈母手中线，游子身上衣"，"谁言寸草心，报得三春晖"。

二、读无字"乌鸦"之书

——撞心灵之痛

1

莫斯科仲春，还有些凉意，但太阳朗朗照耀着，给人风和日丽的感觉。

我从莫斯科大学公寓出来去教学楼上课，像往常一样急匆匆地走在林荫小路上，路两侧立着成排的松树，伞形树冠葳蕤地冲向高空，树冠底部相互接壤，组成连理墙使人看不清墙外的风景。树冠也成了天然的遮阳伞，晨光更难斜照进来。

这条笔直的小路位于莫大体育场西侧宽大草坪外边，静悄悄地很少有行人，草坪周边的树木是鸟儿的天堂。小路尽头，透过树干的空隙，可以窥到草坪南端纪念碑底座的火焰。我每次上课和下课路过这，总要肃穆地望向那燃烧的蓝色火焰，心中敬意陡生；有时还见有家长带着孩童去纪念碑前献花，有一次我竟看到一个五六岁娃娃捧着绿色蒿子秆，恭敬地放到碑座上，我被深深感动。据说这同样的纪念碑，在全国各城市都有，碑座中间的火同莫斯科红场无名烈士墓上的火一样，昼夜不辍地燃烧着，纪念苏德战争中为国牺牲的先烈英灵。

下课后我走出办公楼前小广场，慢悠悠地穿过了林荫道，进入草坪，太阳正在头顶，辽远天空下草坪上的黄叶把阳光过滤成金色。春天终于来了，最有灵性的小草感恩图报，不再固守本性，忘乎所以地开始吐绿。天上挂着的鹅毛云凝固不动，一丝风也没有，久不见雪花，又无一滴春雨，空气干燥，这是莫斯科少有的艳阳天，暖意洋洋。

草坪软如地毯，野草根部露出嫩黄的幼苗，虽无翠绿，却有扑鼻的草香，偶见忍耐寒气的蒲公英绿芽，坚强朴素又纯美。生命的躁动，使土地疏松，散发出清新气息，外加头顶阳光的抚慰，赶走了我的疲惫，可惜这里没有桃红李白和菜花黄，只能撷一缕春光踏步在草坪上。

不经意中，我发现纪念碑旁草丛里有什么东西在动，还传出叽叽叽的声音，便低头定睛细寻，啊，离我四、五米远的草丛中，有两只小乌鸦。我泯然一笑，好不惬意，好不快活，天涯无处无芳草，到处都有小乌鸦。莫斯科的乌鸦特多，随处可见。我仿佛霎时回到了童年，回到了故乡村边的大树下，也想起了那首歌颂乌鸦的诗句："乌鸦从不说自己是孔雀，黑色衣裳不缀一朵小花，说假话的人一见乌鸦就害怕。"

我心里默念着，好奇地移动着碎步，蹑手蹑脚地，不敢发出声音，像屏住呼吸似的站定，生怕惊得小乌鸦跑了，为缩小目标，我蹲下来，能清楚地看见小乌鸦嘴边是黄色的，像鸡啄米似的衔地上的干草叶。在温柔的日光下，我像母亲看婴儿一样会心地微笑着。它们很像刚学走路的婴孩，蹒蹒跚跚地移动，在草中胡乱地啄着。它们身躯滚圆，浑身是毳毛，淡灰色中夹杂有深灰，翅膀处更深点，翅膀与尾巴都无翎羽，这是幼禽的重要标志。它还不能飞，羽翼没长成。它俩躲在草丛中，不时地相互点头，柔情款款，憨态可掬，令人爱怜。

站起身来，我没有马上离开，目不转睛地盯着它们。我很纳闷，旁边怎么没有大乌鸦守护？扫一眼周围地面，没有，看一眼树上，也没有！这小小乌鸦，竟敢自己出来晒太阳见世面，享受大自然的恩赐，好有勇气！想到自己童年时在农家院玩鸡雏和小麻雀崽儿，在野外也数次看到过小乌鸦，旁边总是有老鸦，从没敢把玩过。真想飞过去摸摸眼前的小乌鸦，那感觉肯定很奇妙，真是童心未泯。

任何人在孩童面前，在小动物面前，都可能瞬间赶走疲劳和忧愁，从而返老还童的。我这念头在脑中一闪，还没采取行动，没想到竟被躲在树上不动声色的老乌鸦看透了。

霎时，随着"嘎"的一声响，从侧面树上扑下一只大乌鸦，黑煞神般在我面前一闪，迅雷不及掩耳，像石头一样砸到我头顶上，双爪抓着我的头部，用喙啄我的头发。我不知所措，下意识地把手提包抢到头上，当即就把大乌鸦轰走了。

这一触即发的短兵相接，又刹那间结束的战斗，对我是次销魂荡魄的闯关，闯关结束，我还懵着。老乌鸦从我头顶直扑到两只小乌鸦跟前，原来它早就在暗处居高临下地鸟瞰下面的动静，盯着我这个庞然大物，当它看到我横刀夺爱的眼神，便毫不犹豫地向我发动疯狂袭击。

这黑战神刚才还威风凛凛，咄咄逼人，把我看成劲敌攻击，可它到鸦雏前竟小心翼翼，重足而立，与孩子交颈并头，轻声细语，似安慰又似道歉，那舐犊之情一扫刚才的泼辣与疯狂。我仰望眼前纪念碑顶端闪光的刀尖，又俯瞰草中母子深情，这世间绝妙的爱，令我心荡神摇，头脑一片空白，心却有点儿痛。

2

我纹丝不动站在原地看着大乌鸦。它一身黑羽毛，油光锃亮，硕大滚圆的身躯，像披着斗篷的神父威风凛凛，大腹便便，走路如企鹅一样跩跩着小碎步。这个养尊处优的"土豪"，有绅士披风却没有绅士的风韵，我常在楼下垃圾箱前见它啄奶盒，贪婪地赶走身边的麻雀、喜鹊，很是霸道。

莫斯科的龙钟老人，爱享受喂鸟的天伦之乐。在公园湖边或广场路边，逍遥地坐在长椅上，人人都习惯地把面包用手碾碎洒到地上，招来麻雀、喜鹊和乌鸦，连在湖中嬉戏的湖鸭也上岸来抢食。只有湖中的天鹅举颈扬头，望着这群贪吃的朋友，这天生尤物面目优雅，体形妍美，与它那温和的天性正好相称；但你可千万不要小看它们，因为天鹅翅膀一击，连人腿都能打断。来抢食的鸽子文质彬彬，叨一口，停一停，东张西望。

只有乌鸦如虎入羊群，虎咽狼吞，我也曾与同伴在公园湖边逍遥过观察过，人们对乌鸦从没有好感，比如某人说话总是好事不灵坏事灵，就会被比喻为"乌鸦嘴"，说某人不谦虚，就会说"老鸹落在猪身上，只看到别人黑看不到自己黑"。人类不喜欢乌鸦，一是因为它叫声难听，二是因为它吃腐肉。但这是乌鸦的习性，怪不得它，也不应误解它。

今天，乌鸦对我的一战，我只是受到惊吓，倒没有皮肉之苦，可那惊魂的一幕，它那为爱子而产生的强大力量，它瞬间给我留下的警示和思考，远超过惊吓之痛，因为它真的触及了我心灵的暗角。

虽然我根本不可能伤害小乌鸦，但我确实有把玩它们的心思，这才促使它大恐大怒。它宁可防万一，不可不防一万的警惕性，令我吃惊地感到鸟类母爱本能也已经深入骨髓和神经，和人类一样。说实话，老乌鸦若一时半会不冒出来，我真能悄悄走过去，同小乌鸦玩的，童年的记忆顽固而美妙，只要触景就会生情。当时我脑中还有一闪念的遗憾：口袋里若有块面包该多好，童年时我衣兜里就常揣着小米和玉米粒。当时我根本没有想到老乌鸦藏在树叶中，估计它们就像我们的母亲一样，总爱坐在窗台上边干活边看着我们在窗下玩耍。

这之后，我每次去上课，口袋里总是放块面包，下课时照样走近纪念碑看长明火，希求还能见到它们母子的身影，扔块面包表达歉意，可那片草丛，从黄到绿，再到黄和白，我瞥过无数次，只是偶见有麻雀跳来跳去，却不见它们，只好扔下面包，减轻一下心中的负疚感。

被乌鸦袭击后，我走在没有阳光的林荫路上，走走停停，几次回望草丛中那母子三个在阳光下的亲密和惬意，很是羡慕。

乌鸦爱子的勇战之火光，融入纪念碑下的燎原的爱国圣火之中，并同高空太阳赐予大地的光汇成灿烂的一体，联成一个缤纷的爱的世界，无疑这火将熔化世间的污垢，也将烧烤我的痴愚和粗野、幼稚和浮躁，我也是母亲，不仅是女儿的母亲，还是学生的"母亲"。

教师在学生成长中，可能偶然遇到学生身体和生命受到威胁的意外，比如地震这种意外虽很少见，可考验却非常严酷。我认为还有个普遍的看不见的战争，考验教师对学生的爱是否更持久更普遍又更神圣，那就是学生最阳光的岁月都在学校和老师眼皮底下度过的，老师以最持久的最忠诚的爱，使学生自由发展个性，培养他们思辨的能力、独立判断的能力以及创新能力；而不是只灌输课本知识，熟记内容考高分。禽之爱子给人的启示，特别是给我这教书匠的启示是，教师不能仅限于学生生命有危险时给他们保护，更重要的是年年月月成为学生精神生命、智慧、才华以及成长中的保护神，那才是真正高于动物爱子的大爱。

3

古人说"读有字书，却要识无字理"。乌鸦对我的攻击，我是"无字书"，这次经历，令我突然想起从前读过的有字之书《麻雀》。当时虽"认字"，却不"识理"，所以今天才遭老乌鸦教训。

清楚地记得，上初中时，我读过俄罗斯作家屠格涅夫的《麻雀》。当时完全是出于对《麻雀》两个字的好奇，更准确地说我对麻雀这种鸟"情有独钟"。牙牙学语时，我就认识了大自然给我准备的这玩物。农舍窗台上、屋檐下、柴草垛周围，打谷场的犄角旮旯，禽畜食槽边沿，从院里到院外，到处都有麻雀的身影。后来住在城市，只要你走在路上，没有哪天看不到麻雀。可说麻雀是我平生最先看到也是见得最多的鸟，你没想见它，但它就在你脚边和眼前跳跃。生物学家认定，麻雀是世界上最广为人知的鸟，它有4属36种，分布在各大洲，至少有两种大量生活在乡村城镇，与人类有不解之缘，它那叽叽喳喳的啁啾声，是奉献给人类的小夜曲。

上学前每到春天，我就同小伙伴一起掏家中房檐下的麻雀窝，最想掏到是麻雀蛋，放到火盆里烧熟，那就是一顿美餐。若碰上刚出蛋壳的雏雀，更是意外惊喜，立刻自己动手用高粱秫秸编个小笼子，放个小酒盅加水和小米，雏雀在笼子里虽飞不起来，但活动空间更大。笼子挂在窗外随时都能欣赏，麻雀妈妈有时还叼着虫子从笼子空隙喂雏雀，然后无奈地飞走，当时无论如何想不到那是艰辛的母爱，只觉得好玩。雏雀的头很小，嘴锥状，嘴丫黄色，身上的绒毛深浅褐色相杂，不会飞，喜欢跳跃；即便长大了，麻雀也不能远飞，北方农村地区都叫它"家"雀或"老家贼"，据说它离窝从不超过二百米。小麻雀是我们童年时的玩偶，而老麻雀又是我们少年时的美食。大雪天，我们在笸箩下洒上小米，每次都能扣上十几只麻雀，把它们埋在灶膛或火盆里，吃真正的"烧烤"，直到我上中学，才自然地断了从"玩偶"到"美食"的"享受"。

我第一次读《麻雀》这有字之书，觉得《麻雀》中那只猎犬妄为庞然大物，竟没有一点儿战斗力。

德国学前教育家福禄贝尔，早就断言学前教育是人的教育的开始，是人发展的神圣起点。这个时期教育起着不可替代的作用。之后对自然、人类和社会的态度，都主要取决于幼年时期的生活方式。同时他认为如果这个阶段的教育遭到损害，之后将要付出最大的艰辛和最大的努力去弥补。

4

有位作家说，人生要读三本书：有字书、无字书和心灵书。

有字书录的是无字书，并成为传心灵的书；而心灵书又衍生无字书，学者哲人又录为有字书；这样循环往复螺旋上升，就是人类文明发展的大趋势。

我是教书匠，随心所欲看的有字之书已浩如烟海；而如今作为皓首苍颜的老者，经历的无字之书，从上学算起也积土成山聚少成多了。简言之，自己是"生"在有字书海中，"活"在无字书"山"中。"活"的无字书，不仅能成有字书，还能变成心灵之书，但是能真正变成心灵之书的，相比之下既少又难。

只就《麻雀》这几百字而言，我几乎是在经历了乌鸦惊心动魄的洗礼后，才把自己的无字书转化为了心灵之书。

童年时期，有字、无字之书皆是空白，所以读《麻雀》这样的经典，才"误读"到千里之外，那时根本不可能有什么心灵之书。

少年时期再读《麻雀》其实并没有走心，更没有动情。这种读，只动了脑，当然不可能转化为自己的骨髓和血液，离心灵之书还有很远的距离。

有了生活之书的沉淀，又有了这种意外的"乌鸦爱子"的真实场景，相比之下，对老麻雀护子与猎犬大战更觉有字之书惊心动魄，终于又有了灵魂的震撼，感到从前被禁锢的心灵多么狭窄和令人窒息。后来我又在有字之书中，偶见写一只麻雀天热中暑，另一只麻雀施救，做"人工呼吸"，最后双双飞走了。麻雀爱同胞之举又触动了我的心灵，这虽不是重复着乌鸦战人和老麻雀战犬的那样"生活"和"文字"之书，但这新视角，仍促使我推而广之理解人世间的友爱的心灵。

心灵之书，是经历人生中对有字之书和无字之书思考过滤沉淀后才慢慢获得的。有最丰富的生活之书和读懂的很多有字之书，是形成心灵之书的发酵剂。

心灵之书虽没有文字记录，就像丰富的生活之书也没有文字记录一样，但你的文化人格，特别是你的人生态度，你的举止、姿态和气度都会显露出你的德行和品格，心灵之书的魅力就会在你的眼神、相貌中展现。

常说的文化人格，就是读懂有字书和无字书生活后心灵外化的表现。有这样的人格不只会爱自己，更能爱值得爱的一切，教师必爱自己的学生，而且这心灵之爱，应是比战胜死亡恐惧更强大神圣的爱。

三、无声的"课堂"

有缘相遇，机不可失，凭心灵的召唤，演绎教育的诗篇，此时无声胜有声。

含 泪 笑

骨科王主任查房，我试探询问自己何时能出院，他眼神转向我的主治医生张磊，语气很温和地说"过圣诞吧"，张大夫也随即点头，这么看我还得住一个多月。可就在这天晚上，大女儿告诉我她出差多日，要把小外孙送全托，于是我决定提前出院。第二天张大夫知道后，遗憾地表示"可惜了"，理疗项目都得停止，只能带些西药注射液和自己熬的中草药，影响巩固治疗的扩大效力。

我去附近大商店选定了一棵圣诞树做告别礼物。这常绿松比人还高，树的顶端还插入一颗立体红五星，并配送圣诞老人玩偶，白须着红袍满脸慈爱笑容。

出院的前一天下午，张大夫和他的实习生小闫和我聊了两个多小时，最后依依惜别。我把办出院手续的事宜全权委托给他们，并记下了他们工作室的电话。

一定要写封感谢信。不只是感恩，更想借这无声文字课堂，尽教师爱才之心，张磊大夫是我见过的难得的人才。晚上我一气呵成写完了信，回头改了几个字，因为手头只有这三页信笺纸，虽不满意也没再抄写。

第二天上午同往常一样，匡护士长协助我做牵引、吊颈、超声波离子注入、激光照射和输液；之后请匡护士长把信转给王主任，听说王主任去院里开会了。她还帮我把展开的圣诞树搬到护士台旁，"圣诞老人"也立在墙边。

下午孩子来接我出院。

次日十点多，我按约赶到住院处七楼取出院手续。张大夫正倚在护士台旁等我，看样子很高兴，但眼神有点神秘，开口便说：

"老师，今早医护例会，王主任哭了！"他对"哭"字吐得又重又短。"怎么啦？"我惊愕地问。在我还发愣时，他又抛出更令我诧异的一句：

"匡护士长也掉泪了！"我的直觉是有偶发事故，可又不能乱猜，便皱起眉头问："因为什么呢？"我的语调又轻又长，可对方似乎喉中语塞，与我"快说说"的乞求几乎同声脱口而出：

"我流泪最多！"

我定睛看着张大夫白皙的书生面，他分明微笑着，但眼里却似乎闪着泪花。我恍然大悟，这三位的"哭"都是笑，动心动情的笑。这时他不再绕弯：

"王主任今早例会念了您的信！"

听罢，我长长地出口气，惊喜之后调侃：

"以泪释放，才是发自心底的笑。"

其实说心里话，我写信时也几次泪眼模糊，心情十分复杂，一言难尽。

张大夫告诉我，王主任念信时格外严肃，越念语调越低沉，最后呜咽地说：

"下面有这么多好事，我却一点都不知道。"我们正说着，匡护士长急匆匆过来，紧紧攥着我的手，开心地笑着：

"老师，您替所有患者，说出了我们早想听的话。干了几十年，听过无数'谢谢'的话，今天还是第一次把'感谢啥'说到我们心里去了，再苦再累也知足了。"小个子的护士长朗目疏眉，像个精灵似地忽东忽西忙着，分手时意外地冲我伸出大拇指：

"张大夫这回该火了！"这是我最想听到的反馈信息，我想她是为张大夫竖大拇指，心中暗喜，我也觉得自己的"阳谋"得逞了。

出院该带的药和所有的报销单据，张大夫跟我一一交代后；又意外地让我记下他父母、岳母和妻子的电话，说以防万一，任何一个电话都可以找到他。这种毫无保留的信任，令我更觉温暖和亲近，但我绝不会轻易拨这些电话的，至今都没拨过，可从电话记录本上每看到那一串电话号，都像一股暖流，心热乎乎的。

一周后我去医院为肩周注射。很巧，在楼梯口遇上了王主任，他像田野里的电线杆，又细又高，迎面站住稍低头，跟我这矮个子，像老朋友似地直言：

"你的信写得太感人啦，我送到了党委，让他们宣传宣传。"我慨然回他：

"是你们医护做得太好！"他紧接着申辩补充：

"我们对别的患者也是这样做的，可从没见到这么感人的信。"

王主任还特意告诉我，他给郑先生打过电话，说这封信的感人效果。郑先生是我工作单位的直接领导，他曾在这里住过院，是他介绍我才来这儿的。我写信的事不胫而走传到我退休的单位了。

又过一个星期，我去医院给肩部注射，张大夫很严肃地向我报告，我竖着耳朵听这号外新闻：

"在院处级干部会议上，党委书记念了您的信，含泪在信上批示'此信存档'"。

真没想到，信在上级部门继续发酵，成了我"课外课的教材"。自己当了一辈子教书匠，还从没上过这么"精彩"的"哭"课。只不过生活感动了我，我又如实地返还给生活；可惜的是生活中产生的这种"教材"进不了任何的专业学科。所以与此同时，我不是站在三尺讲台上面对学生说有声语言，而是借助文字，幸运的是有人把文字变成声音，无意中替我在"讲台"外宣读，看来文字能点亮暗处，声音也能温暖心灵，怪不得社会学家说，语言和文字的出现标志着人类的巨大飞跃。

这信的电波通过郑先生传到他夫人耳里，在家属院里她见到我，寒暄两句便直白：

"我很想哭，就是挤不出泪。"边说边笑地乞求，"老郑说看你的信就能掉泪，给我看看呗"。这位贵妇人模样的退休老人，有意开玩笑，显然受了丈夫的"蛊惑"，她还恳求要看看信，我真心告诉她没有底稿，她很失望。

没过几天，院内的冯教务长看见我，突然问："你给住院医生送红包、请吃饭没有？"我摇头说"都没有"，接着他掷地有声地抛出：

"但你给医院留下一颗'原子弹'，你那封信产生了爆炸威力。"我有意校正，"即便是'原子弹'，也是我临走时留下的。"我深知冯先生是思考型教育家，他的比喻虽有过之，但信的反响确实不仅达到了我"上课"的目的，还超出我的预想，引起了连锁反应。

一　封　信

　　那封信我没留底稿，只有心中的草稿，还有日记本上留下的提纲：因为信引起一波波涟漪，我不得不追忆一下当时的内容，好在才过去十几日，趁热打铁，还能从记忆中搜出它的原貌：

　　尊敬的王主任并请转科内医护同志：

　　"望京医院治疗骨伤效果好"，是我单位同事们来贵院治疗过的共识，我也就舍近求远来"朝拜圣贤"。

　　名不虚传。我住院两个多月，身体康复的效果始料不及：颈椎和腰椎病引起的肢体局部僵硬、麻木和疼痛明显地缓解、减轻，甚至有的部位疼痛完全消失；右臂意外地能高举到正常位置，还消除肩周炎十多年来的隐痛。走路不再担心腿部突然麻木而不能举步生风。由于这几个重要部件大修效果良好，全身小部件也相应地得到了调整。我抱着希望而来，今满意而归。据说中西医结合治疗，在生理和病理上，还有远期的正反馈效应，我想出院后还会有更乐观的结果向贵院回报。

　　这来之不易的"收获"，无疑同科里领导和主治医生医治分不开，同护理人员热心周到服务分不开，恳请王主任转达我对各位深深敬意和感谢！

　　尤其感谢负责对我治疗的张磊大夫，还有他带的实习生闫兵辉同学。他们师徒合作默契，相互切磋。张大夫在治疗上高度负责，认真耐心，反复诊断我病痛的准确部位及疼痛程度，对症采取不同治疗措施；还随病情变化，及时调整和细化治疗方案。张大夫对患者白求恩式的求真求精态度，对我的病抽钉拔楔，不仅给了我战胜疼痛的勇气，也改变着我对"听诊器"和"手术刀"的某种偏见，亲身感受到白衣天使的美德。

张大夫更使我享受到医患真情。我住在704房间，初冬寒气逼人，凡进来的人都觉"太凉"，甚至打寒噤，我连续感冒不愈。家人来探望时也说"太冷"换个房间吧，我说咱也不是高干换哪儿都不会有单人间，家人也只是无奈地叹气。可张大夫想尽办法提高室内温度。特别是看到大风寒流降温预报，当晚11点开车回家把电暖气搬来，亲自装好，房间顿时温暖。何止身暖，心更暖。这种高尚纯粹的医德弥足珍贵。此类好事在我住院中随时都能感受到。匡护士长每次给我做牵引，都像亲人似的体贴入微，用被子把我的全身掩好。她可谓是"细心、耐心和爱心三心"的楷模。

所以，我住院期间，平生第一次放松，享受呵护。当我"得胜回朝"时，确实有些留恋这个我"自愿囚禁"的大家庭。

几天前查房时，王主任曾戏说"过了圣诞"考虑出院，我只得精神上遵命，请棵圣诞树先驻这里，常青树将代我向同志们致谢！问安！并祝福新世纪到来最后一个新年快乐！

21世纪的敬礼！

第47床老患者张伟

一九九九年十一月二十三日

与其说我追忆这封信，不如说我在追问他们为什么被感动，包括我自己在内。明知喜怒哀乐是人之常情，世上又没有无缘无故的"情"，那这泪之"情"中究竟有何缘何故呢！

《巴黎圣母院》电影中有个特写镜头，或许能帮助我们找到那"泪"来自何方。敲钟人卡西莫多在烈日下被示众，吉卜赛女郎艾斯米拉达勇敢地给他送水，他喝水时脸上滚下大颗的泪珠。人在饥渴难忍时，只要给一点点的水就会感激涕零。一个少女在众人愤怒的情况下冒险给囚徒送水，焕发出底层人民的人性光辉，何止渴望喝水的囚徒哭，有良知的人看到此情此景，也会泪流满面的。

任何比喻都是有缺欠的，相比之下，我绝没有卡西莫多那悲惨处境，但我有自身的困惑、焦虑和渴望，那就是积劳成疾十几年，健康多次被警告，有时突然右腿麻木抬不起来，去看医生说是腰椎出了毛病。进入中年后一直处在疲惫不堪中，从没有过含哺鼓腹的安稳生活，早就盼着退休后住院"大修"一次。住进骨科七楼，幸运的是，就在我万分饥渴时遇到医院中的一群"艾斯米拉达"，在医疗上满足我的希求，生活上的体贴照顾超过家人。特别是面对襟怀坦荡的医生，女儿为我住院准备的"红包"就没有勇气拿出来了，自认为不该以此方式羞辱双方人格。所以随着我住院日子越久，医治见效，医患关系和谐，给"红包"转病房的念头也消失得无影无踪了，医护的美德对我这普通人感到弥足珍贵。

要知道，医院的管理者、医生和护士，他们不仅是给患者"送水"的艾斯米拉达，他们也是与患者同样渴慕"喝水"的卡西莫多们。他们履职过程有奋斗的艰辛、追求的渴望，如领导希望被部下理解，医护人员更想得到上司的认可和关注鼓励，希望自己的努力得到患者的认可和赞许，这种种的精神渴求如长期被忽视，总是要求无私奉献，没有精神回报或认可，甚至相反总是批评和指责苛求，就会出现"卡西莫多现象"。我深知其实信中只是一个普通患者的真实赞许，对医护只是一点点的精神"满足"，它永远填补不了卡西莫多们的根本渴求，但它稀缺又真诚，热烈又质朴纯洁，才及时出现了可喜的"课堂"效果。

日 记 摘 录

生活是广阔的课堂，人人都是学生，包括老师在内；人人又可能是先生，包括学生在内。有所长者均为师。在主治医生和护士面前，我是患者，也是学生，但为医护才德呐喊助威鼓劲，我又是课堂外的"教师"。面对人性的光辉，上一堂不露面的课，当一次心灵的幕后"教师"，真有想不到的乐趣。生活的点点滴滴感动了我，储存在我小小的日记本中，不忍不补充几则"信"外的生活课堂录像。

9月17日（周五）

上午9时匡护士长告诉我，急救室今天空出来了，问我想不想去。我入院后住在四人间已四天了，只觉这是正常安排没多想。但护士长说"你从进来那天起就手不离书，还写什么"，那个单人房间肃静，唯一不好的是阴面，床位费贵点。我当即表示过去。她帮提箱子时告诉我，之前"你们单位几个人来住院，都住在这屋"。护士长延续了这特殊的"优待"传统，让我享受了有点"偏心"的照顾，这细心的理解很温暖。阴面虽无阳光，有灯光就足够了，再说看书写字总是在太阳休息的晚上，有了安静比阳光更重要。

10月7日（周四）

今天下午按摩中，与张大夫聊起了文学中的"多余人"，他很有兴趣。这么专业敏感的话题很多搞社会科学的人都不太理解，甚至胡批乱砍地否定；张大夫像捡到一个有趣的线团的头，展开后再也收不住似的，他不仅读过外国文学名著中写"多余人"的作品，还知道中国作家陈染也写过"多余人"作品。我何止惊喜，真要对他刮目相看了，他的人文情怀竟如此纯粹精深。

看得出，他读这类作品不是猎奇，而是把自己读进去了，认定自己也是"多余人"，还确认自己是当今的"边缘人"。如果今天我不是躺在台上接受按摩，准会乐得跳起来击掌鼓励。他不只读懂了文学，重要的是读懂了自己，这是多么难遇的共鸣知音呀！

从我入院第一天起，凭教师观察的特异功能和对"多余人"研究的兴趣，就感到他身上有"多余人"的特征。这个有绝顶聪明头脑的年轻人，非常关注社会现实的发展，又有清醒锐利的批判眼光，这是"多余人"的显著特点。"多余人"是永远向前的，为自己与时代不合拍的"多余"忏悔，也为现实中不合理的"多余"而苦恼。饱食终日，没有思想的人是不会有"多余人"这种特点的。

张大夫还多才多艺，痴迷足球，参加过省级大赛。他几次表示一旦有机会，就走出国门学习，填补膝关节研究和治疗实践的空白，不登塔顶绝不罢休。看得出现在的位置，远不能发挥他的潜能；当然他现在努力，也远没有得到相匹配的认可和评价。可信念支撑他争分夺秒，在困惑中不停下脚步，在彷徨中奋斗不止，多么可爱的青年，一定会从"边缘"闯入中心。

实习生小闫是贵州人，正为毕业分配发愁。小伙子内向，勤奋，身上也有"多余人"特点。是他提议让我给骨伤学院学生进行"多余人"问题讲座，张大夫举双手赞成，当即拍板成交，作为教师，我像犯烟瘾似的表示接受"圣旨"，听从安排。同时，我每周还返回学院上一次课，中断上课对我就像中断生命一样有莫名的忧伤和绝望。

10 月 19 日（周二）

晚 7 点到 9 点，在针灸学院小礼堂举行我的《"多余人"论纲》讲座，比预想还好。听说这个学院图书馆不借给学生文学书，学生阅读量小得可怜，这讲座简直是初级启蒙。我反复地说明文学中的"多余人"不是"坏人"更不是"中间人物"，它能转化成为"英雄"，绝不可能转化为"坏蛋"。当年的瞿秋白、郭沫若、郁达夫和鲁迅，都自称是"多余人"，最后都成为战士、学者和作家。"多余人"有多姿多彩的人生，他们总是发扬对敌不利的"多余"，也不断丢弃对友不利的"多余"，这些高智商的人烦恼也更多，自省也更多。

听讲的有 60 多人。从人文视角比较，张大夫这学医的，能对文学阅读达到这种程度，真是鹤立鸡群。

10 月 20 日（周三）

我这屋原是急救室，灯光格外亮。但进入深秋有些凉。前几天张大夫一进屋就拱肩缩背两手相搓说："屋里温度太低，影响治疗效果。"转身跟小闫说，换两个度数大的灯泡提高室内温度。小闫当即就把灯泡扭下来，几分钟后拿来两个 40 度的灯泡，张大夫一看说"度数太小"，小闫又换回两个 60 度的，张大夫还说小，我心想还能要 100 度的。果然张大夫明确说"最好要 100 度的"，十几米房间按上了两个 100 度灯泡，真正的太阳也不会使屋里这么亮和暖啊。

我正惬意享受着温暖呵护，一个值班的护士小姐进来送汤药，惊奇地说句反话"这屋太暗了"，说着像夸父射日一样，伸手闭了开关，射下了"太阳"，好在我有台灯照亮。我没向她解释"这是医生智慧地辅助理疗"，她毫不在意地出去了。

才用几天，两个大灯泡都坏了，我从"太阳国"回到"冬宫"。匡护士长今天一进屋就说"太冷"，不是"凉"，还找空调调节器来打开，但这空调只制冷，她很失望地走了。从今天开始，她让我躺在被窝里做牵引，连我的手她都用被子掩盖上，这微不足道的细节令人感动。

10 月 29 日（周五）

外面北风猎猎，预报还有七八级大风，阴面房间就成了挡风墙，窗框被刮得咔咔作响。咆哮怒吼的风使楼像晃起来。"太阳灯"灭了后，张大夫几次说"想办法"，这大风降温呼唤他真有了"办法"。夜里 11 点他顶风开车回父母那把家里的电暖气搬来了，亲自放到我床边插上电源。他出发前敲我房间门，站在门外告诉我先别睡，他去搬电暖气，我再三说外面风大不安全，说不定暖气会提前来，他说就是明天来暖气，今晚上也要暖和一夜，不能着凉。

电暖气的温暖和张大夫关爱的热度乘在一起，是指数级的热能，寒冷敢不却步！

心　相　通

经过张大夫的治疗后，我平安地度过十个年头，颈椎才又开始算旧账。就近在海淀医院照了片子，医生当即给我开了微创手术卡，让我去隔壁楼，说是德国进口器械，几分钟就做完，不用住院。

不论医生说得多么轻松，对这个要害部位的手术，我还是心慌，已到医院看过几次，还从传闻中得知有人做这种手术连手术台都没下来。我拿着医生开的手术卡，走出医院，踯躅街头，可说是六神无主。人在最困惑时，总是首先想到能解惑的友人，我鬼使神差地招手打车奔望京医院，急不可耐地想见到张磊大夫。自知不打招呼突然闯去，何止不礼貌，也很可能扑空，电话本在家，我急得不想回去打电话，宁愿撞大运。我确信即便这十年中张大夫有很大变动，他都不会离开骨伤医疗一步，而且不论到哪个医院，他早都已成大器了，这个离经叛道的青年，准摸爬滚打到巅峰了，我当年的判断不会错，当年的"多余人"肯定已成少有的专家，去他原来单位准能追踪到。

真是有天缘，我一到十年前住院的老地方，收发室老人就告诉我，这医院不可能没有张大夫。遗憾的是找到了张磊大夫工作室，门锁着，门旁也有他的照片和资历介绍，方知张磊已成为著名的骨科权威专家，曾到欧洲几国访学取经。工作日程上写着：每周二来工作室上班，多在骨研究所出诊和手术。我找到这层楼的护士，她告诉我骨研究所的电话，并说请张大夫看病得事先预约专家号，日程总是排得满满的。我没去骨研究所，但打通了骨研究所办公室电话，工作人员很客气地让我等一下，说张大夫正开会。听到张大夫的声音，我来不及说一句客气话，只向他报了自己的姓名，开门见山向他报告片子上的说明和医生的处理意见，他非常果断地说三句话：

"不能轻易地做这个部位的手术；必须动手术我给您找医生重新诊断并请他做；先保守理疗一段时间看效果再决定。"说完又告诉我他的手机号，便回去开会了。

十年没见面，十年只通这一次话，可医患之情，师生之谊，没有因岁月的沧桑而风化，也没有因长期不见又不联系产生距离，我放下电话，感觉还像十年前在医院中一样，享受着治疗的满足和聊天的愉快。

之后我在学校医务部做吊颈理疗和输液，坚持六周，颈部疼痛缓解多了。我几次看着张大夫的手机号，想跟他通报治疗情况，都觉那是不必要的打搅和分散他的精力，上天会替我通报他的，他准知道若医治无效会去请教他的。

又一个十年过去了，我大外孙膝关节积液疼痛，看了几个大医院都不见好转，我最担心的是积液中有个不明物的病变。自然想起二十年前张大夫最常说的膝骨半月板手术，便让外孙查望京医院骨科专家张磊大夫，当即在手机上挂了号。我又一次拨通了张大夫的手机号，他正在班上，约好了就诊地点时间，没多说什么。

次日，我们最早赶到医院拿了挂号单，排到最前面翘首以待。九点，张大夫急匆匆赶来，他的助手、研究生和实习生们前拥后挤，还有摩肩接踵排队的老患者也喊他，我们没有对话的空隙。二十年过去了，第一次相见还如在住院病房天天见一样，只是相对会心点头一笑，毫无陌生感。都不约而同地说"没有变"。怎么能没变，当年那个血气方刚的青年医生现在是医者中的宿医，当年老者现在已入耄耋之年。"没变"的只是心相通。张大夫先看我们带去的几个片子，边看边指点解说，七八个头围着他边听边议论，然后他在平台上让外孙不断变换腿部姿势看疼痛程度，确诊的结论是：不用吃药，不用理疗、打针和贴膏药，停止剧烈运动几个月，"积液"会自然吸收，"不明物"也多会吸收，病变概率很小，若最后不吸收就手术摘出。说完他让助手单独跟我们细说恢复保养注意事项。

最后他还似问非问地说："当年您就是为这个外孙才提前出院的?"我点头说："二十年您还记得!"他说"因为遗憾不容易忘"。说着我把自己的两本书递到他手上，他拿书时说，您的《"多余人"论纲》我还保存着，我说"再请您保存两本"。

转身我们与他的助手走出诊室，另一个患者已急不可待地坐在他对面了。我事先估计到这局促的场面，相互很难有空隙说话，便用书和书上的签字代替二十年一见的对话。

在《姥姥的遗产》扉页上写着："许多年悄悄过去，还是难忘住院之日。"在《师韵》上签着："朝着干涸土地流去，哼着淙淙潺潺小曲。"显然，这签字回味着身远心近的长青医患之情；并歌唱我们都在快乐前行，一个用"手术刀"攀登科学顶峰已功成名就，一个蹒蹒跚跚走在夕阳路上用有声和无声语言回味人生。这就是二十年一见，最复杂也最简单的"对话"情景，因为匆匆在旅程上，最让人自在的时光尽在默契不语中。

四、久别重逢

——寻师连环记

同 气 相 求

上午9时赴约。去北京科技大会堂，参加东北师大中文系北京校友会首次会，名义上包括1949年以来的54届在京校友，来的多是改革开放后的毕业生。

我本不属东北师大毕业生，但校友中有我教过的很多学生，接到校友会邀请，这百不一遇的天时地利的机会，希望能他乡见故知。我上过课的那批学生，是恢复高考最初那几届超龄知青大学生。到79级才是从中学直接考入大学的，这期开始中学生不再下乡当知青了。这几届大学生是在高教涅槃中实现上大学梦，百倍珍惜失而复得的学习机会，一入校积压和储存的学习热情空前爆发；又处在教育"旧"规则和"新"制度更替的时期，这是个思想启蒙时代，也是求贤若渴的适于个性发挥的年代。正如80级学生在《风流》一书中自己总结的，我们是"思想解放，思维超前，思辨另类"，"青春张扬，浪漫飘逸，狂飙突进"的"八十年代的新一辈"，即为改革开放流汗水的"风流"真名士。

那时师生都以最旺盛的进取精神和极大的心灵默契，齐心协力抢回逝去的岁月，面对这些渴望学习奋发有为的学子，教师加倍努力提高教学水平还唯恐满足不了他们的要求。那才真叫形势逼人，学生逼着教师，老师也不放过学生，出现了"教学相长"的可喜局面。我感到学生的接受速度超越想象，他们的心灵像海绵吸水一样。

那时，我正处不惑之年，其实却在真正的困惑之中，用两年多时间自修一个新学科，除了之前因喜欢多读点作品之外，真是得用老黄牛精神，耕耘自己贫瘠荒芜的心愿。我在《师韵》中写过"垦荒路上"一文，叙述如何每日都生活在图书馆、教室和家的三角线上，如醉如痴地备课，从如海的资料中捞出内容的核心，又从核心中挖出精神思想之镭；之后把所有书面讲义变成口语，连每个字的发音都不放过检验。上课就像是会老朋友一样兴奋，踏着乐曲，拿着几张卡片走上讲台。

改革开放初期的大学生是从"封闭"中走出来的，包括我自己在内，对"外"国文学的兴趣格外深厚。我享受到了上课的乐趣，学生上课占座，教师唯恐炼不出"真经"，每堂课师生都不虚此行，有听的"享受"，有教的"快乐"，甚至常有旁听生混入课堂，每堂课都座无虚席。

我在师大教过的几届学生，现在正处壮丽的中年，绝不是"年轻"的朋友来相会。虽经常听说他们成长的喜讯，但百闻不如今之见风华，竟为我这解甲不归田的老妪增添了力量。所以今日是哼着"相约1998""那永远青春的年华"步入同学会场的。

刚进大会堂门签到，一只身着白丝绸衣裙的"鸽子"飞过来喊我，这声音热情而熟悉，毕业后二十多年没见，有过电话联系，因为这次聚会与她又通过几次话，她是这届同学会秘书长晓梅。学生时她生病住院误课，别的课是用同学笔记补的，唯有外国文学非用录音方式补才觉得过瘾，认为"笔记无法替代老师有声语言的感染力"，这是她到北京工作后跟我说起的。今日这位古色古风的窈窕淑女，近中年仍如花似玉，还添了贵妇的持重典雅，如果她今天穿着自己的职业警服，那肯定更威武。

晓梅拉着我，只是说"来了就好，想你的人怕你不来"。这时迎面扑来另一位"少妇"，老远就张开双臂，把我拥在怀里说"总算见到了"，晓梅说"曹操到了"时又被喊走了。拥抱我的这位巴不得独自叙旧，我懵懂自愧叫不出这"少妇"的名字，她机敏爽快地自荐：

"老师我是80级的。在您的姓和名中间加个'英'字，就是我的名字"。"我听您课时总是坐在第一排，离您最近。"她婀娜的神态，立刻唤起我沉睡的记忆。我拉着她的双手，仰头端详那白皙得梨花透亮的面容，打量她毛施淑姿的体型，似曾相识又陌生，想起与她同坐头排的还有桃、李和海棠们，一排清透淡雅的花儿少女。今日我是久旱逢甘霖，他乡见故知。当年我认识的那团梨花，如今变成了亭亭玉立的玫瑰，穿着公主型粉红的不谙世事外套，内有梨花的冰魂雪魄，外有傲雪斗艳的玉骨冰肌，我仿佛又回到了当年的教室，看到讲台前那羞涩的少女。

英伟拉我快步穿过憧憧人影，到大厅里角坐下，生怕有人认出把我拉走似的，让我背对着谈笑风生的与会者们，急着说她心窝里的话：

"我几次电话咨询会议主持晓梅，她说您肯定来。我调到北京不久就知道您在京。我们班在京的早联系上了，今天就是想见您才来的。进大厅我四下扫不见，就找个位置盯着门口，您一进门我就认出来了。"

听她这番话，我真有点意外。教 80 级课时，只知道这个年级几乎全是高中生考来的，他们单纯、亮丽，课堂更活跃，下课时我常到最后边空地与学生闲聊，几乎没同最前排的少女个别深谈过，多是礼貌性打招呼，连一次单独交往都没有，可她对老师的爱装在心里竟如此深厚绵长。此时我虽感到无限欣慰，又觉自己当年很愚钝，我顶多觉得他们喜欢这姓"外"的课的内容，而我也只有这丝发之功教，并没有想到她们对授课教师心存敬慕还会有长久记忆和感念。

正说着，她陶然自得地站起来，像孩子满足某种愿望似的舞之蹈之地快活，打开了尘封的话匣子，如比萨饼把馅摊在外面似地说：

"我当老师的最大愿望，就是把课上得像您那样，我每次往讲台上走，都想象您当年走上讲台的神采。我常想再听您一堂课。"她兴致勃勃地说着，我听得心旷神怡，忍不住插话：

"那是当年你们太'饥饿'，才使外国文学这'洋'货成了'快餐'，课堂的"开放"才格外吸人眼球，你们才有那种新鲜感的。现在纯文学的影响力已日渐衰微，我也成了趴窝不起的山雕了。"她两眼透着灵气看着我，课程内容可能过时，可老师授课的风采和魅力却依旧新鲜。我心里想着"小小鸟"那首歌，便随口说，"你这小小'鹰'正翱翔"，借了她名字中"英"的谐音，称赞她"正迎日中天"。她边摇头边告诉我，现在教大学语文和妇女文学的情况。我借机有意岔开话题，不再说从前的我，很想听现在的她和他们。

相逢是躲不开说"从前"的，意愿只能服从眼前的情景。同学们有"从前"的同一课堂、宿舍、餐厅和操场；在那熟悉的驿站，他们这群年轻人有热血澎湃的争论、幻想、切磋，有相互鼓励，有选择的困惑，有失恋的忧伤，有分开后的相互思念、牵挂和互诉衷肠。作为教师，与教过的学生相逢，照样也躲不开"从前"的时光。今日桃李满堂，同昨日一样，我脑海里又呈现出当年课堂上的画像：

那青春的面孔，闪着探索光芒；

那锐利的眼神，带着"天问"梦想；

那智慧的头脑，孕育"创世"渴望；

那跃动的心脏，面向起飞天堂；

在庄严课堂上，我面对"巨人"形象。

一堂又一堂，教师每句话都有百多人的心灵和眼睛的监督过滤考量。扎根在泥土里的教书匠，同样的课讲多少次也不一样。没有当年日日涤故更新的责任，就不会有今天相互吸引的磁场。我也深知他们经过二十多年的沉淀，走进成熟的中年，更有资格对从前的先生品短道长。如果先生记不住一个学生，或学生也想不起先生，一定是因先生的课没有给学生留下最美或最丑的印象。留下最丑印象的，学生会躲着走，在校园里也一样；留下最美印象的，学生会主动来到跟前，就像当年在校园相遇总要停下来抵掌而谈，有昨天的印象才有今天的渴望。

开轩面场圃，把酒话桑麻。当年我的课上唯一不写笔记的冷杉，毕业后从武侠小说起家，现已变成了电影导演；今天他还是先用眼睛说话，之后谈辞如云说导演的故事，与他搭档的"铁锤"新风，在业余创作路上一发而不可收，即便从高校调到政府当高官，仍被兴趣支使，创作的《昭君出塞》已被冷杉推上了银幕。新风在会场发现我，从背后把我抱起来喊："好想啊！我们都是你的粉丝！"

大会结束，80级又邀请我参加他们的小型座谈会。

还有自由撰稿人公达，林业出版社社长柏涛，中青出版社总编万信，北师大古籍所所长格平及宋庆龄基金会智刚等，师生围在一起，此时此刻我的眼前是"接天莲叶无穷碧，映日荷花别样红"，学生们仍然离不开老师的"从前"。有的说因老师的课"爱上了苏联文学"，有的说讲安娜时我们如醉如痴，"忘了下课吃午饭"，我立刻插话，"那是因为你们溜号了，一时都成了沃伦斯基"，"我只不过借这东风，说你们没敢说的话而已"，师生在哈哈大笑中举杯共进午餐。

借着畅饮开怀的兴奋，我仍"倚树听流泉"。处在不惑之年的学生们已进入成熟、理智、丰收的黄金季节，仍同春一样可爱，夏一样热情，在老师面前，没有了春的羞涩和冬的内向，不断地说着"从前"，说自己逃过课，就是"没逃过我的课"，说越走向成熟，对老师的课"越感到珍惜"老师渐渐成了"心中偶像"。而且七嘴八舌越说越升级，说自己虽不是老师最好的学生，可老师却是心中最好的老师，我一直举手说"惭愧！不敢当"，可也挡不住这"从前话题"。

学生们这些回忆，都缺不了一句相同的话"还想听一堂您的课"，这乐陶陶的呼唤，对我这一辈子站不够讲台的教书匠，真是琼浆玉液般的精神圣餐，它催我再老也要不停向前。

我深知，主动迎上来见老师自报姓名的，说的是肺腑之言，不仅仅是在知识饥荒环境里，满足了某些渴求，而是教师在传授知识中起过激励作用，自己是知识的接受和传授者，也是向学生提要求者。

我的努力与恢复高考后自行约定的"教师三爱"相距甚远，与教育大家比有天渊之别，但我信守：

爱教职如生命，爱专业如灵魂，爱学生如爱子。

不管学生如何褒奖，我自知半斤八两，离"三爱"目标表面上看并不遥远，但实际上很难从哲理深度上过关。所以今天看万山红遍，嗅春花芳香，品智慧果实，欣喜中仍有无限羞愧，享受中有难当的自责。

曾几何时，这群春燕飞进师大课堂，接受人格熏陶，带着理性真纯，飞出去接受各种挑战；经历高山峻岭雷雨冰雹，练出钢铁脊梁，今天战鹰硕果累累飞回北京校友会诉衷肠，我深知这从前的学生早已变成先生的先生，今天科技会堂相逢，美酒醇香，未饮就醉，开怀地想歌唱，歌唱学子成长！歌唱学生给老师这开放的大课堂！

情孚意洽

校友会后联系的同学增加了，多是节日里电话祝福互报平安，期待他日相见。即便不见这种师生缘，也难于被时间淡化。相反随年龄增长，像陈年老酒更醇更香甜。

刚放暑假没几天，我意外地接到英伟电话，说要登门拜访，让我说明详细地址。第一次同学会后常想起，那天有很多话没来得及聊。但我一直住女儿家，接送小外孙上下学，寒暑假又多到外地上课。很巧，这年放假后我没课回自己家了，英伟总算跟我联系上。

见面机会虽在眼前，可这酷暑天，我有点儿不忍让她折腾，便说"熬过大暑见"，还没来得及解释，她说"电话打通太不容易啦"，我说"今天38℃"，从北工大过来要一个小时，她坚定表示，"都望眼欲穿了，还怕什么高温"，"机不可失，马上出发"，话音一落关机了。

我这桃李门墙，立刻准备迎接稀客来访。不一会，当年的大学生，足蒸暑土气，背灼炎天光，大草帽下的香肌玉额浸着汗珠，两颊红得似苹果，一身牛仔装，就这么出现在了我的面前。那模样清雅绝尘又豪气十足，比在同学会上见到时更年轻，这之后我常称她"大学生"，索性不叫她名字了。

她抱怨跟我联系成了"白日梦"。那时我还没用手机，家中座机通了无人接。她幽默地说"今天过火焰山也得来"，再要联系不上我就准备发"寻人启事了"。是呀，急景流年一别又几载，确实想念又想见。她刚结束这学期的课，送走了赴美学习的女儿，照例要回东北去陪老母。她理解母亲习惯自己单独住，当机立断在离小妹最近的地方，送一碗汤都不会凉的近处，独自出资给母亲买了房子。她说母亲想念住在深圳的三妹，她便回东北先陪老母南下，然后带母亲去桂林旅游。说工作后这些年，一到假期，风雨不误，特别老母亲过七十后，回去得加倍呵护，还多住些天。看得出母亲五个女儿中，她这老二是母亲的主心骨，姐妹们的领头羊。

我听她说这些，觉得眼前这位"大学生"真是可爱的大孝女，顺手从桌子上拿张卡片给她看，那上面有我从老年报上刚抄下的一首抒情诗，可说是位孤独的老者泣血椎心之作。题目是《我宁愿在我还活着的时候》，她边看，我边跳跃式地背诵：

> 我宁愿在我还活着的时候，
>
> 你能多陪我几分钟……
>
> 你能温柔地握住我的手……
>
> 你能给我打来哪怕是一个电话……
>
> 你能送我一把鲜花，说几句鼓励的话……

"大学生"虽找不准我背诵的诗句在卡片上的位置，却被作者的声声呼唤打动着，也被我这老妪的共鸣感染着，她点头说："作者这些要求很简单，做到一点儿不难。"可我知诗人这廉价的心愿，对她这孝心的女儿，真是很容易实现，现在她就样样做得锦上添花，已是令人艳羡。然后她跟我说很多老人的口头禅是"人家忙啊！"表面上听儿女不常回家看看是"忙"，其实翻译过来那是老人无望的期待和埋怨，不孝的儿女是听不懂的。"大学生"对老人这口头禅解释得如此透辟，使我感到她风雨冰雪不误，回东北陪老母是有理性垫底的，她才叫听话"听音"，办事寻根。我想想自己说这句口头禅时的内心感受，对眼前的"大学生"真是令人刮目相看！

"大学生"早知我与她母亲同龄，所以直言劝我"您少上点课吧，上也别去外地。"我答应着，并告诉她，去外地上课总有同事。其实上课对于我，是活着的最好方式，每堂课都有百多双眼睛给我充电，"大学生"的嘱咐，更是一种直接地大剂量的充电，充这一次够用多时了。

师生难得这样促膝谈心，从上午10点到下午3点，长聊5个多小时，她若能住下，聊到夜里12点，也有可能。我与别的来访学生有过这样的经历。后来她在东北师大中文系80级毕业30周年纪念文集《风流》上，以"我最崇拜的大学老师"为题目，专门回忆"毕业30年脑海中总有一个挥之不去的身影，她就是我最崇拜的外国文学教师"。文中提到自己当学生时"我会像其他同学一样提前用书包、坐垫或书本去占座，以求近距离地聆听与享受；常常是下课的铃声响了，同学们仍沉浸在那动听的讲解中"。叙说当年听课的感受后，还提到我们这次相见，"五个小时道不尽对老师仰慕和想念之情。我们依依不舍地话别，老师执意目送我上车；望着她老人家的身影，我感慨不已，'恩师''偶像''母亲'这三个词在我脑海中轮番流转，渐渐合为一体，那就是我所崇敬的张伟老师。"

这次见面后，我也开始学着用手机，平时互相电话问候，到假期她或先回东北陪老母亲，回来时到我这探望，或先到我这小坐，再去东北。这几乎成了她固定的路线。更令我感动可又推不掉的是，她每次来且不说肯定带应季的水果，有两样滋补佳品从来没少过。一是蓝莓，她说这为老人视力恢复提供必需的维生素，每次都从外汇商店买几大盒进口装的。二是必带宁夏枸杞，被称为"却老子"，有显著抗衰老功效，让我煮粥炖汤常用。

嘱咐我水果要用新鲜的，有一次她丈夫开车过来，他们去果园享受采摘之乐时，亲手摘最大的桃子让我尝鲜。我打开礼盒看着心都笑了，个个鲜桃就是棵棵关爱的长寿参，口口甜在心里。就这次我认识了她丈夫张杰教授，其哥哥与我同名，此后我就称她丈夫为"老弟"了。

她知道我吃超市和小摊上的蔬菜，便在第零农场给我预购了有机蔬菜。我收到货后，也认准这地方学着自己预购。她甚至说"给我妈买啥，就给您买啥"。一次她从外汇商店给母亲买了高档家居服也给我买了一套，至今我也舍不得穿，每每看着摸摸就觉心里暖暖的。

这些年来她让我享受到母子般亲情，不知不觉我把她拴在心上了。疫情期间，一提起美国，我有三根筋开始抽搐，一是在加州的外孙；二是纽约的福华一家，那是我的学生；三是2019年12月21日赴美看外孙的英伟夫妇，她出发前告诉我，寒假开学张杰有课，快去快回。可是直到2020年12月才平安返京，我总算长长出口气，英伟要过来探望，我态度坚决必等"疫情过后"。

一个孝母尊师的天使，又怎能不是慈爱的外婆。她一退休就去女儿那接亲家母的班，开始看外孙女。说起当外婆，我特别佩服她，甚至为自己感到惭愧。她到女儿家一个星期后，主动开家庭会议，向女儿和女婿宣布规定：

"你们不上班时，就是我的休息日。你们在休息日，孩子要自己照看，饭也要自己做。我休息日出去'游'，晚上回来同你们下班一样吃现成饭。"

我听后真是目瞪口呆，不能复言，啧啧称羡。不只佩服她的大胆和坦诚，更吃惊她的家教理念严格而权威，怪不得她女儿那么自立懂事，赴美学习全靠自己打工交学费。令出惟行，她在女儿那半年，因为每到休息日必出去逛，而且步行，竟把两双鞋底磨漏了，走遍了城里的大街小巷、公园广场，逛够了商店，所有的大小书店都是她休息和看书的驿站。

无独有偶，我的另一位同事朱玲，与英伟同龄，也是刚退休的教授，她与儿子住同一城市，我跟她说英伟看外孙的新闻，她一点儿都不觉新奇，说自己带孙子也这样。到休息时她回自己家，儿子儿媳上班时她过去"上班"，有时让儿子把孙子送过来，休息日要接回去的。

相比之下，我们这辈人，当全权大使，包办代替，小字辈也从没有想到老子该有"休息日"，自己更没觉得在儿女家是"上班"，儿女也把老子"退休"后的义务劳作当成"休息"。所以常能听到某些老人说"生了儿女，自己就变成儿女，有了孙子，自己就变成孙子"的牢骚。

仔细想，这哪里是老少"代沟"，是英伟这辈人育儿观念对老辈旧观念的冲击，此规更是教育子女设身处地体恤老人的辛苦，锻炼儿女独立生活能力。老人要学会放手，不该大包大揽，让小字辈全依全靠。她这"柔情"的"铁"规，孕育着母爱的哲理，很值得做老子的借鉴，也很值得当小子的警醒。

上课到第五十个年头，我退出课堂开始责躬省过。

于暮景残光里，我先完成了纪实性随笔《姥姥的遗产》，这是我四十多年前的夙愿。姥姥是给我完整的肉体生命和人格奠基的唯一的家人。如果没有姥姥，我或是残疾人或早就消失在人间；如果没有姥姥的支撑，我即便赶上了解放能上小学，也绝不会不屈不挠地成为荒原中飞出的"凤凰"，我必以感恩的心使她活在文字的丰碑上。写"小人物"是我坚持的文艺观，我这个平常人生活在人群中，不需要去特别体验生活。英伟认为这样的书，是对所有姥姥奶奶贡献于后代的赞美，更是对英雄们生长的沃土少有的关注。如果说我写姥姥的随笔，是写家教，那么写教师生涯的随笔，就是对教书生命的总结反思。

教育赐给我这"草根"以文化生命，我必用生命的文化回报。写这本书时，我同英伟讨论过书的宗旨，她了解我写的内容，同事和朋友给书起了多个名字。我摆出来请她参考帮我定夺，她对"下辈子还当教师"这个名字最感兴趣，并当即摆出三点理由：一是教师当得有成就，二是还有遗憾，三是不放弃，下辈子继续努力弥补。三点全是正能量。我觉得她说得条条是道，几乎就一锤定音了。但交出版社时，编辑建议书名精炼点，诗化和含蓄些，我反复思索，最后改用了《师韵》。

对于我写这本书的初衷，英伟不仅情孚意洽地理解，而且是最早的鼓励者，更是唯一关注我写作过程和打磨质量的见证人。当有人泼冷水时，她总是锲而不舍助威，并以同行的切身体会和独特视角理解这本书对教师的意义。所以，书出版后开座谈会，她参会的同时，还请了高校教师，有的也是我教过的学生，在会上回忆了教学相长带给他们的快乐。学生的发言成了会议的特殊风景。她们一致认为这本书是教师爱的结晶，而"爱"是教师无名的"守则"和最神圣的使命。赵卓教授很激动地说："头一次用生命来读这样的书，如果自己当学生时遇到书中的老师，就不会留下终生不愈的'恐师症'。"所以呼吁将此书"做教师手册"并拍成电影，传播教师大爱无疆的灵魂，会议最后果然议定，将《师韵》改编成影视，后还成立了筹备组，可我觉得这是南柯一梦。

开座谈会那天，英伟与她的朋友来得很早，细心周到地捧着插满鲜花的大花瓶，放到会标下，增加喜庆气氛。她那几日正准备赴美看外孙，没想到竟在那边同儿孙一块战疫一年。

心 领 神 会

下面是个巧不可阶的连环故事，也许是天假良缘，但归根到底还是同明相照，同类相求。

2017年，又是教师节前的休息日，英伟来了，是趁歌舞班下午休息赶来的。她本天生丽质，再加于歌舞陶然自得的又唱又跳，彻里彻外成了欢乐女神，令人一看便心花怒开。那个上午我修改"追寻启蒙记忆"书稿，文中追忆小学时周钧老师对我的关爱。起稿该文一直蘸着那思念的泪水，今日修改草稿仍被老师那泽深恩重的往事感动，而至今音信不通的遗憾也涌上心头，弄得我眼花雀乱，忍不住落泪，心焉如割，眼前书稿一片幽辉中，浸着周老师当年那慈母般的容颜。

英伟一进屋就问："还在拼命？怎么这么疲惫?"其实我知道她快到了，早拭目以待，但心灵的苦痛是难以掩饰的，面对英伟这机灵鬼，便实话实说了刚才修改书稿时的情绪。

怎么也没想到，这位同气连枝的有心人，立刻产生共鸣，大概她也有当年觅师的苦衷，才能最容易理解我此时此刻的心愿，所以她信誓旦旦地说：

"咱去找呀！"我无奈地摇头，不假思索地告诉她多次寻找都石沉大海。我甚至想通过央视倪平主持的"寻亲"节目，碰开希望之门。可又担心碰开也看不到"希望"，她满不在意我的失望，立刻问周老师住在哪，我告诉她"锦州"。她听后眼睛一亮，轻松地拍着大腿，好像不费吹灰之力就能查到，胸有成竹地说：

"锦州，那太好办了。我在那工作 18 年，有很多朋友，咱找！"然后情急智生地补充：

"您放心，准能找到！"听了她的话，可谓是山重水复疑无路，柳暗花明又一村，但还是半信半疑。英伟不给我犹豫的机会，马上拿出手机，让我告诉她周老师及其丈夫的名字，大约年龄。我似信非信地说着，她当即输入手机，并同步传给她锦州的朋友，说一有信就传给我，便匆匆离去，因为今晚她约好五姐聚餐。

第二天一早她发来微信："抱歉！昨日时间太紧，没聊够，但仍觉灵魂升华了。毕业后这么多年，我还能亲眼看到您至今仍用笔耕耘，幸运而受鼓舞。"其实昨天下午除她主动帮我"寻师"，别的什么都没聊，只是我啰唆了些寻师无望的话，可她用行动为我解忧，倒是给我这秋天般衰老的心充了电，我的心灵倒升华了。

每到教师节前，我总能收获祝福，快乐满满，除有电话传佳音还有这登门拜访者。同样我也给远方恩师送去慰问，住在市内的车老，我还登门拜谒！可惜从来没能给心心念念的周钧老师送去过节日的祝福！

我翘首期盼，手机不离身，总觉时间太慢。两个星期过去了，果真喜讯频传，愁闷的等待终于冰消瓦解了，寻踪觅迹有了回音。

英伟发来周老师和她丈夫的身份证复印件，我喜悦拚舞地喊"真找到了！"惊喜得拍手拍腿，就像年年月月用汗水凿通了大山下的隧道，幽暗阴森的洞穴突然照进灿烂阳光，真是喜从天降！

我盯着周钧老师身份证上的照片，不能自禁，喜泪模糊。老师当年那齐耳的黑发泛着霜花，可那文静温和的脸颊仍透着慈爱，眼角有微笑，唇边有思考，一点不减年轻时的风采。屈指算来，1924年出生的周老师，今年93岁，已是入龟鹤之年的老神仙。就在我喜不自胜时，英伟又发来信息："两位老人可能只有一位健在，不知是哪位。"这消息令我惶惶不安，抓耳挠腮，心在不停祈祷"都在"，"行善的人魔鬼得网开一面"，但心里仍忐忑不安。

次日上午，英伟传来周老师及她儿孙的手机号，我喜出望外，心里的阴云散去，我立刻用座机联系，反复打都没人接，猜想是对方不肯接陌生电话或是换号了，我及时反馈给英伟。她不厌其烦地与锦州朋友肖昊英沟通。小肖干脆向朋友圈求助，终于找到了周老师丈夫樊先生的手机号。小肖直接与樊先生通了话，说有人寻找他老伴周老师，当场请转问周老师是否认识"李伟"，对方毫不犹豫地脱口而说"我只认识张伟"，这回答提醒了小肖，知道自己刚才口误，立刻纠正表示歉意。周老师的回答使小肖意识到，目前老人家头脑清醒，记忆精准，一字之差的张冠李戴能立刻纠正；同时也看出当年的"小学生"在老师心里的重量，师生之间定有难忘的故事。

知道周老师听力弱，我通过樊先生帮助，直接大声与她通了话，她立刻让先生发来她的结婚照和全家福。结婚照上正是我记忆中青年时代的周老师。英伟看照片说周老师的气质很像林徽因，我当即高兴地回，"的确，她那智慧的眼神充满着诗情雅意"，周老师的神态、表情、风度是她内在气质德行美的外现。

我直接给周老师发去我小升初准考证上的照片，那是我平生第一张照片，也是周老师脑海中六十多年前我少年时的模样，又特选了几张近照，随微信传过去：

尊敬的周老师：

学生在遥远的北京，面朝东北，向恩师深深鞠躬致谢！感谢您曾给我母亲般的呵护和家的温暖！感谢您奠基了我善和爱的人格基石，使我一生忠诚于教育。我75岁退下讲台，现还用无声的文字语言，耕耘在教育的大地上。紧紧地拥抱亲爱的老师！65年前的少先队员！向您敬礼！

之后，师生不断有往来信息，樊先生还发来视频。我以给周老师寄书为名，弄清了她家的具体住址，其实是为了登门看望做准备。我觉天涯海角也阻不断一见，再说锦州离北京又很近，去年我79岁能独自回哈尔滨，今年怎么不能独自去锦州！能起早贪黑地书写，独自外出又有何难！

英伟知道我要去锦州的决定，当即表示奉陪到底，说寻找只是过程，见面才是真正的结果。她说从寻找周老师那天起，就想一旦找到，我肯定要去登门拜谒的。因为英伟最近有广场舞演出，便定在下周末起程，寻师中她不到乌江不尽头，拜师去她又立下了弥天浴日之功。我无数次外出，从来没有这么享受过。那几天我欣喜雀跃得返老还童般，一桩桩往事，像一幕幕电影，虽在自己出版和将要出版的书中都讲述着，但留下了无法感恩的遗憾，不能像英伟这样找到后能常相见，并相互砥节砺行。

我们定于 10 月 28 日（星期六）起程，英伟预订了往返车票。直到去火车站前，我才正式告诉樊先生赴锦时间。一怕他们太兴奋影响休息，二怕他们忙碌做准备。英伟的朋友小肖已预订了宾馆房间。

其实两天前樊先生询问我如何过重阳节，我回他：

> 九九重阳节，多人登高去；
>
> 吾捧枫叶花，殊享相逢喜！

最后这句预示了"相逢"，但这"暗语"，恐怕很难引起对方注意。反正师生间每日都在微信中升温，突然出现，但愿惊喜不会给周老师带去"负"作用。

很巧，今年的 10 月 28 日，正是阴历九九重阳，昨晚我在日记中写下：

> 六十五年杳无声，
>
> 浩荡离愁盼重逢；
>
> "重阳"为我开"天恩"，
>
> 终能膝前话别情。

其实，诗中的"重阳"我是暗指"英伟"，她才是帮我寻师的天降恩人。

和英伟约好我 9 点到火车站地铁口，担心早高峰塞车，女儿提前一个多小时送我到站前踏实地等着准时见面。

此后三天，一个天使与我寸步不离。你说她是"保镖"，比保镖亲昵万分；你说她是"警卫"，警卫还从没有教授级别的女士；你说她是女儿，却比女儿更客气，周到细致彬彬有礼。心不离你，眼不离你，手拉着你过坎，扶你上电梯，乾隆皇帝南巡也没享受这样真心实意的礼遇。师生不慌不忙登上了北京开往大连的 41 次列车，到锦州有小肖接站，去喜来登五星级酒店入住用午餐。小肖是渤海大学中层领导，这位忠诚朋友为帮助寻师，动用关系网立下汗马功劳，我们到锦州后她又全权安排住宿和交通，当天下午两点开车送我们到周老师家。

英伟和小肖在客厅陪樊先生唠嗑，给我和周老师在卧室叙旧的单独空间。

一进屋我深深鞠躬，拥抱着周老那瘦弱精干的身躯及那其中至爱至善的师魂，扶她踉踉跄跄从客厅移到卧室床上坐下。真是执手相看泪眼，呜咽塞住喉咙，舌头失去了语言功能，相互对视，眼睛却看不清对方面孔。泪与笑伴我们回忆，我努力倾听周老师诉说自己九十多年的征程，不时地为她竖起大拇指，赞美她的坚韧和忠诚，有时贴她耳朵大声说。我一直握着她的手，还不断给她拭泪，望着她那饱经磨难的眼睛和苍老的面颊，心里酸酸的，但我努力克制自己，让她释放后回到幸福中，她说儿孙都孝顺时满足地笑了，我努力让她说这天伦之乐，给她鼓掌，求她开心，忘掉所有不幸。

古人说欢娱嫌夜短，寂寞恨更长。从早上知道我来她就亢奋，又不停地跟我说两个多小时，有苦有乐，怕她过累，晚饭前我们离开。她不让走，说时间短，我答应明天还来，退出前我让她试试带去的羊绒衫和羽绒背心，英伟进屋给我们拍了几张合影。分开时已黄昏，萋萋满别情。

当晚有在渤海大学的东北师大中文系毕业生宏梅和亚新过来，共进晚餐，其乐融融话师大。

第二天早上，英伟领我去渤海大学校园湖边逛了一圈，校园静悄悄，学生还在梦中，哪知周日有巡礼的老师旧地重游。

约好，小肖请人开车，去锦西当年我念书的小学，我就是在这所小学与周老师相遇，从一条红领巾开始，结下了师生缘。可惜我们到村知小学已消失。但校园内那两棵大柏树还枝繁叶茂郁郁葱葱，我敬畏地摸摸树干向它们致敬。它们像慈祥的老祖母，曾听过我们唱《少年先锋队队歌》，它们一定录下了周老师拿条红领巾，站在大柏树前宣讲少先队章程，教我们如何系红领巾，它们一定记得只有我没有红领巾，周老师带我去买布制作，它们一定记得我冻得缩着肩膀，周老师当即脱下自己身上的棉袄给我穿上……

带着乡愁，也带着校愁，还找到了我当年的班主任赵老师的女儿的电话，通话中她告诉我，她离世的父亲常跟她说起我，今日只能请她祭奠时替我向老师问安。

下午三点我们赶回了锦州，在路上小肖用手机预购了鲜花，再次去看望周老师，昨天没来得及准备。英伟把我送到后去会老朋友。我和周老师及家人一直聊到晚上八点多，共进晚餐，依依惜别，真是见时难到几十年，别时只是一瞬间，"丝未尽"，"泪未干"，这种离愁长长久久滋味在心头。

在回程火车上，我请英伟讲她的恋爱故事，没想到引起隔座一个壮年男子的羡慕妒忌怒，他伸过头嗔怪我们："你们能不能不说话！"同时他还自言自语"想不听还不行"，英伟非常机警地低声开玩笑："我们聊天你不想听不行，那我们上课，你瞌睡也得醒，后悔醒晚了。"她的话意味深长，一个贪睡的旅人怎么能理解这师生精神会餐！

到京，英伟把我送上出租车。我摆手说"待到重阳日"，她回"还来就菊花"。

当晚我把已杀青的"追寻启蒙记忆"写周老师的书稿，又追加上"相逢是天缘"，而这"缘"是师生的心融神会，我眼含泪花，庆幸自己当学生时被老师爱，选择了教师的职业又被学生爱，这是世界上特有的快乐和幸福，如果下辈子再让我选择，一定还选择当教师。

五、诗意的童趣

说起童趣，老人们的心都在笑；而以文学方式表达的童趣更诗情画意，会使你忘乎所以。

"逆水""游戏"

新世纪的曙光，给人们带来无限的憧憬，教育总是最早的报春燕。学院函授部抓住机会开设了教育专业，本院没教育系，专业课教师一律得外聘。在函授部门苦口婆心劝导下，我承担了儿童文学课的授课任务，现买现卖临时抱佛脚走进课堂，好在我刚退休几年精气神还足，再说讲授儿童文学，让人有返老还童的享受。每讲一次，都像在百花园中畅游，在诗与画中有蜂歌和蝶舞，令人陶醉。万没想到。时过八年，2010年函授部又开设了学前教育专科班，开设"幼儿文学"课，据说它是幼儿教师的"职业手册"。

函授部这回又脑洞大开，挖掘校内潜力，开课前一年找我落实"幼儿文学"备课任务。他们估计我的实际情况，有接受可能又有推脱理由，便说，幼儿文学远说是文学家谱的子系，近说是"儿童文学"的分支，言外之意我这外国文学教师，还正教着儿童文学，再教幼儿文学也是顺理成章。其实隔行如隔山。但有一点，阅读儿童文学作品，如见沙滩上的宝石、夜空中的皓月，心灵跟孩子一样嬉戏奔跑，而我接触到的少数幼儿文学作品，已经给了我诗意的吸引。

函授部领导看我一直不动声色，使出了浑身解数，甚至跟我讲从娃娃抓起的大道理，不停地劝我让我发挥"余热"，生怕我拒绝这新的"挑战"。

在进退维谷时，我想起了以色列人常说的"永远逆水走"，心想虽然年龄不饶人，还是"逆"走一趟吧，思考后我表示"试试看"，授课质量不要期望太高，但我会尽力的。领导怕我反悔似的，当即就把"幼儿文学"教科书推给我，这书是"全国高等教育自学考试指导委员会"对学前教育专业专科指定的教材，看来早已煞费苦心，这本教材已是第 8 次印刷了。

我本承担着校内外的外国文学、应用写作和儿童文学课，日程排得很满，这把年纪还要备新课实属意外，可又不好推掉。何况我这个教书匠上课有瘾，再说这次又是给教娃娃的老师授课，对课本和授课对象我都充满着好奇。

挑战自我，逆水行舟，开疆拓土地预支精神劳动，是在夕阳路上，但心必须转向日当午，甚至是冲着朝阳行动。真心实意地开始"问津"幼儿文学，"问津"的过程，就是清理自己模糊观念的过程。找准方向，才能把握教材，找准讲授的重点。中国老百姓说的"从小看大，三岁看八岁，八岁定终身"的格言，说明民间早就非常重视孩子的启蒙教育。德国学前教育专家福禄贝尔在创办世界上第一个幼儿园时就理性地阐明，婴幼儿几乎是不加选择地把他所接触到的外界或者说自然中纷繁多样的事物吸吮到自身中，使其成为内在的东西。幼儿时期可以说是变外部为内部时期；幼儿长大还要把以前内化了的东西重新外化。幼儿教育的辩证关系还具体地认为，不管一个人未来的生活，是纯洁还是污浊，是温和还是粗暴，是平静还是充满风浪，是勤劳还是怠惰，是功勋卓著还是无所作为，是迟钝还是敏锐，是麻木还是具有创建性，是和睦还是好斗，这些都根源于幼儿时期。虽然不能说绝对如此，但学前教育在整体教育体系中的确占有极其重要的地位。我这个以教书为生的人，偶然接受了这个备课任务，倒是幸运。

理论之花是绚烂多姿的，但若缺少了实践之果，任凭多么婀娜多姿的花儿，也免不了有缺憾。这备课前的理性武装，是备课的动力。教师不是上课的工具，是学生中一员，是先学一步的学生。所以，不只要有正能量，还要清理自己头脑中的模糊观念。幼儿文学明显区别老年、成人和青年文学，可我自己头脑中惯常地把少年、儿童文学与幼儿文学混为一体。同时还有一个误区，那就是无计其数的"小人书"中的儿童或少儿"读物"，包括五花八门的画本对孩子都独具魅力，有不可替代的教育作用，但它却不是儿童文学，更不是幼儿文学，之前我缺乏明确的科学划定。

幼儿的认知能力，决定幼儿接受文学的传播方式，不是通过文字，而是通过听觉、感知、玩耍和观看、讲述、唱诵，因此，图画、卡通、戏剧、舞蹈、影视才是幼儿文学传播的载体。这样的艺术体裁，才可能引起幼儿的兴趣、感觉、认知，并在愉悦身心中学习语言和训练思维。只从学习语言的角度看，根据心理学家统计，三岁幼儿口语单词约为 800 个，到六岁时约为 4000 多单词量。这个增长速度是在群体活动中完成的，幼儿园就是个经常性的大群体，与家庭的小群体比有无比的优越性。

所以游戏是幼儿园的主要活动内容，对幼儿发展有重大意义，在学前教育中有独特地位。各种游戏是整个未来生活的胚芽，因为整个人的最纯洁的素质和内在的思想就是在游戏中发展和表现的。

在这种理性指导下，备课才能选择奇妙变幻游戏的幼儿文学作品，幼儿在接受中才能像鱼儿入水，激起浪花和水纹。不论是教幼儿文学的教师还是正在岗位的幼教老师，都必须根植在这样理念下，才能认知每篇幼儿文学作品精妙的教育意义，使其最有效发挥教育作用，教师才不会死啃教科书本，既遵循教学大纲纹理要求，又努力发挥自己的创意。幼儿文学本是地道的"小儿科"，既不包括学前的大班孩子，更不包括刚上小学的儿童，明确地说，幼儿文学就是对幼儿园小班最有使用价值的"游戏"文学。

老　来　乐

2010年暑假去哈尔滨，首次函授幼儿文学课，一发而不可收。此长彼消，最有文化品位的中文专业处在迅速降温中，我的外国文学课也很少登场了，当然这并不是好兆头，但幼儿文学将成为营养孩子的仙丹灵药，却是必要的"娱乐"至上。

幼儿文学的教学实践，首先使我这没上过幼儿园的老朽，有了特别的收获。课堂上有时我弄不清自己是授课的先生，还是听课的学员。因为课堂上学员常与老师自觉地呼应互动，有时我刚提出某篇幼儿作品名称，学员就兴奋地一起从头背诵到尾，越背越起劲，我干脆就像音乐指挥一样，以手势打着拍子，听她们诵或唱，结束时又开心大笑，然后相互分析这作品对幼儿的教育意义，总要先请学员说，我做小结。在这种氛围中，我既像幼儿教师教孩子认知游戏，又像接受阿姨在教我，师生在心理上都无忧无虑回到了童年。

下课与学生交谈中，方知年轻学员很多小时候上过幼儿园，还有的是幼师毕业生，现又工作在幼儿园，幼儿园系统内还常发相关的幼儿教材，所以讲到游戏歌，如《丢手绢》《拍手歌》《数数歌》《问答歌》等，多是学员滚瓜烂熟的，课堂热闹得哗然一片，"大号"幼儿都回到了从前，课堂秩序成了多余的规定，大家无拘无束快乐释放。我和那些年龄大的学员一样，被感染得心笑开了花。

我的童年来自荒野，但女儿和外孙都上过幼儿园接受很正规教育，能背诵很多儿歌，其中的《小草》常使我浮想联翩：

"小草小草，被谁用脚踏倒，露珠是它的眼泪，吧嗒吧嗒碎了，太阳公公看见了，替它把泪擦掉。"讲这首童谣时，我想起在故乡夜晚的月光下，外婆常哼着的"小白菜渐渐黄，三岁两岁没有娘"，她那忧郁的音调，何止使我感叹自己幼年失去娘的忧伤，而外婆更像《小草》中的"太阳公公"一样。每次授课讲到《小草》，我总是想起外婆，她何止是擦去我的泪花，使我没有成为"渐渐黄"的"小白菜"，还把我拉出火坑，并甜甜地像小草一样依偎在姥姥怀抱，心在酸酸地滴泪中化出脸上的微笑。现在哼唱外婆的那首歌谣，我总要抬头看看天上的"太阳公公"，因为"太阳"是永远活在我记忆中的姥姥，她慈爱、温情，从没让我这个失去母亲的孩子比别的孩子得到的爱更少。

讲《摇篮曲》，"狗不咬哟，猫不叫哟，贝贝快睡觉"，又令我回到故乡的热炕头上，姥姥忙完一天的活，睡前教我们《拉锯歌》："拉大锯，扯大锯，姥家门口唱大戏"，边唱身体边前合后仰，左摇右晃，还自编新词"姥姥不让看，我们偏要去"。姥姥以为我们睡着了，没有在意，我和表姐却已钻到飞雪中，借雪光堆起了雪人，既没感到困又没觉得冷，像雪中天使，云中的精灵，高空中的鹰，幸福、快乐、自由。姥姥发现时只是说，"拉锯"没睡着，玩累了准能睡得更香。这本是自己童年的生活，现在像是在梦中。

授课后，我跟外孙显摆幼儿文学中那些卡通"明星"：米老鼠、唐老鸭、古菲狗、兔哥、加菲猫、机器猫、铁臂阿童木和黑猫警长等，他们虽已入中小学，但对当年幼儿园的故事仍如数家珍，我每点一个名字，他们都拉长调说"知道"，你若稍停，他们就开始说烂熟于心的内容。虽然我知之甚晚，可这些卡通明星也终有机会营养着我的神经，令我童趣再生，与外孙心相通。

新世纪前后出生的一代，既不处在物质饥饿中，也不处在精神文化匮乏里，但处在不够绿色的消费和娱乐中。我想，幼教文学是否也该换上新内容和新"品牌"？

幼儿文学创作，本是文学创作的苗圃，根深叶茂才有夏花秋实，传统的要保留，新的也要催生。

对于像我这把年纪的老一辈，即便是传统的幼儿文学作品，也还都是难得的精神补给，因为出生在物质和精神双重饥饿中。更确切地说，我不是异想天开想要回归童年，而是幼儿文学的精彩篇章的诗情画意，自然地勾起思绪，便像脱线的风筝一样把我带回到遥远的童年，岁月已使肌肤变老，儿歌却使心灵复活，成为老小孩。就如海的浪花呼唤小溪，并慷慨补充着小溪的干涸。特别是幼儿文学中童话、寓言和故事中的神魔仙妖，英雄怪才，都是超自然超现实的奇思妙想，其超人的功能不仅能使孩子变大，也能使老人变小，使忧伤变快乐，使快乐变思考。哪怕你进入老年，文学的回天之力，也能把你带回儿时场景！眺望夜空中眨眼的星星，倾听大海退潮的声音，漫步在百花园闻着花蕊的芬芳，看着蜂鸟的舞蹈，自己也就成了儿童世界的国王。从前觉得幼儿文学"小儿科"，瞥一眼就足够了，备课教课之中，竟觉相见恨晚。

幼儿文学何止给我补上童年的快乐，又因为它没有一点儿功利色彩，纯粹、天真、质朴，又成了净化心灵的妙药。

给正在从教或将要执教的幼教老师授课，也能从这些特殊的教育同行身上收获难得的精神分享。我的课堂是巾帼整片天，她们的脸上洋溢着青春的气息，说起娃娃又有祖母般慈爱的眼神和滔滔不绝的赞美，令我觉得她们是所有孩子的母亲。一次课堂最后排坐着两个小伙子，巾帼中有了须眉，我便走近询问，原来他们是跟随夫人来旁听，说"做准爸爸"得先学点"育儿经"。我便跟他们说，母亲是自发地引导孩子生活，父亲是引导孩子思考的。父亲的一句话，就好比一粒果核，将生长出一棵生命之树。这是教育家说的。两个小伙子听完乐得相互拍着手，说媳妇拉他今天来对了。课堂还遇到几位要退休的老园丁，执教已三十余载，自豪地说："老来俏，来大学课上淘宝。"当我赞美她们年轻时，一位呵呵地笑着回："跟娃娃在一起谁都年轻。娃娃的快乐细胞，比细菌传染力还强！"这真是"余心不乐看娃乐，宁孙送福烟愁消"，她的话很有哲理，也让我穿越时空，回到童年，跟随老园丁，走进了今日的幼儿园，同娃娃一起高唱：

"天上星，亮晶晶，好像我们的小眼睛，一闪一闪放光明。"边唱边拍手，连身体也打着节拍，这歌声淹没了"夕阳红"，赛过了"青年松"，也把我带出了少先队的夏令营，像彼得潘一样成了永远长不大的老顽童。

更令我想起幼儿园之取义，盖以幼儿比于植物，教师比于园丁，学校比于花园，教育比喻培植的过程，这正是"幼儿园"名称的最初由来。福禄贝尔在德国勃兰根堡 1837 年创建世界上第一所幼儿园，从此提出孩子必须"游戏"人生的"理念"。而今我这老妪不也在人生"游戏"中回到了童年吗！一次下课我询问学员中是否有来自农村的，有几个举手说毕业后"回老家办幼儿园"，我高兴地同她们击掌说"一言为定"。还告诉她们，一百多年前，一位意大利的女医生蒙特梭利自创"儿童之家"，给孩子们提供了特殊的教育环境。今天有无数农民工的孩子，在乡下家中由老人看管，享受不到母爱的快乐，也很难受到正规的学前教育。那几个学员明确表示，她们要把幼儿园开办到最需要的地方。

乐 此 不 倦

2017 年春，我偶然接个编写"幼儿教材"的美差，是学贤热心肠把我推荐给她朋友的，我不好一口回绝，但答应得不很痛快。主要原因是我手头的活儿刚开始，好不容易进入状态唯恐中断。锅烧热了很容易，而人的情绪升温，越慢越特久越有兴趣时，降温就困难了。当然也考虑到这活儿是民间自发的主意，费了劲也难落实出版，发挥不了教材作用。

没想到主持编教材的赵德玲园长抓着我不放，三番五次在电话里跟我诉苦，说想编的幼儿教材，是国内幼教中没有的，特别是其中的部分内容是来自国外的，实在找不到合适的人选。

我心想，怎能这么巧，九年前有人认为"幼儿文学"与我教的儿童"文学"同宗同族，便拉我从头备课，几年后又有人编"幼儿教材"，说其中的"外国"洋货，又与我教的外国文学的"外"成了连襟，还抓住不放，这算不算隔皮断货？

说实话，我教过的幼儿文学课本里，外国的名家名篇还真占有重要位置，对这部分的内容我非但不陌生，可以说某些篇章给我的快乐，都已深入骨髓和神经。今日提起编幼儿教材，又有甘露洒心、醍醐灌顶之爽。之所以在电话里我一直没有与赵园长说自己曾有"追童"的美妙感悟，主要原因是接不接这个活儿，我还在犹豫中，担心说了她更不给我后退的余地。自己酝酿好久才入境的写作状态，中断了重新升温谈何容易。

赵园长执意派人要接我去她的寓所，已经有几次我都推了，可这次她不容分说，盛情难却，说司机已从丰台宾馆出发了。就这样我们头一次见面，从上午聊到下午，这位耄耋之年的老妇人，那颗金子般的事业心，深深地感动着我，我知道自己"中计了"，编教材的差事逃不掉了。

　　赵园长 1955 年走进幼教队伍，从教 40 多年。在职期间事业做得风生水起，于全国各地做过数次观摩教学，获得很多荣誉和奖励。外国同行还把她的教学录制成片带回国内示范。与赵园长交谈中，她还把自己珍贵的档案资料给我看，说自己退休后从心理到行动一直不退岗，是教育呼唤她永远保持一颗童心。人是否衰老，不仅仅是年龄的因素，如有童心，思想充满活力，事业心也会随岁月而精进。所以她认为知识不私有，经验也不带走，她铮铮作响的誓言是：

　　"一切为了孩子！为了孩子的一切！为了一切的孩子！"

　　时至今日，她仍墨守初心，坚守梦想。所以在 2016 年"国家教育整体模式纲要"精神鼓舞下，她决心结合中国传统的幼儿教育，再融入西方育儿文化精华，编写一套适合中国当代幼教思路的教材，给幼儿园大班用。

　　她告诉我自己这一生的梦，起源于 1957 年。在一次高级别的联欢会上，她有幸陪同周恩来总理跳舞，总理知道她是"园丁"，说"做园丁好哇，这是美好的事业！"60 年后的今天说起来，她仍眼含泪花无比激动和自豪，周总理的伟大人格魅力，鼓舞她一生不断进取和探索，让祖国的花朵在"园丁"的哺育下幸福成长。这真如海明威所言，在人生的各种职业事务中，性格的作用比智力大得多，头脑的作用不如心情，赵园长仍生活在"性格"的"心情"中。

　　这位年过八旬的老骥，仍志在千里，梦想为千千万万母亲，送去教育幼儿的"经"文，做一位永生不负使命的幼儿园外的"园丁"。

与赵园长交谈，令我很震撼，引起了心灵的共鸣和忖度，毫无疑问，我与老园长都没忘初心地追梦，这梦还都有强烈的理想主义色彩。

我知道自己手中正写的与她谋划"编选"的，是"殊途同归"。所谓"殊途"，我至今全身心关注教师对"大孩子"的教育，盼望高校教师理念的变革，造就有创意的人才；而赵园长一生追求的是对"小小孩子"的基础教育新天地，她几次重复教育家马卡连柯的话："儿童教育主要在5岁前完成，占人的教育过程的90%。"现在她要通过独创的教材内容，在提高教育质量中奠基好孩子的生命基础。

所谓"同归"，我们都视教育为生命，一生为教育，至暮年还恋恋不舍。在"天黑得很慢"的夕阳路上，共同期望教育的朝霞更灿烂，为民族的复兴贡献力量。

要编的教材，是专给幼儿园大班使用的。我先前讲授的"幼儿文学"偏偏是针对幼儿园中小班的。讲的"儿童文学"包括幼儿园大中小班学龄儿童及少年，这简直是天神一样的安排，总是在宏观中弥补微观，在已知中寻觅未知。

编选的宗旨，是通过教材内容培养孩子"爱"的美好品德。这是重中之重的选材原则，从孩童的视觉和心灵起步，表现单纯的对人和物的爱。听起来这是个闪光冒火的主旨，人世间有亲子之爱，师生之情，朋友之谊，乡国之感，社会之关心，这都不是幻影，这样选材应该并不难。

赵园长明确要求这"爱"是从孩子自身发出的对人和物的"爱"，不是成人世界对孩子的"爱"，那样的"爱"已超量了。以孩子的自身爱的榜样去教育孩子友爱，更亲近更有说服力。显然选材的面缩得很窄，要在不懂事的孩子里找懂事的，是沙里淘金，要用金沙再去陶冶沙子，这何其难哉！

除此，选材必是名家名篇，或经过口头流传有影响的民间故事。

其文中的主人公必是孩子或拟人小动物，情节精干，故事性强，幼儿能听懂还有兴趣，也要照顾选材来源于不同国家的多样性规定。

根据上述要求，显然不能从低幼儿惯用的图画、卡通、儿歌和短诗中选材，主要应从童话，寓言、故事、戏剧或科幻文艺载体中搜寻。如果说"幼儿文学作品"更适于幼儿园中小班，那现在要编的教材便对学前班更实用。

我估计近年多次再版的《儿童文学教程》和《幼儿文学》教科书，应是权威性指南，那里有相当数量的外国儿童文学名篇，应该能从中选取到符合"爱"的主旨的名篇。因此，我首先对这两本教科书进行拉网式排查，结果大失所望，这类国产教科书，主要选材中国儿童文学作家的创作，虽也选用了些外国儿童文学作家名篇，相比较量不算大。

如果不是遇到王尔德的精美绝伦的《快乐王子》，对这两本书搜寻，真是全军覆没了。教科书中出现的外国名篇，几乎都不符合我们的要求。如《乌龟和兔子》，有名到不认字的人都口口相传，虽然并不知作者是伊索大寓言家，但却知道不能骄傲自大的道理，再如克雷洛夫的《狼和小羊》，众所周知，它揭露狼本想吃小羊却找个借口，人做坏事时常常也如此。还有鼎鼎有名的世界童话大王安徒生，他的家喻户晓的《卖火柴小女孩》已是不幸的代名词。《皇帝的新装》，干脆已流入成人世界，成了讽刺自作聪明的官僚政客的口头禅。一言以蔽之，教科书引用的外国名篇，难寻到我们要选的"爱"的主题。

看来专家是重在研究童幼儿文学基础理论，即童幼儿文学产生、文体及对作家作品的评价。至于选择什么类型的童幼儿文学作品，有针对性地教育孩子，那是老园长们实践家该考虑的了。理论家和实践家之间还真有很大的距离。难怪幼儿园要单独发游戏教材，难怪老园长执意要编选更有特色的教材。她一生在孩子中，自己实践经验和教育思路，一定饱含着成功的体会和失误的教训。

权威教科书虽不能提供要选的作品，但它却能提供国外有影响的儿童文学作家的名册，可以按图索骥，自主灵活地去寻找"知音"。教科书上流行的名篇，虽不是我们选材所需要的，但不等于那些名家的著作中，也没有我们要选的主题。唯一的方法是去查原著。我推想，写童幼儿"被爱"的作品应俯拾地芥，怎么就能没有写孩童放射出的爱呢？

"爱"趣丛生

期盼走入原著，在未知中找到已知。

期盼再能读到教育家苏霍姆林斯基曾记下的故事：校园花房里开出一朵硕大的玫瑰花，全校同学都来看。幼儿园一个4岁小女孩在花房里摘下了这朵大花。苏霍姆林斯基问她："给谁？"小女孩害羞地说"奶奶病得很重，她不相信校园里有大玫瑰花，我摘给她看看后就送回来。"谁听到小女孩的话心能不颤动！苏霍姆林斯基又选两大朵送给小女孩，一朵是奖给懂得爱的孩子的，一朵是奖给培养孩子爱的母亲的。

我最初读这段文字，被苏霍姆林斯基宽容的爱感动得流泪，德育教育家没有责备孩子摘花，还奖励赞美她，是常人做不到的。而这回选教材，我却想起了这段文字中的4岁小女孩，对重病奶奶的爱多么感人肺腑。我甚至想起自己的小女儿也是4岁时得了很重的肺炎，被邻居儿科黄大夫抢救过来，以后再没犯，当朋友送来两条大鱼时，小女儿竟说鱼送给黄娘娘吧。我当时很感动，没想到这么小的孩子知道感谢黄大夫的救命之恩。

我从图书馆搬来很多儿童文学名家的名作，期盼能在书中遇到类似摘玫瑰和送鱼的4岁小女孩，或者是遇到"快乐王子"那样的小男孩。哪知阅读之后常使我走入迷宫，心灵跟着眼花缭乱的书页移动，身边最后一本书看完了，竟没有捞到一条鱼，无奈回去重读，还是一无所获。看这类书忘了"功利"，是因为书的新奇引起读者的渴望，不知不觉便陶醉其中了。虽然我是带着"功利"的使命在海中捞鱼，还是常常忘乎所以。

　　每周都去图书馆还书，又满载而归，对每本书都充满希望又都很失望。就这样从二月初到五月中，在百多个日子里，上午写关于"大孩子"的书，下午和晚上扎到儿童文学作品书堆里乐读，只要碰上小孩子和小动物有"爱"的闪光便驻足，反复读直到确认并做记录，察尽伯乐之图，最后又搜出四大本《哈佛家训》《孩子的羊皮卷》《世界童话百篇》和《外国民间故事选》等编著，终于从初选到的几十篇中，筛选后敲定 21 篇。

　　这 21 篇，都是孩子发出的多种"爱"的集锦。包括爱祖国的尊严，爱母亲辛劳，爱爷爷为其争取公平生活处境，爱老师的教诲，爱帮助受苦中的小朋友，爱小动物等。从书山中，终于觅到了孩子发出的爱的阳光，找到了孩子"爱"的灵魂，我也完成了对孩子"爱"的巡礼。这些专门描写孩童发出的纯洁的"爱"的意趣，使你浑身的细胞都会跳跃起来，也跟孩子一样奔跑在仙山火海，飞翔的心使你回到童年的广场。

　　入选教材的作品包括英、法、德、意、俄、日、美等十几个国家的作家作品。每篇定稿的文字约八百到千字上下。保持原文字数的只有七篇，其余的十几篇，少于千字的就扩写，多于千字的就缩写，保存故事的精彩部分，尽量使文字清晰明了。

　　实话实说，选中的 21 篇里，除了《快乐王子》早就是家喻户晓的名篇外，其余那些篇，虽作者大名享誉世界，但篇章多是名不见经传。看来我们过去对儿童文学认知很传统，外国流行的名篇也成了我们选用的名篇，说明我们认同中还缺少自主性选择和补充。今天根据孩童"爱"的宗旨，终于尝试性地打破了传统认识，但愿选择的新篇章在实践检验中，能于童幼儿心中播种发芽。

选篇《不接受他们的钱》，写一个 11 岁挨饿的意大利流浪儿，绝不接受辱骂祖国的乘客的施舍，并把施舍者给的铜币银币雹子一样砸到他们头上肩上，怒叫"拿回去""我不要说我国坏话人的东西"。这个小爱国者，出自意大利作家亚米契斯的《爱的教育》，此书被联合国教科文组织正式列入各国青少年的必读丛书，再版三百多次。

二百多年来，格林童话译成多国文字，其中的《青蛙王子》《灰姑娘》《白雪公主》《水晶鞋》等篇章，中国少年儿童如数家珍，但这些都不是直接表达孩子"爱"的主题。而这次从中选的《老人与孙子》，虽没有传播面，无人知晓，可表达孙子爱爷爷的动人情景，真是催人泪下。尤其像我这把年纪的老人看了，虽然不是处在文中老人被虐待的境况中，但那文中孙子的行为智慧，以子之矛攻其父母之盾，教训父母的结果，令人仰首伸眉拍案叫绝，在扩写中我又把儿女不孝的细节添了进去。

从克雷洛夫的寓言集中，选取了《乌鸦和母鸡》，表达在国难当头时不同选择的结局，爱国者母鸡得胜。伊索寓言百多篇中的《朋友和熊》警示人们患难见知己。这两篇寓言对读者都很陌生。

《拉封丹寓言集》上下两册，包括 24 卷，482 篇寓言，就是觅不到孩子爱的主题，最后侥幸搜到《狮子与老鼠》，写渺小的老鼠救了巨大的狮子，老鼠用利齿咬断了捆狮子的绳子。这两种动物本是风马牛不相及，不可能有"爱"，作家竟有趣地创作出有核能量的"爱"，令人受到魂分归来的震撼。

在近千篇寓言中，还是没有忘了为后世的孩童留下"爱"的雨露，尽管非常稀有。我想，孩子处在成长中，爱也处在萌生中，稀少是正常的。儿童文学作品现状是孩子生活真实写照，成人文学作品写爱的名篇俯拾皆是，只就写婚姻家庭应得的爱也并非容易，我们有看不完的爱情悲剧，莎翁的罗密欧与朱丽叶双双入墓穴，司汤达的于连入狱，歌德的少年维特自我开枪，托尔斯泰的安娜卧轨，易卜的娜拉出走等，成人获得爱情这般不容易，果真是不幸的家庭各有各的不幸，怎么能指望幼童的"爱"遍地开花呢。

但坚信强而无爱必弱，弱而有爱一定能强，真爱产生的强，才会强得不可撼动。

《尼尔斯骑鹅旅行记》，是瑞典作家拉格洛夫的名作，世界上唯一获诺贝尔文学奖的童话作品，译成五十多个国家文字。可因为篇幅太长，很少听孩子们提起它。这次我从中节选了《告别大雁》，文中叙述孩子成长中懂得感恩的脉脉温情。

《动物记》是加拿大动物学家欧内斯特·汤普森·西顿的大作，他因此书赢得了与罗斯福总统的友谊。其中《温尼伯格的狼》写八岁小男孩与小狼崽之间的友爱，令人灵魂颤动。温尼伯格这个地方，唯一能拴住小狼的非凡力量，是小男孩，他使小狼拥有了地球上唯一的爱。因小男孩过早离世，长大的狼无奈回归田野，但经常来到小男孩墓前长吼祭拜。只有伟大的博物学家才能写出这样科学神奇的密码。孩子爱小动物是普遍的天性，但爱小狼的却很少，特别是长大的狼还知感恩回报以爱，这简直是神话，可作家却用这传奇的爱感动了我们，让我们动心流泪。

《践踏面包的姑娘》选自《安徒生童话》宝库，这篇同样鲜为人知，真是踏破铁鞋地从 168 篇童话中搜到的，而且有很强烈的现实感。写任性的小女孩用面包垫路，结果还是深入泥沼中受罚，忏悔后变成海鸥，收获了真正的爱。小女孩的经历很具典型性，可说是当今物质丰富条件下某些孩子的影子。

独 步 当 下

没有觅到爱"学习"的名篇,是正常现象,幼儿园的孩子没上学,不认字。

幼儿园本来就是"没有课本的学校"。写"游戏"的文学是给幼儿教师看的,"游戏"是孩子的天性。幼儿园更是游戏的大课堂。有的家长过早地让孩子认字学习,就是毁灭、阻碍、破坏孩子个人兴趣。"苦"读,本身就是抹杀孩子的天性,更可怕的是当前演化成五岁学钢琴,六岁学英语,七岁学奥数,八岁去参赛,这种新形式的紧逼与头悬梁锥刺股的"苦"读同样抹杀孩子的个性,所以到互联网时代,作家是否也该创作出更有趣的幼儿"爱"的作品,给那些以"爱"的名誉摧残孩子智趣的家长敲敲警钟?

记不清谁说的,不能让业内人士一口读完的教材,不是好教材,那不能使幼儿园老师一口气读完的选材,不能使孩子期望老师多讲几个"爱"的故事的教材,算不得好教材,我想,上面的选材值得接受检验。

以"爱"为宗旨精选幼儿园大班教材,看得出赵园长独具慧眼。

从表面看舍掉了幼儿文学中品德教育的诸多篇章,如幼儿的礼貌讲卫生、诚实守信、勤劳勇敢、坚忍顽强、谦虚自信、乐观梦想等,但实际上,"爱"的故事会给生命注入活力,像山谷的回音,为其他各种美好品德提供原动力。因为有了对国、家、亲人朋友的爱,你就能尊重、体谅、宽容,"爱"这棵从荆棘丛中长出的谷粒,需要勇气和刚强,还有历久不渝的热情滋养。可见,"爱"是生命的要素,神圣得人人想拥有,又难真正获得和享受到。人类的爱是烧不毁的荆棘,爱的暖流能医治心灵和肉体创伤。但对于孩子来说,爱,只能是一种成长的感受，不是靠人说教所取得。

赵园长的选材宗旨是破旧立新，独立不群，所以选得才艰难，"爱"是灵魂的核，当然万倍珍稀，我苦觅后留了如下的文字：

"爱"是个宝贵的人性命题，幼童之爱又万倍珍稀，淘到它谈何容易！像到天空花园中觅蕊粉，像进漭漭河滩淘金，像入原始森林挖丹参，像在天空里捉云雀，像钻海底里捞针。

选材时我偶去书店，巧遇一本《幼儿园教程》，引起我特别的关注，还标明多次再版，促我立刻产生淘宝心理。书里的"教程"中确实有时髦的"游戏"，但其中游戏的内容竟有教幼儿做"卖火腿肠"的广告，还美其名曰"结合现实"，看来有的小学生在学校私下卖东西赚钱也不是什么怪事了。这些不是我们想要的内容。

赵园长编教材的立意，实属独辟蹊径，而且是攀登精神的珠峰。这春雨如何能滋润孩子心田，幼儿教师的教学艺术将要受到非常严苛的磨炼。至于教材的实用效果，还得耐心地看实践，但愿它成为幼儿教育的诗篇！

我教"儿童文学"，和"幼儿文学"主要在教学实践中"回归"童年，这次编选幼儿大班教材，因主旨的独立不群，必须钻到原著中当书虫，花更大的气力，所以对我也是一次回炉教育，使我又来到"天外天"，当了"九头鸟"，尝尽了百草，吃尽了灵丹妙药，这种人生维生素的弥补，真使秋天般衰老的心灵，有了春光普照，孩子的纯真、圣洁和快乐伴着夕阳脚步，使内心发出了朝阳的微笑，得到了一次洗礼和净化。

如果大人的世界，能保持孩子的纯真，那世界该多真实！如果大人的世界，能保持孩子的圣洁，那世界该多干净！人不应因长大就完全丢弃了孩童的所有天性。尤其在物欲和娱乐的氛围里，更不应遮蔽心灵而遗忘童真！

六、淬砺路上一瞥

路漫漫，总是处在又一个开端，因为本没有终点。

荒原之子

北大荒上一个寸地尺天的村庄，是我童年广阔的天地，嬉戏中触摸四季变化，倾听这里的天籁。

燕子叽咕叽咕报春时，我就混在大孩子中去挖野菜，抠树枝上的杨拉罐，指尖大的罐里装着幼虫的胚胎，烧煳了吃，比从房檐下掏的鸟蛋香多了，还爬树撸榆树钱儿，吃剩下的拿回家熬粥。地里的小苗没长多高，就跟着大人拿着小铲间苗锄草松土。大风天出去放风筝，觉得自己是天上的鸟，快乐得大喊大叫，但对自家笼子里的雏鸟关得很牢，生怕它跑掉。

夏天借给猪牛采菜割草的机会，到村南小河游泳，摸鱼抓蝌蚪；偶尔溜进青纱帐中嚼甜杆，寻野果。深秋肯定要去田垄里拾谷穗、捡秸秆，割蒿晒烧柴。冬天进入了童话世界开始灵魂壮游。盼下雪天堆雪人、打雪仗，还有比赛拉雪橇，溜冰和打冰尜，玩得精疲力竭，就回家蹲在屋内窗前，盯着院中支好的大笸箩，笸箩下撒着小米，雪天觅食的麻雀准来，猛拉拴绳的支棍，扣上几只或十几只麻雀，埋在火盆里，不一会儿就可以坐在炕头上吃了，而且绝不放过比绿豆粒还小的"鸟脑"，听大人说"吃啥长啥"，"人脑越大越聪明"，我们当真以为鸟脑也能扩大人脑。当年觉得麻雀很大，吃完一只得很多口。至今只要走出屋见到麻雀，总能忆起童年的情景，便不由心生愧感。

还有一景对今天农村孩子来说不多见，但对我和童年的伙伴不足为奇。我们在田里或房后园子中常见到狼，从不大惊小怪，只是提醒同伴那边有狼，咱走这边。别看我们与狼相望很淡定，但遇到田鼠、野兔或狐狸却都发疯地直追猛赶。我们还好奇地从坟洞里把几只狼崽偷出来分开养，想让它变成更厉害的看家狗，只是因狼妈夜里在村头吼泣乞怜不休，在大人的说服下，我们把狼崽送回了狼窝。第二天再去看，小狼被搬走了，老狼没有报复我们。这时大人准会说，野狼比有的人善良，没见它伤过谁，只是饿极了才偷食猪羊。姥姥听后总要说有蛇蝎之心的人还不如这老狼，她是指嫡母和她的丫头把我双腿双脚杵伤差点截肢的事。而我早就忘了伤痛，因为逃出了"家"的围城，才成了姥姥手心中的宝和大自然中的野娃。

一年四季徜徉在大自然的怀抱，村里的大人个个都像所有孩子的家长，对我特别优待，说我是姥姥手心上的"客人"，相比之下大自然的精神密码，给我童年的礼赠更是多姿多彩。大自然是我童年的乐园，那无数细微的变化映在我身上，融入我的血液、气质、性格甚至为人处世中。我无限热爱小村中的老屋和草木，耄耋之年回故乡巡礼，见自己童年住的老屋已倒塌，在那残墙断壁中我捧回来一把土，放到家中花盆里，荒原里的沃土到了中原的家中，显得格外黝黑闪光，亲切馨香。

记忆常使我回归家园，最感温暖的还是那里的冬天。冰天雪地的严酷，孕育了万物不屈的灵魂，才有了春天的勃勃生机，别看东北的庄稼一年只种一季，却有最茂盛的苗、最丰满的果和最有营养的北大荒的米粮。

同样，北大荒的冬天铸就我童年的乐章，乐谱里野性的噪音很顽强，因分辨不容易，生命的淬火过程十分漫长，淘气中饱含着顽强，粗俗中有纯朴，任性里有憧憬，撒野时储存着胆量。物质生活的贫困落后，天然养成吃苦耐劳，可这质朴无度的"土气"，容易使人生出鄙弃高雅文明的心，认为那是"资产阶级"的臭习惯。当生活富裕后，自己也"小资"了起来，自然改变了以前的"穷酸"，但节俭的习惯烙印在了心底。

美丽的童年虽没有"大灾大难"，但环境渗入精神的长与短，须走进教育的沃土良田，在成长中分辨磨炼。

校 园 之 家

已到了上学年龄，我心里没有上学的期盼。还从没见过学校老师和书本啥样，只认得家中供奉的灶王爷对联上的几个字。姥姥常无望地自语："不能让孩子也成睁眼瞎！"一个饱经沧桑的农妇，眼光深邃地认为孩子不该重复自己"盲"然生活，可贫穷把人世代锁在小村里，她怎么有能力改变，她的最高理想是孩子"认字"后有"出息"，究竟什么是"出息"，她茫然不知。

新中国成立了，天亮了，"东方红"了，朝阳普照大地，赶走了北大荒的黑夜。姥姥家的小村燃起解放的火焰，来了穿军衣的工作组，他们进村就双管齐放，边分田到户边筹办小学，把有钱人逃跑后留下来的空房屋改造为教室，之后贴出布告：不分男女，不分年龄，免费入学。姥姥听说后万分感慨："世道真变了，女的能上学还免费。"她哪里知道男女不平等这座大山也被推翻。她立刻行动，挎筐背篓，里面装上鸡蛋和几只老母鸡去小镇上卖了，买回粗布、铅笔和大张白纸，裁纸订本，自缝书包，等待开学。她甚至说"有人替自己种地也去上学"，使得劝学的工作组不知如何解释"布告"上"不分年龄"的承诺。

我在"解放区的天是明朗的天，解放区的人民好喜欢"的歌声中走进村里首创的混合班，班上有八九岁的，还有十八九岁的，同现在的孩子比，我虽过了入学年龄，但那时我却是班上最小的几个之一。那一间教室是学校的全部，室内的木板条横在土墩上就是桌凳。

在我的记忆中，那间教室是披着霞光的圣殿，是野性开始淬火的炉膛，是迈向文明的"起路线"。从此开始走出家门，转入文化大世界的精神家园。不管正月多么天寒地冻，仍觉这生命港湾温暖。童年微妙心态和单纯的直觉，只顾着跟老师念"百家姓"和"庄稼经"，像唱歌一样飘飘然。

只念过两年私塾的老师，是我们文化启蒙的先导，跟着老师认字，有了这个开始，我才成了村里的第一个大学生。

能一路径直"乐其学业"，是因为国家给我解除了"安于所居"和"食为天"这大后方之忧，我才能安心受教育。尽管姥姥说如果我能考上中学大学，砸锅卖铁也供，她虽有刚烈之心，却没有微薄之力，这正是旧社会 90% 以上的人不认字的根源。

令姥姥想不到的是，我不只念小学免学费，上中学和大学，一直享受助学金，食宿从没自费过。中学月伙食费 5 元后到 6 元，上大学月伙食费到 12 元，助学金也随之增加。即便赶上三年困难期，成年人勒紧裤腰带度日，助学金仍一分不减，万分感激国家的英明决策，今日仍延续"再穷不能穷孩子，再穷不能穷教育"的伟大战略。

姥姥那时常感叹，做梦也没听说能给穷孩子又吃又住又念书的美事，人世间真有这天上掉馅饼的事了，所以每到开学离家告别时，姥姥总要嘱咐我，好好学，做个有"出息"的人，报效国家。如何报效国家，直到我大学毕业分配时，姥姥才以做个"好大王"，找到了所谓"有出息"的答案。

我幸运地赶上了新中国成立初期的教育，各地区教育发展很不平衡，可我由于生活变迁，总是一次又一次不由自主地闯入重点校。小学三年级到老姨家从村小复式班转到外省的完小，这里分年级分学科授课，并赶上了学校头一年小升初。考上初中进县城了，上初二我转回到姥姥家附近镇上中学，同样是重点校。两次转校都很幸运，鬼使神差，才顺利通过小升初和中考保送。我一直确信学生遇到好老师是幸运事，在那个纯真的年代，上学后常觉得老师的关爱胜过家人，我也把学校当成家。敬慕老师是从小学开始的，也许从那时起就在心里播下了当教师的"种子"。本书开篇那些文字，是我对自己寻根问底中采撷的师爱诗篇，其实在这些乐章之前，《姥姥的遗产》中已有些许刻骨回忆的文字了。

小学四年级全班加入少先队，只有我没戴上红领巾，因为没有两角钱交费。少先队辅导员周钧老师便带我去村供销社买了红布到缝纫师傅那做好给我戴上。同是这年初冬飘雪花的日子，周老师见我穿得很单薄，拉我到校门口外，很麻利地把自己身上的制服棉袄脱下给我穿上，不容分说地把衣服扣好。从那条红领巾开始，周老师在我心中就胜过亲人，那棉袄的体温传到全身。师生之情如扎进沃土的树根，随树长高，根也铁骨铮铮在沃土里扎得更深。为此在《师韵》一书中我写下了"追寻启蒙记忆"，在《师谱》中又补叙了"寻师记"。冷暖，对有父母关怀的孩子本不是什么问题，但我从两岁离开家，小学三年级后又不在姥姥身边，老师就成了我的家人。

尤其中学时代住校6年，那是少年成长最迅速的朝阳期，大部分时间在学校里，总能遇上老师及时解惑。最难忘的是毕业前，我大胆给校长"上书"，不仅顺利"参加毕业考"，考上大学后，校长还写信鼓励我"为国成才"。在我最困惑时，校长成了高明的"辩护律师"，而不是"教条"的法官。为此在这本书中，我写下了"批示"与"信"，感念老教育工作者金石校长。

小学时，我有篇作文，题目叫《"校家"与"师妈"》。最能咬文嚼字的教语文的赵老师曾批评我生造词，而这次却表扬我"感恩真诚"，其实这是我小学时代对老师和学校唱的灵魂赞歌，它就是我整个学生时代的福音书。

人 生 转 折

村里人听说我考上大学，惊呼"咱鸡窝里也能飞出凤凰"。从小村到小镇，从小镇到了省会，都不是事先规划的路线，却在想不到中变化着。可村里人哪里知道，这"凤凰"要补白多少知识才能跟上时代的脚步，要经历怎样的脱胎换骨才展翅飞翔！

中学时并没有明显地感到与镇上同学在眼界和思维上有多大差距，但考入大学，一报到就听到高年级学生背后议论，"哪个女生肯定是农村来的"。我听到后很不是滋味，当时只想到自己不就是穿得土气些吗？当时根本没有想到，人的气质竟是环境造就的，是一个人内心世界的外化表象。

很快我知道同年级十多名女生，只有自己来自农村，有一半来自省城或大城市，其余的来自县城，其中有干部子女和书香世家的，在同吃同住同学习中，我明确地感受到与她们之间的距离。她们中有人那不屑一顾的眼神，居高临下审视的表情，骄傲自得的语气以及对人评头品足和对衣食住行的津津乐道，我都只能装聋作哑躲开。

最重要的是生存环境形成的眼界差别、认知差别，不全是靠课本内容，多是在课外环境和人际交往中形成。班上女生山南海北的议论或家长里短的评说，特别是对中国古典名著中某人物的侃侃而谈，甚至对外国知名作家如数家珍，我竟插不上嘴搭不上腔，只能洗耳恭听。顿时觉得自己孤陋寡闻，知识储备量单薄，这才是真正的差距。

在彷徨和苦恼中，灵魂时时隐痛，意识到自己努力的天花板，竟是很多同学的起点，终于明确地意识到，分数只是对课本而言，高分并不是全部结果。自己长时间满足课本知识量，以分数优劣衡量掌握知识程度，从没自觉地扩大知识面，只不过是"读死书"或"死读书"而已。

应感谢大学新环境的刺激，引起的疼痛思考，终于开始清查自己。经历了卑微、烦恼，开始搏击与重塑，开始了有意识的自我成长。

从此开始恶补，日日在三点一线上拼命，由于多学科熏陶和阅读量剧增，眼界在知识扩充中放宽，思考、判断和想象的灵动性处于开发过程，吸收知识也如海绵吸水般加快，自己的想法及有趣话题一出口，瞬间就会引起同学的热议。不知不觉中，一个农村的女孩子，从内到外都发生了变化。

教育家认为，大学是人生的转折期，但每个人都处在不同的转折中，与许多同学相比，我转折得更艰难。一是原想学理工，却临时抱佛脚成了"文科生"；二是之前死抠课本只能应对考试，阅读量小，知识面窄，思考力差，要改变就得不断地自我惕厉，绝不是努力一阵子就能清除血管中的杂质。

正好处在有利的人文环境中，有"象牙塔"的文化氛围熏陶，更有课上无数大学教师的教诲。教育的力量很普遍的发生在课堂上，课上是师生面对面、眼对眼、心对心的灵魂交流，语言只是媒介，世上没有任何一种教育活动像课堂这样神圣庄严持久。我的五年大学生活，就是在听课、阅读、写作业中度过的，就这样默默地在教育大厦中攀登。环境对心智产生重要影响，同时又不断协调与环境的关系，增强了自主性。

各科老师用忠诚和热爱，把不同学科汇聚的经纬线，织入文化这块布中，充实着我的头脑，促使我成为自己想成为的人。

大学高年级开始，我从记忆型学习转向分辨型，不断向课外扩充，老师潜移默化的影响非常有效。书中的"最初的敲倾"引起我对俄苏文学的兴趣，并延续到课外，在最艰难的岁月都没中辍，后在教学急需时，半路出家挑战新领域，并确定终生爱好的专业，它不只是一门专业课，更是升华心灵的教科书。

还有些老师以高尚的师德、个性的魅力，随时使我受到淬砺。教写作课的李人纪（李立三之子）老师，衣着简朴得像街道上的清洁工，不矜不伐，没有一点高干子弟的傲气，我们都非常敬重他。周艾若（周扬之子）老师是出了名的"美男子"，其实他更有知识分子的超轶绝尘的气场，骨子里透着贵族的风雅，讲课激动时眼含泪花，非常感染人。教现代汉语的吕冀平老师把枯燥的语言课演绎得趣味横生，我虽不喜欢语言课，但吕老师的课我必抢先占座。他上课从不看讲义，总是用眼神同我们交流，关注我们理解的程度。另外他引用的例句多出自《毛选》，几年后有了"毛主席语录"小红书时，我们都说吕老师是"语录"的先行者，直到改革开放年代传说他还没有退休，他那时早过耄耋之年了。

经历大学五年淬火，我这井底之蛙，终于从蚂蚁式搬运知识和蜘蛛式消化知识，开始转向蜜蜂式到花间采蕊，在反思中酿蜜。青蛙跳出井，像青蛙王子一样开始去游江河湖海。虽然机会多多，而磨难也无止境，因为从书本转向实践，考验严格而残酷。

心灵召唤

毕业前到齐齐哈尔市一中教育实习四周，没想到大学的最后一幕竟成了自己终生延续不落的一幕。

实习，一周听课，一周备课，然后是上课和总结。分配我教高一语文。自己学生时代听了十几年语文课，授课榜样很多，但我想，不能十几年总用相同的讲课方法，总是老师讲学生听，于是我同实习指导老师商量，同意我采取课上讨论的方式上课。我把课文备得烂熟，再去了解学生对课文的想法，找准学生的兴趣点，课前记住不少同学座位，对喜欢语文的学生更是了如指掌。我对课文标点、词、句、段都琢磨得很透，上课根本不用看教案和课本，目光不离学生，模仿很多老师讲课的从容，根据课文提出问题，总有人举手回答，并给同学提问的机会，有不同看法也可以争论，课堂很活跃。这样学生从被动听和记，转向主动想和说，最后我做归纳总结。课后留读后感作文，把说和想落实在文字上，进行"小小杰作"展出，学生觉得这样的学很有趣。

看来教育的智慧是师生互塑人格，教师塑造学生，学生也在自我塑造中塑造教师。

告别前班上开欢送会，每个同学送我一个书签，上面写着祝福的寄语，也有心灵呼唤："老师来教我们吧""还想上你的课"……有几个同学追到火车站送行，依依不舍，语文科代表拥抱着我，眼里滚着泪花，列车徐徐开动，学生追着车向我摆手，直到不见人影。

一堂课的耕耘，收获一路追车的思念。我体会到心有多虔诚，爱就有多深，付出有多努力，收获的幸福和快乐就有多厚重。世界上还有什么工作能有如此快乐，一次课，留下了真诚和美好，若能永远在一起，那教育的百花园将会释放多少魅力芳香。

所以，在返校的火车上，我齐心涤虑自己，毕业分配"四个面向"的东西南北风，不管把我刮到什么地方，不管把我这个"螺丝钉"拧到哪儿，那地方总会有学校，我都力争去教书。本来我就向往当教师，这次教育实习演练，更是给我打了一针强心剂。

真是无巧不成书。毕业前夕，系里分配办老师开门见山地问我"毕业有何打算"，我以为这是例行公事的了解情况，便以当时流行的术语熟稔地说："面向基层、边疆、最艰苦和最需要地方。"

当年国家包分配，人人在毕业分配志愿表上都写这"四个面向"。因为不可能具体写去什么地方和单位，只有分配办掌握接收单位，对毕业生是不公开的。不像现在人才市场招人单位与毕业生直接面议，甚至发广告说明。

对方听我说了"四个面向"后，脸上有一闪的灿笑，并了然地低语：

"不管面向哪，想做什么呢？"我恍然觉得自己刚才是敷衍搪塞地说了"官话"，所答非所问，脸窘得绯红，便实话实说：

"想教书！"随后又加以说明，"如果给选择机会，不论'面向'哪儿，就想当老师。"对方微笑着，立刻率直地说：

"看来我们想到一块了。"我盯着对方的眼睛，似问非问地抬高嗓门"真的？"他胸有成竹地连连点头，这是比语言更有分量的承诺，我正在乐不可言时，对方收敛了微笑很诚恳地追问：

"说说为什么吧！"我因为太兴奋，雀跃般觉得问者很像老朋友，没有顾虑，自然敞开心扉，便直接曝光久埋心底的火种：

"喜欢!"并文绉绉地强调"梦里寻它千百度","咬定青山不放松",引起对方举手与我击掌并哈哈大笑。我自己也说不清公开自己心里所想,竟如此痛快浪漫。对方自语:"喜欢就是有兴趣,兴趣决定信念。"然后又追问"为什么喜欢"时,我脱口而出:

"教育育我,我为教育育人!"如管子所言,"终身之计,莫如树人"。对方听我这么干脆的回答,很机敏地评论:

"感恩是做人的第一缕光辉,你远超出感恩逻辑。祝你做个好教师!"显然,对方话中的哲理,升华了我的感恩并引起了我更多的推论,我深知百年大计,教育为本;教育大计,教师为本;教师大计,学生为本。所以,教师终生沐浴在人生晨曦中,与学生心灵相遇……

这番对话使我确信不管分配"面向"什么地方,"教书梦"都能如愿实现。我毕业的学校,对南方人来说就是"边疆",反正出不了自己省,也许分配到我毕业的中学,想象自己从学生成为以前先生的同行,身边有早就敬慕的学习榜样,真是欣欣得意极了。

没过几天,在毕业典礼上,各系毕业生代表上台,捧下捆着的毕业证书,还没来得及发到每人手中,校分配办便庄严宣读每个人的派遣令。会场鸦默雀静得空气都凝固了,人人屏气倾听没有掌声,没有议论,但人人都心荡神摇坐立不安。

学校教育积累,我不只有了知识的补充和兴趣,也有了比较稳定的人格素养。几年的淬火不知不觉蜕变着自身的某些杂质,又强化了自然之母哺育之长,如蜕去乐观中的幼稚,吃苦中的偏见,勇气中的野性,质朴中的狭隘;也磨去了刺眼的光辉和刺耳地大喊大叫的音响,洗刷了偏激中的淡漠,不再理会哄闹的微笑,豪情在发酵中有一定的力量握稳生命的舵。所以在精神上已开始向低调、尊重、淡泊、原则、真爱逐渐转化,像三角梅一样,安静而细微,在角落里默默开放,躲避因热闹引起过分的关注,开始养成随意和独立的品格。

姥姥知道分配我教大学生，意外地说了句好笑的话：

"教大孩子，就是当了'大王'。"我知道这话是民俗中流传的"家有二斗粮，不当孩子王"说法相反的演绎，姥姥取了"王"字还在前面加上"大"，与原意有了天差地别。她在刨根问底中得知，"大王"当到"教授"程度最好，她虽不懂"教授"的内涵，仍再三嘱咐我：

"咱可得当个'好'大王。"姥姥心目中的"好"大王，啥样虽说不清，但它毕竟是鼓励我向上的，这或许使她期待我念书"有出息"的终极目标落实了。一位平凡的农妇，一辈子都有王者的风范，面对家庭一次又一次崩塌大难，她不屈地支撑着家的天；她无数次感叹自己是"心比天高，命比纸薄"的"睁眼瞎"，对我能上学充满了无限的期待，如今对我能当教师她更觉是锦上添花的"出息"。

遗憾的是姥姥谢世多年，我才晋升为教授，即她心目中的"好"大王；虽晋升了，但我自知离"好"还很远，要不停地努力追赶。那年我专程回北大荒故里，匍匐在姥姥坟前，告慰她的冥灵，倾诉当"大王"淬砺过程的疼痛与快乐；并又一次发誓把她的生命之光刻在书里成为永久的纪念碑；可惜十多年后我退出课堂这夙愿才得以实现，出版了《姥姥的遗产》，姥姥平凡而耀眼的爱，永远活在书海中，活在文明中，活在我心中。

初 出 茅 庐

海德格尔说，教比学困难得多，因为教要求的是"容许人去学"，去自觉地学，所以教绝不是满足知识技能，而是心灵碰撞引起自学兴趣。对于我，心中有无数教课榜样，还有一次实习体验，重要的是还要有教育理念指导；面对过五关斩六将筛选来的学习精英，自己加倍努力也仍觉不够。虽授课效果还可以，但第一次作文批改却引出意外插曲。

给一个学生作文评语后面我写了"你的字看起来眼花缭乱，令人头晕"。下篇作文学生在我这段评语下写着，"认老师的汉字'英文'同样'眼花缭乱'，头也有点'晕'"，这次作文的字学生照样写得龙飞凤舞。

这次与学生的心灵交战，什么时候想起都觉脸红。其实是我对小篆体无知，学生来自书法世家，那时正练字。写作文评语，我已放慢写字的速度，没敢太草，可我做学生时，写作业和试卷比写作文评语草多了，老师从没有因难以辨认警示我。两相对比，我真是小黠大痴，寻根溯源，是我骨子里没有明确树立起师生平等观，更没有宽容的度量。

无论如何这次"探"真，遇到了勇敢的学生，他能以子之矛攻子之盾，结果引出我的忏悔，并获得了千金之"珠"的自省。至今只要给别人看的字，我仍写正楷，学生的警钟长鸣。

不久学校培养雷锋班，要特配班主任，校方征求意见时，我正教课的这个班学生要求我做班主任。接这个班后我抓的第一件事，是"以雷锋精神学好主课外语"。这个班外语学习成绩在全年级排名很靠后，特别是班上在全校很有影响的学雷锋积极分子夏树英语更是一般，他每天早起去打扫厕所、走廊和院子，休息日去公交车上当售票员。他这样"无私奉献"，使真正的清洁工和售票员都要无事可做了，可是又不能直接否定学生的积极性，只能从另外的角度进行引导。

我找到夏树"哑巴"外语的原因，是因为他有几个音发得不准，所以请外语老师补教发音；结果他从哑巴外语变成口语课上的活跃分子，带动了全班练口语成风，同时在全班开展每人发挥外语学习所长的活动，一年后雷锋班学习成绩跃居年级前列。夏树把班上学雷锋活动，引导到发奋学习的轨道上，最终目的是为做合格人才尽力储备必需的知识量。

从学生"反批评"和抓学雷锋活动中，我体会到教师的爱，不只是在备课授课这大环节上，更应随时随地在不经意中都有爱的气场，用真诚鼓励学生自我塑造，同时，不只要以天空度量学生，更要首先以天空高度先淬火自身。

"文革"时学校停课，人事调动也冻结。为了照顾小孩解决两地分居，我与同事小唐商量，以"人换人"的方式解决，单位人数不增不减，组织很支持，我换到了小唐丈夫的外语学校。校里的 63 级日语班是入校 8 年之久的最高年级，已上高一，他们与日语老师有 8 年之久的父子般情谊。

校方派新调来的我去这个班当班主任，可谓是让我顶风登船。教师给予学生的爱虽是无限的，如果利用学生的侠气保护或表明自我正确，那不只是狭隘也很卑微。这个班中的几个勇敢分子，常采取玩世不恭的方式对"批判"他们日语老师的人，进行戏弄或报复，面对此情此景，我这"新官"不知所措，踯躅不安，进退维谷。这群高智商学生团结得固若金汤，我当班主任 20 天了，除上课讲课文，没有一句题外话。其实，师生一直在相互观察，内心都在深入考量，是灵魂激战。学生也许正在寻找赶走我的借口，像赶走前面班主任一样，而我正在寻找突破口，想入城池。

机会来了，几个勇敢分子在教学楼走廊烧大字报，被其对立面的人报告给校领导，也有好心人及时通报我这有名无实的班主任。我立即去班上命令这几个人写检讨，当校方找到我又把皮球踢回来让我处理时，我非常慎重，三思而行，拿着他们没写完的检查只说两句：

"玩火者应先焚自己的幼稚，再焚膨胀野性；可你们煽火止沸，选择了错误方式。"

我的批评结束了，他们还以为刚开始。但两天后玩火者找我相助：拆除给后勤领导床下放的雷管，显然这与之前我对他们"驭火瀹怒"有关，他们意识到这个班主任是"帮"不是"整"他们的，从此，类似的对抗抱负行为也没再发生。

在那样复杂环境中，教师的批评首先应保护未成年人和他们对老师的爱。直到他们两年后下乡，我虽没走入他们精神世界的深层，但这个班的侠气、锐气、勇气和灵气，永远是我回忆教育生涯的首页，是诗、是歌、是小说！这段时光中谁是先生，谁是学生，一直在互动中转变。当他们走向光辉壮丽的成年更证明了我的判断，遗憾也成了希望的开始。这段时光留下的遗憾产生的内心疼痛，我常用狄更斯的名言剖析和勉励自己：那是"光明的季节"和"充满希望的春天"。我坚定地栖居在学校这块圣地，用淬火自己去战胜"怀疑"和"绝望"。

挑 战 极 限

初出茅庐，在苦斗中并没达到"而立"。近 40 岁时仍处于困惑之中。因为在"臭老九"还臭的末年，你想接受教外国文学课，有"里通外国"之嫌，你想追逐刚刚复燃的"外国文学火花"，实在有点痴心妄想。特别是一个中学语文老师敢跨入师大精英的殿堂，而那殿堂中有那么多老资格的先生们。

我是在邓小平主持作出"高校教师归队"的决议的大气候下，调到中文系的，并且面临教新专业的挑战，虽然我喜欢外国文学，但调动时是冲着新成立的艺术系教文艺学才来的。在人事部门动员下，误会到堂堂有名的中文系了。我不得不开始面对专业教学垦荒，从此，全部精力都倾在备课和授课上。

解专业教学的大惑，还是从"草根"起步，没有一点儿侥幸心理，像荷马史诗中的阿喀琉斯一样，记住自己有个脚后跟的先天不足，忘掉这"恐慌"就可能败下阵来。心理学家把人的知识技能分成三个区：舒适区、学习区和恐慌区，并建议面对未知挑战，逼迫自己向更高层次应主动走向"恐慌区"。好在还有较充足的时光，还有两年多才进课堂，真有念个学位的充足空隙。我回母校按刁老这编外导师指引，开始了自修专业的长征，从几千年前深海起步，漫游地球上的文学百花。刁老叮嘱我绝不只备个人上课那块"湖泊"，认为没有深根奠底，就没有比较，怎么能认定自己讲的那部分内容有特别的意义。

俄苏文学，当年不仅听老师讲过，而且是研究俄苏文学归国博士高水平的教学，那种幸运的吸引打开了自己兴趣的闸门没有中断，为调入中文系还备考半年多，有点儿底。所以垦荒具体的宏观目标是从古希腊罗马文学起步，一直到19世纪末欧美文学，最后回到苏联文学阵地宿营，走过千年再掌握这几十年的苏联文学既熟悉又轻松。教研室的几位老人也都是教过俄苏文学的，现在要备欧美文学，同样是白手起家；但他们是抢先占领了这块古老厚重的文学高地。所以分配教学任务时，苏联文学为主的"无产阶级文学"才成了我的授课主体。有趣的是还成了我后来能赴苏执教的三个理由之一：即所谓的"了解苏联"，其实只是我正讲授苏联文学而已。如果当年派课时说教苏联文学的几年以后能赴苏执教，这教学任务是绝对不会派给我的。我相信，幸运总是公平地降落给努力奋斗的人们。

自修中我不放过任何学习机会。全国高校的中文系都面临着"封闭"后"开放"外国文学师资紧缺局面，所以为复课补充和提高师资的专业教学，有条件的大学千方百计开研讨会，我去过大连、广州、张家界等地参会听专家讲座，暑期去苏州的外国文学学习班当学员，还去正开课的附近大学当旁听生。几乎见识了国内研究各国文学的一流专家，这不仅给自修指明方向，也有了自我要求高度和授课的榜样。可说当时，不管像我这样半路出家，还是科班出身的，补修西方文学缺口谁都不例外，只是专业家底厚薄不同而已。当然也有自视高明，无视外部提供的良好学习机遇，两年内仍备不出自己讲的那部分内容，只好告急使教学计划拖后，至于整天扯皮、交恶、不干活的、一进课堂就被学生赶下讲台的，也大有人在。

其实我承担的那部分授课任务，家底还真不是一穷二白。当学生时有名师打了地基，又因为爱好没有间断对作品阅读，停课几年的形势变化倒有了更多自主的空间。现在目标明确奋斗在路上，不管多艰苦，也决不会像参孙那样因贪美女和快乐，头发被剪掉而没有力量成为俘虏。自己明白，授课的高度，取决于脚下积累的厚度，也可以说是参孙生出头发的长度而产生的力量，根扎多深，地上就长多高。永远不给自己留有"恐惧"，随时挑战自己。

教研室开始只分给我讲外国无产阶级文学，在144节课量中占不到七分之一，因为我是最后进课堂，比前面老师多半年的备课时间，又因开课拖后半年，我备课时间等于增加一年有余，所以我这个自修"研究生"有三年时光备课，真是上天给开了"后门"，而且我起早贪黑阅读，时间在增加，再说灵感发生在有兴趣的地方，效率会倍增的。当我游历世界文学百花园后，以大海的视角来看几十年的"湖泊"，不仅自信得轻松，而且能从容地把海水浓缩到桶，把桶水又浓缩成杯，上课时才可能从杯中取出几滴浓缩的镭。眼看六路，耳听八方，再低头看自己脚下方知真正的半斤八两，既不吹牛，也不自卑，从容地阐明所讲那部分课程独特的内容。

首次登讲台，遇上了天兵天将，他们是最有经验的"裁判官"，即中小学的中年以上的语文教师，还有部分退休老师已过七十，他们本应是1966年函授毕业，拖到恢复高考后来补修外国文学，中断14年后补修方能获毕业证书。

系里外国文学教研室中断十多年的专业课，终于开始人人登台亮相，各讲一段，我承担的那部分内容是最后登场。哪想到学员对我的课格外听出了兴趣，并向函授部门请求，在毕业典礼上能与我再见一面，希望聆听到我告别讲话。函授办邀我在毕业典礼上发言，我再三推托，觉得自己是"外来户"和"边缘人"，又年轻没有资格，函办不得不说出这是学员的强烈要求。其实我自己也有预感，因为授课结束时，学员班长激动地站起来说："我们念大学，这最后一课，虽已乞浆得酒，还想听老师再讲。"长时间掌声，我几次鞠躬致谢。讲话的班长是这个班年龄最小的学员，课间他还有意同我比年龄，没想到我还是比他小一岁。

为满足学员的愿望，我不得不走上毕业典礼的讲台，至今记得那次演讲中的某些话：

"在座的各位老师，多是我中小学时代老师的同龄人，我怀着感念的心情衷心祝福老师们胜利完成马拉松式的学习长征。"

"在外国文学课堂上，我幸运地做一次你们中年龄最小的先生（笑声掌声），但我永远是你们的学生。"

"你们如此高龄，却对学习锲而不舍，是我终生学习的榜样！今生不论在天涯海角，我们永远都是互换的先生与学生和学生与先生，这是不能违抗的伟大教育逻辑！"

"让我们共同为教育永生！"

会后不久，教研室又把19世纪后期的教学任务分给我，终于与各位同事承担了相等的授课量，获得了平等和尊严。但愿之前承担最少的教学任务，只是对"外来户"必要的"考查"，因为调任之前意外没对我考试，是我单位不放不给看档，于是外调人到我单位找熟人了解情况后急忙发了调令。

紧接着给中文系上课，77级和78级同时开，相同内容不同老师讲，我的78级课堂上神不知鬼不觉地人数在增加，学生议论中我才注意到的。特别由于教学管理细化，授课结束时学生要给教师评分，超过90的高分，成为获优秀教学奖的唯一条件，我连续三年获奖后表示虽是高分，也退出不再参评，可惜同室还没有人达到高分的。

校内仍有函授夜大课，校外有电大和自考，还有工厂部队机关和文艺团体的非学历补习班，很多人对陌生的外国文学兴趣很浓，可因之前读书量太小接受困难，本是作为专业垫底的学习需要，在学员的强烈要求下，不得不从古讲到今，亮相一次后竟一发不可收，从此请上课的应接不暇。

从来没有感到教书是如此被需要，一个普通专业教师被各类中文学习班盯上。那个时期，人们不停地弥补失去的10年文化，我也一样，疯狂地追回那未上课的时光。所以，这些年没有休息日，更没有寒暑假，许多晚上都在授课中，特别是自考班，学员几乎都是下班进课堂，改革开放初期的学习热浪，现在看真是空前绝后了。

所以，当时授课的劳累全被学员的热情融化了，人被需要时是最具有牺牲精神的。且不说开设外国文学的各种重要作用，只就文学以生动形象吸引你眷顾有趣的灵魂，可贵的灵魂也吸引你畅游古今世界，打开精神之眼，使胸怀远超越大海和天空，你也会毫不犹豫地投入到学习中。别看文学是最不专业的专业，但它最有人文情怀的审美享受是精神家园，你可能记不住牛顿，但你不能忘却莎士比亚。

没想出国时却到了莫斯科大学执教，在国外还没回来时却遇领导主动邀请进京。但在畅通无阻中，50岁时却又不知"天命"，进京经受了近一年的煎熬，遇到了新的挑战，借故不给派课。我苦心地编写出"青年文学"大纲，想创立个新学科使教学更有"青年"特色，有关领导阅后都不表态。一年后让我改教应用文写作，我火冒三丈向人事处郭处长提出各种质疑，对方的宽宏大度的态度令我冷静后表示歉意；为了"进"，我表示"退"，接受教应用文写作。

我深信自己的"特异功能"，只要走进课堂，与所爱的学生有心灵交流，他们不论对授课效果还是师德教风都会高度认可，准能不知不觉为我打破"封锁"的"危机"，使排斥者无能为力。果然第一轮课结束，不仅获全优教学奖，而且又有机会上外国文学选修课了，试听两周，选修人数爆满，普通教室都容不下，远超之前的 40 人。我确信只要有机会给学生授课，自己就像神话中的安泰俄斯一样，只要脚不离开大地母亲，就永远有力量，只要有学生，教师就有阳光、灵感、温度和力量。后来我的外国文学选修课在全校近二百门专业课程中被评为五门过关课程之一。

永 不 退 休

退休前我就承担校继续教育学院的课程，退休后又延续十多年。不只教写作、外国文学，还临时救急教儿童文学，后来又提前一年备幼儿文学课。

为此，我足踏祖国四面八方，从东海天堂杭州到哈密甜的乌鲁木齐，从四季如春的昆明玉溪到白山黑水的哈尔滨，还有草原上的呼和浩特，黄河岸边的乌海，中原大地上的郑州，都有我传道授业的讲台及与学员心心相印的美好记忆。

记得在呼和浩特市讲儿童文学的课堂上，发现有一群中学生似的少女听得格外认真，课间她们竟排队请我签名。原来她们正念幼儿师范，又用假期攻读函大，签名中她们不断重复"永远记住这一课"，"上大学真快乐"，一个普通教师与一群花样少女在课上心灵碰撞出火花，这胜似上天赠予老师的灵丹妙药！在玉溪，我遇上个少数民族班，学员多是在民族小学教汉语的，就相当于在民族语言中教"外语"，这些听函授课的老师们皱着眉头非常苦恼，我了解情况后，放慢了说话的语速，加强板书，延长了课时，结课时学生握着我的手，一劲儿表示感谢，说我这课"肯定能考及格了"，分别时特请我跟他们合影留念，还说老师"理解万岁"，"一定好好学汉语教汉语"。

执教一辈子，从没因身体不适或家务事串过一次课。外婆过世，我乘火车一夜赶回去，白天处理完丧事，当天夜里赶回来，第二天早上按时像打鸡血一样上课，但课后身心疲惫得在回家路上几次小憩才走到家。带病上课，特别是进入老年期习以为常。我多次发誓，"退休后，一定住医院治疗"，因腰椎出了毛病，走路常意外迈不开步，果真住进望京医院。但学校的函授课一时推不掉，每个星期日下午，我还专程跑回来上课，晚上再赶回医院完成理疗项目。记得一次去呼市，每天下午和晚上分别授两门课。当时右臂从肩到手背开始出疹子，退休前我得过疱疹，医生说这种病得一次就免疫了；开始疼痛难忍时不得不去呼市人民医院看医生，竟是疱疹复发，医生责备我不早点来看诊，这是自讨苦吃。每天上午输液吃药，下午和晚上授课。同来上函授课的于老师劝我给院函办打电话派人来接课，我觉得可以坚持，第九天我的课结束了，但输液还没完，带着药和考卷返京。也许上课时获得的快乐，是疗痛无价的"神药"，这"药"给了慰藉、温暖和力量，但走下讲台后才觉得更疼痛。

除校内有课，市内另有几个固定授课点，还常有临时性差事。如为迎接 2008 年北京奥运会，2004 年北京市工会联合中央电大，为给北京和外地在京打工的八百多万职工，进行提高首都人文明素质的"扫盲"，开了四门功课，其中有应用写作，让我承担了其中五分之三的讲课录像，奥运会前后在北京电视台不断重播到 2012 年。国务院机关事务管理局就是从北京台播放中发现，追到我所在单位，我又不得不承担管理局的 28 个部委高秘公文写作课。

所以，退休后授课量大大超过在职时的时数，尽管我手中还有多个想研究的课题，可眼前因教学需要，我甘愿弃之。我不想做连课都上不好，却只想玩江湖的所谓学术家，有一百个著作等身，也顶不上一个学生需要的好老师！尽管健康不时发出警报，我还是坚持执教 50 年，最后不得不退出讲台，但退出三尺讲台并不意味着开始养生，教育的激情永葆青春，童心不泯。

退出三尺讲台，没有退出教育天地。

首先是过滤人生，进行自我教育，同生命结账，如苏格拉底所言："没有反省的人生，是不值得过的。"

然后把反思过程诉诸于文字，手中的笔移动在稿纸上，诉述着人生的教育，用文字继续点亮爱教育的心灵。

先把我劫后余生的"家庭教师"——姥姥的善与爱，这无价的精神财富，保留在文字中，出版了《姥姥的遗产》，歌颂其精神。

紧接着，我回到精神的讲台前，追溯我与学生和学生与我"双长"，书写了教育之歌《师韵》。用自己的笔记录下教育与心灵交织的美妙时光，献给我中学母校，表达对师长的感恩和未来教育的期盼。

《师韵》问世引起了教育行家关注，在《师韵》座谈会上大家想借此书拍摄"教育诗"电影，成立了《师韵》筹备组。但我仍觉此书言未尽，所以在全国战新冠疫情中，我却战自我的衰老记忆，抓紧分分秒秒，刻苦勤奋，锲而不舍地赶路，续写了《师谱》，追溯"我是从哪里来的"和我在"往哪里去中遇上的良师益友"。一言以蔽之，我从新中国来，从教育中来，从小学、中学、大学的老师和志同道合的教育同行爱的教诲中来。

至今，我仍从清晨到深夜，像忠心的水牛走在教育圣地上，用笔耕耘三尺讲台。不在课堂上授课，却在书写授课的课堂。从前在三尺讲台上讲人生的文化课，现在课下写文化的人生。

什么诱惑也不会使灵魂离开讲台。正如教师节抒怀中我写下的：师生簇拥区区讲台谈笑，激情四溢拍案"天问"，惊得吴刚也把酒来讨教。在《不老的年华》一诗的结尾，我忍不住放声高歌：

我们曾经是——春苗、夏花、秋果，

我们现在是——严冬的干柴炭火，

将其"余热"，温暖"不远"春的复活。

在《"余热"燃烧的梦想》中期待地写下：

梦想国民教育成为文明发酵厂。

梦想真理成为学生精神食粮。

梦想艺术家能刻画出人内心模样。

梦想无数科学家去斯德哥尔摩受奖。

梦想醒狮巨龙在华夏大地同舞合唱。

即便像浮士德一样追索到"你真美"，也不会"停下"；即便个人的灵魂失去肉体，也决不止步，为了生命选择的梦，在国富民强的路上，我这"教书癖"，永远不会说"今天我休息"，因为对教育的期待使我乐此不疲……

附录：

《师韵》座谈会及相关材料

2019 年 12 月 14 日，在中国青年政治学院图书馆 904 室召开《师韵》座谈会。刘新风同志主持。除参加会议的 21 人发言，还有樊兰萍同志受托代读李宝国教授发言稿，另有孟繁华教授因当日有博士生答辩，发言稿已提前寄到《人民日报》文艺版，还有郭宴林同志在外地，会前就寄了发言稿。会议开近 4 小时，并延在午餐桌上谈论。为更有利于《师韵》姊妹篇《师谱》的阅读，现将发言稿大致按发言顺序转载如下，遗憾的是还有十多位的精彩发言，凭提纲记录，难于整理出准确原貌，只好割爱。

师者的情怀和风范

——评张伟的非虚构作品《师韵》

孟繁华

张伟老师曾是我的业师，大学期间她为我们讲授外国文学。她的外国文学、特别是俄罗斯文学的深厚造诣，使她的课堂格外地受到欢迎。几十年过去之后，张伟老师讲课的风采，依然深刻地留在我们的记忆中，成为我们大学学习期间最美好记忆的一部分。她的学术专著《"多余人"论纲》，是大学者季羡林老先生写的序。季先生对张伟老师的研究给予了极高的评价。他认为在俄罗斯文学"多余人"的研究领域，张伟老师是"筚路蓝缕，以启山林"的先行者。读过这部专著，我们确实受益匪浅，对来自彼得堡的"多余人"的形象，有了更为深切的理解。后来，我们读到了张伟老师怀念姥姥的非虚构作品《姥姥的遗产》。在这部作品里，我们认识了另一个张伟老师，这就是，张伟老师不仅是一位学者、一位深受学生拥戴的老师，同时她还是一位才华横溢的作家。在《姥姥的遗产》里，广袤无垠的东北大平原，不止有满天冰雪，不止有冷漠荒寒，因为姥姥的存在，那里更有人间无限的暖意，那四面透风的茅草屋，便也胜过了天堂。在张伟老师的笔下，姥姥的遗产就是关于人性的遗产，关于爱的遗产。如果是这样的话，那么，姥姥的遗产就不只是留给张伟老师一个人的，那应该是我们共同的精神文化遗产。

现在，我要评论的《师韵》（人民日报出版社2019年6月版），是张伟老师的新著。也有人说这是一部"教师随笔"，无论是"教师随笔"还是"非虚构"文学，文体界定并不重要，重要的是《师韵》从一个侧面描绘、记录和书写了张伟老师从教50年的心路历程和切实的体会。作品从作者的青壮年到老年，从校内到校外及国外授课为线索，讲述了50年讲台生涯的深切体悟。从育人到教书，从备课到课堂，从批改作业到论文选题，从答疑到论题确立，从帮助不同类型学生成长到教师的自我修养，几乎涵盖了教师工作所有重要环节。作品全面地表达了她的教学生涯以及隐含其间的社会历史的风云际会。也从一个方面讲述了她对教学理念的理解以及求索过程。张伟老师的教学生涯极为丰富，她先后从教于哈外专、长春外国语学校、东北师范大学、莫斯科大学和中国青年政治学院。学校有所不同，面对的学生不同，但是，平等地对待学生，发自内心地热爱学生，坚持"教学相长"的理念等一直没有变。热爱教学、热爱学生，说起来容易，能够长久地坚持实在是太难了。但张伟老师做到了。书中的很多细节今天听来几近天方夜谭。比如第二章中那个爬几十米高烟囱的孩子，拔河比赛中那些男女"混合队员们"，那个纠正了老师对一个字发音的学生等，这些曾经的学生我们不知道他们现在在哪里，当年张伟老师对他们的情感和关爱，在他们的人生道路上起了怎样的作用，但对我们而言，这些场景一经张伟老师的讲述，确实令我们感动不已；另一方面印象深刻的，还有专业修养对张伟老师的深刻影响，俄罗斯的大理论家别、车、杜；大作家普、果、屠、托、契，这些作家、理论家们的修养、情怀和文化信念，构成了俄罗斯文学的黄金时代和白银时代。那里蕴含的博爱、人性和高贵的情感，在张伟老师对那个叫杨光同学的关于"博爱"论文讨论的讲述中，都有迹可循，甚至前辈专家也感佩有加。其谱系关系一目了然，一览无余。

附录，是张伟老师关于教学的理性思考。这些思考的深入和表达的晓畅，同样是一笔宝贵的财富。她对教学的热爱和尽职尽责，在这些文章中同样一览无余。她在自序《求索之浅见》中说——

教师对学生的"迷惘"，既有深情的关爱，又有"转向内心"的课堂，师生追风逐电般"迅长"。学生"青出于蓝"，教师就从他们的蓝中取"青"，师生螺旋上升，可谓"皆长"。教师鼓励优秀学子超越，收获成功喜悦，享受双赢"双长"。学生有对"疑惑"的阗阗辩论，促使教师便有以"解惑"进行学术探究的"教之趣"，这"善问者"和殚精竭虑地"善待问者""之乐"，岂能不"共长"。在校外和国外课堂上，只要师生有心灵碰撞，就会引起学而不厌的"渴望"，自然又触教师更进一步，这种相融相补，自然"互长"。因此，"教学相长"是张伟老师最重要的教学理念。事实也的确如此，她曾举例说，是一个学生纠正了她对一个字的发音。

《师韵》是一部深怀一颗赤子之心的典型的理想主义者的告白，她的情怀、精神以及一生无怨无悔的求索追求，都纤毫毕现地凝聚在她的笔端。她的浪漫和纯粹，在这个时代已经成为稀有之物。就在《师韵》中，我们再次领略了张伟老师作为一个师者的情怀和师韵。

说教师"四长"

——《师韵》座谈会发言

张　伟

我翘首期待这特殊聚会，难得的久违相逢，今有幸做各位的学生，聆听专家学者们的"授课"演讲。

《师韵》的内容是一个教师和许多学生的"合唱"，从内容到形式是我别无选择的选择。书中的教师"成长"在一代代学子的"成长"中，我简称为"双长"，这是所有教师都有过的经历。"教学相长"这放之四海而皆准的教育真经，是老祖宗留下的义方之训。下面我只想说"双长"中教师的"长"，即自我的"长"。

（一）授课内容的质量"长"。学生的"长"与教课水平的"长"息息相关。我是"解放牌"的知识分子，加之来自落后的农村，双重的起步低；教学中又面临着外国文学课涅槃，我像是从沙漠中走出来的"专业盲"，面向被开垦的处女地。深知授课讲自己的一亩三分地，必须面对整个专业的世界海洋的风云变幻，在浓缩的一桶水中取自己授课的那一杯，走入课堂给学生的是杯中水的浓缩。教师的这一"长"

在完全自修和不停拜师请教中，用近 3 年时间，经历艰辛过程，才走向课堂的。而且还要像哨兵一样不满足学生对授课的好评，随时发现专业前沿问题和吸收业界的科研成果，增加授课内容的"营养"，也包括个人对某些问题的深究。发现不了自己专业授课领域中问题的教师，只能是撞钟的和尚。所以，教授相同内容的课，备课的讲义总是有增有减地"长"。

（二）对授课学生认知要"长"。人文教师授课要敢于触碰灵魂，否则就是可有可无的盲肠。如讲托尔斯泰的"安娜"时，我做了调查，决定触碰"大男子主义"和"爱情至上"。给非文学专业政教第二学位学生授课，知道他们阅读量小，认为外国文学与政教专业关系不大，于是我专题讲马列著作中如何运用世界文学名著中人物、事件和场面阐明道理的真实情况，37 部莎剧就被引用 180 多条，一个哈姆雷特引用 10 次，一个福斯塔夫引用 39 次。所以惯常代表作只讲《哈姆雷特》，那这次必须还要讲《亨利四世》《亨利五世》和《温莎的风流娘儿们》，因为剧中有福斯塔夫形象。社科专业学生对欧洲 19 世纪"黄金时代"青年形象偏爱，又难以汰其芜，于是我拉出：奉献者、新女性、被损害者、多余人、个人奋斗英雄和野心家六类，让学生多侧面看历史上同龄人的命运。

（三）教育理念要"长"。师生是共同体，相互依存，相互平等。这是指导教师行为心理而不必公开宣言的理性。从学生实际出发，不只了解认知水平的实际，特别要尊重学生的个性和能动性。这个理念是爱护学生的底线。"尊师爱生"是上级对下级说的，而作为教师首先要落实"爱生"。为此，我明确地改变惯常的教育说法，如"学生是张白纸"，"教师是塑造灵魂的工程师"，我认为这忽视了学生的主观能动性，有拔苗助长之嫌。同时也自觉地剔除教师是"蜡烛""蚕吐丝"的习惯说法，这是只见教师自然生命消耗，忽视精神生命的自我成长，如此等等，在书中叙事背后表达了否定或肯定的观念。

（四）教师心理永"长"在学生中。世界上没有任何一种职业像大学教师这样终生面对 20 岁上下的年轻人，终生沐浴在早上八九点钟太阳下，终生面对畅饮知识追求真理的精神贵族中，他们的智慧、灵性和胆识，逼着做先生的同时还必须做他们的学生。一个教师年龄越来越老，而面前的学生一期又一期永远是青年。虽在生理上与学生年龄不断"错位"，但心理上要永葆青春，在学生的渴望、关爱和鼓励中永远工作在春天里。世界上没有任何一种人的言行，总是处在学生的"监督检验"中，所以，谁是先生，谁是学生，不是在互动中颠倒，就是在颠倒中互换，这是伟大的教育逻辑。

最后说几句本书的四不像文体。通过了解目前图书市场写教育题材书的情况后，我坚持写实，写普通教师，写自己，不用去体验生活刻意了解模范人物，这样真实地使用第一人称，使文字更具亲和力，更容易书写内心灵魂。想表达的理念在叙事中，没有纯粹地说教。另外考虑到纸质书边缘化，阅读能力弱化和浮躁，结构上有意采用时间顺序，从年轻写到年老，写迷惘、困惑和反思，以及收获的快乐，所以不时地注入细节，但不是小说和传记，也有议论抒情和嬉笑怒骂（被出版社删去不少）。我如但丁站在炼狱中仰望着天堂，但上不去，一肚子红花只能打出各位见到的很难开花的骨朵，所以，今天各位手里这本小书，录下的只是蚊虫的嗡鸣。

下面请冯老和各位抵掌而谈，我洗耳恭听。

（2019 年 12 月 14 日）

《师韵》，一曲高亢的教师之歌

冯克正

张伟教授的新著《师韵》由人民日报出版社出版了。《师韵》是一部教师随笔，其中涵盖了张伟老师从教多年积累的经验和她对教育理论的探索。丰富的思想内容和生动的表现形式，使本书成为当今教育领域中具有较强的现实意义的研究成果。本书的出版值得祝贺！

张伟老师为本书定名为《师韵》，即师之歌，为教师唱的赞歌。我拜读之后感到《师韵》确实是一首旋律高亢、情感激越的教师之歌。《师韵》是一本集经验性、理论性、审美价值和优秀教师典范性于一体的优秀著作。假如说，迄今为止教育领域还没有相类似的教育著述出版，那么《师韵》的出版，是具有里程碑意义的。

一本优秀的教育著述是教育家用心血凝聚而成的。它对教育事业整体是一笔宝贵的财富，所以应该让更多的人分享，使优秀的教育著述成为教育事业发展的推动力。到目前为止我还不能对《师韵》全书做出全面的评价，只能粗略的梳理出贯穿于全书的带有辩证法性质的几条线索，作为感悟与心得同大家交流。

1. 教师的素质与教育事业成就的辩证关系。教育工作是塑造人的伟大事业，是有着丰富的科学内涵和严格规律性的工作。教育工作的性质和特点，要求教师具备多方面的素养，包括思想品质、专业知识技能等。这些构成教师职业特殊需要的素质。张伟老师对此总结到"教师的质量，决定学生的学习质量和人格的形成"。在《师韵》中张伟老师以自己的教育实践阐释了教师的素质问题。其核心是对教育事业的热爱，而这种爱集中反映在对学生的尊重和热爱。这种爱能生发出高度的责任感和强大的动力。张伟老师就是一位高素质教师的典范。她有炽热的感情、广博的学识，执着于教育工作。她把全部的智慧和才华投入到教育事业中，创造了极不平凡的业绩。她的乐观奋发向上的精神气质为全书染上明朗、亮丽的色彩。

2. 教育工作中，实践和发展教育理论之间的辩证关系。张伟老师自觉地用教育理论指导教育教学工作，所以她的教育实践成果都有鲜明的理论色彩。更为难能可贵的是，她努力把自己的教育实践提升到理论高度，实现理论的飞跃。在《师韵》中可以看到张伟老师一系列具有创新意义的理论观点，包括对教育本质论、教师素质论、教学目的任务论以及教学相长理论的阐释。在许多方面发前人之所未发。例如她提出在专业课教学中引导学生"触及灵魂"，要在文学课教学中加强人文教育，从而促进学生人生观、价值观、伦理观的构建。这些都是教育理论方面新的建树。"随笔"这种文体特点，使作者的教育理论阐释呈多种形式，有集中论述，也有夹叙夹议形式论断等等。但是如果将全书中各板块并合起来，可以看出她的教育思想是有完整体系的，并且是一以贯之的。张伟老师的教育思想植根于中国优秀的传统理论土壤，又充分吸收了西方哲学家、教育家、文学家关于教育论断的精华，融汇成充满人文特色的教育思想。这使她结合教育实践，做出许多精彩的论断。《师韵》也揭示一条重要规律：具有丰富经验的教师，是发展教育理论的主力之一。倡导教师把自己的实践经验上升为理论成果，是推动教育事业改革发展的一条重要经验。在这方面张伟老师是先行者。她在离开讲台后又进入教育理论研究的阵地，做出了有重要价值的成果，实现了完美的教育人生。

3. 以教学相长理论为核心的师生互动的辩证法。《师韵》对教学相长理论做了最集中、最精彩的发挥，构成作者教育思想体系的一条主线，贯彻于全书的各个章节。所谓教学相长，涉及教师和学生两侧。张伟老师更多地从教师一侧落笔，写出在教育活动中教师如何受益提高的。比如她说在外国文学教学过程中"经历了文艺观的清晰和精神洗涤"，"矫正了自己的价值观和文艺观"。她从学生的提问中受到启发，确定了科学研究的选题。例如她对安娜·卡列尼娜深入研究和《"多余人"论纲》专著出版。张伟老师把教学相长理论发展到极致，明确提出在教学活动中学生是主体的论断。她反复论证教师要向学生学习，教师要永远做学生。她使教学相长理论实现了新的突破。

4. 用艺术的语言和文学的手法，使一本学术著作富有浓郁的文学色彩，从而提升了学术著作的审美功能。这是本书一大特色，也使本书具有了独特风格。作者的艺术功力，使本书内容和形式和谐统一，相得益彰。学术著作的艺术表达，不仅会激发读者的阅读兴趣，也会使读者对内容理解效果倍增。本书很多章节运用诗化语言和小说的笔法形成了散文诗的特点，使读者将阅读过程变成一种艺术享受。孔子说：言之无文，行而不远。富有文采的表达方式将成为本书广为传播的重要因素。张伟老师给我们的重要启示是，教师的学识功底和良好的表达能力，是教学和写作成果的重要条件。

拜读《师韵》，使我联想到苏联教育家马卡连柯的《教育诗》，作者以浓重的文学笔法写了他参与改造流浪儿的故事，情节感人，后来拍成电影即《教育诗篇》。马卡连柯的教育思想借此得以广泛传播，在中国产生很大影响。由于《师韵》和《教育诗》性质相近，我把《师韵》看成中国的《教育诗》。但《师韵》内容的丰富性和思想的深刻性以及写作的艺术性都远远超过了《教育诗》。《师韵》中塑造了一位可钦可敬的优秀教师和卓有成就的教育家形象。所以《师韵》更具备拍成一部优秀影视作品的诸多元素。我期盼着中国的《教育诗篇》在荧幕上大放异彩，成为一首歌颂教师崇高事业的教师之歌！

在《师韵》座谈会上的发言

李宝国

受邀参加今天的座谈会，我感到十分荣幸！

张老师是我在学校最早相识已成忘年交的老师，将张老师从东北师大调入我校，是我在人事处师资科工作时常引以为傲的事，我直接感受到那所学校对张老师的不舍，更看到张老师在我校教学科研中发挥的突出作用。张老师是我在校几十年来与一线教师常聊、畅聊、享聊最多的老师，我们之间是无话不说，总有聊不完的话题，张老师是我最敬佩最爱戴的老师之一。

我知道这本书的酝酿、写作、修改和出版的全过程，非常期待早日看到新书。迫不及待看完后我对张老师的敬佩爱戴之情更加浓厚！

这本书是张老师执教 50 年的总结之作，其中饱含着张老师对教师职业的深爱，对教师价值的深究，对教学理念的深思，对教学方法的深探，特别是对学生负责的深情，对从教得失的深问！最难能可贵的是，她是从一位普通执教者的角度，在翻阅个人从教往事中，联想到整个国家的教育问题，这些都跃然纸上，给我们以强烈的触动和感悟。这是中华民族教师美德传承的突出展现，是一位老教师捧给国家社会的赤诚之心、留给年轻教师的最珍贵礼物！

喜读张老师的新作，是因为真是耐读好看。

耐读说的是全书主题的深刻性。所有章节围绕"教学相长"这个中心叙事，先是学生对书写潦草的反批评，再是学生纠正一个字的读音，后是与课代表傅华的师生缘，等等，一个个情节展开，一环环思考深化，从多角度、多方面阐述教学相长的重要性，最后点出"师与生都是'学人'，凡有长处者，皆为师"，这个"师韵"的真谛。谋篇服从主题，叙述围绕主题，案例印正主题，说理直奔主题，结论点破主题，可谓匠心独运。联想社会上一些自以为师、好为人师、师道尊严、为师不尊等等现象，这本书留给我们的不仅仅是对主题的认同和领悟，更是对张老师人格师道的敬重折服！

耐读还体现在谋篇布局的系统性、巧妙性。系统性是指作品相互连接的整体性，中学初任教，大学执教鞭，国外教中文，前后左右浑然一体，不可或缺。使读者看了开头，就想看纵深，看了中间，就想看结尾。而巧妙性是为系统性服务的，她吸引着读者有兴致地看下去。前篇看似无意的描写，却是为后篇做铺垫。如学生书包掉出的《红楼梦》，就为后篇此生特点和发展成绩埋下了伏笔。围绕主题谋篇布局是写作的基本要求。对此，张老师下足了功夫，特别在系统性巧妙性结合上用心良苦。（时间关系不详述了）

好看说的是全书娓娓道来的故事性。作为一本普通教师回忆从教心得的专著，既没有惊天动地的经历，又缺少夺人眼球的奇闻逸事，更没有耸人听闻的八卦往事，在这个普遍耐不住寂寞，沉不下心情的互联网时代，要想让人读完全书真是件很难的事，这是常人回忆录中最难解决的问题。张老师这本书通过故事打动读者，用情节吸引读者，用整个事件说明证明观点。即用感性语言讲故事说透理性的观点，读起来不但没有一点枯燥乏味的感觉，反而令你迫不及待地往下读。

好看还体现在语言运用的独到性。长言短句相谐，庄重活泼互衬，用语考究，选词严格，读起来抑扬顿挫，朗朗上口，掩卷时，情景浮现，思绪升腾。特别是选词之精，造句之琢，不但彰显中国汉字之美，更凸现张老师文字底蕴之深、用心用力之良苦！读后令人获益良多，赞叹不已：您心中哪来这么多的名词精句呢？

总之，我认为张老师的《师韵》是回忆著作中的精品之作。

我 1986 年来学校到退休共 26 年，一直从事党政管理工作。1989 年我得到时任校领导的点拨："要想在学校长期工作下去，不了解学生不行，不了解教学工作不行。"由此我暗下决心，在研究学生的同时，自学教学管理知识和授课方法，先从函授大学、夜大学兼课老师做起，到成为轮训部授课老师，在学思践悟研中努力争取讲课机会，退休至今仍不断受邀到京内外讲课，完成了从一个单纯的党政干部到教学科研人员的转变。在这个过程中，我常以张老师为榜样，经常求教如何当好老师、讲好课，张老师总是不吝赐教，精心指导，全盘托出。在我的成功转型中有张老师的倾力帮助和热情鼓励。可以说，张老师就是我的亲老师，我也是张老师直接指导过的亲学生。今天，我既是以张老师的同事，更是以她特殊学生这个双重身份参会并说说心里话。

谢谢张老师！

祝老师健康长寿、师韵永存！

一本启人心智的好书

任文贵

张伟教授的最新力作《诗韵》问世了，我作为较早的读者之一，拜读后获益匪浅，感慨良多，千言万语凝成一句话，这是一本难得的启迪心灵的好书。

作者用诗一般的语言，谱写了一首生动的、形象的感人诗篇，既赞颂了对教师的敬畏之情，也抒发了对学生的热爱、关怀之情，还表达了对教育理念的探索。

教师是传道授业解惑者，在教书育人中处于主导地位，但只有了解自己的服务对象，理解自己的服务对象，发现他们的长处和优势，了解他们的内心世界，理解他们的需求，才能使教书育人具有针对性，才能取得好的效果。书中叙写了众多学生，他们各有个性，形态各异，张老师总能在细致入微的观察中，捕捉他们的闪光点，对他们的优点、长处予以肯定，给予赞美，甚至给予支持。"小象"是个"淘出花来，还不重样"的学生，是班里和学校的"不安生分子"，但张老师在与他的相处中，发现他"乐善好施"，"总有勠力同心的伙伴同舟共济，从不孤军奋战"，"他大辩若讷，但妙计无穷"，"总有些奇思妙想"，他与"官府"唱反调，又永不会被"招安"，是个有义气、勇气和灵气的好学生。这个学生有理想，有抱负，本来他已经被医学院录取，但学医并非他的心愿，主动放弃入学资格，以他的勤奋终于考上他感兴趣的研究生专业。对他的反常行为，张老师给予理解，给予支持，谱写了鼓励人才成长的一曲赞歌。在书中还写到不少这样的学生，如在教学校走廊烧纸的那几个学生，如爬烟囱的学生，如李华抗衡工宣队的事例等等，张老师总能从他们"不一般"的表现中发现"闪光"的内核，对他们的"缺点""错误"和"问题"给予理解，给予宽容，对他们的合理要求给予肯定，对他们的正当理由给予支持，对他们的理想、抱负给予鼓励，因此获得学生的好评。

万玫是个来自江西的自费考生，在无可奈何下只好填报了并不是自己想上的专业，但她入学后依然孜孜以求自己心仪的法律专业，经过努力不仅转系成功，而且考上了北大的法理学研究生。在万玫实现抱负的过程中，张老师始终是参与者和见证人，她的每一步成功都浸透了张老师的心血，是张老师的鼓励和支持使她走上成功之路，因此与张老师成为莫逆之交。

高琴和福华是两个学业优秀的大学生，在他们的大学学习期间，张老师对他们的学业和生活给予无微不至的关怀，他们不是亲人却胜似亲人，在他们赴美留学的博士毕业典礼上，邀请张老师以家长身份出席了毕业盛典，谱写了一曲师生深情厚谊的赞歌。所有这一切都是张老师践行教育理念，成为一个合格的、称职的教师的回报。

在张老师五十多年的教学生涯中，她的足迹遍及中等学校和高等学校，涉及的学校有中国的，也有外国的，学生有"全日制"的，也有"业余"的，但她不管身在何处，面对什么样的学生，她始终坚持她的教育理念，一贯与学生平等相处，遵循教学相长的原则，不断探索，不断追求，努力践行，成就了自己的事业，谱写了这一首优美诗章，使这本书成了如何做一个合格的、称职教师的生动而形象的教科书。我从中获益匪浅，也相信任何读者读过此书必然会有所感悟，有所启发。

诗意教育　诗意人生

——《师韵》读后感

徐国静

在没有读《师韵》这本书之前，我一直觉得很遗憾，在大学期间没能听张老师讲外国文学，但读了这本书后，我觉得很幸运，有机会追随着张老师的脚步，穿越时光隧道，跟她一起走进课堂，倾听她讲世界名著中的人物，感受她充满诗意的教育之旅。

在张老师的笔下，教育是一部史诗，它没有宏大的主题和结构，因为它是由一个教师的心灵的节奏和韵律演奏的。所以，读《师韵》这本书，再次感受到两千多年前孔子的"教学相长，因材施教"这一教育名言在今天依然熠熠生辉，同时，又深切地感受到张老师与学生互动构成的生命交响。

读完这本书，我想以三个词或者说是三种教育观，在这里与大家一起分享。

第一个词：师德——以德正人的教育

什么是教师的师德？

长期以来，我们一直强调以德育人，而张老师却用行动提出以德正人的教育主张。以德育人是以教师为主体，学生是客体，是单向的施予，而以德正人则相反，教师和学生互为主客体，是双向互动共同成长的生命链接。

在《羞赧的失误》一章中，张老师记录一件小事，在批改作文时，她发现一个学生字迹潦草，便写了提醒的评语，没想到学生依照她的语句回敬说"认您的汉字英文也很费劲，同样眼花缭乱，有点儿头晕"。

面对学生的爆发，张老师没有反击，而是反省，并回溯自己小学、中学、大学一路狂草的写字史，于是，她写下了"习惯造成错觉，习惯如同镣铐"的箴言，而张老师砸碎习惯镣铐的方式，就是"正人先正己"，要求学生做到的，老师必先做到。从那天开始，她给自己画一条红线，凡是手写的文稿全部用正楷，直到今天她还坚守着，我手中的两张短信便可作证。

在这段小故事里，张老师回答了一个问题，师德从何而来？来自修身。如何修身呢？孔子说："修身以敬，修身以安人，修身以安百姓。"修身的关键在一个"敬"字。尊重学生，爱学生，以学生为镜子，不断地刷新自己，完善自己。所以，张老师真诚地发出"向学生学习"的教育呼唤，因为她以古老的对象化哲学来观照学生和自己。所以，面对学生的挑战、质疑和追问，她能在羞恼中反省，在困惑中觉察，在遭遇挑战中沉思，孜孜不倦地追求着自我成长。所以，此刻坐在我们面前的张老师，80岁依然风清月朗。

第二个词：师文——以文化人的教育

有人说，中国教育只教知识，没重视文化，教师备课和学生考试，重点全围绕着知识点、知识面和知识量，即便是文学课的人物分析也有标准答案，于是，学生变成老师的打印机和复印机，教育把人的大脑和心灵都格式化了。这是非常悲催并令人痛心的。

文学即人学。文学是一个民族的灵魂和人格镜子，教育的对象是人，如何以文化人是教育的重要课题。在《转向心灵的一课》这章里，张老师引用《易经》中的一段话：观乎天文，以察时变，观乎人文，以化成天下。那外国文学课，怎样观乎学生，将文学化成其人格和人文精神呢？

文学的力量有多大？读一本小说或写一首诗，小到化愁化忧，化敌为友，化干戈为玉帛，大到化风化雨化生死，甚至化腐朽为神奇，张老师妙用外国文学的人物形象，帮助学生"化"解内心的疑虑和困惑，她从课前调查开始到课堂铺垫，从引学生入境到互动交流，从倾听学生的心声到分析人性弱点，环环相扣，安娜·卡列尼娜这个人物就这样被她讲活了，从书中走进课堂，走进年轻学子的情感世界、并引发他们对社会和人生的思考。

关爱心灵和人格是教育之根，张老师抓住其根，精心地呵护与栽培，她的用心之切，用情之深，随意翻开这本书，精心阅读每一章、每一节便呼之欲出了。

在这本书里，她深情地说："学生是课堂的中心，学生和教师都是受教育者，没有学生的配合就没有教师的精彩授课，没有教师对学生的人格尊重，很难产生师生默契，没有教师自身被作品感染产生的激情，就不能点燃学生心中追问的火把。"

张老师是点火人，她用生命之火去点燃学生，正如她在《不老的年华》一诗中所追求的：

我们曾经是

春苗、夏花、秋果

　　我们现在是严冬的

　　干柴、炭火

　　将其生命的余热

　　温暖"不远"的春复活

第三个词：师韵——以诗韵人的教育

　　教育是一首诗，是一部交响曲，它的韵律和节奏源自师生心灵的互动与共鸣，要想写好一首教育诗或演奏好一部教育华章，教师必须是一个发现者、引领者、激励者和创造者。

　　张老师是一个引领者和激励者，作为引领者，她总是站在学生前面，给学生以诗和远方，给学生以梦想；13年后，她的学生在美国哥伦比亚大学被授予博士学位的典礼，她应邀出席，作为激励者，她经常站在学生身旁，悄声细语给学生加油！鼓劲！喝彩！半个世纪后，她已桃李满天下！

　　因为张老师一直在享受着教育带给她的欢乐，她写"教之乐，知感之乐，解惑之乐"，作为读者，读着读着也跟张老师一起欢乐起来。

　　今天，一谈教育，学生喊累，教师喊累，家长喊累，是什么让今天的教育如此沉重呢？那累在何处呢？

　　累在缺少爱！累在缺少对生命的礼敬！累在丢失了哲学和文化的呵护！

　　最后，我想读一下张老师《教师梦》诗歌中的一小节，再次感受她的诗意人生和诗意的教育！

　　灿烂朝阳下

　　遍是教育家

　　教书育人之爱

　　永驻青春韶华

爱是不老汤

青春无华发

不知老之将至

生命永燃火花

2019 年 12 月 10 日于北京广源

张伟老师教育随笔《师韵》的推广建议

——东北师大中文系 79 级 3 班学生杜军的一些感想与建议

每见到或想到恩师张伟老师，就仿佛回到东师的课堂，遂沉浸入广袤的俄罗斯大地与忧郁的灵魂天地，还有，回想起那时沉迷其中的我们。近年更有幸通读张伟老师朝杖之年后的新作《师韵》，我看到了其中的情节：序幕——老师初出茅庐，巧战刁难；开端——老师更再步外语学校，迎接新的挑战；发展——老师转战大学，屡有建树；高潮——老师走向社会，哺育四方，走向国外，研究"多余人"，尤其是找到儿时最困窘情形下曾经帮助过自己的老师，高龄老师谈及有关衰老常使精神在沉淀中升华，这是青年没有的特权，令人顿悟，以及 80 岁老师替 70 岁学生给 90 岁师长送花篮的部分，更是打动人心最柔软的所在。于是，在这通读中，更总是能在让人读出作者的"独出心裁"，总是能在无形中诱导和砥砺后辈。可以说，《师韵》大教育大跨度的经历与视野（包括经验的与理念的），音乐与诗歌般的题目与目录，还有崇高的职业情景化的内容表达，让人无不认定这是一部职业情景化的有关大教育的华彩交响诗章，其史诗般的魅力，有着振聋发聩的轰响，从而让人感受到在"金句"颇多的情景化表达之上的叙述大于议论的特别韵味，感受到《师韵》所指向的爱、信仰、求索与眺望，感受到一代教师的美丽的心灵历程。于是不揣简陋，但求踵事增华，提出进一步推广《师韵》心灵图像的建议，以期自我激励。

其一，制作慕课，尤其是拍出特别的记录型系列文艺影视剧，进行"现象级"传播推广。

其二，拍摄电视连续剧《教师之歌》，当然剧名还可以再予敲定，譬如，一是《跟着凤凰》，源于"跟着凤凰当俊鸟"的说法，加上还有《长大后我就成了你》歌曲，可以将师生紧密联系在一起；中文系古代文学文化课题中有"凤凰"的意象，也可以纳入情节线索中；还可以由此创作相应的主题歌曲，并使之与"跟着凤凰当俊鸟"的说法导入现在大学校园文化中，助力本剧成为现象级产品。二是《新师说》，源自韩愈著名文章《师说》，但不仅仅限于传道授业解惑，更要有灯塔、导航的提升。等等，大家可以集思广益。

其三，再版《"多余人"论纲：一种世界性文学现象探讨》一书的升级版，用四色铜版纸，16开本，并追加有关季羡林与刘献彪序言的原件影印件，还有作者发表过的相关论文课题成果、相关评论文章的精彩论断，择其精华部分放到封底或腰封，以及后续其他作者的相关论文课题成果。尤其是可按图书自然结构，插入"烦恼者"（德国）、"世纪儿"（法国）、"拜伦式英雄"（英国）、"多余人"（俄国）、"零余者"（中国）、"反英雄"（美国）等有关正式出版过的图书文献的封面与封底（版权页）图片，内页的插图（如果有的话）等等重要图文信息。

读张伟老师《师韵》的几点感受

王俊华

用了周末两天完整的时间，几乎是一口气读完了张伟老师的新书《师韵》，心中感慨起伏，可以概括为以下三点感受：

感动和欣赏。

感动和欣赏张伟老师和学生之间深厚的师生情谊，她和很多学生一生来往不断，有年老的、现已退休的，也有年轻的；有同在北京的，也有在国内其他城市的，还有远在日本、美国等地的……地区差异、年龄差异、专业差异"悬殊"，他们之间却始终以情相系。我不禁思考，这样牢不可破的师生情谊是如何做到的？

有句话说：爱出者爱返。书里就能找到答案，那是因为张老师对学生的爱。而且，她的爱可以借用一句话来表达：在生命的最深处与人相遇。在心理治疗领域，萨提亚模式认为，人是一座冰山，我们能看到、听到的一个人的言谈举止，只是看得见的冰山一角，海平面以下更大的山体才是更多、更丰富的层面，比如感受、想法、观点、信念、期待、渴望，最底层到达一个人生命力的、本质和核心的层面。张老师能够透过学生说了什么，做了什么，什么情绪，什么观点，想做什么等等，去到一个人本质的最底层，在那里作为一个"人"，在根本上去关爱、肯定、欣赏他。比如书中的大象、小象、李华、万玫、高琴、傅华等，张老师对他们的用词是这样的："勇敢""正义之火""侠义""一身侠气""聪明有趣的灵魂""大勇不怯""智勇双全""精神对话""烛照的心灵""袒露的性情""聪颖的天资""心灵的对话""可爱的人格""义气、勇气和灵气""颠覆性的超越自我"……

对他们，张老师可谓不惜赞美之词。尤其重要的是，这些赞美不是浅层的，而是在一个人的本质特征甚至灵魂的层面去肯定认可他们。这无疑是充沛的"心理营养"，正是因为有了这样足够的心理营养，一个人的生命力才能够被启动，就像花草树木有了充分的阳光雨露和适宜的土壤会茁壮成长一样。

什么样的人才可以做到这些呢？当然需要同样开放、好奇、有爱、勇敢而智慧的灵魂，张老师就是这样的一个人。关于这一点，我在和张老师接触、相处的过程中也深有体会。

我和张老师本属于"几乎没有交集的两个人"。因为单身的时候和另一个同事去张老师家里吃饭而有了近距离的接触。之后见面，张老师给我的感觉就是这样的：被关爱、被欣赏和肯定。二十多年前我刚毕业，一切从零开始，职场上的小白，还是大龄"剩女"一枚，心中很多忐忑。但每次遇见张老师，她说话的口气、语气、看我的眼神儿，我解读到的是"你很棒""这些都不是问题"，她会把"优秀"的帽子戴在我的头上……感觉她比我更相信我自己、比我更欣赏我自己（我当时根本谈不上欣赏自己）。我不禁会自问："我王俊华何德何能，能受到张老师这样的接纳和欣赏？"内心感到一股温暖和力量。就是这样多年彼此的接纳和欣赏，让我们成为"忘年交"。张老师打电话只用说一句话，不管我在哪里，记得有一次是在南京的中山陵，我准能听出来；我不管在干什么，都会很快安静下来。这是与张老师的人格魅力分不开的，在她面前，我是放松的、敞开的，是被滋养的。

感动和欣赏的还有张老师的爱学习。从一个读错音的字中学习，从每一件事中思考去学习，从每一个人那里借鉴学习，从学生的疑问和困惑中思考学习；向学生学习，向同事、朋友学习，向老师请教……正如张老师说的："至今虽老也在'长'。"这一点非常值得我学习。

对张老师的心疼。

通读全书会发现，张老师对待自己和对待别人有很大的反差，看一看张老师在书中对自己用的都是什么词呢？"羞""愧""……而不自知""麻木封闭""愚蠢的热心""墨守成规""自责"……词汇是有能量的，我不希望张老师把这些词用在自己身上，通过一些事情，不管是学会了一个字的正确读音，明白了学生那写字的原因，还是通过学生爬烟囱重新看待冒险这件事，通过万玫的事情思考"庸才教育"的问题……这都是学习，是收获，是懂得，可以有获得感、喜悦感，也可以去庆祝。人非生而知之，现在知道了为什么要"谴责"以前的不知道呢？

对张老师的希望。

所以，最后有一个希望，希望张老师在她宽容、接纳、肯定和爱的名单中再增加一个人，那就是张老师自己。希望张老师也能够像对待她的学生（不仅仅是学生）一样，也能够透过自己做了什么、说了什么、有什么观点、想法和期待，去触碰自己美好的灵魂，在生命的最深处和自己相遇，并在那样的层面去看见自己、懂得自己、欣赏自己、关爱自己，张老师智慧、顽强而美好的生命和灵魂值得自己这样去热爱。

2019 年 12 月 14 日

在张伟老师《师韵》座谈会上的发言

刘建冬（中文 83 级）

大学期间，在我们中文系各门课中，张伟老师教的外国文学课，一直是同学们特别认可、特别喜欢的课程之一。张老师洒脱的风格、铿锵的语言、清晰的逻辑、充满激情的演讲式授课，一直被同学们津津乐道并趋之若鹜。她也是很多同学心目中优秀教师的楷模和偶像。

这本《师韵》，从一个侧面反映了张老师的为师之道。

她的人生经历，纵然多磨且坎坷，却都无法改变她要把知识传递给学生的执着、笃定和虔心。她记忆力超群，情感细腻，内心炽热，书中所记事件，虽然时光遥远，她本人年已耄耋，行笔记事依然文思缜密，叙述生动，如行云流水，如昨日在目，令人敬佩和感动！

她如蜡烛一样，是用生命讲课，是用生命写作。

中国自古就有"师父"之说，师者如父。父亲给了我们身体，老师给了我们灵魂。每个人的成长，都离不开父亲和老师的教化。张老师对我影响最大的，是女性知识分子的自爱、自尊和自强，女人一样可以顶住各种压力绽放自己，一样可以在自己的舞台上呼风唤雨、叱咤风云！

一个教师，站上了三尺讲台，也就连通了大千世界。好的教师在传授知识的同时，也在启蒙和照亮学子们的精神世界，有的甚至可以改变一个学生的人生走向。类似故事，书中多有记载。

但是，作为学生，我认为，我们不应仅止于赞美。

张伟老师是很多优秀大学教师的代表之一，我们应该为像张伟老师这样的优秀大学教师做些什么。中国目前还没有以大学教师为主角的影视作品，我们能否就以张老师《师韵》出版为契机，以张老师为原型，策划制作一部影视作品，讲讲中国大学的女教师的故事？苏联电影《乡村女教师》曾经影响了那个时代无数中国人，我们能否协力制作一部中国版的《大学女教师》？这个愿望，应该也是很多大学教师的共同心愿吧。

读张伟老师的《师韵》

李　俊

　　我和张伟老师相识，是 15 年前的事。那时，我刚参加工作，是中国青年政治学院的一名年轻教师。学校有一所分院，是大专教育，在紫竹桥租用办学场地。我完成主要教学任务之余，也到分校担任一两个班的大学语文课。张老师早在 5 年前就已经从学院荣退，并且搬到校外居住。但她一直在分院上大学语文课和写作课，我在分院上语文课，遵循的便是张老师制定的教学方案，考试题和考试方式也都唯张老师之命是从。我还记得我和张老师的第一次交谈，就是课间在楼道相遇，顺便聊起了语文课的教与学问题。后来有几年，分院搬到昌平沙河，我还去那里授过课，也常常遇到张老师。

　　人和人的交流要能持续并且不断深化，关键是能不能投缘。而投缘，又有些奥妙。我和张老师每次交谈，都感觉有说不完的话，她的谈话是热情的，饱含着生活的意味，又能透过生活的意味给人以知性的启发。宽容，轻松，像温暖的风。虽然张老师和我的年龄差距将近 40 岁，但我并不感到有距离。张老师和一般的老人不一样，她似乎有一种能力，能很快穿越过年龄的差距来到年轻人的面前，随便聊点什么都可以。于是，我相信我们是投缘的。

　　以前，张老师给我聊起过她的《"多余人"论纲》，但我尚未拜读。这一次张老师新著《师韵》出版，我在蒙赐之列，十分荣幸。我把这部新著的拜读，看作是和张老师的又一次交谈。通读全书的过程，对我来说，似乎就像解方程似的，把一个已知的量，带入一个尚未完全展开的算式。随着阅读的深入，新的信息不断给予，这个已知的量，

365

也不断产生新的增量，又不断在我对张老师以往的认识中整合进来。张老师以往留给我的印象和感觉不断被强化，被深化，变得更充实，更有层次性。如果用一句来概括我的心得，那就是我看到了"文学的力量"，如何通过教师的职业操守和人格精神，照进普通的人生和平凡的世界。

这是一本有光泽的书，这光泽来自理性的思考。书中讲述的都是教师的经历，教师的经历主要发生在教师和学生之间，发生在教师和讲授的知识内容之间，前者是故事，后者是知识，故事和知识要变成思想，还需要不断地提升。张老师在故事之后，会集中笔墨写出自己的思考，在知识之后，会写出延伸性的思考。于是，思想的锋芒和光泽就针尖一样刺出了文本。我看到，张老师的思考常常是从两个向度展开的：一个是中学生、大学生在其人生关键处的成长到底是一种什么样的精神历程，既艰苦卓越，又惊心动魄，世人都说这是叛逆，这是破坏，而张老师常常将其看作是青春的乐章，是生命原生态的律动，教师需要用理性和思想，为他们在成长的道路上的"丑陋"的姿态正名，在这方面，书中有一系列深入的议论，警策之句频出，引人深思。另一个向度是反思，作为教师可以批评与教育相关的所有问题，但是，这个批评一定是把自己放进去的反思性的批评。张老师讲了小象的故事，讲了万玫的故事，初一看，这是两个普通的故事，但张老师后面对"庸才教育"提出的反思则是深刻的。

这是一部有温度的书，这温度来自情感的蕴积。书中的故事基本上都发生在学校，从中学到大学，从京外到京内，从国内到国外，既有自己求学的经历，又有自己教学的经历。求学的时候，作者是学生，是知识的获得者和爱的接受者，她铭记老师的教导和关怀，并为此感恩终身。教学的时候，作者是老师，是知识的传授者和爱的付出者，但她又反过来铭记学生的宽容、鼓励和鞭策，并为此感恩终身。感恩，是书中的一个基本情绪。学生成绩和成功让老师高兴，甚至学生的毛病和他们闯的祸，在老师的记忆和回忆里都是甜蜜的，他们用自己年轻的生命和火一样的青春，把老师单调的职业生涯填充得绚丽、饱满而又浓郁。认识到这一点，老师的幸福感和感恩都是发自肺腑的。从书中看，张老师的学生是多样的，甚至有些驳杂。但她从来没有表现出挑剔学生的口气和态度，对学生的描摹都洋溢着爱，无论是表扬学生的作文、书法、学术，还是赞美他们的容貌、气质、情怀、意志，用词都十分慷慨。一般作者大概只用这些词来赞美成功人士或艺术人物，而张老师把这些词毫无保留地用在她的学生身上。也许有人会觉得这是爱蒙蔽了老师的眼睛，我要说，这是爱赋予了老师一双慧眼。别人眼睛中的芸芸众生，在老师的眼睛中个个都焕发着奇异的光彩。

这是一部有芬芳的书，这芬芳来自文学的浸润。人们常常对文学有一些误解，总觉得文学是美化生活的，虚构多，渲染多，夸大细节，无中生有，营造的是幻觉和梦境，以远方和诗意为承诺，让人脱离现实。实不知真正的文学，一定是人类洞察社会，思考人生，改变现状，提升境界的智慧和力量，它对现实的关注度和参与度、影响力，与其他所有学科相比，有过之而无不及。文学最独特的力量，就是对人的理解力，这是其他任何学科都无法企及的。而人渴望了解，就像生命渴望阳光一样，伟大的文学作品对人的理解是深刻的、虔诚的。孤独的心灵在自己的躯体中无法安宁时，可能会在一部伟大的作品中找到另一个更适合自己的躯体，心灵在伟大作品中跳动获得强大的生命力，这是读文学作品的人特有的幸福。张老师因为教学和个人的兴趣，系统阅读了外国的著名文学作品，尤其是俄国文学以其独特的厚重感和人道主义的精神血脉，对张老师的文学阅读来说，就是艺术的桅杆和思想的龙骨。在书中，张老师常常把自己遇到的学生和世界文学名著中的典型形象相联系，无论他来自北方还是南方，是中学生还是大学生，是函授生还是自考生，是城镇生源还是农村生源，只要在老师的感觉中，他们彼此可以联系起来即可。张老师对外国文学名著太熟悉了，文学名著中的人物一个个清晰的坐落在她的心里，把某个学生和某个文学形象联系起来简直是一种本能的反应。曾几何时，外国文学作品在中国青年的阅读史上标志着一个特殊的坐标，带给这一代青年人世界性的胸怀。我觉得这是一种眼光，用艺术的光彩照进平凡的世界，照亮普通的人生。当学生理解到自己的某些特点和文学作品的形象可以联系起来时，就有一种强大的力量刺激他的心灵，使他有可能从琐碎的、平凡的生活中觉醒。外国文学名著的人物形象，在中国的普通读者中产生了影响，成为中国青年成长的参照，这是一个时代。张老师对"多余人"形象谱系的研究，之所以能和自己的教育生涯联系起来，不仅是一个学术兴趣的反映，而且包含着强烈的现实关照。文学走进了现实，现实也走进了文学，互相诠释，互相激发，创造出一种更加通达的理解力。作为文学研究、文学教师的学术素养和文学素养，与作为教师的职业素养和职业情操，在这里遇合，丰富细腻的感性体验和深切真诚的理性判断在这里遇合。

这是一部有力量的书，这力量来自历史的托付。张老师的教师职业生涯长达半个世纪，再加上求学的经历，这部书讲述的故事潜伏着长达七八十年的历史沧桑。这个时间跨度所暗示的历史蕴藏是丰富而复杂的，所有经历者都知道其中的滋味。中国社会在这个历史时期的种种变迁，都在以往的文学作品或其他记载中以类型化、定型化的方式进行了讲述。对于像张老师这样年岁的人来说，写一部带有回忆性、反思性的著作，要跳出以往的讲述模式和基本情绪，恐怕是不容易的。但是，这部书还是成功地实现了新变。无论过去经历过什么，面对过什么，承受过什么，当风雨过后，前路正远，拥抱青春，拥抱未来，拥抱希望，分明是本书一股激动人心的旋律和节奏。在全书中，时代在变，故事的版本在变，年轻人的成长方式在变，需要面对的问题也在变，抓住变的旋律，抓住变的节奏，心就会年轻。于是，通过对过去的回忆和思考，为现在和未来积蓄出可贵的能量。

教师，必须与青年同行，必须保持青年的活力。

张老师就是一直与青年同行的，这本新著就是与青年同行的乐章。

我也是高校的教师，要向张老师致敬，要向张老师学习。

读《师韵》有感

郭晏林

听说张老师的新书出版了，我迫不及待地想阅读。打电话告诉她：我近日将要离京，希望带着这本书去外地阅读，请将书快递给我。她立即找了送书人，第二天，书就到了我的手中。

我利用在深圳养护身体期间，认真阅读了她的新著——《师韵》。这本书是张伟教授《"多余人"论纲》《姥姥的遗产》之后，又一部力著。

《师韵》精彩地叙述了张老师的从教生涯，对几十年教学的各个环节，都有详细的描写。对备课和讲课，教师和学生，教学和科研的关系等，都有艺术性的刻画，十分生动。

张老师备课非常认真，讲课很有吸引力，和学生关系亲如家人，科研成果独树一帜，是一名优秀的教师。

我读《师韵》时，想起我60年前读过的《教育诗篇》。前苏联著名教育家马卡连柯，作为工校校长，对一些像野马一样的流浪儿童，进行了成功的教育，写出了教育诗篇。张老师的《师韵》，是她教学经历的形象化总结，是中国的教育诗篇。这本书对所有教师都有启迪作用，特别值得青年教师学习，对从事语文和文学的教师来说，也是一本不可或缺的业务指导书。

我和张老师都是上世纪 30 年代出生的人，书中的许多叙述，唤起我对往事的回忆。

在"追寻启蒙"中，张老师讲了自己戴红领巾的故事，十分感人。我是 1951 年戴上红领巾的，第二年加入了中国共产主义青年团，就把红领巾珍藏起来。1953 年，将它由重庆带到长春军营，后来又把它带到北京。1956 年，哥哥从抗美援朝前线回国后，来北京探望我，他将自己最珍贵的抗美援朝"和平鸽"纪念章送给我，我将珍藏的红领巾，作为最珍贵的礼物，回赠给了哥哥。

在"初生之犊"中，讲了学生李华机智过人、争取上调的故事。让我想起 1953 年，为抗美援朝，和两位最要好的同学一起报名参军。他们在家人的劝阻下，放弃了当兵的申请。在这种情况下，我参军的决心没有动摇，毅然"投笔从戎"，穿上了军装。

在"登高望远"中，张老师写了她当班主任时，班上有个调皮的学生爬上了烟囱。这个故事，让我想起自己也曾像她的学生那样，做过既冒险又愚蠢的事。1981 年，我从北戴河休养回校后，在北戴河登鸽子窝观看日出的余兴未消，晨练时，我突发奇想，要爬上学校的最高建筑物——烟囱——去观看日出。这时我已过"不惑之年"，竟然干出这样十分危险、十分荒唐的事。事后，我非常懊悔，觉得自己行为太幼稚、太可笑了。我把这件"糗事"，深深地埋藏在心底，从未向任何人谈起过。

中国的文字博大精深，没有人完全认识。在"学优才赡"中，张老师讲述了自己讲课时把"发酵"读成了"发 xiào"，一个学生纠正了她的错误。这是一个教学相长的故事，反映了她虚心向学生学习的态度。读这个故事时，想起我出过的"洋相"。事情是这样的：我们支部组织向先进人物学习，材料上有糌 (zān) 粑二字，读材料的同志本来念得正确，我认为他读错了，自信地纠正他说：应该念"咎 (jiù) 粑"。党委书记作为支部成员，也参加了我们的学习，他郑重地说他读得对。我顿时脸上发烧，感到犯了一个自以为是的错误。我认为"糌"字的读音和"咎"字的读音一样，我错了。这件事虽然过去了几十年，但我至今难以忘怀。

在《师韵》中还有许多感人的故事，如"课中课"中，讲述全校师生悼念周总理的故事，场面十分感人。"大辞典与酒"中，讲了张老师经过多方努力才买到的《华俄大辞典》，在回国的火车上被盗了。她巧妙地发现了辞典，又十分机智地用二锅头酒换回了心爱的大辞典。辞典"完璧归张"，她十分开心。

由于张老师是文学教师，读过许多中外名著，她脑子装有字典和辞典，《师韵》中用了许多名词典故，有的是我第一次读到。有的生僻字，连《新华字典》都找不到。看这本书，让我学到了许多新的知识。

多么高超的艺术品，也会有遗憾。多么有名的书法家，也难免有败笔。在《师韵》20多万字中，也有极个别的错字。如把"舆论"错成"与论"，"相向而行"错成"相须而行"，香槟酒的泡沫"直冲到天棚"，错成"真冲到天棚"。这些录入时造成的错误，躲过了校对者的眼睛。但"瑕"不掩瑜，《师韵》是张老师精心打磨的玉，是值得一读的好书。作为曾经校对过密码的人，指出这点不值一提的错情，算是我"吹毛求疵"的职业病吧。我之所以要指出来，是希望再版时能改过来。我相信这本书一定会再版。顺便说一句，我们的《牵手同行》也有错误，而且是低级错误，把"受益匪浅"错成了"受益非浅"。

我和张老师是"不打不成交"。她调入中央团校后，遇到一些不顺心的事，如在居住房间、授课内容、职称评定等方面都有过一些不愉快。当她不痛快时，愿到我的办公室发泄她的怨气，把"火"发在我身上，让我当她的"出气筒"。因为我同情她的苦衷，对她的"牢骚"话，总是洗耳恭听。她的"不满"，有她的道理，所以我既不反驳，也不埋怨。

我和张老师退休后，难得一见。参加活动时见了面，我们总是笑脸相迎，张开双臂，拥抱一下，和大家一起笑说往事。我们的交情，是"打"出来的。

2019 年 11 月

座谈会结束致谢词

张　伟

　　各位辛苦啦！今天的会风很特别：一是三代人同堂，从 90 岁到 40 岁奇特组合；二是不拘一格的议论，与目前风行的"慕课革命"的微课堂不谋而合；三是由此及彼关注国之教育。这三点令人想起拉斐尔的《雅典学院》壁画，我今称之为"精忠谋教"，一群精英忠诚进言国之基业教育。

　　会开得有特点，归功于冯老先生深谋远虑的倡议，也归功于刘新风局长会前的谋划和今天出席的专家学者高水平发言。各位对教师有玉尺量才的严格和原貌深情的关爱，都是内行的实践教育家；特别是冯老已到鹤算龟寿之年，仍保持彻骨的教育激情，挖掘一本书背后高山流水声，为教育发展振臂高呼，这热血衷肠使他完全忘记自己九十多高龄。我提议以最热烈掌声向冯老致谢！

　　今天我做了各位的学生，非常幸运。五十多年来我做先生，无数次讲评学生的作业，今天同行专家教授讲评我一个人的"大作业"，大家精彩的发言，直逼主题的真知卓见，令我受到极大鼓舞和震撼，若知小书有今日的宏运，当初何不再三打磨，虽然能力有限。

　　深知会上的评论家是我的新老同事，多数是我教过的学生，今天带着特殊情感和记忆，甚至是偏爱和怜惜，比伯乐还伯乐，所以今天我受到加倍的鼓励，很享受。同时也感到惴惴不安，如生命还能给予机会，我将把大家的鼓励化为行动再交新的"作业"！在此向各位鞠躬致以深深谢意！

最后感谢院离退办对会议的支持！感谢旅游公司张文颖老板对会议赞助！并向为会议忙碌的各位致敬！

2019 年 12 月 14 日

后　　记

　　出席《师韵》座谈会的专家学者，期待以《师韵》为素材，创编国之"教师之歌"，并成立了筹备组。这意外促使我加速了《师谱》的写作结稿进程。更出所料，在当下的出版市场中，此书稿竟得以顺利问世，使谋教育之爱者也有了点儿劳动尊严。

　　庆幸天助人道。碎片化的娱乐方式使图书阅读弱化，可时代文艺出版社竟意外地接受了《师谱》的出版，甘为书中那些献身教育的前辈们呐喊，实际上也是在为教育助力。所以，当文学批评家繁华教授告之已有出版社愿意接受书稿时，令我这无名的笔者意外地心潮澎湃。

　　拙著即将付梓之时，特向贵社接受小书出版的行为致谢，向为小书付出艰辛劳动的各位编审人员鞠躬！他们至矣尽矣审稿的慧眼和坚守原则的灵性，让我受到了默默的洗礼，再次遥祝谢枕！

2024 年 4 月 4 日